U0772967

岳陵◎著

突破非洲

初 ②

海天出版社
·深圳·

图书在版编目（CIP）数据

韧. 2, 突破非洲 / 岳陵著. — 深圳 : 海天出版社,
2021.1
ISBN 978-7-5507-3023-6

Ⅰ. ①韧… Ⅱ. ①岳… Ⅲ. ①长篇小说－中国－当代
Ⅳ. ①I247.5

中国版本图书馆CIP数据核字(2020)第190326号

韧2 突破非洲
REN2 TUPO FEIZHOU

出 品 人　聂雄前
策划编辑　韩海彬
责任编辑　童　芳　杨跃进
责任校对　万妮霞
责任技编　郑　欢
装帧设计　后声设计

出版发行　海天出版社
地　　址　深圳市彩田南路海天综合大厦（518033）
网　　址　www.htph.com.cn
订购电话　0755-83460239（邮购、团购）
设计制作　无极文化
印　　刷　中华商务联合印刷（广东）有限公司
开　　本　787mm×1092mm　1/16
印　　张　23.5
字　　数　317千
版　　次　2021年1月第1版
印　　次　2021年1月第1次
定　　价　48.00元

海天版图书版权所有，侵权必究。
海天版图书凡有印装质量问题，请随时向承印厂调换。

目录

第五章 避雷器与继电器开关

第八章 客户要啥就做啥

《韧1 活下去》内容回顾

- 兵败西双版纳后，走差异化道路开发光纤拉远基站，完成百色实验局。国内局面难打开，只能先闯非洲尼日利亚。为满足尼日利亚NWT（电信公司）的卫星传输需求，临近春节，肖云飞率队赴贵州山区开实验局。

- 抓机会，关景鹏当即答应局方15个基站在2003年3月2日到货的要求。

- 敢承诺，关景鹏果断决定为尼日利亚军方定制版本。

- 对家里，关景鹏硬逼"肖云飞们"。

第一章

艰辛付出赢希望

1. "第一炮"很关键

"3月2号，我们就可以拿到设备了。付先生，15号全搞定，没问题吧？"在东基拉尤的办公室里，东基拉尤说。"这阵子TN（局方）没啥事，我们的人可以全扑上去。就15个基站嘛，没问题的。"付先生说。"那倒也是，一天一个站，就13个站了。看来进度不是问题，这次货是齐的，共计16个站的设备。"东哥放心地说。"万事俱备，只欠东风啊。"关景鹏也高兴地说。

"与森尼韦尔核心网的对接是个风险。"江嘉陵说。"问题不大的，放心好啦。"东哥轻松地说。"东哥为何如此心宽啊？森尼韦尔积极配合燎原？不太可能的。我们跟他们有过几次核心网的对接。"关景鹏说。"对接得咋样啊？"东哥问。"能拖就拖，有问题，全是燎原的错，森尼韦尔永远都是正确的。"江嘉陵说。"那是不是你们的错呢？"东哥说。"对接，如果双方都把接口公开透明了，双方协商后各自匹配，就不会有问题。但是……"江嘉陵说。"但是什么？对方不会做，对吧？"东哥说。"是啊，对方不合作，就很难办。"江嘉陵说。"那你们是如何解决的？"东哥说。"只好请局方协调，硬压啦。"江嘉陵说。"那你们还担心啥嘛，有点……咸吃萝卜淡操心。月月鸟，是这么说的吧？"东哥说。"没明白吗？东哥的意思是他全能搞定。"关景鹏说。"东哥，真的啊？"江嘉陵半信半疑地问。"实话跟你说吧，森尼韦尔只想卖设备赚钱，恨不得拿了钱什么都不管，出了问题找他真的很难。他们非常愿意不来人，远程指导我们进行故障定位和日常维护。"东基拉尤略显兴奋地说。"明白啦，东哥。您是在夸自己呢，对吧？"关景鹏说。"啥意思？"江嘉陵说。"森尼韦尔远程指导，这边可都是东哥在操作，大拿呀，不是吗？"关景鹏说。"噢，东哥就是森尼韦尔。不好意思，有点迟钝了。没问题啦！"江嘉陵一脸轻松地说。

"TN那边也是这样，很多事都是找我们帮助解决，麦克斯韦能不来人就不来人。成本太高，好像麦克斯韦有规定，到尼日利亚，工程师双薪，更夸张的是还规定了要4个保镖。"付先生说。"4个保镖？也太夸张了吧！"江嘉陵说。"付先生，那你们很爽啊！"关景鹏说。"听见没？东哥，4个保镖啊。"关景鹏冲着东哥说。"做你的大头梦吧。"东哥说。

"那好，就把你东哥带上，要死一块儿死。"关景鹏说。"好啦，会考虑的。军方会派人保护你们的。"东哥说。"都安排啦？"关景鹏冲着东哥问。"安排好了。"东哥回道。"听见啦，付先生。咱们有保障的，放心。"关景鹏说。"放心，放心。"付先生说。"哎，江嘉陵，你要特别小心啊，别在这时候再到川西高原张医生那儿啦。该全副武装的就全副武装，别嫌麻烦。"关景鹏提醒道。"那你们下站也要准备齐全，站里有电。水啊，电热杯啊，都带上。"江嘉陵说。"江先生提醒得对，准备齐全总不会错的。"付先生说。"出门在外多加小心总不会错的。"关景鹏说。"哎，这个周末再踢场球呗，下周就要忙啦。"东基拉尤说。"我没问题，江先生行吗？"付先生说。"问题不大，搞一场吧，好久没踢了。"江嘉陵回道。

"哎，Detector1.0（探测设备）发布了吗？"回到宿舍，关景鹏问江嘉陵。"还没呢。没事，测试版本就可以。"江嘉陵说。"空口数据，你能分析吗？"关景鹏又问。"Detector提供的就能，更深的还需要家里。"江嘉陵说。"怎么讲？"关景鹏问。"Detector仅是提供了过滤后的数据。如果Detector显示不出什么有价值的东西，就需要更深入的分析。"江嘉陵说。"噢，明白，这什么都没有的时候，要么真没有，要么……尹贤良等人就需要更加深入的分析。"关景鹏说。"基站会开得很快的，东哥打通核心网也会很快。核心工作就是Detector能否提供有价值的数据。"江嘉陵说。"你和尹贤良等人同步吧，及时把数据传给他们。同步分析，看两边结果如何？"关景鹏说。"家里这次花了大代价了，是该收获的时候了。"江嘉陵说。"是啊，是时候检验管不管用啦。"关景鹏自言自语。"这'南昌城头的第一炮'很关键啊！"江嘉陵说。

"喂，江嘉陵，我是关景鹏。我是在805号站给您打电话。"关景鹏说。"啊，进展正常，今天是5号，开通了801、802、803、804，再加现在的805，5个站。"江嘉陵在电话那头说。"别忘了咱的主要任务，赶紧把这5个站的所有扇区都用Detector跟踪过来，明天第一时间把24小时的数据发给尹贤良，你们同步分析。"关景鹏说。"知道了。"江嘉陵说完，挂了电话。

"都9号了，三四天都没有有价值的信息。显然，这事要黄啦！"关景鹏躺在床上说。"可能是真的，就是没有活动。"江嘉陵说。"按理有上班的，有周末祈祷的。尹贤良等人有更深入的分析吗？"关景鹏问。"有分析，和我的差不多。"江嘉陵说。"差不多就是不完全一样咯。"关景鹏突然从床上蹦起来激动地说。"不能肯定，好像是有，但信号电平太弱，提取不出有价值的信息。"江嘉陵回道。"拨，拨电话，马上给肖云飞打电话。"关景鹏说。"现在，深圳不到五点钟。"江嘉陵说。

"打。"关景鹏说着，跳下床抓起电话给肖云飞打电话，"肖云飞，关景鹏、关景鹏。"拨通很久才被吵醒的肖云飞接了电话："啊，关……关景鹏啊，怎么……""别睡啦，这么几天，一点有价值的信息都没有，你还有心思睡觉。眼看承诺就要黄了！"关景鹏怒吼着说，"做的是什么破玩意儿？！真被说中了——花拳绣腿！""好啦，你也别说了，我这就去公司，今天一定给个说法。"肖云飞说。"记住，肖云飞，我们已经完成了10个站，按理15号15个站没问题。但前提是您的Detector好使，否则，我咋交差？！肖云飞，你听清楚了吗？"关景鹏声嘶力竭地吼着。"知道啦，知道啦，今天一定给你个说法。"肖云飞说完，挂了电话。

"我是不认辛苦的，因为那没用。'莫斯科不相信眼泪。'"放下电话的关景鹏愤怒地大喊着。"明天啊，我也不上站了。剩下5个站，付先生等人轻松搞定。我就在电话机旁盯着肖云飞。"关景鹏说。"火也发了，平复一下，睡个觉，好有精神盯着肖云飞啊。这事儿难度大了，难怪森尼韦尔一口回绝，说搞不定。"江嘉陵说。"瞧你那点出息，搞得定，一定搞得定，必须搞得定。"关景鹏坚定地说。

"尹贤良，到了没？"肖云飞在作战室给尹贤良打电话。"进电梯了，马上到。"尹贤良说。"邓学佳，到了吗？"肖云飞又给邓学佳打电话。"马上进电梯。"肖云飞回道。"好，邓学佳到了，差不多了。唉，不到五点，关景鹏硬是把我吵醒，痛骂了我一顿。"肖云飞说。"怎么没人问为什么呀？有点奇怪。"肖云飞看着大家说。"知道为啥？"王厚林说。"噢，你们知道为啥呀，为什么不早跟我说？"肖云飞生气地问。"找不到原因啊，也许就是没用对讲机。"赵长城说。"我们做了那么细致的工作，要相信自己。"夏润泽说。"自己相信自己有用吗？邓学佳，你说。"肖云飞问。"我把廖默然叫来了，他住得近。"正说着，邓学佳看着门外对廖默然说："嗨，来了。"

邓学佳指着刚进门的廖默然："这两天，我让廖默然也参与了分析，他做过双工器，有经验。""双工器？嗯，廖默然，你先说说。"肖云飞冲着刚进门的廖默然说。"其实，不用大惊小怪，问题应该是出在双工器一致性上。"廖默然冷静地说。"嗯，虽然我不太明白，但觉得廖默然说的似乎有道理。"王厚林说。"茅塞顿开。"肖云飞说。"啊，那你说说。"赵长城说。"双工器是'门'啊，只要有信号从双工器这个'门'进来了，马庆生、邓学佳、尹贤良、王厚林就肯定能看见啊。"肖云飞说。"问题出在'门'的一致性上了。"邓学佳说。"那为什么我们在外场测得都挺好呢？"麦哲渊不服地问。"对啊，尼日利亚的双工器和你测的是同一个双工器吗？"廖默然反问。"那肯定不是啦。"麦哲渊回道。"当然，这是推测。"廖默然说。"怎么确定？"肖云飞问。"我知道，厂家每个双工器都有测试数据，赶紧让厂家把测试数据发过来，一看就什么都明白了。"廖默然说。"马庆生、邓学佳，你们赶紧让厂家把发到尼日利亚的双工器对应的生产测试数据发过来，快！"肖云飞说。

"哎，如果廖默然说的是对的。我是说如果，那么你们外场的模块怎么就都没问题呢？"肖云飞说。"夏润泽，是你挑的，你说说。"赵长城说。"当时，为了保证测试顺利，是挑了模块的。"夏润泽低着头说。"看看，这不用说啦。"肖云飞说。"当时没想那么多，要不是现在提起来，我都快把这事忘了。"夏润泽说。"没怪你啊，只是我们把握细节的能力差了点。"肖云飞说。"这种类似的事，我遇到过。本来嘛，你用的就是边缘频点，生产指标对它没约束，差5分贝、7分贝的，很正常。"廖默然说。"理解起来有点难，射频这玩意儿有点玄。"邓学佳说。"双工器的差异，就是插损大了5分贝、7分贝嘛。现场咋办？"肖云飞一筹莫展地说。"让他们在现场调一下嘛，很容易的。这种事我干过。"廖默然不以为然地说。"关键是没签证，你去不了尼日利亚。"邓学佳说。"唉，别说了，邓学佳，给我数据。"肖云飞问。"马庆生去联系厂家，不会这么快的。"邓学佳说。

"唉，真没想到会是这样。"肖云飞边吃午饭边说。"确实不好交差。"王厚林说。"好在有个明白人廖默然，否则到现在还没头绪呢。"尹贤良说。"肖云飞，下午咋跟关景鹏说？"邓学佳问。"我也不知道怎么说。告诉他拿到的设备都不行？唉，厂家的数据怎么就跟廖默然说的一样呢？"肖云飞说。"我是凭经验判断，事先也不知厂家的数据。"廖默然连忙解释。"你说现场调过？"邓学佳问廖默然。"真调过。"廖默然说。

"其实就是拧一两个螺钉，要是有经验的人，是很容易的。"廖默然解释道。"搞个详细的操作指导书，让关景鹏挨个站云调双工器？"肖云飞说。"能行吗？不会把好的调坏了吧？"麦哲渊说。"这样，死马当活马医。廖默然，你有经验，你来写操作指导书，下午一上班就给关景鹏交个底。"肖云飞说。"有仪表吗？没仪表恐怕不行吧？"赵长城说。"Sitemaster（分析仪）有就可以。"廖默然说。"Sitemaster有。"赵长城说。"那就可以。当然，有矢网更好。"廖默然说。

"哎，各位，大亚湾怎样？给个评价呗。"东方牡丹说。"哎呀，您可真没挑好时候啊。"尹贤良说。"怎么啦，出啥事啦？"柴文娜问。"你们没听出来啊？"尹贤良又说。"吃饭，吃饭，别惹他们，这次麻烦大了。"马庆生说。"不都说准备得很充分嘛，个个信心爆棚的。"东方牡丹悄悄地说。"这次有可能黄了。"马庆生小声地说。

"马庆生，别散布谣言啊，谁说黄啦？"肖云飞老远就不高兴地说。"耳朵太尖了吧，这么小声都能听到。"马庆生说。"您说对了，再小的信号都能听到，就等着看好戏吧。"肖云飞坚定地说。"好，还是肖总有气魄。关键要真不黄。"马庆生说。

"肖云飞，这就是你给的解决方案？"关景鹏生气地冲着电话说。"是的，廖默然正在写调试指导书，他比较有经验，这次就是他凭经验判断出来的。"肖云飞在电话里说。"你发来这么破的设备，还想让我给你擦屁股，你觉得可能吗？让一个不懂射频的人调双工器，用脑子想想，质量如何保证？肖云飞，想过没有？"关景鹏在电话里问肖云飞。"能调好不说，调不好怎么办？"关景鹏又问。"您想得确实比较细，我没想那么多。如果人能过去，廖默然过去就能搞定。可是现在不是过不去嘛，那你说怎么办？"肖云飞在电话那头无奈地说。"我调风险太大，要么换货，要么向卡鲁认输。就说森尼韦尔搞不定，我们也搞不定。"关景鹏说。"哎，换货也是一条出

008 - 韧 2 突破非洲

路。"肖云飞说。"好啊，先谈换货，就说应该发尼日利亚定制的，结果搞错了。"关景鹏说。"好啊，好啊，换货吧。"肖云飞说。"工期又要推至少40天，也就是4月底。没办法，除非放弃。"关景鹏无奈地说。"最好换货，保险一点。"肖云飞说。"好吧，我自己把握吧。"说完，关景鹏挂了电话。

2. 初战受挫

"喂，关先生，车在下面等着呢，快下来啊。"付先生给关景鹏打电话。"哎，好，马上下来。"原本不打算上站的关景鹏还是下来了。"关先生，出什么事了吗？"付先生问。"没出啥事。"关景鹏心不在焉地说。"没事就好，15号搞定没问题。"付先生自言自语。"付先生，你前几天说麦克斯韦有问题，不肯派人，让你们顶着，都有哪些事啊？"关景鹏问。"有基站的问题，也有配套的塔放和合路器的问题。"付先生回道。"双工器出过问题吗？"关景鹏又问。"双工器没出过问题，合路器倒是出过。"付先生说。"双工器和合路器不是一回事吧？"关景鹏说。"名字不一样，本质差不多，都是滤波嘛。"付先生说。"这么说，要是双工器出问题，你也能搞定，对吧？"关景鹏又问。"你这问得很深入，不会是你的双工器出问题了吧？"付先生反问道。"付先生，您猜对了。确实有事，是双工器的事。"关景鹏说。"双工器怎么啦？"付先生问。"这样，我还真说不清楚。我们返回宾馆，电话咨询一下家里，看付先生能不能帮上忙。"关景鹏说。"掉头，送我们回关先生的公寓，然后你们把剩下5个站搞定。"付先生说。

"肖云飞，咱们前后方开个电话会。你把那个廖默然也叫上，此事非同小可，要谈清楚。你说的现场更改，也需要细节上的澄清。"关景鹏说。"好的，这边人齐了。邓学佳、赵长城、廖默然、夏润泽、尹贤良、王厚林、麦哲渊，还有马庆三，都在。"肖云飞在电话那头说。"这边除了我，又请了个懂行的付先生。付先生，您先问。"关景鹏说。"还是他们先说现场准备如何更改吧。"付先生很有经验地说。"问题出在上行低端边缘插损一致性上，由于不属于指标范围，生产在边缘频点，插损有起伏5～7分贝。从厂家生产数据看，发给你们的基本都在7分贝左右。这就是导致Detector探测不到的根源，信号太弱。"廖默然言简意赅地说。"那现场怎么做呢？"付先生问。"从厂家和我们的试验来看，上行低端扩两兆就可以了。"廖默然说。"明白，低端，上行的低端扩两兆，向低扩两兆。"付先生理解着说。"是的，上行的低端，向低端扩两兆。"廖默然又清楚地回道。"哎，这位说话的先生贵姓？"付先生问。"姓廖，廖默然。"廖默然回道。"廖先生，您确定上行的低端是向下再扩两兆，不是平移两兆？"付先生问。"哎，什么意思？没听懂。"肖云飞急着问。"移两兆，上下行不对称啦。"廖默然说。"但移两兆，什么都有保障啊。对NWT来说，它的频段就是最低端，上下行是对称的。"付先生说。"那万一有一天NWT要用到高端的两兆怎么办？"廖默然又问。"这不可能，至少5年、10年不可能。不怕，先应付眼前的紧急交付，以后可以换啊。"关景鹏说。"要是这样，那肯定是上行整体往下平移两兆最可靠啦，收发隔离增加了；否则，有可能影响收发隔离。"廖默然说。"廖先生说到关键点上了，我就是担心这个。"付先生说。"怎么样，肖云飞，上行往低端平移两兆，就这么干？"关景鹏说。"你说行，廖默然说行，反正要实际验证。赶紧按这个方案一线具体验证，验证好就行啦。"肖云飞说。"要动双工器，一线人员能操作吗？"廖默然问。"付先生，怎么样？"关景鹏问。"没问题，前阵子麦克斯韦的合路器出了点故障，就是我们修好的。"付先生说。"合路器出啥问题？"肖云飞问。"螺钉松动，带宽变了。"付先生回道。"合路器和双工器不是一回事吧？"肖云飞又问。"一样的，都是滤波器，付先生搞得定，没问题。"廖默然说。"质量如何保证啊？"肖云飞担心地问。"最好有矢网，付先生，有矢网不？"廖默然问。"要不怎么说燎原运气好呢。麦克斯韦的合路器出问题，不想派人，让我们帮着解决。他们从欧洲租了台矢量网络分析仪，寄了过来。"付先生说。"肖云飞，有矢量网络分析仪，质量就有保障啦。噢，对了，付先生，螺钉紧固好后，都用704胶粘好。"廖默然说。"明白，我们就是这么做的。"付先生说。"质量有保障啦，赵长城？"肖云飞问。"在家里也是这么做的。"赵长城说。"就是把生产前移到一线机房了。"邓学佳说。"大家都没意见。好，就这么干，关景鹏、付先生，辛苦啦。"肖云飞说。"不客气，那好，我要赶紧去验证了。"付先生说。

"先把那套备份的改了吧，搞好直接上站换。换上一个站，在站上把换下的双工器接着改好，再去下一个站，怎么样？"开完电话会后，付先生对关景鹏说。"您有经验，按您的意思办。"关景鹏说。"今天的目标是先搞两个站，明天争取搞3个站吧。"付先生说。"好。"关景鹏说。

"801、802改了有24小时了，把数据调出来看看。"关景鹏坐在床上边看电视边说。"好，我让机房的人把数据发给我。"江嘉陵回道。

"发过来了，处理一下。"江嘉陵说。"就差这两兆，搞定。哎呀，多亏付先生擅长修理这双工器，否则……"关景鹏急切地看着江嘉陵用Detector处理后的数据后如释重负地说。"算是保住咱们燎原的颜面了。"江嘉陵说。"这事儿太专业了，当时廖默然和付先生你一言我一语的，真听不明白。就觉得很玄，完全没把握。"关景鹏说。"这叫隔行如隔山啊！"江嘉陵说。"真是隔行如隔山。不过跟付先生搞了这一次，也不觉得神秘了。要知道当时肖云飞要求我来调试，当时我真是恨不得拿刀捅了肖云飞，怎么能想出如此馊主意！"关景鹏说。"现在回过头想想，还想捅肖云飞不？"江嘉陵问。"其实啊，是我无知。想想肖云飞这么负责任的人，怎么可能胡来嘛。我现在真觉得，练练也能搞。"关景鹏说。"又进步啦，又进步啦。"江嘉陵说。"不过没有廖默然，也不会这么快落在双工器上，一帮不懂射频双工器的人还不知要折腾到什么时候才能明白呢。"关景鹏又说。"各方面的人都要全，这也是公司推EPD流程的目的吧。"江嘉陵说。

"哎，从明天起，用Detector全面跟踪起来。"关景鹏说。"要通报局方吗？"江嘉陵问。"先不用，你我家里知道就行了。等15个站全搞定了，整个正式向卡鲁、军方汇报，关键是怎么说服他们掏钱。"关景鹏说。"看来这几天家里要多做些工作，把Detector的数据深入挖掘一下，看看是不是能提炼出更有价值，尤其是军方感兴趣的素材。"江嘉陵说。"给尹贤良发邮件。"关景鹏说。"对了，明天见到东哥，跟他说约卡鲁16号汇报15个站的建设情况。"关景鹏又说。"要这么急吗？"江嘉陵说。"计划15号完工，不该16号汇报吗？除非卡鲁没空。"关景鹏说。"唉，都那么急，那我得催尹贤良快点。"江嘉陵说。"你要第一时间把数据传回去，别耽搁。"关景鹏说。

3. 马不扬鞭自奋蹄

"Detector总算没被废了，还真亏了廖默然。这功放做得好，对双工器也那么熟。"肖云飞在作战室说。"人才啊。"邓学佳说。"尹贤良，接下来就看你的咯。16号汇报，时差7小时，抢回半天时间。今天是12号，要干的，好好挖掘一下。但愿您的努力能让关景鹏说服局方和军方掏腰包。"肖

012 - 韧 2 突破非洲

云飞说。"好嘛，这压力都传递给我了，我也只能尽力而为。"尹贤良说。"实事求是就行。"王厚林说。"怎么还想搞数据啊？"马庆生说。"瞧你说的，要有信号，还要有语音，还是当地的土语，能编吗？整英语让人笑话啊。"尹贤良说。"军方不傻，人家会核实的。他们打仗，动枪动炮的，能全指望你吗？"赵长城说。"哎，肖云飞要不要补货啊？"马庆生问。"为啥要补货？"肖云飞问。"不是说前方先改着，随后发正式的双工器没问题的货吗？"马庆生问。"这事先放放，你的降成本啥时候切换啊？"肖云飞问。"已经切了。"马庆生说。"切了吗，邓学佳？"肖云飞问。"都切了，硬件、机柜、ODU（射频室外单元）都切了。现在已经在生产了。"邓学佳说。"这倒有点出乎意料啊。"肖云飞说。"计划就是3月份，是按计划完成的。"马庆生说。"照您这意思，是我不关心啦？"肖云飞说。"那是你自己说的，我们可没这么说。"马庆生说。"马不扬鞭自奋蹄。"赵长城说。"你要是关心了，肯定要把计划提前。"马庆生又说。"只能说明你们的计划没有挑战性。"肖云飞说。"我倒是想挑战呢！"马庆生说。"为什么呀？"肖云飞问。"自己做的事，自己明白啊；否则，尼日利亚的货就是降成本的。"马庆生说。

　　"哎，邓学佳、廖默然等人的线性功放发货没问题吧？"肖云飞转了话题问。"说到实质，这耳朵就出问题了，滤波功能挺强啊。"马庆生说。"没问题，有廖默然，放心吧。"邓学佳说。"赵长城，我现在心里很矛盾。"肖云飞说。"有啥矛盾的？"赵长城说。"哎，夏润泽，您觉得我是该批评您呢，还是表扬您呢？"肖云飞又说。"该批评的批评，该表扬的表扬。"麦哲渊插话道。"设想一下，如果当时夏润泽把双工器差异问题暴露出来，是什么结果？行不通，方案搁置；行得通，又要重新定制双工器，交期肯定延误，至少延后两周，甚至更多。至少这次，夏润泽这么做，效果是好的。"肖云飞说。"关键是邓学佳怎么会想起让廖默然参与此事？按理，廖默然正在忙着线性功放的交付，抽不出身来啊。"王厚林说。"对啊，邓学佳，当时你是怎么想的？"肖云飞问。"你们想想，我又不是搞射频的，我是搞算法逻辑的。曹瑞祥一走，我似乎成搞射频的了。这次的事，我感觉有点大，直觉告诉我是射频的事，自然就找廖默然帮忙啦。"邓学佳说。"感觉有点像天意。"赵长城说。"嗯，各方面的人要全。但大家更要好好思考的是，如果当时夏涧泽把实情和盘托出的话，会怎么样？"肖云飞说。"哎呀，这个问题真不好说，仁者见仁，智者见智。"马庆生说。"这个时候就需要决策者的把握能力啦。所谓民主集中制，其核心还是集中。"邓学佳说。

"讨论啥？要我说就是瞎猫碰上死耗子。"柴文娜边吃午饭边说。"你这话可犯了众怒啊。"赵长城说。"犯什么众怒？一个江苏工程队的人帮咱们解决了问题，还什么民主、什么集中的，都是白扯。"柴文娜说。"别这么说嘛。"王厚林不开心地说。"别这么说。没付先生、关景鹏、江嘉陵能搞定吗？"柴文娜说。"唉，关景鹏事后说，他也有信心学会调双工器。"邓学佳说。"事后有用吗？事先不是说想用刀捅肖云飞吗，有没有这回事？"柴文娜说。"娜姐，了解得这么清楚！唉，快让线性功放过TCP5（质量管理流程中的节点）啊。"肖云飞说。"怎么个快法啊，坐火箭啊？按流程办。"柴文娜说。"确实，尼日利亚的事挺丰富的，难怪张总要我帮你们总结总结，一定要提炼出特有的'DNA'。"东方牡丹说。"没啥'DNA'。都瞎猫碰上死耗子了，还能有啥'DNA'。"肖云飞摇着头说。"别这么说，毕竟是成功的案例嘛。"东方牡丹说。"别，还没到成功那一步呢，16号才给局方汇报。"肖云飞说。"那啥时候才叫成功？"东方牡丹问。"首先，局方要认可。其次，他们肯掏腰包买咱们的Detector。最后，就是年底燎原真的中标。"肖云飞说。"您的意思是到年底才肯总结？"东方牡丹问。"是啊。"肖云飞答。"那为啥张总现在就要总结呢？"东方牡丹问。"问张总啊，我怎么知道。"肖云飞说。"行啦，张总都清楚你刚才说的。但你们敢在现场改双工器，是开了先河。现场改双工器是成功的，对吗？"东方牡丹说。"那当然。"肖云飞答。"那就总结这个'DNA'不就得了嘛，也没让你们整别的啊。想什么呢？！"东方牡丹吃完，端起盘子走了。

"今天卡鲁和军方都挺满意的，你为啥不提Detector销售的事？"回到宿舍，江嘉陵问关景鹏。"第一次仅是介绍情况，能得到卡鲁和军方的认可已经很好啦，销售的事缓缓。"关景鹏说。"也是，别太急。"江嘉陵说。"要知道，毕竟仅是我们在用。明天你们就要以日报的形式发给局方和军方，东哥也会派专人和你一起搞。"关景鹏说。"可要盯紧了，往下才是关键。信息一定要真实可信，而且要全面，千万别漏了。"关景鹏说。"军方肯定要搜集一段时间，然后才有可能进行下一步行动。"江嘉陵说。"好像吉达这一带没说的那么恐怖，你看基站建得多顺。"关景鹏说。"唉，就说你运气好吧。眼看没路，又有个付先生懂双工器，你买彩票肯定得头奖。"江嘉陵说。

"付先生的账，什么时候给结啊？"关景鹏问。"这您就不用操心啦，有规矩的，工程验收完后结账。这工程只是刚完工，要局方验收的。"江嘉陵说。"一时半会儿都不会放号的，局方验收恐怕会拖得比较久的。"关景鹏说。"那也没办法呀。"江嘉陵说。"这次付先生真的帮了大忙了，你跟总部说说，早点把款打给付先生。"关景鹏说。"说得有道理，不过也难办啊。"江嘉陵为难地说。"为什么难办？"关景鹏问。"如果NWT提供验收通过的报告，总部就可以打款给付先生的公司。但是……不好办啊。"江嘉陵说。"向总部说明一下情况，再请张立彪证明一下。"关景鹏说。"还是按流程吧，催NWT给验收报告，这样比较好。"江嘉陵说，"一般验收报告是运维部门出的。"

　　"东哥，这就找东哥。"关景鹏说着，就要给东哥打电话，被江嘉陵制止。"别急，验收有一定的程序，不是一个电话就能搞定的。我先和东哥沟通一下，把影响验收通过的问题先列出来，逐一解决掉。"江嘉陵说。"快去，最好下午就能把问题点给弄出来，盯紧东哥。"关景鹏说。"下午让东哥都弄出来，恐怕有点难度。"江嘉陵说。"另外，找机会答谢一下付先生。钱不给，先谢谢人家总可以的吧。"关景鹏说。"单独吗？"江嘉陵问。"像往常一样，一起聚吧，叫上梁先生。"关景鹏说。

　　"啊，回来啦。"正在做晚饭的关景鹏说。"回来了。"江嘉陵回道。"和东哥沟通得怎么样啊？"关景鹏急忙问。"哎呀，不可能这么快的。忙了一下午，也就是看看有什么问题。"江嘉陵说。"没发现什么问题，是吧？那就出验收合格的报告呗。"关景鹏说。"谁说没问题？"江嘉陵不耐烦地说。"那你说有什么问题？"关景鹏问。"东哥发现808号站有驻波告警。"江嘉陵说。"这……解决不就行了吗，不碍大局。"关景鹏轻描淡写地说。"运维主要看告警，告警不碍大局，啥碍大局？"江嘉陵说。"哎哟，解决不就行啦，别这么上纲上线的。"关景鹏说。"对啊，就是解决嘛。你后台挂着红，让东哥说验收通过，可能吗？再好的关系也不行啊。"江嘉陵说。"明天上站解决掉。"关景鹏说。"那得协调付先生，东哥还要协调军方安保。"江嘉陵说。"哎，查查看，808号站好像比较平静，应该不会麻烦军方。"关景鹏说。"808号站似乎比较平静，但也不可大意啊。"江嘉陵边查看电脑边说。"这样，明天一早，我就拉东哥去808号站，把驻波告警灭了。"关景鹏说。"咱俩去不就得了，何必麻烦东哥？"江嘉陵不解地问。"唉，你给我在后台好好看着，东哥亲自去，他说好，就好啦。"关景鹏说。"好啊，我在后台给你们看着。"江嘉陵说。

4.808惊魂

"东哥，不想麻烦付先生了，把你拖上。谁让你不肯给验收报告的，骨头里挑刺说808号站有告警。"关景鹏坐在车上一路说。"有驻波告警就是有驻波告警，红得那么显眼。不消掉，永远那么红着，不合适吧？更何况，也许驻波真的有问题，信号发不出，影响业务啊。"东基拉尤边开车边说。

"唉，行行行，咱不是来处理了嘛。没你那个报告，就没法给付先生的工程队付款。这告警的事也不好意思再叫他，只能拖上东哥啦。"关景鹏说。

"没事，他们工程做得挺好的，我正好也想下站看看。这15个站，我还没下站看过呢，趁处理告警的机会看看，也好给你们写验收报告啊。"东基拉尤说。"东哥，Detector的数据提供给军方，军方有何反馈？"关景鹏问。

"他们没说具体的，只是说数据对分析敌情很有参考价值。"东基拉尤说，"他们不愿透露更多细节，我想是为了保密吧。只是听说他们有动作，具体做什么，不清楚。""不过这808号站，看数据还是比较平静的，所以咱俩就来了。"关景鹏说。"应该问题不大，看这15个站，建得多顺啊。"东基拉尤说。"哎，快到了，十点半，两个小时。"关景鹏说。"这个站，印象中楼下是个叫黛安娜的小店。对，看见没？就是那儿。"关景鹏冲着东基拉尤说。

"是1扇区驻波告警。"进了机房，关景鹏看着告警灯说。"不会是线缆没接好吧？"东基拉尤说。"不会吧？"关景鹏说。"不管会不会，都先再拧一遍。"东基拉尤说着，把3个扇区的6根线缆全使劲儿再拧了一遍。"再看看，红灯还亮不亮？"东基拉尤说。"没红灯了，都变绿了，还真是线缆没接好啊。"关景鹏高兴地说。"这种情况还是经常遇到的。哎，给江嘉陵打电话确认后台是不是也好了。"东基拉尤说。"好。"说着，关景鹏给江嘉陵打了电话，"喂，江嘉陵，我是关景鹏啊。""啊，关景鹏，我看刚才808号站的驻波告警消失了，是你们搞的吗？"江嘉陵问。"是啊，东哥刚把线缆全使劲儿又拧了一遍，结果这边的红灯变绿灯了。"关景鹏说。"东哥厉害啊！好了，你们赶紧回吧。"说完，江嘉陵挂了电话。

"什么声音？东哥。"刚打完电话，关景鹏听到外面有很大的声音，赶紧问东基拉尤。"不知道，不会是枪声吧？"东基拉尤说。"听，这是机枪声，咱俩遇上麻烦了。"东基拉尤说着，掏出手机打起来，"喂，巴勃罗上尉吗？我是NWT的东基拉尤。""啊，东基拉尤，怎么你那边那么吵，有事吗？"巴勃罗上尉在电话里说。"我在808号站，不是吵，是机枪声。我是向你求助的，我和关先生被困在机房，出不去了，请上尉赶紧想办法救我们出去啊。"东基拉尤哭喊着说。"是这样啊，好，我知道啦，待在机房里，千万别出来。手机开着，随时联系你们。808号站，对吧？"巴勃罗上尉再问。"是的，808号站机房。"东基拉尤回道。

"他们啥时能来救我们？"关景鹏惊恐地问。"反正告诉他们啦，啥时候能来，我也不知道。"东基拉尤说。"水、方便面、电热杯，都带了吧？"东基拉尤问。"都带了。"关景鹏说。"省着点，准备熬3天。"东基拉尤说。"3天？不至于吧。"关景鹏说。"我遇到过这种情况，3天。"东基拉尤说。"彩票买不中，这倒一下就中。运气怎么这么差啊！"关景鹏悲伤地哭喊着。"别这样，好不好？月月鸟，冷静一点，军方会救我们的，没事的。只是不能出去找死，老老实实待在机房。"东基拉尤说。

"东哥，上次你是怎么逃脱的？"关景鹏问。"你们啊，中国太平静了。在这儿，这种事情，3年内我就碰到两次，什么逃脱不逃脱的，谈不上。"东基拉尤说。"跟这次情况差不多吧？"关景鹏又问。"不跟你闲扯，我要祈祷了。"说着，东基拉尤开始祈祷。"难怪啥都不说，都在祈祷呢，啥也不记得了。"关景鹏自言自语，"东哥靠祈祷消磨时光，我干啥……不行啊，东哥，你不能光顾自己啊。教教我，咱们一起祈祷。""别闹，跟着我这样就行啦。"东基拉尤说。"那你嘴里说的啥，我也不会。"关景鹏又说。"自己心里想点啥吧。不然，心里数数，从1数到10000就差不多了。"东基拉尤说。"数数，这法子好。"说着，关景鹏学着东基拉尤，开始在心里数数。

"数了多少啦？"东基拉尤做完祈祷，拍着关景鹏的脑袋问。"哎呀，让你这么一拍，数都忘了。"关景鹏傻呵呵地说。"反正没数到10000。"关景鹏又说。"你数得慢，否则，应该差不多。"东基拉尤说。"东哥，怪不得你把这不当回事呢，这3天就算取经了。"关景鹏装疯卖傻地沉浸在数数中。

"哎，整点吃的吧，方便面，还有牛肉干。"关景鹏。"晚些再说吧，你肯定没带足3天的，还是省着点。"东基拉尤说。"那啥时候吃？"关景鹏问。"三四点钟吧。"东基拉尤说。"三四点？那之后呢，晚上怎么办？"关景鹏又问。"晚十点左右吧。"东基拉尤说。"好吧。"关景鹏无奈地说。"不过，今早吃得多，现在一点都不饿。"关景鹏自言自语。"不饿就好。"东基拉尤说。

"哎，东哥，你记得坦桑尼亚的穆刚、苏丹的拉赫曼，还有几内亚的西塞吗？"关景鹏又问。"记得啊，我和西塞在一个宿舍住了4年。"东基拉尤说。"哎，想起来了，还有肯尼亚的萨利乌，这小子太猛了，人高马大的。"关景鹏又说。"是啊，建工学院的后卫在足球赛中想堵截他，结果一伸脚，'咔嚓'一声，腿断了。"东基拉尤说。"速度是快，居然在全国大学生运动会上拿了个200米赛跑冠军。"关景鹏说。

"哎，巴勃罗上尉发了个短信。"东基拉尤说。"说了啥？"关景鹏问。"没说啥，只是把电话里讲的重复了一下。"东基拉尤说。"重复了一下？"关景鹏说。"估计是准备行动了，行动前知会我一下。"东基拉尤说。"有点意思。"关景鹏略显兴奋地说。"让我们祈祷吧。"东基拉尤说。"这下我可以数满100下。"关景鹏说完，闭目数着数。

"数了多少啦？"东基拉尤祈祷完后，冲着关景鹏问。"只能重复数100，不能多数了，脑子晕了。"关景鹏说。"数数都数不明白，有啥用？搞点吃的能行不？"东基拉尤说。"这事能行。"说完，关景鹏开始准备吃的。

"哎，当时隔两周就去你们留学生宿舍玩，知道目的是啥吗？"关景鹏又说。"看我们留学生宿舍有好吃的呗，能为啥？"东基拉尤说。"看出来啦，行啊。"关景鹏说。"看你们见到牛排那个样，就啥都明白了。"东基拉尤说。"是啥样？"关景鹏问。"啥样，自己最清楚啦，没好意思给你们拍下来。"东基拉尤说。"你们当时多有钱啊，我可全靠助学金，能比吗，东哥？不到你那儿蹭点好吃的，我上哪儿蹭去？"关景鹏说。"你这倒是实话。"东基拉尤说。"现在，你还是富翁啊。"关景鹏又说。"哪里哪里，马马虎虎吧。"东基拉尤说。"月薪5000美元，还马马虎虎？大富翁啊！"关景鹏说。"那你这一天补助100美元，一个月不就3000美元啦。还有工资、奖金、股票吧？"东基拉尤说。"我们这是背井离乡，现在还有生命危险，能比吗？你这老婆孩子热炕头的，爽死了！"关景鹏说。"什么叫背井离乡！我们尼日利亚是世界第二，拉各斯是尼日利亚第一，别身在福中不知福啊。"东基拉尤说。"哟，我还掉到福堆里了？看现在，是在福堆里吗？"关景鹏说。"暂时的嘛。"东基拉尤说。

"也不知道家里的房子装修得咋样了。冉冉，对不起，让你受累了。"关景鹏自言自语。"我还没结婚呢，不像你老婆孩子一大家。我连后代都没有，要是有个三长两短，咋向父母交代嘛。"关景鹏不停地唠叨。"别烦了，祈祷，数数。"东基拉尤说。

"这回数到多少？"祈祷完的东基拉尤问关景鹏。"9888。"关景鹏说。"哟，行啊，有进步。真应了事不过三的话啦。"东基拉尤说。"东哥，看来真要在这儿过夜啦，你不怕啊？"关景鹏说。"相信巴勃罗上尉，多点耐心，不会有事的。"东基拉尤淡定地说。

"哎，东哥，说点实际的。你打算什么时候出验收报告？"关景鹏问。"没告警就出，好吧？"东基拉尤说。"没告警了，当然就应该出的。"关景鹏说。"你说错了，按理应该没告警，放号试运行一个月没问题，才会给报告的。"东基拉尤说。"对了，你们好像没放号，只是给我们这些特殊的手机放了权限。"关景鹏说。"军方不让放，自己用。等安宁了，再放号。"东基拉尤补充道。"否则，明天就能拿到你的报告了，付先生的工程款也能及时付了。真倒霉！"关景鹏说。

"不过这次，尤其是你们的Detector专为军方定制开发，确实打动了巴勃罗上尉。要知道，森尼韦尔是不可能的。据说对他们掌握敌情很有帮助。"东基拉尤说。"但愿吧，我们是在赔本赚吆喝啊。"关景鹏说。"肯不肯掏腰包，就不好说了。什么赔本赚吆喝？年底招标要是中了标，怎么会是赔呢？"东基拉尤说。"您说能中吗？"关景鹏问。"我当然希望你们燎原中标啦，只是……"东基拉尤说。"只是什么？说，只是什么？"关景鹏说。"情况复杂啊，NWT像我在中国留学的没有第二个，都是去美国留学的。森尼韦尔的影响力太大啦，从政府到公司高层。"东基拉尤说。"噢，这么艰苦危险的，没有人愿意干的，就找燎原；到头来，好吃好喝的，森尼韦尔全占了。太不公平啦！"关景鹏说。"也不一定，不要丧失信心，中国人不是说'世上无难事，只要肯登攀'嘛。"东基拉尤说。"感觉您这比喻不太确切。"关景鹏说。"那你说个确切的。"东基拉尤说。"哎呀，我一时想不起来确切的。"关景鹏说。"你想不起，就说明我说得很贴切。"东基拉尤说。

"我这心有点拔凉拔凉的，东哥，你要多关心关心我。"关景鹏说。"我关心你啊，一直都在关心你啊，这不都陪你到这儿了嘛。"东基拉尤说。"看来巴勃罗上尉得赶紧来，否则这位要神经错乱啦。"东基拉尤自言自语。"给巴勃罗上尉发个短信吧，催他们快点。"关景鹏说。"好，这就发。"东基拉尤说。

"祈祷完了再整点吃的。"东基拉尤发完短信后说。"巴勃罗上尉回短信了吗？"关景鹏边吃边说。"没有。"东基拉尤说。"东哥，他们不会把我们忘了吧？"关景鹏说。"不会吧。我给卡鲁发短信，让卡鲁再给巴勃罗上尉施压。"东基拉尤说。"对，请卡鲁再帮帮忙。"关景鹏说。

"卡鲁回信息了吗？"关景鹏急着问。"刚发，别太心急了。"东基拉尤说。"再看看卡鲁有可吗？"关景鹏说。"噢，回了，让我们俩耐心等待，巴勃罗上尉正在组织人消灭叛匪。"东基拉尤说。"是啊，给点信息好安心哪。"关景鹏说。"安心了吧，没忘了我们。好了，先休息吧。"东基拉尤说。"好，睡会儿。"关景鹏说着，靠墙睡了。

"枪声，又有枪声。"睡得正香的关景鹏被枪声惊醒。"应该是巴勃罗上尉来救我们了。"东基拉尤说。"听，有人上楼来了。"关景鹏说。"当心，不要轻易开门，一定要确认……咦，巴勃罗上尉的短信，说他们就在门口，我去开门。"东基拉尤兴奋地跑到门口，透过钥匙孔看了看门外。"是巴勃罗。"东基拉尤说着，打开了门。"东基拉尤、关先生，我们来了。"巴勃罗上尉说。

5.幸福来得太突然

"江嘉陵，家里知道了吗？"回到宿舍的关景鹏问。"如果今天不回的话，我就准备电告家里了。"江嘉陵边烧着午饭边说。"哎，别烧干饭，整点大米粥。"关景鹏说。"那整点面条吧？"江嘉陵说。"别，这两天净吃方便面了，就粥啊。"关景鹏说。"好吧，熬粥。"江嘉陵说。"我和东基拉尤说好了，没告警就出报告。"关景鹏说。"那好，再看两天，没告警就找东基拉尤出报告。"江嘉陵说。"这事儿可要盯紧咯，好给付先生有个交代。"关景鹏说。"躺会儿吧，一会儿粥好了叫您。"江嘉陵说。

"怎么样？没告警啦，东基拉尤出报告了吗？"关景鹏边吃晚饭边问。"没有。"江嘉陵说。"为啥呀？东哥说话不算数啊。"关景鹏说。"明天我再找他，不过这两天看他老在卡鲁办公室，不知又有啥事？"江嘉陵说。"明天和你一起去找东哥。"关景鹏说。"听说巴勃罗上尉剿匪有功，要被晋升为中校。"江嘉陵说。"好家伙，一下跳了两级。"关景鹏说。"他这一高兴，会不会愿意买Detector？"江嘉陵说。

"东哥，听说巴勃罗上尉升为中校啦？"关景鹏在东基拉尤的办公室问。"消息挺灵通的，只是可惜啊。"东基拉尤说。"可惜啥呀？"关景鹏问。"报告现在还无法提供。"东基拉尤说。"为什么？不是没告警了吗？"关景鹏说。"没告警也出不了。"东基拉尤说。"唉，咱们可是生死兄弟，就这样待我？"关景鹏说。"实话告诉你，这次剿匪抓了很多人，就在808号站5公里处，这些人都被关在那儿。"东基拉尤说。"嗯，他们关在那儿，跟您出报告有啥关系？"关景鹏问。"关系大了。"东基拉尤说。"为啥？"江嘉陵问。"巴勃罗中校要求在那里能打电话，越快越好。"东基拉尤说。"越快越好是多快？"江嘉陵说。"现在就要。"东基拉尤说。"别这样啊，东哥。"关景鹏说。"巴勃罗中校就是这么跟我当面说的。"东基拉尤说。"别废话，3天之内搞定。"东基拉尤补充道。"赶紧去搞，要快。对了，卡鲁明确说，就用808号站搞定。不可能，也没条件新加站。"东基拉尤说。"快吧，月月鸟。"东基拉尤说。"好吧，先去808号站路测。东哥派个车，我和江嘉陵这就去。"关景鹏说。"你们先下楼，司机马上会找你们的。那个关人的地方，司机阿里知道。"东基拉尤说。

"江先生，快到了，先上站还是去看守所？"司机阿里问。"直接去看守所路测。"关景鹏说。阿里径直往看守所开。"到了。"阿里说。"刚才过来，感觉好像有点上坡。嗯，有戏。"江嘉陵边下车边说。"很开阔，看，808号站。卡鲁很有经验，应该来实地考察过。"关景鹏说。"测测看。"江嘉陵边测边说。"怎么样？"关景鹏问。"靠近基站的信号勉强可以。看，到了这儿，又离开了近50米，信号就'飘'得厉害，打起电话就是时断时续。"江嘉陵说。"所以，巴勃罗中校让我们赶紧搞啊。"关景鹏说。

"陆鼎轩，看了江嘉陵的邮件了吧？有招吗？"在作战室，肖云飞问。"邮件中没说天线的情况。"陆鼎轩说。"我让江嘉陵回一下。"说着，肖云飞给江嘉陵发邮件。"地势有点高，这是有利的。50米的间距，靠近天线一侧，信号比较勉强；远离的一侧，信号就很'飘'了。"陆鼎轩叙述着情况。"噢，天线是正对零下倾。"肖云飞说。"看来这个扇区就是想覆盖这个看守所的，只是电平有点不够。要不是地势有点高，5公里还达不到现在这个样呢。也很开阔，没什么遮挡。"陆鼎轩又说。"是室内站吧？"陆鼎轩又问。"室内站。"赵长城说。"说了馈线有多长吗？"陆鼎轩又问。"馈线将近30米。"邓学佳说。"室内站就没办法了。"陆鼎轩自言自语。"什么室内站就没办法啦？"赵长城问。"如果可以挂在天线底下，咱们的ODU，近30米的缆损就可以节省下来。再想办法把天线往天上仰一些，应该就可以了。"陆鼎轩说。"不过这就要试，方法主要是搞高发射功率，让天线能打得更远一点。"陆鼎轩说。"这两招应该都能实现。"肖云飞说。"有ODU吗？"陆鼎轩问。"有，室内站就是用ODU搭建的。"邓学佳说。"那好，就用这两招试试呗。"陆鼎轩说。"那你写个方案，我来发给他。"肖云飞说。"就在这儿写吧，中午发过去，他们就可以去现场操作了。"赵长城对陆鼎轩说。

　　"嗯，把ODU放到抱杆上去，减少损耗。好是好，只是卡鲁怕被盗啊。"看着发来的解决方案，关景鹏说。"不知天线能否往上仰？"关景鹏又说。"陆鼎轩的这两招，其实我也想到了。目前，只能来试试啦。"江嘉陵说。"能往上仰吗？"关景鹏问。"去了再看吧，应该可以。"江嘉陵说着，准备走。"就这么走呀，ODU咋往外整啊？"关景鹏问。"亏你去建的站，虽然没用，装室外抱杆的附件全在机房里放着。"江嘉陵说。"你怎么知道？"关景鹏又问。"要提功率，只能把ODU挂在抱杆上。我昨天就到808号站机房看了。"江嘉陵说。"那天线上仰呢？"关景鹏又问。"下支架垫块砖不就得了。"江嘉陵说。"能固定牢吗？可靠性要保证啊，不然被风吹掉下来怎么办？"关景鹏又问。"一点点垫吧，慢慢试。"两人边走边说。

　　"真的什么都有，那防盗怎么办？"来到808号站机房，关景鹏看到附件说。"先试再说。等看守所能打手机了，再找东哥解决防盗的问题。"江嘉陵说。"好，先斩后奏。"关景鹏说。"哎，你就这么把基站都给下电啦，不给机房打招呼啊？"关景鹏说。

　　"别忘了还没验收呢，号也没有放。"江嘉陵说。"哦，对哦。"关景鹏说。"把电源线搞一下，要加长。"江嘉陵说。"光纤呢？"关景鹏问。"看，光纤足够的。"江嘉陵说。"好了吧，走。"江嘉陵说着，抱着ODU上了屋顶。"放这儿，你去找薄一点的石片，多找几片。"江嘉陵让关景鹏放下电源线。"放这儿啦，我去找石片。"说着，关景鹏四处寻找石片。"石片找着了吗？"江嘉陵装好ODU后说。"找了几片，你看行不行？"关景鹏说。"就这块挺好。"江嘉陵从关景鹏手里拿过一片石片，开始垫天线。不一会儿，江嘉陵完成了天线上仰，说："先这样吧，走，上电，路测。上屋顶肯定要把基站下电的，否则有功率辐射。""好，都走来了。用手机试，3个扇区都试试。"关景鹏拿出手机试了试说，"可以，走，路测去。"说着，两人下了楼。

"怎么样？"看着路测的江嘉陵，关景鹏问。"这个地方比昨天强多了，再到远处看看。"江嘉陵说。"昨天这地方信号'飘'得很，今天呢？"关景鹏问。"好是好多了，但还是赶不上前面的信号。"江嘉陵说。"怎么办？"关景鹏问。"只要这儿的信号能达到前面的水平就行。"江嘉陵说。"现在达不到怎么办？"关景鹏说。"刚才看了一下天线和抱杆，天线应该还可以往上调一掌多的高度。走，把天线再调高一点，应该就差不多了。"江嘉陵边走边说。两人来到楼上，江嘉陵边走边说："你去机房把电下了，我上屋顶。记住，3个扇区都要下电啊，我还没下一代呢。""好啦，都关了。"关景鹏从机房向外喊着。看着天线和抱杆，江嘉陵说："近两掌的距离，天助我也。"江嘉陵把天线上移的同时，又垫好上仰，和关景鹏一起下楼路测了。

"OK（好），这里的信号达到刚才的水平啦。咱俩打打电话，离远点。"江嘉陵和关景鹏拉开距离，开始打电话。"1，2，3，4…300。"关景鹏数着数。"嗯，差不多了，这下好交差啦。"江嘉陵走近关景鹏说。"不会明天ODU就被盗了吧？"关景鹏担心地说。"不至于吧。"江嘉陵说。"我就在这儿给东哥打电话。"关景鹏说着，拨给了东哥，"喂，东哥，知道我在哪儿给你打的电话不？""不知道，不知道，看守所吧？"东哥搞笑地说。"你咋知道的？"关景鹏说。"两天不见人影，这时又兴奋地打电话，只有一种可能。"东基拉尤说。"好了，你厉害，怎么样，通话没问题吧？"关景鹏说。"嗯，挺好，咋那么快就搞定了呢？厉害！"东基拉尤说。"天线高了一点点，往上仰了一点。"关景鹏说。"动动天线就搞定啦？"东基拉尤说。"把ODU从室内拿到天线下面了。"关景鹏说。"挺能想的嘛！好主意，30米的缆损省了，好。"东基拉尤说。"你不怕ODU被盗啊？"关景鹏又说。"这电话能打了，解决了看守所的通信问题是件大事，下午我过去看看怎么能不被盗。"东基拉尤说。"那我们就先回去了。"关景鹏说。

"安娜小姐，早上好。"西装革履的关景鹏、江嘉陵说。"赶紧赶紧，就等着你们俩呢。"安娜小姐高兴地说。"太感谢啦，太感谢啦！"一进门，巴勃罗中校冲上来把关景鹏、江嘉陵紧紧抱在一起说，"燎原，关、江没说的。""月月鸟，巴勃罗中校愿意掏腰包买您的Detector啦。"东基拉尤说。"真的？"关景鹏激动地望着巴勃罗中校。"当然。"巴勃罗中校说。"巴勃罗中校认同你们的报价。"卡鲁说。"感谢巴勃罗中校。"关景鹏两眼含泪，紧握着巴勃罗中校的手，怎么都止不住眼泪夺眶而出。

"今天有点失态了啊。"回到宿舍，关景鹏自言自语。"幸福来得太突然了，正常。"江嘉陵说。两人默默相视，抱头痛哭了起来。"哭什么？应该仰天大笑才是啊。"关景鹏猛地推开江嘉陵说。"曾记否，到中流击水，浪遏飞舟。"江嘉陵仰天大叫道。

第二章

需求拉动室外宏

1. 大难不死必有后福

"关景鹏真可谓'大难不死，必有后福'啊！"柴文娜边吃午饭边说。"哎，你看那个什么巴勃罗，就是靠着关景鹏、江嘉陵，一下从上尉升到中校。你说他能不买Detector吗？必须的。"尹贤良说。"这下可不是赔本赚吆喝了吧？"王厚林冲着马庆生说。"哎，别说，通过吉达项目，充分展示了咱们这个室外微基站机动灵活的能力。说实话，真开了眼，基站有了ODU这种形式，可以随心所欲啊。"马庆生说。"马庆生这话说得确实有水平。总之啊，实际的应用牵引着我们的技术进步。"肖云飞说。"肖云飞，可以好好总结了吧。改双工器的事您拖着，现在没说的，吉达工程全面总结，本周输出初稿，上产品线例会评审。"东方牡丹说。

"哎，马庆生，又有室外宏的需求了。"肖云飞转头说。"啥叫室外宏？"麦哲渊问。"我也不是太清楚，西方人喜欢用室外宏基站。"肖云飞说。"就是把室内宏基站装进类似冰箱的柜子里。"邓学佳说。"哪儿要啊？"赵长城问。"好像是欧洲。"肖云飞说。"欧洲？咱也能去欧洲，真的假的？"尹贤良问。"反正这个需求是真的，马上立项。"肖云飞说。"都是结构的事，我们没啥事？"马庆生说。"要降功耗啊。"邓学佳说。"难道室外宏和室内宏不是用一块单板？"马庆生又说。"事情肯定是这么做的嘛，借助室外宏降功耗，室内、室外都可用，最后取代老的室内单板。"肖云飞说。

"哎，这电话里说，美军正在攻打伊拉克，快看。"关景鹏说。"好嘛，真的打了。"江嘉陵兑。"美国人真是的，说打谁就打谁。"关景鹏自言自语。"联系一下付先生，咱们聚聚，和梁先生一道。"江嘉陵说。"好啊，真要感谢付先生。这下好了，钱没问题，也该聚聚了。"关景鹏说。"你说巴勃罗中校连升两级，这Detector到底起到作用没？"江嘉陵问。"说是起到作用啦，但细节不肯透露。"关景鹏说。"总之，这个基站系统肯定是帮了大忙的；否则，巴勃罗中校也不会这么爽快大方地把Detector的单给买了。"江嘉陵说。"得不到有价值的细节，我们怎么总结啊？家里不是要总结吗？"关景鹏说。"巴勃罗中校一点细节都不提供，只是说有很大的帮助，太单调了。"江嘉陵说。

"我觉得吉达项目有两个关键点。"关景鹏说。"现场改双工器，把放在室内的ODU拿到室外。"江嘉陵说。"多亏有ODU，否则就要30米缆损。对于看守所来说，功率是最宝贵的。"江嘉陵又兑。"当时决策开发ODU是非常正确的，尤其是自然散热，更是非常有远见的。至今，光纤拉远自然散热的ODU，燎原还是独家。"关景鹏说。"再总结，这两点也是决定性的。"江嘉陵说。"改双工器，解决看得见的问题；ODU拿到室外，解决看得远的问题。"关景鹏说。"还有孤胆英雄，深入虎穴，里应外合，智取吉达。"江嘉陵调侃。"是哼哈二将。"关景鹏说。

"在808号站一天一夜，悟出点啥了吗？"江嘉陵问。"把阿拉伯语学会了。"关景鹏说。"哎，你别说，那个电视节目主持人——何炅就是阿拉伯语的大学老师，是不是准备找他学呀？"江嘉陵装傻地问。"嗯，没错，我昨天给他发邮件了。"关景鹏顺着说。"回邮件了吗？"江嘉陵问。"何炅说最近有点忙，过阵子再给我回邮件。"关景鹏说。"那你现在怎么办？"江嘉陵问。"自学。"关景鹏幽默地说。"数10000其实也挺难的。"江嘉陵说。"时间长了，就乱了。"关景鹏说。"扯远了，联系付先生、梁先生。哎，维多利亚呗？"江嘉陵说。"好啊，百乐门。"

　　"付先生，款到账了吧？"维多利亚百乐门前，关景鹏问。"谢谢，到了。"付先生说。"不瞒您说，早该请了。没付款，不好意思请您。"江嘉陵说。"嗨，见外了不是？咱们是朋友。"付先生说。"看来你们合作得挺愉快。"梁先生说。"多亏了付先生，那个巴勃罗一下从上尉升到了中校。"江嘉陵说。"真的啊？"付先生说。"可不吗，剿匪有功啊！"关景鹏说。"别说，吉达现在可热闹了。"梁先生说。"梁先生最近去过？"关景鹏说。"嗯，还能看到墙上的子弹印呢。"梁先生说。"有没有见到黛安娜小店？"关景鹏问。"好像有，楼顶上就是你们的基站，挺显眼的。"梁先生说。"我有印象，黛安娜小店就是一个叫黛安娜的开的。"付先生说。"知道得这么详细，黛安娜长得漂亮吗？"江嘉陵问。"我去的时候没注意，就往楼上跑了。"关景鹏说。"姑娘漂亮，我在那儿买了盒烟。"梁先生说。"听说你被困在808号站机房了？"付先生冲着关景鹏问。"是啊，一天一夜。"关景鹏回道。

　　"想不到你们玩高科技的，还有这么大的风险，咋熬过来的？"梁先生问。"祈祷。"关景鹏说。"啥祈祷啊！东哥祈祷，他数数。"江嘉陵说。"数数？"梁先生问。"是啊，东哥让我在心里数到10000。"关景鹏说。"10000，能数到不？"付先生好奇地问。"数不到，很快就乱了。"关景鹏说。"来，喝酒。"江嘉陵举杯说。

　　"从肖云飞、关景鹏的总结来看，我觉得吉达项目成功有些侥幸。"在产品线例会上，东方牡丹说。"说来听听，怎么个侥幸法？"张立彪说。"侥幸一，按理应该用室内宏基站。是由于森尼韦尔把地方占了，没地方，才用上了我们辛辛苦苦开发出来的室外微基站。当然喽，最高兴的是马庆生，开始做的就是室外微基站方案。"东方牡丹说。"嗯，那侥幸二呢？"张立彪又问。"侥幸二，夏润泽为了项目能成，隐瞒实情，结果歪打正着，反而成就了这个项目。"东方牡丹说。"还有什么侥幸？"张立彪又问。

"不是燎原人搞定的，是那个江苏工程队，有个姓付的，恰巧熟悉双工器更改。又沾了麦克斯韦从欧洲租借的仪表的光。张总您说，这算不算侥幸？"东方牡丹说。"嗯，肖云飞啊，你们是去仙湖烧香了，是吧？"张立彪风趣地说。"那是肯定的啦！"柴文娜说。"嗯，看来拜的时候，你们的心很诚啊，所以心诚则灵嘛。"张立彪说。

"张总，我们可不能靠迷信啊。难道这个总结最终的'DNA'是心诚则灵？那可就成忽悠啦。"东方牡丹说。"那你说是什么？"张立彪问。"不知道，只是觉得这项目有点像拍电影，说出去还真的很难让人相信。"东方牡丹说。"没错，吉达项目成功确实有运气的成分。森尼韦尔告燎原应该是这个项目最大的推进剂，你说森尼韦尔早不告、晚不告，偏选在那个时候，只能说关景鹏、江嘉陵运气好。"张立彪说。"但话又说回来，对于麦加项目，我们真心投入，是靠实力，不是靠运气，对吧？"张立彪又说。"牡丹，听明白张总说的了吗？"赵长城说。"张总说啥啦，麦加？我们说的是吉达项目。"柴文娜接过话说。"是啊，怎么又扯到麦加了呢？没明白。"东方牡丹说。"我是要总结出吉达项目成功的'DNA'。"东方牡丹又说。"千方百计地满足客户需求。"张立彪说。"对，再提炼一下，就是用铁人精神，千方百计满足客户需求。"张立彪补充道。"啥是铁人精神？"东方牡丹问。"铁人就是大庆油田的王进喜啊，他有一句话很出名。"张立彪说。"哪句话呀？"东方牡丹又问。"有条件要上，没有条件创造条件也要上。"柴文娜说。"真费劲儿，有代沟了。"邓学生在一旁说。"如果换成现在牡丹能听懂的话来说，就应该是方法总比困难多。"肖云飞说。"哎，还是肖云飞有水平，简直就是连接代沟的桥梁。"东方牡丹开心地说。"那我来做个纽带吧，逢山开道、遇水架桥，没有过不云的坎儿。"张立彪说。

"张总，这室外宏怎么说啊？"肖云飞问。"室外宏肯定要搞，马上启动。"张立彪说。"啥时候发货，是哪儿要啊？"肖云飞又问。"葡萄牙，年底要正式发货。"张立彪说。"签了吗?"肖云飞问。"正在谈,我们不管这个,公司有人运作。今天就算正式启动,年底要能正式量产发货。"张立彪说。"看上去似乎时间挺宽裕的,是吧?其实不然,室外柜、制冷都很难的,就怕到时候搞不定量产的供货。"张立彪又说。"是啊,样机搞几个可以,机柜、制冷的门都是瓶颈啊。燎原没搞过,所以公司决策一定要搞。欧美高端市场用这个的很多。"张立彪补充道。"说是模块、单板也要优化、降功耗?"肖云飞问。"是的,肯定要借这个机会做出适合室外宏的单板和模块。这些模块也可以用到室内宏上,就是归一化。"张立彪说。"吉达项目完成后刚清闲,这下又要大忙啦。"马庆生说。"怎么叫大忙?"赵长城说。"基本上要重新做。"马庆生说。"但是有前面的基础,只是室外柜而已。"肖云飞说。

"这几天晚上,您可有点不对劲啊,今天晚上好像更严重了。"关景鹏躺在床上说。"别……"江嘉陵说着,翻下床捂着肚子又冲向了洗手间。"应该是那天喝酒造成的。"关景鹏自言自语。"坏了,不会栽在厕所里了吧。"江嘉陵很长时间不回,关景鹏急忙下床冲向厕所。

"这是第三次了吧?看化验的数据,只能住几天院了。"张医生说。"比前两次严重啊?"梁先生问。"肯定的啦,早说过到了第三次恐怕会很糟糕。"张医生抖动着手中的化验报告说。"要住几天啊?"关景鹏问。"看他自身的情况,少则三天,多则一周。明确地告诉你们,住院只是稳定一下,赶紧回国治。"张医生说。"回国?"关景鹏问。"对啊,在这里难治好。回国,环境改变了,就会慢慢好起来。"张医生说。"不是说我们国家的中医专家在搞吗,能不能试试?"关景鹏说。"还没开始临床呢,据说年底才开始。"张医生说。

"我要是回国,就剩你一个啦,不行吧?"江嘉陵在病房边打吊水边说。"说得是啊,但你确实不能再待下去了。你看你瘦的,你妈看了,肯定伤心透了。"关景鹏说，"要搞办事处，家里会来许多人。唉，就是3月底、4月初。第一批里不知有没有技服的，我发邮件问问。""应该会有，我知道是贵州办的左小虎，他发邮件给我咨询过这里的情况。"江嘉陵说。"左小虎，就是搞伏露山工程的那个左小虎？"关景鹏问。"对，就是他。他来没问题，都熟。"江嘉陵说。

　　一周后的拉各斯机场，江嘉陵、关景鹏眼含热泪默默相视。"回去好好养病。"关景鹏说。"你也多保重，就今天一天，明天左小虎就来了。"江嘉陵说。"你这是因祸得福啊。"关景鹏说。"别这么说，从公司的情况看，病好了，过不了多久，肯定又要出来，只是应该不会再来尼日利亚了。"江嘉陵说。"命苦啊，不知啥时是个头！"关景鹏情绪低落地说。"别这样，关景鹏，弄得我好难受啊，我感觉自己像个逃兵。"江嘉陵说。"没事，只是说说而已，我是很坚强的。想想年底中标拿大单，也就可以回国了，难道我们年底中不了标吗？"关景鹏说。"一定中标，一定中标。"江嘉陵坚定地说。

2. 搬迁与搭建

　　"是到了说'大冲，再见'的时候了。"柴文娜边吃午饭边说。"定了，啥时候搬啊？"肖云飞问。"'五一'前全部搬完。"东方牡丹说。"大冲，再见啦！五和，我们来了！"尹贤良充满激情地说。"上午看见江嘉陵了，瘦了一圈。"马庆生说。"他来干啥？"肖云飞问。"了解室外宏的情况。"马庆生回道。"哎，那尼日利亚的技服，谁过去了？"赵长城问。"贵州办的左小虎。"肖云飞回道。"关景鹏还是挺住了。"尹贤良说。"关景鹏比较注意，这种事也是因人而异。"王厚林说。"护脚踝的、护膝盖的、护腰和肚脐的，还有纸尿布，关景鹏还真是够用心的。"麦哲渊说。"心态不同，关景鹏肯定不愿离开尼日利亚；否则，自己辛辛苦苦打下的'江山'，可就拱手让给了别人。"赵长城说。"看上去，关景鹏的体质也要强一些。"邓学佳说。"贵州办的左小虎，我们在伏露山的时候，他帮了我们很大的忙，人挺好的。"尹贤良说。

"牡丹，搬家的详细计划出来了吗？"肖云飞忽然转了话题问。"明天就出来。"东方牡丹说。"现在是新版本室外宏开搞的时候，直接面向欧洲高端市场。牡丹，搬家的影响要减到最低。"肖云飞说。"那……下午我要找你和赵长城好好商量，怎么减少影响？"东方牡丹说。

"针对网上的镜像环境，直接在五和搭建调试完成后，才能把现有的拆除。这是第一点。"在作战室，肖云飞冲着东方牡丹和赵长城说。"环境试验箱，以及配套的环境，要求在一天之内完成搬迁。这样，前期准备工作必须充分。要做到第一天完成搬迁，第二天恢复正常工作。"肖云飞又说。"实验室接线排、接地线、电源插座、防静电垫都要事先搞好，仪表拿过来，就立马开展测试工作。"肖云飞继续说。"赵长城，有啥要补充的？"东方牡丹说。"室外楼顶的环境也要考虑。"赵长城说。"当然要考虑。"肖云飞说。"那抱杆是重新搞呢，还是从这边卸了再装上？"赵长城问。"找工程队卸了再装上吧。"肖云飞说。"那这钱从哪儿出？"赵长城问。"什么意思？"肖云飞问。"是产品线出，还是从搬家费用里出？"赵长城问。"这个，你和牡丹商量。按理，应该从搬家费里出。"肖云飞说。

"我不太清楚，如果能出，就没问题。"东方牡丹说。"你们这个还是挺复杂的，看看是不是让赵长城全面具体地负责，光靠我们的秘书，恐怕有点难哪。"东方牡丹冲着肖云飞说。"唉，赵长城，搬家大头在测试部。谁让你的家产多呢，只能由你来牵头啦。"肖云飞说。"好嘛，这讨论到最后，成我的事了。牡丹你这也……"赵长城说。"我们听您指挥，听您指挥。你这家大业大的，有个闪失，我们也担待不起。"东方牡丹说。"那就这么定了，详细的计划由赵长城来搞。"肖云飞说。

"室外宏目前面临的主要问题是空调门，国内没有厂家做，欧美用的主要是美国供应的。"肖云飞在作战室和大家说。"而且还很麻烦，做室外宏机柜的，要我们协调这个带空调的机柜门，最后由机柜厂家组装后给我们。"孟泰乾说。"那个美国厂家联系上了吗？"肖云飞问。"联系是联系上了，很贵啊。公司决定派人去美国，直接到厂家考察了解实情。"孟泰乾说。"您去吗？"肖云飞问孟泰乾。"是啊，正在办签证。"孟泰乾说。"不错啊！"马庆生说。"国内空调厂家的实力很强了，为啥不做？"王厚林问。"国内这些厂家都是盯着量大的，这种量太小，不感兴趣。"项庆林说。"找个专业的小厂做怎么样？否则，量产真的很成问题。"马庆生说，"你们看啊，还是挺复杂的，问题免不了吧？那出了问题，怎么及时解决？还有监控告警，机柜、门都需要监控。机柜是一个厂家，制冷门又是另一个美国厂家，难协调啊。""对呀，孟泰乾，你们要考虑马庆生的意见。"肖云飞说。"先开头，慢慢再考虑，现在就找国内厂家定制也不现实。还是去美国，实地考察了解情况后再说下一步的事。一步一步来，急不得。"孟泰乾说。"这倒也是实话，元学，然后再仿制。"邓学佳说。"制冷门定了，就决定你们的基站功耗。否则，温度控制不了，达不到热平衡。"孟泰乾说。"提升效率是'主旋律'啊，马庆生、邓学佳，还有廖默然，功放可是大头啊。"肖云飞说。

"是啊，现在还没什么好招。"廖默然说。"和曹瑞祥沟通一下，看瑞研所有什么招。"肖云飞说。"不是说瑞研所在搞高效功放吗？能不能用上？"王厚林说。"找过曹瑞祥，他说难。"肖云飞说。"廖默然，还是要你想想办法。"肖云飞又说。"目前，只能把以前的余量降低，毕竟是单载波。以前的余量确实保守了一些。"廖默然说。"一听就有戏，还是艺高人胆大呀。"邓学佳说。"测试规范也要对应修改，不是余量越大越好，关键是合适。"马庆生说。

"一起讨论定啊，又不光是我们测试单独定的。"夏润泽说。"好啊，下来讨论嘛。"赵长城说。"硬件也要降功耗，全部采用低压器件，电源效率再提高。"肖云飞说。"嗯，可以，现在应该都要用低压器件了。"邓学佳说。"那这改动就大了。"马庆生说。"该改的就要改，不要患得患失。"肖云飞坚定地说。"那几乎全是新器件，认证上编码的工作量巨大呀。"马庆生说。"回去和你老婆好好商量商量。"王厚林说。

"现在看，几乎是个全新的东西，有得搞了。"邓学佳说。"软件应该还好。"王厚林说。"哎，赵长城，这么大的柜子，环境测试咋整？"肖云飞问。"我们的箱子不行，公司有大的。看了，能装下。"赵长城说。"要到公司去搞，不方便啊。"肖云飞说。"这不马上要搬过去了嘛，不像现在隔得这么远。"赵长城说。"对了，把这茬给忘了。"肖云飞说。"要开实验局吗？"马庆生问。"肯定啊。"赵长城说。"有没有想好在哪儿开？"邓学佳问。"再说吧。"肖云飞说。

"哎，马庆生、孟泰乾，你们俩准备一下。下周产品线准备专门拿出3天时间，讨论室外宏方案。"肖云飞说。"研讨会准备在青青世界搞，我和牡丹筹备，你们支持。"柴文娜说。"青青世界，好主意，谁想的啊？"马庆生问。"张总的主意，那儿离他家近。"柴文娜说。"噢，是要住在那儿吧？"王厚林问。"需要住就住，最好住在那儿，集中精力把方案讨论透彻了。"肖云飞说。"就是白天、晚上都要讨论呗。"尹贤良说。"是的。"肖云飞说。"不会整天讨论到两三点吧？"邓学佳说。"这很难说。"孟泰乾说。"那这3天估计要扒层皮。"赵长城说。"公司其他产品线也有人参加。"柴文娜说，"室外柜是我们先搞，其他产品线也有需求，要不公司会花这么大代价去青青世界？""金总也会来的。"肖云飞说。"哎呀，我们结构团队内部分歧也很大呀，但愿3天能达成一致意见。"项庆林说。"那你们结构团队也会有许多人参加。"夏润泽说。"就是他们一帮人提议的，说是要大家好好讨论清楚。"孟泰乾说。

"青青世界，有山，有水，有好吃的，还有好玩的，想着就美。"尹贤良边吃午饭边说。"哎，娜姐，这回可要准备好吃的、好玩的，好好乐一把。"马庆生说。"我说，你们像话吗？让你们集中精力，不受干扰地讨论方案。你们可倒好，净想着好吃、好玩的了。"柴文娜说。"就是，像话吗？真是不像话。"王厚林说。"就是，素质就是低。"夏润泽说。"我们素质低，好啊，你整个素质高的我看看。"尹贤良不服地说。"自带干粮、打地铺，怎么样？就算你素质高。"马庆生冲着夏润泽说。"什么年代，还自带干粮？青青世界好像可以自己摘菜，咱们来个'自己动手，丰衣足食'怎么样？"赵长城说。"这主意好。娜姐，怎么样？"邓学佳说。"去去去，又不是春游。搞清楚，是去参加研讨，你们想什么呢！哎，肖云飞，看看你的人，就这素质。"柴文娜调侃着说。"嗯，就这素质，我觉得挺高。"肖云飞说。"高就好，不赖就行。"东方牡丹说。"让牡丹这么一说，我们成啥人啦？"马庆生说。"意思就是，我不仅素质低，而且还有点赖。"尹贤良说。"你们曲解牡丹的意思了。不是这意思，对吧？"麦哲渊调侃着说。"曲不曲解不重要，重要的是，一从青青世界回来，搬家。"东方牡丹说。"搬完家，过'五一'。"赵长城说。"不对啊，应该在劳动节搬家，那才更有意义啊。"麦哲渊说。"那好啊，我们先搬，你留着五一劳动节再搬。"夏润泽说。

3. 三人行，必有我师

"室外宏基站，直接的需求牵引就是欧美大厂十分喜欢采用这种方式建站，一般都在屋顶上，省了建设楼顶机房的费用。"在青青世界研讨会上，孟泰乾向大家介绍。"我插一句，可能不是省楼顶机房建设的费用，应该是业主不同意运营商在楼顶搞基建。"张立彪说。"那我继续说。对于室外宏来说，我们首先面临的问题是散热，这一点是显而易见的。其次，是防水。当然，量产供货目前心里没底，供货的周期问题恐怕需要公司花大力气来做；否则，有产品供不上货，也是没用的。最后，别忘了成本这个重要的因素，这个室外机柜很贵啊！"孟泰乾说。

"我觉得防水是肯定的啊，你单独列出来，难道它有问题吗？"张立彪不解地问。"有问题，问题还很大呀。"江嘉陵说。"有点想不通，为什么问题还很大？"张立彪问。"从哪儿出线是关键点。"项庆林说。"出线能有啥问题？哎，孟泰乾，国外一般是怎样的？"张立彪问。"有上出线，也有下出线，还有侧面出线的。"项庆林回道。"有图片吗？拿出来看看。"张立彪说。"有啊，看，这是上出线的，这是下出线的，这是侧面出线的。"孟泰乾指着投影墙说。"难怪你们建议搞这个大型研讨会呢，自己内部摆不平，让产品线给定啊。"张立彪醒悟过来说。"我再问，主流是哪种？"张立彪又问。"全球调研了一圈，大家都说不清楚。"孟泰乾说。"就是不同的厂家，方式不同。"马庆生说。"反正我们坚持上出线。"江嘉陵说。"那就是说孟泰乾等人不愿上出线喽？"张立彪说。"我们也不是反对上出线，只是我们的专家没把握上出线的防水。"孟泰乾说。"那不就等于反对上出线嘛。"肖云飞说。"上出线通俗易懂，室内宏就是上出线。要是变成下出线，防水肯定没问题啦。那江嘉陵为啥要反对？"张立彪问。"这很简单，上出线好操作啊。"江嘉陵说。"嗯，这个理由倒是很充分。但你又搞不定防水。"张立彪冲着孟泰乾说。"张总，您说得对，上出线防水真的难以保证。"孟泰乾说。"那好，我问你，人家怎么做到的？"张立彪问。"枫叶是完成接线后现场手工封胶。"马庆生说。"是吗？"张立彪看着孟泰乾说。

"是的，现场手工封胶。"孟泰乾说。"哎，江嘉陵，孟泰乾可以满足您的要求啊。对吧，孟泰乾？"张立彪说。"还是有问题。"孟泰乾说。"现场手工封胶，我们不干，万一封不好，漏水了，全是我们技服的责任。"江嘉陵说。"那怎么办？"张立彪问。"哎呀，江嘉陵是又要上出线，又不想自己封胶。想让我们结构设计的人搞好，他们拧上就完事，这怎么可能嘛。反正我们结构的人都不同意。我也不同意，搞不定的。"孟泰乾说。

"那咋办？肖云飞说两句。"张立彪说。"下出线对我们影响挺大的。"肖云飞说。"从上整到下，是别扭。"张立彪说。"不是从上整到下，而是从正面走到下。"邓学佳说。"怎么从正面出线？模块要改成从正面出？孟泰乾，是这样吗？"张立彪问。"是的，他们要求模块从正面出，用弯90度的钉头线缆转到底出线。"马庆生说。"不然机柜又要高不少。其实没得选，要防水，不肯现场封胶，只能底出线。柜子尺寸有限，只能模块正面出线。"孟泰乾简明扼要地说。

"室内外不兼容啦。"肖云飞说。"对呀，不兼容怎么办？"张立彪问孟泰乾。"双工器，仅仅是双工器不兼容。"孟泰乾说。"双工器供货是瓶颈，你是知道的。室内外双工器不一样，也就是编码不同，咋备货？"张立彪问。"室内站双工器往上放，是为了上出线方便；室外站底出线，双工器放下面比较方便，双工器不用改。"廖默然插话道。"这位是……？"张立彪瞪大眼睛问。"廖默然，做功放的。"肖云飞回道。"廖默然说得太有道理啦，你们真是……"张立彪说。"嗯，我们再考虑考虑吧。"孟泰乾说。"不，你安排人现在就分析，分析完了再讨论，我晚上再过来听你们汇报。"说着，张立彪起身走了。"我晚上一定来。"张立彪边走边回头说。"好嘛，我们为什么没想到？廖默然本来不来的，邓学佳硬拉他过来的。"马庆生说。"好好好，赶紧分析，项庆林，赶紧的。丢人丢大了！"孟泰乾说。

"没事，正好说明咱们这个研讨会有效果，正可谓'三人行，必有我师'。"张立彪在第二天研讨开场时说。"防水问题差不多了，下一个问题是'热'。"孟泰乾说。"热？不是说功放降余量，硬件改低压器件，应该差不多了吧？"张立彪说。"张总，结构团队综合考虑供应、成本等因素，提出了自然散热的方案，请大家看看。"项庆林说。"自然散热，这么牛！好，看看。"张立彪说。"我们是有自然散热的微基站的，但是如果用现成的，室外宏只能是3扇区2载波。"项庆林说。"首先我要明确啊，所谓室外宏，配置一定是与室内宏相同的；否则，就不叫室外宏了。"张立彪说。

"张总，我们是想推动多载波结合自然散热，这样，我们的供应、成本问题都不大了。"孟泰乾说。"这样，你们先介绍嘛，我们好好研讨一下，拿出个结论性的东西出来。"张立彪说。

"目前带制冷的室外柜最大的瓶颈是可供应性。卖方市场，成本没得谈，随便找个理由，货期就延迟一两个月。最头疼的是，有问题不能及时解决。而且这些是硬伤，是硬伤就意味着短期内无法解决。"孟泰乾说。"你说的短期是多久？"张立彪问。"这个问题，我回答不了你，等公司派人去美国实地考察回来后再说吧。"孟泰乾说。"硬伤，找国内厂家了没有？"张立彪问。"现在的策略是先把情况了解清楚，等从美国回来后，再考虑下一步该如何做？"孟泰乾说。"所以你们就想出自然散热和多载波？"张立彪说。"是啊，这不没办法嘛。哎，张总，能不能做多载波？前阵子听牡丹的老公方俊凯说能做，是真的吗？"孟泰乾问。"可以做啊。"廖默然插话道。"瑞研、俄研不都在搞嘛，但要上产品，尤其是室外宏，赶不上啊。"张立彪为难地说。"我看不是赶不上，是没有下决心吧？"肖云飞说。"是的，公司下不了这个决心。只能跟着走，决策做欧美传统的室外宏。"张立彪说。"也难怪，毕竟没有人做过产品。"邓学佳说。"公司也就是在顾虑这一点。"王厚林说。

"廖默然，您说说，哪来那么大的底气？"张立彪问。"模拟的线性功放已经量产了，但生产线、成本都是问题，毕竟太复杂。"廖默然说。"就是不可能大卖的意思，对吧？"邓学佳说。"所以多载波和高效功放技术是必然的，我觉得现在是个时机。"廖默然说。"张总，有人想搞就搞呗。我相信只要燎原想做，就一定能做到。"廖默然说。"其实都是被逼的。"马庆生在一旁说。

"哎呀，讨论室外宏，怎么又转到多载波上了呢？还是回到室外宏的热上来吧。"张立彪说。"张总，实不相瞒，室外宏的热只能边做边测试着来。目前，仅靠仿真，恐怕难以有客观的结论。"项庆林说。"你们呢，也别说得那么玄乎。"张立彪说。"不是我们说得玄乎，是心里没底。"项庆林说。

"哎，热由热设计的人搞。ODU呢，谁在吗？"张立彪问。"阚雪峰，你说说。"肖云飞冲着阚雪峰说。"项庆林就是根据我们提供的报告说的，所以我没啥好说的。"阚雪峰说。"你没啥好说的，我来说。"张立彪说，"人家欧美人都在用，它是找他们用的厂家，我看也就差不多了。只是我们没有实际第一手的数据，这是需要积累的。你还是说得玄了点，夸大了啊。""还是领导看得透。"肖云飞说。"跟着学，就这点好处。至于你们说的自然散热没底，也许还有点道理可讲。"张立彪说。"不对，有ODU的基础，也没什么玄乎的。"张立彪又说。"一切尽在张总的掌握中。"王厚林说。"嗯，这话听着挺舒服的。"张立彪风趣地说。

"还是现实一点吧，回到正题。"肖云飞说。"底出线，功放位置偏下，不利于散热。"阚雪峰说。"为什么？"王厚林问。"热是往上走的。"项庆林说。"没办法，难得两全其美，风道的设计要更加科学。"邓学佳说。"还是要有些温控的手段，电压可调是必需的，尤其是功放的电源。"肖云飞说。"廖默然，怎么样？"阚雪峰问。"可以啊，栅压、漏压都可调。"廖默然说。"这次就准备这么搞吗？"马庆生问。"是的。"廖默然说。"这样，当温度可能过高时，通过对功放栅、漏压的控制，可以有效控制功耗。"马庆生说。"究竟效果如何，做了才知道。"阚雪峰说。"客观地说，室外宏热始终是瓶颈，就看我们如何把握和诠释。"张立彪说。

"今天的午餐，蔬菜可都是我和牡丹辛辛苦苦摘来的。黄瓜、西瓜、南瓜、生菜，大家可别浪费啊。"柴文娜招呼着大家说。"啥叫辛辛苦苦嘛，应该是有机会体验乡村生活，按理要付费的。"尹贤良说。"照您的意思，我们摘黄瓜给您吃，是享受喽。"柴文娜说。"就当是农家乐嘛，劳动最光荣！"东方牡丹说。"嗯，这个南瓜真甜啊。"肖云飞边吃边美滋滋地说。"这些都是有机食品，不用化肥的。"柴文娜说。"这个烤羊排也挺好吃的，真香啊！"肖云飞又说。"来来来，以茶代酒，意思一下。"张立彪说。"哎，张总，晚上整点这里自产的啤酒，您看怎么样？"东方牡丹说。"青青世界自产啤酒，好啊，晚上可以。"张立彪开心地说。"那好，我去安排。"东方牡丹说。"哎，张总，多载波的事，产品线还是要多考虑，很重要啊。"孟泰乾说。"吃饭，吃饭，别老是谈工作。"张立彪说。"供应的问题要重点讨论，供应链的人是明天过来吧？"张立彪说。"明天讨论。"项庆林说。

"江嘉陵私下跟我说，下出线的细节还需要再讨论，主要是多考虑现场安装的便利性。项庆林，你们怎么考虑的，说一下。"张立彪在下午的研讨中说。"江嘉陵，首先，跳线是在生产时已经装进机柜了，也就是说机柜是带着跳线的。其次，我们的设计是在现场，先装双工器。"项庆林说。"我只关心双工器和跳线好不好接。"江嘉陵说。"好接，跳线可以拉出来一些，和双工器接好后，再把双工器安装好。"马庆生说。"操作很方便的。"项庆林说。"双工器接跳线是在机柜里进行，对不对？"张立彪问。"是的。"项庆林答。"不需要在底座下面操作，对吗？"张立彪再问。"是的，不需要在底座下面操作。"项庆林答。"这一点很重要，要是都在机柜里操作，技服是可以接受的。"江嘉陵说。"与室内宏的操作相比，室外宏跳线是随机柜走的。机柜里面接双工器，机柜外面直接与馈线相连。也就是说，室内宏和室外宏的现场操作差不多。江嘉陵，您觉得呢？"肖云飞说。"嗯，从目前来看，是这样的。具体如何还是等样机出来试装后，就啥都清楚了。"江嘉陵说。"那好，下出线的事就先告一段落。肖云飞、孟泰乾，一定要重视江嘉陵等人的意见，毕竟是他们在一线现场具体实施。"张立彪说。"一定重视，一定重视。"肖、孟二人齐声说。"室外露天的东西，原则上要操作越简单越好。"张立彪说。"张总说得是，公司准备把这些业务交由第三方去搞，简单、易操作是关键。"江嘉陵说。"这些要形成规范。"柴文娜说。

"青青世界的啤酒还行啊。"张立彪喝了口啤酒后说。"真是青青世界的人自己酿的？"赵长城问。"这里的人是这么说的，没必要撒谎吧。"东方牡丹说。"啤酒花、麦芽、酵母和水，有了这4样东西，就可以做啤酒啦，简单得很。"柴文娜说。"方法在网上一查就知道，详细得很，家家都可以做，就看你有没有兴趣和耐心。"邓学佳说。"看来你是在家自己做过的。"肖云飞冲着邓学佳说。"他太太就在青青世界上班，你们都忘了。"东方牡丹说。"噢，想起来了，难怪呢！以后聚餐，邓学佳，啤酒由你包圆儿啦。"肖云飞说。"自己做还是挺麻烦的，再说吧。"邓学佳说。"看，说到实质，就赖了吧。"尹贤良说。"真是挺麻烦的，我们也是难得搞搞，还是买现成的省事。"邓学佳说。"就说说，还当真了。"肖云飞说。"人家是实在人，哪像你们！"柴文娜说。"唉，娜姐这话打击面可太广啦。"

王厚林说。"不是说嘛，有人不会说话，请的客人没到齐，就说该来的怎么还没来。已经来的人中有人心想，我是不是不该来，因此借故先走了。结果主人又说，这不该走的怎么又走了。你们猜，结果是什么？"张立彪说。"大家都知道。"赵长城说。"柴文娜，你说。"张立彪说。"行啦行啦，我不会说话，行了吧？"柴文娜说。"嗯，还有点自知之明。"麦哲渊说。"不兴这么欺负我们娜姐的。"东方牡丹说。"来来来，干杯。"张立彪举杯，一饮而尽。

4. 进入欧美市场

"昨晚好晚了，接到美国的电话，说要室外宏。"张立彪在上午的研讨会上开场时说。"那好啊，葡萄牙人、美国人都要室外宏，真正的高端市场啊。"肖云飞高兴地说。"先别太高兴，葡萄牙的是-48V直流电源，我们现在讨论的就是-48V供电的。"张立彪说。"怎么啦，美国要交流电的吗？"肖云飞急着问。"算你有感觉，要市电，美国的可是110V的交流电哦。"张立彪说。"欧洲市电和中国的一样，是吧？"马庆生说。"日本和美国的一样。"邓学佳说。

"金总打的电话，他现在就在美国。"张立彪说。"那咋搞？直流电、交流电，110V、220V，只能先做美国的。"肖云飞说。"其实想想，室外宏用市电是合理的。金总的意思做110V、220V兼容的室外宏，不能搞两种。"张立彪说。"肯定不能搞两种啦。"孟泰乾说。"这要搞电源的说，聂胜斌没来，也讨论不了啊。"马庆生说。"为什么没请搞电源的？"肖云飞问。

"谁想到美国市电呢？"马庆生说。"肖云飞，打电话，让他马上打的过来，我们先讨论供应问题。"张立彪说。

"哎，查曼丽，金总在美国，你们怎么没跟着一块儿去啊？"肖云飞问。"金总去，是高层交流。只有高层先沟通达成合作意愿，我们才能去谈具体的。"查曼丽说。"哎，你说吧，供应的情况究竟如何？"张立彪冲着查曼丽说。"其实供应的主要瓶颈就是美商的制冷门。"查曼丽说，"焦点是供货周期和问题处理。""在深圳一定要有厂家的技术支持。"孟泰乾说。"对啊，这是关键，他们肯在深圳设点搞技术支持吗？"马庆生问。"美国那边说，目前只能美国派人支持。至于在深圳设点，要看业务发展的情况。"查曼丽说。"哎，这公司叫啥名？"张立彪问。"ACT。"查曼丽说。"你们去，也是重点谈这些吧？"张立彪说。"是的。"查曼丽说。"我们还要了解技术的细节，告警啊，联调啊，等等。"孟泰乾说。

"国产化要同步启动，否则只能是小批量。"张立彪说。"我们才刚开始，现在还不能提国产化，否则很难合作。"查曼丽说。"有什么，又没有多难，样机一来，立马启动国产化。"肖云飞坚定地说。"就这么干，总要两家的，查曼丽。"张立彪说。"肖云飞说得没错。不难，只是国内没人愿意做这种小众产品。"查曼丽说。"找啊，会有人愿意的。"张立彪说，"欧美都用啊。""这就是最大的难点，要是亚非拉的人用，也许有人愿意干。"查曼丽说。"为什么？"张立彪问。"这要您自己回答呀，地球人都明白。"查曼丽说。

"谁说我们进入不了欧美市场，现在不是已经开始了吗？要有信心，要有眼光。"张立彪自言自语。"对啊，要着眼于长远。"肖云飞说。"这样吧，我们跟国内厂家谈时，请张总出马，跟他们说说怎么样？"查曼丽说。"肖云飞去。"张立彪说。"好，到时候找肖云飞。"查曼丽说。

"聂胜斌来了。"邓学佳说。"好，聂胜斌，谈谈室外宏交流供电，美国、欧洲'一窝端'，怎么样？"张立彪说。"肖云飞简单地说了，现在技术应该可以。只是我们没有做，没人提需求啊。"聂胜斌说。"有什么难点吗？"马庆生问。"没做过就是难点，国外有这样的产品，也关注、研究过，目前的技术应该可以做到。张总说搞，我们一定全力支持。"聂胜斌说。"那好，今天就定了，交流全兼容室外宏开搞。"张立彪说。

"年底要量产，有问题吗？"肖云飞问。"年底，8个月，可以。"聂胜斌说。"哎，聂胜斌，今天怎么这么爽快？"邓学佳说。"金总在美国给我打了电话啦。"聂胜斌说。"难怪！那交流全兼容室外宏就这么定了。只是聂胜斌，我们提的-48V电源模块提升效率的事，您可也要搞啊。"肖云飞说。"-48V、交流，都要啊？"聂胜斌问。"当然啦，你以为呢？"马庆生说。"没事，别忘了交流和直流是两个团队在搞，不影响的。再说，只是效率优化嘛，又不是说原来的没法用，对吧？"聂胜斌说。"哎，别这么说啊，之所以要提升效率，关键是室外宏功耗和散热能力矛盾比较突出。"孟泰乾说。

"交流的，不知比直流的效率高还是低。要是低，低了多少？这些对机柜设计的影响很大。"项庆林说。"对啊，交流模块肯定比直流的效率低啊，功耗比原先增加了，怎么办？"邓学佳说。"阚雪峰，交流的热设计要赶紧分析一下，看有哪些问题。是不是制冷门的规格再大一些？"肖云飞说。"交流、直流，肯定是一个机柜嘛，如何兼容模块的结构？尺寸能不能一样啊？"邓学佳问聂胜斌。"有点难，交流要变压器的。"聂胜斌说。"肯定不能先把交流变成-48V后，再分压给各模块吧？"马庆生说。

"变压器要分两组。"廖默然说。"哪两组？"聂胜斌问。"功放一组，收发信机与基带一组，这样交流电源模块的效率会大大提高的。"廖默然说。"聂胜斌，能做到吗？"肖云飞急切地问。"做是能做，变压器就不能用现成的了。"聂胜斌回道。"那怎么办？"马庆生问。"需要重新定制。"聂胜斌说。"这么麻烦，没现成的，还要定制，要花多少时间？"王厚林问。"其实，变压器都是定制的。"廖默然说。"哎，廖默然，你咋啥都懂啊?!"张立彪问。"以前做功放，配套的电源也是自己做，尤其是交流变直流。"廖默然说。"真是全才啊!"柴文娜说。

"照廖默然这么个说法，交流的效率问题也不大了。对吧，聂胜斌?"张立彪问。"嗯，是这个理。"聂胜斌说。"廖默然，要不来我们这儿，交流模块就你来负责得了。"聂胜斌说。"做梦啊你，人家是功放专家，能和你们做电源的比吗?"马庆生说。"看，张总，你的手下瞧不起我们搞电源的。"聂胜斌风趣地说。"开个玩笑，当真啦?"肖云飞说，"没电源，天大的本事也开不起啊。ODU与电源集成，就是精彩的一笔，怎么可能瞧不起你们!""感觉研讨下来，还是机柜全国产最重要，查曼丽。"张立彪说。"张总说得对，接下来我们和查曼丽一起找国内的替代厂家，尽早摆脱对ACT的依赖。有两个厂家供货，风险小，成本也可降。"孟泰乾说。"肖云飞，你多支持啊。"查曼丽说。"没问题。"肖云飞回道。

5. 铁骨柔情

"哎，马庆生、肖云飞。"从尼日利亚回国探亲的关景鹏，和江嘉陵一起来到五和基地办公室，跟大家打招呼。"月月鸟回来啦。"马庆生高兴地说。"我们的大英雄回来啦。"肖云飞说。"关景鹏，可是瘦了一圈啊。"邓学佳说。"唉，是啊是啊，那地方就是会让人肠胃不好。这不，江嘉陵没挺住，回来了嘛。"关景鹏回道。"啥时候回来的?"肖云飞问。"昨天下午到的。"关景鹏说。"一到就来看我们啊，看来对老家还是有感情啊。"

王厚林说。"明天回重庆，先来你们新家看看，大家很给力，感谢大家的支持。"关景鹏说。"看您说的，我们支持是应该的，你们辛苦、不容易才是真的。瞧，一个病到回国，一个瘦了一圈，真要谢谢你们啊。"尹贤良说。

"哟，尹贤良越来越会说话了，当了领导，就是不一样啊。Detector是立了大功的。"关景鹏说。"哪里，全是被你们扳回来的。"尹贤良谦虚地说。"哈哈，学会谦虚啦。肖云飞，现在的尹贤良跟我和他一起培训时判若两人啊。"关景鹏说。

"士别三日，刮目相看。"从远处走来的柴文娜说。"娜姐越来越漂亮啦。"关景鹏说。"您倒是越来越苗条啦，赶明儿，我也去'苗条苗条'去。"柴文娜说。"欢迎欢迎，热烈欢迎。"关景鹏说。"尼日利亚正在筹建办事处，正好啊，娜姐。"江嘉陵说。"还是免了吧。"柴文娜说。"咳咳，实话说出来了。肖云飞，你们可是从农村到城市啦。鸟枪换炮啊，这排场，这气派，华老板就是有魄力。"关景鹏说。"五和基地有上万的停车位，照老板的话，大家到时候都开着车上班。"王厚林说。

"哎，廖默然是谁？很想认识一下。"关景鹏说。"噢，他在功放实验室，我去叫他。"邓学佳说。"开车上班，那可壮观了！"江嘉陵说。"就怕到时堵车。"马庆生说。"哎，这就是廖默然，关景鹏。"肖云飞看着走过来的廖默然介绍说。"啊，您好，廖默然，在尼日利亚就很想见到您，真的要谢谢您啊。"关景鹏握着廖默然的手说。"应该的，应该的。"廖默然说。

"您这就不对啦，净想着廖默然，我们都被忽略了。"夏润泽说。"没这意思，夏润泽，要不是您，也许就没有Detector了，我知道的。"关景鹏说。"算你有良心。"夏润泽说。"左小虎在那儿还好吧？"尹贤良问。"还好，他倒挺能适应的。"关景鹏说。"怎么，这次回来打算领证结婚办喜事了吧？"肖云飞说。"先把证领了，这样踏实点。"关景鹏说。

"新房也装修好了，就等新郎官啦。"江嘉陵说。"这小子现在一定是美滋滋的。"尹贤良冲着关景鹏说。"哎呀，我们这种苦命人，就别拿我开涮啦。"关景鹏说。

"'五一'去哪儿？"麦哲渊问尹贤良。"搬家累死了，哪儿也不想去，在家休息。"尹贤良边吃午饭边说。"按理，去大梅沙吧，可是人太多，在家歇歇，逛逛街，蛇口海上世界玩玩就可以了。"邓学佳说。"一个大老爷们儿逛街，有意思吗？"王厚林说。"跟老婆逛啊，海雅逛逛，上海轻工走走，海上世界免税店再看看。对了，明华轮还没上去过呢。"邓学佳说。"照你这么一说，蛇口游还挺丰富多彩的，挺好。"东方牡丹说。"你这么整，一天也够累的，两天差不多。"柴文娜说。"别说，蛇口还有人人乐、沃尔玛。"马庆生说。"南油的人人乐可是第一家敢跟沃尔玛竞争的中国超市。南油的人人乐是第一家，其他的都是后续开的，我去过，挺好的，生意不比沃尔玛差。"柴文娜说。"沃尔玛可是世界500强的第一啊，确实够新颖的，东西也便宜。"东方牡丹说。"好像还有个家乐福，是法国的，南山也有，形式跟沃尔玛差不多。"马庆生说。'蛇口花园城的沃尔玛，吃喝玩乐全都有，什么麦当劳、肯德基、面点王、永和大王、电影城，孩子玩的，胜记，往那儿一待，全搞定。"赵长城说。"好像您就住在花园城吧？"夏润泽冲着赵长城说。"是啊，有时礼拜六、礼拜天，往花园城里一待，就是一天，一天三顿全搞定。"赵长城说。"就是食堂、幼儿园'一锅端'了呗。"马庆生说。"没错，就这意思。"赵长城说。

"看看咱们的新家。"躺在关景鹏怀里的舒冉冉说。"装修得真漂亮，真是辛苦冉冉了。"说完，关景鹏热吻舒冉冉。"真想你。"舒冉冉说。"我也想你呀。"关景鹏说。"瞧，你这一去，瘦了一圈。肠胃好点了吗？"舒冉冉心痛地说。"我是比较注意的，但还是不稳定。"关景鹏说。"能不能不去了？"舒冉冉问。"实验局开得挺成功的，接着就是到深圳厂验。如果一切OK，就是第四季度的招标，中标了，就可以回了。"关景鹏说。"年底就可以回来了？"舒冉冉问。"是的，领导是这么说的。"关景鹏说。"让我好好看看，快瘦成皮包骨啦，得好好给你补补。"舒冉冉说。"有你就是最好的补药。"说着，两人再次热吻。

"金童、玉女，怎么，这是喜筵啊？"纪彩霞说。"瘦了一圈啊，关景鹏，是那个疟原虫搞的吗？"连富胜说。"哎，大勇、宝录，坐坐坐。"关景鹏说。"哎，严杰玉、范琳琳呢？"舒冉冉说。"这两口子……"纪彩霞说。"他们俩结婚啦？"关景鹏吃惊地问。"冉冉没跟你说？"孙宝录说。"这么久没见面，亲热还不够呢，没顾上。"何大勇插话道。"这不就知道了吗？"舒冉冉说。"哎，来了，说到就到，罚3杯。"何大勇说。"我喝，我全喝。"严杰玉说。"不行，都得喝，都得喝。"纪彩霞说。"冉冉，救救我。"范琳琳哀求着说。"以前就数你最能喝，今儿怎么啦，琳琳？"关景鹏说。"噢……明白啦，严杰玉，行啊，动作够快的。"纪彩霞听了范琳琳小声的解释后说。"明白啦，为你的继承人干杯。"何大勇冲着严杰玉说。

"这次就不再去那个什么吉达了吧？"范琳琳问。"你咋还记得吉达？真有你的！"关景鹏顿时兴奋了起来。"你那吉达历险记，我们都记得呢。"严杰玉说。"月月鸟是真正经历过炮火的人啊，来，为从枪林弹雨中冲出来的人干杯！"孙宝录说。"你的光荣事迹，冉冉都跟我们说了，什么全副武装，什么吉达历险，还有那个东基拉尤。"何大勇说。"还有那个连升两级的巴勃罗中校。"纪彩霞说。"东基拉尤还是有印象，个儿很高，中后位，头尖尖的。"严杰玉说。"哎，有印象，他们几个留学生走在一起，就数他个儿高，牛仔喇叭裤。"纪彩霞说。

"严杰玉，我还是想不通，你和琳琳……"关景鹏欲言又止地说。"有什么想不通的？这叫'有情人终成眷属'。"何大勇说。"在学校呢，我确实没把阿玉放在眼里。"范琳琳说。"哟哟哟，阿玉，酸溜溜的，牙后根泛酸了。"孙宝录说。"唉，多亏阿玉经常帮我，长得帅又不能当饭吃。"范琳琳说。"那就是说严杰玉可以当饭吃喽？好，今儿就吃严杰玉。"连富胜说。"怎么感觉像是英雄救美啊，杰玉？"关景鹏说。"要不怎么说阿玉帮了我呢。"范琳琳接过话说。"为同学两肋插刀，更何况自己的同学又是这么可爱的美女琳琳呢。"严杰玉说。"想过有今天吗？"关景鹏问。"没敢想。"严杰玉说。"你小子捡了便宜还卖乖。"连富胜说。"什么叫捡了便宜还卖乖？我这是高攀啦。"范琳琳说。"这么说，咱们同学就有两对啦，大喜事啊，来来来，干杯。"孙宝录说。

"景鹏，听冉冉说了你的故事，我现在真的很崇拜你，真的。"严杰玉说。"我有啥好崇拜的？"关景鹏说。"你看啊，只身闯非洲，敢和森尼韦尔'拼刺刀'，诱敌深入、引蛇出洞，吉达群匪一举被歼，赢得当地政府的赞许。"严杰玉说。"什么诱敌深入、引蛇出洞？我是去解决告警问题，否则人家不出报告，我就没法付人家工程款。"关景鹏说。"照关景鹏这么一说，就有点太实在了，我还是更愿意听严杰玉的版本。"纪彩霞说。"照我们家阿玉的说法，您就是新时代最可爱的人啊。"范琳琳说。"燎原确实了不起，森尼韦尔居然拿你们没法子，只能用什么知识产权来起诉燎原。"何大勇说。"真是下策，就等于承认燎原很厉害。"孙宝录说。"是啊，就是帮燎原做广告。真的，关景鹏，国内原来认为燎原不怎么样，结果森尼韦尔这么一搞，国人对燎原开始刮目相看啦。"连富胜说。"冉冉，看，我有这么多崇拜者，你不会也崇拜我了吧？"关景鹏逗趣地说。"想得美啊，赶紧给我回来才是硬道理。"舒冉冉说。"你们家景鹏这么有能力，直觉告诉我，燎原不会轻易放他回来的。"孙宝录说。"你们把他捧上天，我是要过日子的，不一样。"舒冉冉说。

"瞧你瘦成这样，这回要好好补补，明天到医院给你好好查查。"在冉冉家，冉冉妈说。"好的，听妈的。"关景鹏说。"昨天和一帮同学聚聚，同学们都很崇拜景鹏。"舒冉冉说。"嗯，景鹏，我也有点崇拜你啊。敢和美国佬过招，你们燎原真有胆。"冉冉爸说。"爸，那个范琳琳，就是很漂亮的那个女同学，说咱们景鹏是新时代最可爱的人。"舒冉冉说。"有这么可爱吗？我怎么没看出来？啥时候能回国工作？"冉冉妈说。"景鹏说了，年底招标中了标，就可以回家了。是吧，景鹏？"舒冉冉说。"是的，妈。"关景鹏说。"能回来就好，过来吃饭。"冉冉妈招呼着。"你妈特地没放辣椒，怕你肠胃不好。"冉冉爸说。"哎呀，没辣椒，大家怎么吃啊？为我一个人，真是太谢谢妈了！"关景鹏客气地说。"你难得来，要是天天这样，还真有点难。"冉冉妈说。"爸、妈，这次回来，想和冉冉把结婚证领了，不知二老……"关景鹏说。"冉冉没意见，我就没意见。"冉冉爸说。"那妈的意见呢？"关景鹏问。"你这张口闭口的，也是该领证了。"冉冉妈也爽快地答应了。"那好，明天我们俩就去领证。"关景鹏说。

　　"妈，看这是什么？"舒冉冉拿着玉镯说。"什么呀？玉镯，景鹏给你买的？"冉冉妈说。"妈，这是送给您的。"关景鹏说着，舒冉冉就把玉镯戴在了妈妈手上。"今天是什么日子，送我这个？"冉冉妈问。"妈，今天是母亲节，祝妈妈节日快乐。"关景鹏说。"今天是母亲节，我还真不知道。嗯，好，还是景鹏有心。你就从来没给妈妈过过母亲节。"冉冉妈看着玉镯开心地说。"老人戴玉镯，对身体好。"关景鹏说。"是的，有这种说法。"冉冉爸说。"吃甲鱼汤，特地为你准备的，好好补补。"冉冉妈冲着关景鹏说。"明天的日子怎么样？"冉冉妈问。"五一二，挺好的，我要爱，我要爱，真的是谐音。"舒冉冉说。"我要爱，真的，挺合的，好啊。"冉冉爸说。"明天先去领证，完了来医院，我给你全面检查一下。"冉冉妈说。"好的，妈。"关景鹏边吃边说。"吃甲鱼，别光喝汤。专家说了，真正的营养还是在肉里。"冉冉爸说。

　　"这么多人，不会都是冲着五一二来的吧？"在婚姻登记处，舒冉冉对关景鹏说。"没事，排着呗。"关景鹏说。"这也没个树遮一下，太阳晒的，哪受得了！"舒冉冉说。"你去屋里待着，我在这儿排就行了。"关景鹏说。"瞧你积极的样儿，那好，我去屋里等了啊。"舒冉冉说着，走进了屋里。"奇怪，怎么太阳这么厉害？"关景鹏自言自语。

　　排了近两个小时，舒冉冉过来说："怎么那么慢啊？""给妈打个电话吧，今天可能去不了她那儿了。"关景鹏说。"好吧。"舒冉冉边说边拿出手机给妈妈打电话。"你去屋里吧，快。"关景鹏关心地说。又过了近一小时，关景鹏感觉肚子不舒服，给屋里的舒冉冉打电话："冉冉，我的肚子不舒服，想上厕所，你看看屋内有厕所吗？""好，我看看……有，我过来替你。"说着，舒冉冉跑了出去。等关景鹏上完厕所出来，看到舒冉冉在屋里。"你怎么这么久？外面太热了。"舒冉冉委屈地说。"没事没事，我们去妈那儿吧，检查检查身体。"关景鹏说着，牵着舒冉冉的手离开了。"改天人少了再来。"舒冉冉边走边说。

　　"你们家这床被子也太厚了，热得睡不着。"在关景鹏山区的家，舒冉冉躺在被窝里说。"我们山里温差大，现在是上半夜，到了下半夜就凉啦。"关景鹏说。"那现在咋睡啊？"说着，舒冉冉坐了起来，"哎，有短信。明天去北京参加出国培训。"正说着，舒冉冉的手机响了："喂、喂，朱科长，收到啦。明天啊，我还在男朋友家呢。噢，那好那好。"舒冉冉听完电话，关景鹏问："怎么啦？""上面临时通知，明天去北京参加出国培训。"舒冉冉说。"明天才回去，怎么来得及？"关景鹏说。"明天一早我就走，中午差不多。直接去机场，明天必须到北京，后天一早正式开课。"舒冉冉说。"那就赶紧睡吧。"关景鹏说。

6. 以客户为中心

"最近挺郁闷的。"尹贤良边吃午饭边说。"郁闷啥啊？"麦哲渊说。"在科技园打地铺，睡得挺香的。想到五和了，更新升级一把，搞了张床。"尹贤良说。"怎么，不习惯啦？"王厚林说。"可不是嘛，正琢磨中午是重回地铺还是床。"尹贤良说。"那么究竟是地铺，还是床？"赵长城问。"今天回到地铺试试。"尹贤良说。"是搬了新地方不适应吧。说你土鳖，就是土鳖，好地方受不住。"柴文娜说。"我到这边睡得挺香的，比在科技园睡得香。"马庆生说。"那是你搬家，而且'五一'玩累了，睡得香。"东方牡丹说。"这边多好，地方又大，想怎么睡就怎么睡。有人打呼噜，咱就换个地方睡。"夏润泽说。"你夹个铺盖到处乱窜，像那啥……"柴文娜说。"流浪汉。"肖云飞说。"对，你再把头发搞乱点，就完全是个流浪汉。"柴文娜说。"人家一帅哥，愣被你们整成流浪汉，埋汰人嘛！对吧，夏帅哥？"东方牡丹说。"牡丹这话说得我心里美滋滋的，爽啊！"夏润泽说。

"这几天看关景鹏的邮件，尼日利亚其他运营商也开始请燎原开实验局了。"肖云飞说。"还是吉达项目做得好，名气打出来了。"赵长城说。"吉达项目让当地政府和军方很满意，那些大集团还是受政府的影响比较大。所以，找燎原是顺理成章的。"肖云飞说。"关键还是燎原的服务好，客户要啥，燎原就能给啥。你想想，要是你家请了个保姆，啥都能帮你搞定，什么吃喝拉撒、柴米油盐。你还会换保姆吗？"东方牡丹说。"支宾赛家就是，那个保姆一直在他们家。支宾赛，还有他的哥哥、姐姐，全是那个保姆带大的。支宾赛跟那个保姆可亲了，他们都叫她杨妈。当然，杨妈太惯他了，所以支宾赛……"尹贤良说。"就是这个理儿，要不华老板整天说以客户为中心呢。"柴文娜说。

"赵长城，室外柜的测试方案要尽快出啊。要客观、可操作，别太不现实了。"肖云飞说。"你的意思就是说我们目前的方案不现实喽。"赵长城说。"你说呢？"肖云飞反问。"先做吧，把各方都叫上，多评审，看看各方的意见，最后肖云飞再组织评审。"柴文娜说。"就按娜姐的意思搞呗，赵长城。"肖云飞说。"好啊。"赵长城说。"哎，邓学佳、廖默然，你们也要积极参与啊。"肖云飞说。"马庆生，开评审会时，别忘了把他们俩叫上。"柴文娜说。"夏润泽，你落实，我到时盯一下。"马庆生说。"好，到时候叫我们吧。"邓学佳说。"先把材料发来看看嘛。"廖默然说。"对啊，材料可以先发给大家看啊，这样到会上，也好有的放矢啊。"王厚林说。"这是可以的，关键是大家要发表意见。"柴文娜说。

"尼日利亚的局面开始打开了，尼日利亚电信也来找燎原开实验局。还有一家，关景鹏正准备见客户。至此，尼日利亚三个主要运营商都与我司建立了联系。接下来，他们可能会来深圳。同时，关景鹏希望研发人员随时可以去尼日利亚支持。"张立彪在产品线例会上说，"另外，NT（电信运营商）有可能也要室外宏，因为麦克斯韦之前帮他们布置过一些室外宏。""为啥不要室外微基站？"马庆生说。"怕盗。室外宏搬不动，不容易被偷。"江嘉陵说。"张总，感觉问题有点严重。"肖云飞说，"如果NT要用，就意味着量大，这供货……""国产化要加快啊。"张立彪说。"其实，我不是指国产化。"肖云飞说。"那什么意思？"张立彪说。"多载波、自然散热室外宏。"肖云飞说。"是时候了。"邓学佳说。

"可是，业界不知为何没有动作呢，或者说是没有产品化的路标？也不能说没路标，只是比较含糊。说白了，业界没下决心。"张立彪说。"还是跟随的心态。"邓学佳说。"也不能这么说。冲在最前面的，先驱是比较多的。跟随不失为一种稳的心态，关键看技术成熟度。老外下不了决心，应该与技术有关。"张立彪说。"查曼丽，国产化进展如何？"张立彪问。"样机还没回呢，没进展。"查曼丽回道。"目前有几个厂家想做？"张立彪又问。"一两个小厂家。"查曼丽回道。"小厂家由燎原牵引，就成大厂家了，这种例子多的是。"张立彪说。"另外，派人的事，你们要按关景鹏的要求去准备。NWT一家，当时江嘉陵、关景鹏勉强撑下来了。再往下，研发人员要支持。"张立彪又说。"好的，我和赵长城一起商量一下。"肖云飞说。

"现在我来谈谈开发的质量情况。"柴文娜说。"室外宏目前的主要问题是测试用例争议较大，各方观点冲突。有的倾向于紧，有的倾向于松。"柴文娜接着说。"什么紧的、松的，我们需要的是合适。"张立彪说。"合适需要定义。"赵长城说。"肖云飞，你来全面把握一下。"张立彪说。"好啊，大家都听到了。"肖云飞冲着大家说。"从柴文娜刚才说的，也能猜个几分。首先，把各方意见和用例都整出来，分成必须做的、能做的和条件受限的。"张立彪说。"显然，先做必须做的和能做的。"肖云飞说。"那条件受限的就不做？"赵长城问。"没说不做啊，有条件再做嘛。"马庆生说。"有些可以替代测试和评估的。"肖云飞说。"张总，那我就问了，运营商明确提出的标准，要不要做？"赵长城问。"要做啊。"张立彪说。"那好，美国有很多标准，我们是不是应该做？"赵长城又问。"别，美国不同的运营商，选择的标准也不尽相同，不是都要做的。"肖云飞紧跟着说。"对啊。"张立彪冲着赵长城说。"还是要有针对性。"肖云飞说。"对，要有针对性。目前我们面对的运营商是什么要求，我们就做什么。"马庆生说。"马庆生说得对啊，赵长城，这样做有啥问题吗？"张立彪问。"其实也只能这样，否则没法搞。美国有的要求一定要把设备拿到美国的实验室去做，根本不现实。"王厚林说。"好了，接下来我来把握。"看大家谈得差不多了，肖云飞说。"好，肖云飞，你去把握。散会。"张立彪说着，起身离开了会议室。

第三章

网上问题最迫切

1. 终端事业部

"现在小灵通很火啊，我妈就搞了一个，还嘲笑了我一把。"尹贤良边吃午饭边说。"不是说频率高，容易掉线吗？"马庆生说。"反正我妈说又便宜又好用。"尹贤良说。"是啊，公司内部有人强烈要求搞小灵通。"东方牡丹说。"那为什么不搞？"邓学佳问。"老板不想搞。"柴文娜说。"听说那个通灵公司在小灵通方面赚了很多钱，还在挖燎原的人。"王厚林说。"最近可能会走一批人。"东方牡丹说。"这样啊。"麦哲渊说。"听说陆鼎轩去通灵了。"邓学佳说。"唉，我昨天还看见他呢。"麦哲渊说。"正在办手续。"东方牡丹说。"你们手下都有人会走。"东方牡丹又说。"所以公司有人强烈要求做小灵通，理由就是小灵通目前很赚钱，虽然技术来自日本，又是TDD（时分双工）的，技术落后，但能带来现金流啊。我们现在做的FDD（频分双工）是先进，市场潜力巨大，但没我们什么事啊。在尼日利亚算是有突破，但毕竟没形成大批量，赚不到钱啊！"赵长城说。

"反正公司现在不太好。"柴文娜说。"是吗，你怎么知道？"马庆生问。"听说要把电源卖了。"柴文娜说。"我也听说了。"王厚林说。"都要靠卖东西过日子啦，不会过两天工资都发不出来了吧？"尹贤良说。"深圳很多公司发工资都困难，拖欠是正常的。"邓学佳说。"燎原可就不一样了。"东方牡丹说。"那是，要是燎原拖欠工资，还不得闹翻天哪！"柴文娜说。"不说别的，就网上的评论，就能把燎原给淹了。"赵长城说。

　　"不做小灵通，但老板决定做终端。"肖云飞说。"做小灵通手机啊？"马庆生问。"是啊，正在调集人。这不，戴宝国马上回来，就去搞手机。"肖云飞说。"叫终端事业部。"东方牡丹说。"手机就手机呗，还什么终端？！"尹贤良说。"土了吧？终端包含手机，同时还会做固定台。我有个同学在华强北就做固定终端，绝对发了，几个亿。"夏润泽说。"嗯，听说做固定台很赚钱。"邓学佳说。

　　"所有这些都是权宜之计，老板还是把宝押在你肖云飞的身上。"东方牡丹说。"怎么押在我身上？"肖云飞说。"就这么比喻嘛，你就代表移动通信啦。"东方牡丹说。"你看，如果要搞小灵通基站，人力上就要分散了，必然会影响FDD。""这倒是真的。"赵长城说。"搞终端，小公司甚至一个人就能搞定，资源消耗少。"东方牡丹说。"这样说，就不光是小灵通终端了，FDD的终端肯定也会搞。我同学是搞FDD终端发的财。"夏润泽说。"卖电源是为了更好地支持你们，做终端也是为了更好地支持你们。"东方牡丹说。"压力有点大呀。"马庆生说。

　　"奈奎斯特要贴牌燎原的基站。"肖云飞在版本例会上说。"没听明白，什么叫奈奎斯特要贴牌燎原？"马庆生问。"嗯，就是奈奎斯特不想自己做基站了，让燎原替它做，但是要贴奈奎斯特的牌。"肖云飞说。"就是燎原代工，或者说是给奈奎斯特贴牌生产。"柴文娜解释说。"那不成富士康了吗？"邓学佳说。"是的。"肖云飞说。"嗯，怎么着？"马庆生问。"同样的模块，燎原自己供的是一个编码，给奈奎斯特供的就是另一个编码。"柴文娜说。"一个模块两种编码，燎原、奈奎斯特各一种。"马庆生说。"就是这样的，你们本周赶紧把编码申请下来，要正式生效啊。"肖云飞说。"做个对照表吧，省得搞错喽。"邓学佳说。

　　"哎，不会森尼韦尔也要吧？"马庆生说。"别想太多啦。"柴文娜说。"没想太多，要是还有其他的贴牌，一起搞了省事。"马庆生说。"这不还是想多了嘛。"尹贤良说。"哎，项庆林，相应的名牌、标签什么的，奈奎斯特都已经提供了，你们尽快落实，都在本周完成啊。"肖云飞说。

"好的。"项庆林说。"柴文娜，这编码变了，相应的认证按理都要重新来过。"赵长城说。"听您这意思，好像闲着找活干呢。"柴文娜说。"什么叫闲着找活干啊，你查查要不要重新做。"赵长城说。"娜姐，好像咱们是没考虑到这点，按理应该做。"肖云飞说。"就一个星期，怎么可能嘛。"柴文娜说。"这样吧，赵长城、柴文娜，你们下去好好看看，反正一周后就要生产发货，这可是签了罚款协议的。"肖云飞说。

"不明白，奈奎斯特为啥要这么干？"廖默然边吃午饭边说。"成本，自己做划不来。"邓学佳说。"自己有市场，但自己做恐怕不仅涉及成本。总之，想做系统集成，牵涉面也少。维护啊，网规网优啊，都是我们的事。"肖云飞说。"按我的想法，它这样搞，早晚会没市场的，现在的趋势是端到端的Turnkey Project（交钥匙工程）。连基站都是买别人的，那运营商不会直接找我们啊，何必再从它那儿绕个弯呢？"王厚林说。"你说的Turnkey Project，公司有个项目组在搞。据说连铁塔都要自己搞，好像是专门有个配套产品线。"邓学佳说。"没错，我有个同学就在配套产品线，专门负责铁塔配套。"马庆生说。"至于吗？公司有点不务正业啊！"尹贤良说。"移动通信的网，我们的基站设备占的费用比例，比起铁塔、机房配套、光纤铺设等工程的要少。把总的工程作为Turnkey Project，交由燎原来做，显然是有利的。"肖云飞说，"公司肯定有综合考虑的，否则怎么会专门成立个配套产品线？""但愿吧。"尹贤良说。"不过，我也觉得奈奎斯特这么干，迟早要垮。"肖云飞说。"怎么可能？！人家有世界上最牛的实验室，得了无数诺贝尔奖。"夏润泽说。"诺贝尔奖又不能当饭吃。不过奈奎斯特不会倒的，应该是认为移动通信这行油水少，盯着利润更高的领域了。"王厚林说。"哟哟哟，你牛，诺贝尔奖不能当饭吃。有种你拿一个呀，也好替中国人长脸。"夏润泽说。"不拿诺贝尔奖，不也活得好好的。有种你让森尼韦尔不告燎原啊。"王厚林说。

"你说吧，"赵长城在肖云飞的座位上跟柴文娜说，"还是要做论证吗？""从道理上讲，是要做的，可现在不可能啊。"柴文娜说。"你说的是什么不可能？"肖云飞问。"要给奈奎斯特的新编码做认证，时间长，不可能。"柴文娜说。"要多久？"肖云飞问。"至少1个月。"赵长城说。"那我们能给的时间是多少？"肖云飞问。"1周，因为1周后就要生产。"柴文娜说。"1周后就要生产，也就是下周三左右，生产按3~5天算，也就是有10~12天的时间。就是1个月压缩成2周。"肖云飞说。"是不到2周。"柴文娜说。"先正常生产，入库前把新的铭牌、标签贴上。"肖云飞说。"可以吗？"柴文娜问。"可以。"肖云飞说。"这要制造代表回答的，你能代表吧？"柴文娜问。"肖云飞可以代表的。"赵长城说。"那好，即使这样，这半个多月怎么办？"柴文娜又问。"只能想办法压缩论证时间。"肖云飞说。"想什么办法吗？具体点。"柴文娜说。"赵长城，你看啊，原有编码是论证过的，这些数据是可以借用的，对不对？"肖云飞冲着赵长城说。"应该可以，不过要与可靠性实验室沟通确认。"赵长城说。"时间主要耗在测试上，数据可借用，仅是走流程，两周肯定够啦。"肖云飞说。"是这样吗？"柴文娜问赵长城。"按理可以。"赵长城说。"这样吧，赵长城，你和柴文娜一起去可靠性实验室，把10天完成论证的事落实了。"肖云飞说。"怎么是10天？"赵长城说。"哎呀，你说10天，结果可能是12天。你要是说12天，就可能真的2周都不够了。"肖云飞说。"好，就按10天提要求。走，咱们去可靠性实验室。"赵长城说完，与柴文娜走了。

"我们这个实验室是得到国际权威论证机构认可的，所以我们所做的一切都必须符合国际权威认证机构的要求。"可靠性实验室负责人封云松说，

"当然，奈奎斯特这件事，原编码是通过认证的。仅仅换个编码，模块不变，可以通过评估来得到认可。""那具体是……？"赵长城问。"你们需要提供说明材料，说明新编码、新铭牌对应的模块，图片也需要更新。"封云松说。"说明材料怎么写啊？"赵长城问。"我不说嘛，评估是个标准流程，按模板填写就可以了。"封云松说。"好，赶紧把模板发给我们，我们尽快提供。"柴文娜说。"是两件事，说明材料和新模块图片，对吗？"赵长城问。"没错。"封云松说。"10天能搞定吗？"柴文娜问。"提供这两份材料，走流程要1周。"封云松说。"那咱们赶紧回去准备材料。"柴文娜说。"封云松，赶紧把模板发一下，谢谢啊！"说着，赵长城、柴文娜急忙离开了。

"娜姐能耐好大，一出马就搞定论证。"马庆生说着，吃了口肉夹馍。"是我把问题想严重了，其实这种情况，论证有标准的评估体系。"柴文娜说。"就是可靠性那帮人说了算呗。"尹贤良说。"让您一说，又简单得不行，不是这样的。"赵长城说。"哎，赵长城，好像就是他们说了算。"柴文娜说。"你没走流程，不知道实情。"赵长城说。"流程是你走的，你说有啥实情？"柴文娜问。"流程中有个评审环节，参与评审的不仅仅是可靠性实验室的人。"赵长城说。"还有外面的人啊，都是哪里的？"柴文娜问。"国际权威机构的专家。"赵长城说。"他们有提问题吗，都提的啥问题？"马庆生问。"重点是确认奈奎斯特确实要购买这种模块。"赵长城说。"那他们怎么确认啊？"柴文娜说。"找公司要了签署的相关文件，扫描给他们。他们拿着这些文件，又找奈奎斯特确认了。"赵长城说。"够严谨的。"尹贤良说。"你以为呢？"赵长城说。"你们整天都在想什么呢？国际认可的论证机构，燎原敢乱来的嘛！"肖云飞在一旁插话道。

"看到戴宝国了，在7楼搞终端固定台呢。"马庆生说。"搞终端的都在7楼吗？"尹贤良说。"不一定。"赵长城说。"搞射频的不是还在原座位上嘛，测试在7楼，实验室也在7楼。"邓学佳说。"这么散，团队怎么管理？"柴文娜说。"刚开始，慢慢来。"东方牡丹说。"没有归属感。"夏润泽说。"这些人的关系并没有转到终端，算是暂借，考评还在原团队。"东方牡丹说。"这样啊，岂不是大家都不爽？"王厚林说。"没办法呀，缺人哪。"东方牡丹说。"还不赶紧招？"麦哲渊说。"这不正在招嘛。"东方牡丹说。

　　"哎，这么忙，才来吃饭。"看着刚走过来的戴宝国，尹贤良说。"忙得要死，什么都要做，什么都要快，恨不得今天决定做，明天就出来。"戴宝国说。"肯定是这样的啦。"尹贤良说。"你这拐杖啥时候能去掉？"柴文娜问戴宝国。"半年以后再看，也许要一直挂着了。"戴宝国说。"主要摔的不是地方。"东方牡丹说。"挂着就挂着呗，上了岁数的老人，很多不也是拄拐杖嘛，习惯了就好。医生说了，要减少受力，对恢复有好处，总比躺在床上强。"戴宝国说。"不是都换金属的了吧？"麦哲渊问。"是啊，这样就可以站起来啦，半年后就有可能丢掉拐杖啦。现在拄拐杖是为了巩固。"戴宝国说。"你现在是做固定台测试吧？"王厚林问。"我们可不分什么固定台、手机的。什么固定台啊，手机单板往固定台的壳里一放，就是固定台。"戴宝国说。"奥，原来是这样啊，就是换个'马甲'。"马庆生说。"软件呢？"廖默然问。"软件更是一套啦。"尹贤良说。"还是有区别的。"肖云飞说。"当然，一个固定放着，一个随身携带。"柴文娜说。"固定台放在家里，可以在屋顶架个八木天线来提高接入性能。"肖云飞说。"换句话说，手机打不了电话，固定台可以。"邓学佳说。

2.残酷的现实

　　"最近公司对信息安全抓得比较严，各位主管一定要重视，每个团队都要专门组织学习，每个员工都必须写学习心得。学习的材料公布在网上，秘书也都把它们转发到每个人的邮箱了。"柴文娜在基站版本例会上说，"作为主管，部门出现一级违规，直接'下课'。请大家一定要好好学，千万别触碰'红线'。""今天例会就学信息安全啊？"看到屏幕上的内容，尹贤良问。"对，今天是针对各位主管进行的专题宣讲。这是公司的要求，你们再向下面宣讲。"柴文娜说。"首先给大家说一下残酷的现实，公司高层会议的内容第二天就出现在竞争对手的电脑里。我们基站所有的资料，竞争对手全掌握。"柴文娜接着说。"太夸张了吧，真的假的？"尹贤良说。"这材料是公司信息办发的，你说真的假的？不严重，公司会专门组织学习吗？"柴文娜说。"那怎么办？"王厚林问。"公司目前的策略是通过自制芯片来规避。光网、固网已经开始了，他们现在的核心芯片都是自己的。"肖云飞说。"是的，基站也在搞。"邓学佳说。"我们公司自己生产芯片吗？在哪儿生产啊？"马庆生问。"是自己设计，找代工厂代工。"邓学佳说。"这也算是自己的芯片？"尹贤良问。"目前业界都是这样，各个公司自己设计芯片，通过代工厂完成芯片生产。"邓学佳说。"台湾地区、韩国的代工厂比较多。"肖云飞说。

　　"邓学佳，你就在搞吧？"尹贤良问。"是啊，收发信机的芯片。"邓学佳说。"多久能出来？"麦哲渊问。"刚开始总要两三年吧。"马庆生说。"前两天就被管信息安全的警告了吧？"肖云飞说。"是打电话吗？"王厚林问。"是邮件提醒。"肖云飞说。"怎么回事？正好给大家分享一下。"柴文娜说。"这不是现在自己家用的电脑可以看公司的E-mail嘛。"

肖云飞说。"嗯，怎么啦？"赵长城说。"我呢，有时要写个东西，就自发自收，这样在家可以接着写。"肖云飞说。"这不应该有啥问题啊？"王厚林说。"唉，公司就给我发邮件提醒啦。"肖云飞又解释说。"那就以后注意就是喽。"马庆生说。"我想了想，为了减少不必要的麻烦，我主动申请将公司外看邮件的权限给关闭了。"肖云飞说。"你的意思是我们都有这个权限？我怎么不知道？"尹贤良问。"都有，公司给开的。但公司都有监督的，一旦违规，公司是知道的。"柴文娜说。

"哎哟，娜姐，你可要好好教我们。"赵长城说。"看来肖云飞生动的案例，让你们这帮小子害怕了吧。下面案例多的是，这个宣讲主要就是讲案例。"柴文娜说。"显然，肖云飞刚才讲的生动一课，你这没有。"邓学佳说。"不够权威啊。"王厚林说。"你们不讲道理，肖云飞刚说的，能来得及吗？"柴文娜说。"哎，接着讲，别理他们。"赵长城冲着柴文娜说，"我也要申请关了，省得麻烦。""其实公司开放这个权限，也是为了方便工作。"柴文娜说。"没问题，有事发短信。实在不行，就来公司。"赵长城说。"短信在国内外都好使，我现在就是这样的，基本上都搞得定。"肖云飞说。

"欧洲和美国室外宏的机柜，我们也在考虑本地采购的模式，毕竟欧洲有欧研所，可以借助他们的资源来搞这件事。"在作战室，孟泰乾说。"美研所也有了。"项庆林说。"这个思路很开阔啊，能把握得住吗？"肖云飞问。"国内替代做得咋样啊，查曼丽？"肖云飞问。"都不是很积极。"查曼丽说。"你看，国内厂家的顾虑是，欧美用，燎原机会少。他们一看国内没有，技术难度又大，自然难下决心。"孟泰乾说。"要是能本地采购，当然好啦。"马庆生说。"目前的供货怎么样？"肖云飞问。"就是周期长，价格也贵一些。技术支持倒是马上能落实。"查曼丽说。"技术支持能落实也是很大的进展啊。"肖云飞说。"两条路走呗。"肖云飞又说。"应该是三条路吧，外购、国产替代、本地采购。"项庆林说。"好，三条路都走。"肖云飞说。"本地化就让欧研所、美研所的人去搞，闲着也是闲着。"马庆生说。"这话说得……"孟泰乾说。"就是找活干嘛，产品线能指望吗？"肖云飞冲着孟泰乾说。"我会给足他们压力的。"孟泰乾说。"好，相信你。"肖云飞说。

"张总，关景鹏要个网规专家支持一线，你看？"在张立彪的办公室，肖云飞说。"哎，不是有刚从枫叶过来的魏大川嘛。"张立彪说。"他不愿意去。"肖云飞说。"为什么？"张立彪问。"他说身体不好，不能见风，鼻炎，不能上楼顶。"肖云飞说。"这个魏大川，你知道他的月薪多少吗？花这么多的钱请他来，用不上，这哪行啊！"张立彪气愤地说。"咋办吗？"肖云飞问。"好好好，你先回去，回头再给你答复。"张立彪说。

"人比人，气死人！"肖云飞边吃午饭边说。"怎么啦，受什么刺激，让我们肖总如此消沉？"柴文娜说。"一猜就是网规专家去尼日利亚的事。"赵长城说。"哎，对了，关景鹏邮件里整天催网规专家快到位，这陆鼎轩走了，谁去啊？"邓学佳问。"公司从枫叶请了个叫魏大川的网规专家。"肖云飞说。"好啊，他去尼日利亚正合适啊。"马庆生说。"这个魏大川架子大得很，提出要求，要去可以，但不能上楼顶和高的地方。"肖云飞说。"唉，这网规专家查看地形搞覆盖，不上楼顶、不登高，怎么搞规划啊？"夏润泽不解地问。"'欲穷千里目，更上一层楼。'这么简单的道理都不懂，干脆别当网规专家呀。"麦哲渊说。"怎么着，人家就是网规专家，人家就不登高。"肖云飞说。"总有个理由吧。"尹贤良说。"理由很简单，鼻炎，怕风。"肖云飞说。"就这理由，戴个口罩不就得啦。"赵长城说。

"要不怎么说'人比人，气死人'呢！张总说是花大价钱请来的，说月薪高得……"肖云飞说。"多少？"王厚林问。"估计是怕伤我的自尊心，张总就没说具体多少。"肖云飞说。"还是在外面镀了金的值钱，咱还是土鳖，不值钱啊。"马庆生说。"既然公司肯花大价钱请他来，应该还是有点水平的。

据说，他主持了枫叶好几个大工程的网规，还是有经验的。"邓学佳说。"就是那个时候太卖命了，把身体搞垮了。"邓学佳又说。"听他们网规的人说，水平还是有，来了后带来了一些新的概念，大家的工作效率提高了不少，就是抓住了网规的核心。"赵长城说。"这也算公司没白花这笔钱。"邓学佳说。

"喂，师建宏，生产为什么停线啦？"肖云飞给生产团队打电话。"没功放。"师建宏在电话里说。"为什么没功放？"肖云飞问。"好像是功放PCB（印制电路板）出问题了。"师建宏说。"PCB出啥问题啦？"肖云飞又问。"具体啥问题，我也不清楚。哎呀，这么近，赶紧派个功放的人，自己把情况搞清楚，不就得了。"师建宏说完，挂断了电话。"哎，廖默然，赶紧去生产团队看看，功放生产出问题了，好像是PCB的问题。"肖云飞跑到实验室对廖默然说。"好，我去看看。"廖默然说。

"不上锡。"在生产车间负责生产工艺的工程师对廖默然说。"PCB在哪儿？"廖默然问。"都在这儿。"生产工艺工程师用手指着说。"研发工艺的来了吗？"廖默然问。"仇宝琴一会儿就到。"生产工艺工程师苏工说。"哎，仇宝琴，怎么回事啊？"廖默然看着从远处走来的仇宝琴问。"很奇怪，不上锡。让苏工用超声波清洗了，还是不行。"研发单板工艺的仇宝琴说。"啊，已经用超声波清洗了，我正想说呢。"廖默然说。

"刚才去那边给厂家打电话啦。"仇宝琴说。"为啥要去那边打电话？这里信号不行吗？"廖默然问。"这里信号差，到那边办公位用固话打。"仇宝琴说。"厂家怎么说？"廖默然问。"厂家啊，没怎么说。让他们换料，他们不愿意，其实是不敢。没弄清原因，怕换了又有问题，厂家损失就大了。"仇宝琴说。"光想到厂家的损失，怎么不想想产品线的损失？全停在那儿啦，发不出去货，你说多大损失？"廖默然说。"那厂家不肯，我也没办法呀。"仇宝琴说。"你们研发工艺干啥的嘛，分析了没有，啥原因？"廖默然说。"分析了，还是不知为啥不上锡。"仇宝琴说。"咋分析的嘛，我问你，手工加助焊剂能上锡不？"廖默然问。"哎，苏工，试试手工加助焊剂。"仇宝琴说。"可以。"苏工回道。"那就赶紧试，今天一定要复线，否则就会出大事啦，同志们！"廖默然说。"好，赶紧试。"说着，仇宝琴和苏工走向操作台。

"哎，肖云飞，信号很差，我打给你啊。"廖默然走向办公位，打固话给肖云飞。"赶紧复线生产啊，廖默然，一线人员已经闹起来啦。"肖云飞在电话里说。"一线人员怎么会知道的？"廖默然不解地问。"你以为呢？发不出货，供应链的只能找一线人员讨论延迟交付的货期。"肖云飞说。"是这样啊，好，我赶紧。"廖默然说完，挂了固话。

"加助焊剂好使吗？"廖默然问苏工。"嗯，加助焊剂可以。"正在操作的工人说。"仇宝琴，好使就赶紧搞啊。"廖默然说。"这样做要借人，行吗？"仇宝琴冲着苏工问。"你们写个邮件，我找领导沟通落实。"苏工说。"需要我们帮你跟领导说吗？"廖默然问。"最好你们俩跟我一起见领导，人手比较紧张，这种从自动化转手工的，领导一般不会答应的。"苏工说。"又不是长期，临时性的。"廖默然说。"不是这样说的，人员配备是与工艺路线相匹配的。还要说好，仅限这些PCB。再来的，肯定不能这样。"苏工说。

"听到没，仇宝琴？赶紧把厂家搞定。"廖默然说。"压力大呀。"仇宝琴说。"一般沾上油污，超声波清洗应该管用。"廖默然自言自语。"会不会是镀层的问题？"一旁的苏工问。"不会，应该不会吧。"仇宝琴说。"分析了吗？"廖默然问。"正在分析，没出结果。"仇宝琴说。"赶紧问问。"廖默然对仇宝琴说。"噢……我先找厂家吧。"说着，仇宝琴直奔办公位打固话。

"就是镀层问题，您提醒了他们。"廖默然冲着苏工说。"嗯，否则也不会直接找厂家。"苏工说。"应该是偷工减料了。"廖默然说。"毕竟是镀金啊，能省一点是一点。"苏工自言自语。"嗯，有道理。"廖默然说。

"改镀锡吧，锡便宜多了，也不会出今天的事了。"苏工说。"好的，回去考虑一下，改镀锡。"廖默然说。

"怎么样，是为了省金子偷工减料了吧？"看着过来的仇宝琴，廖默然说。"我们是认为镀金没必要，你们非要坚持，还是考虑镀锡吧。"仇宝琴说。"要么镀银也可以。"仇宝琴又说。"镀银真空包装，时间不能太长，否则就上不了SMT（表面贴装技术）线，只能像今天这样手工搞。"苏工说。"镀锡和镀银都验证一下吧。"仇宝琴说。"好啊，低频用镀锡的方案，高频用镀金的方案。"廖默然说。"最好都镀锡。"仇宝琴说。"但愿吧，看验证的结果。高频也用镀锡与镀银，可以比较。"廖默然说。

"江嘉陵，室外宏的实验局计划在哪儿开？"肖云飞在基站版本例会上问。"没地方要啊。"江嘉陵为难地说，"你说葡萄牙要，可没签单啊。尼日利亚，人家只要室内宏，偶尔加个微基站。""准备了9套室外宏。"马庆生说。"是啊，江嘉陵，你得想办法啊。"肖云飞说。"公司说了，室外宏必须到真正的商用环境开实验局。"柴文娜说。"言下之意，在五和我们自己的外场不算数。"赵长城说。"江嘉陵，我看啊，还是广西百色。"肖云飞说。"张总的意思吗？"江嘉陵问。"是的，张总的意思。"肖云飞说。"那好，我去一趟百色。"江嘉陵说。

"目前，室外宏整机生产装备还没有。"马庆生说。"什么叫没有？赶紧搞啊。"肖云飞说。"不是这么简单，目前装备测试方案还没确定。"马庆生说。"为啥方案还没定？赶紧定，赶紧搞。"肖云飞说。"肖云飞，生产整机测试不能太复杂，否则没法生产。"师建宏说。"好，师建宏，听你的。不过首先要保证生产发出的整机现场能用起来，这可是个基本原则。"肖云飞说。"那是当然的。"师建宏说。"马庆生、赵长城，你们俩有啥意见？"肖云飞问。"商量着来吧，师建宏规定个时间，我们去优化，努力达到你要求的测试时间。"赵长城说。"那好，室外宏整机装备测试要求10分钟。"师建宏说。"仅仅是装备的测试时间吧，不包含接线准备的时间？"马庆生问。"是啊，10分钟仅仅是装备测试的时间。其实，接线、装模块都需要时间的。"师建宏说。"这样七七八八都加起来，大概要多久？"柴文娜问。"要在15～20分钟之间，具体要由实际操作来定。"师建宏说。"要是20分钟，时间就有点长了。"邓学佳说。"所以制造团队提出带板运输啊。"师建宏说。"什么叫带板运输啊？"马庆生问。"生产好的模块直接插在整机里，整机、模块一起测试。测完后一起打包发货，一线人员拆包加电就能用。目前，麦克斯韦已经做到了。"肖云飞说。"这项工作，我们技服正在推动。师建宏，能不能就在室外宏上先试啊？"江嘉陵说。"可以啊，我是没意见。但产品线要有决议，我再到制造团队去汇报。"师建宏说。"这事比较大，牵涉的面广，先上产品线汇报吧。"肖云飞说。"先讨个说法。"师建宏说。"别，这可影响装备方案啊。"马庆生说。"分开，两码事啊。按现有的思路尽快落实，师建宏。"肖云飞说。"那好吧。"师建宏说。"那就说好了，江嘉陵去百色落实室外宏实验局，室外宏整机装备按现有思路尽快落实，带板运输由江嘉陵上产品线例会上汇报。"肖云飞最后说。

3. 细节决定成败

"鲁青云被抓了，知道吗？"柴文娜边吃午饭边说。"哪个鲁青云啊？"廖默然问。"就是产品线管成本的。"马庆生说。"知道这个人，噢，他叫鲁青云啊。"廖默然说。"哎，娜姐，鲁青云为啥被抓？"尹贤良问。"把你们的基站成本信息卖给竞争对手。"柴文娜说。"那公司怎么知道的啊？"赵长城问。"公司厉害吧？没有确凿的证据，公安机关肯定不会随便抓人的嘛。"东方牡丹说，"公司可是从国家安全局退役的人员中招了不少人，他们的招数多的是。""哎，这次是怎么发现的？"麦哲渊问。"都参加信息案例宣讲了吧？"东方牡丹说。"是啊。"麦哲渊说。"里面强调不要私自打印公司机密文档。"东方牡丹说。"鲁青云就是私自打印机密文档被抓啦。"夏润泽说。"如果仅仅是在公司内部私自打印机密文档，只能属于公司内部的信息违规。"东方牡丹说。"就是在公司内部违规私自打印机密文档，还不至于被公安机关抓。"尹贤良说。"但是，把这些文档拿出去卖，就属于违法了。"柴文娜说。"嗯，有道理。不过这种事肯定是秘密私下的，公司怎么会知道的啊？"邓学佳说。"情报黑市里什么人都有，公司也有线人的。"东方牡丹说。

"你说这个材料，即使落到公司的手里，也不能肯定是谁干的啊，毕竟知道成本信息的人不止鲁青云呀。"王厚林说。"要不怎么说安全部的人是高手呢，只要是你打的，就有你的烙印，这些人一看就知道。"东方牡丹说。"这么神！"马庆生说。"公司的打印机都专门设置了一种特殊的水印，一般人看不出来。"东方牡丹说。"难怪。"尹贤良说。"好啦，大家都明白了，不要随便打印。要打印，就要按规矩办，否则……"柴文娜说。

"哎，有点不明白，鲁青云为啥非要打印成纸件呢？用手抄下来，不就得了。"赵长城说。"这你就不懂了吧，情报黑市里，只有原件才值钱。"东方牡丹说。"原来是这样啊，长知识了。"夏润泽说。"哎呀，鲁青云这是为啥？"王厚林说。"平时觉得这人挺好的。"马庆生说。"耍点小聪明，以为别人不知道。"邓学佳说。

"在燎原，大家还是要有政治头脑，一失足成千古恨啊。"肖云飞说。"想想他们家会是什么状况……"柴文娜说。"一个字——悲。"王厚林说。"肖云飞，你说的也太虚头巴脑啦。什么叫有政治头脑，能通俗点不？"马庆生说。"牡丹，这事你回答。"肖云飞说。"有空找你慢慢聊啊，等着。"东方牡丹说完，端起盘子走了。"我们研发人员搞什么政治，瞎扯！"马庆生说。"话我是说了，是不是瞎扯，还得靠自个儿琢磨。"肖云飞说完，也走了。"慢慢琢磨吧，我们走了。"柴文娜说。

"马庆生，这9台发货这么急，无法保证质量。"师建宏说。"装备还没好吗？"马庆生问。"你们都没达成一致意见。"平台装备的章树桐说。"你要15分钟，我肯定不干嘛。"师建宏冲着马庆生说。"噢，这样啊。"马庆生说。"不能怪我们啊。"章树桐说。"江嘉陵去了没有，怎么这么快百色局就答应了呢？"马庆生说。"难道一定要去百色现场吗？打电话不行吗？你是送啊，为啥不爽快地答应？"师建宏说。"说的也是。"马庆生说。"怎么搞？"师建宏问马庆生。"研发保障呗，给个地方，把9台室外柜都放在那儿，研发自带仪表，进行测试，这样总行了吧？"马庆生说。"地方好办，那就说好了。"师建宏说完，协调场地去了。

"肖云飞，你别催我，他们测了两天，都还在那儿搞呢。"师建宏对电话那头的肖云飞说。"原本计划1天9台柜子，今天就该入库发货的。你看，还在那儿忙着呢。"师建宏又说。"怎么回事？一个整机测试，至于吗？一帮没用的东西！"肖云飞生气地说。"让马庆生……不，我过来。"肖云飞说完，挂了电话。

10分钟后，肖云飞来到现场。"你们俩都在，都搞不定啊！"肖云飞冲着马庆生、邓学佳说。"真快疯了，灵敏度时好时坏。"邓学佳说。"9个柜子都这样吗？"肖云飞问。"都搞晕了，说不清楚。"马庆生说。"怎么办，就这么耗着？江嘉陵一个电话接一个电话地催发货。"肖云飞说。

"这下不说我们不敢承接了吧，你们研发的都搞不定。"师建宏在一旁说。"谁说搞不定？一定能搞定！"肖云飞坚定地说。"怎么搞，邓学佳？"肖云飞问。"我现在真的有点晕，在这儿搞，心里有点不踏实的感觉。"邓学佳说。"怎么个意思？"肖云飞问。"邓学佳的意思是，能不能搬到我们实验室去测试？"马庆生说。"噢，还认地方，搞笑啊，你们！"肖云飞说。

"你们俩真想得出来？！"不知啥时候来的柴文娜说。"娜姐，您咋来了呢？"马庆生问。"来看你们啊。瞧瞧，也不怕把师建宏吓着。师建宏，这下可好，直接成研发人员了。"柴文娜说。"您这说的。"邓学佳说。"可不是嘛，你们觉得在研发实验室就能测好，那不就是让师建宏在研发部进行生产测试嘛。待在研发部，不就是研发人员嘛。有错吗？"柴文娜说。"那我就不是制造代表了，而是研发代表。"师建宏说。

"好嘛，9台柜子，谁搬啊？只能请搬家公司。"肖云飞说。"真去研发实验室啊？"师建宏问。"可不真去嘛，这两个人已经晕了，现在是树立信心。他们觉得回自己的实验室心里有底，那就回呗。马庆生，赶紧联系搬家公司。"肖云飞说。"真搬啊？！"柴文娜瞪大眼睛说。"不行，我得跟着去看看，什么神奇的力量能让他们换个地方就搞定。"柴文娜说。"欢迎参观。"马庆生说。

"挺壮观啊，这过道成仓库啦。嗯，我倒要看看你们怎么整？"吃完晚饭溜达了一圈的柴文娜刚说完，便坐在测试台旁，顺手拿了个测试线缆玩着。"娜姐，都八点了，还这么惦记着我们，真让人感动啊！"马庆生边搭着环境边说。"少贫嘴，赶紧干你们的活，这Beta（公测）局都让你们给耽搁了。"柴文娜说。"好嘛，监工啊。在万恶的旧社会，娜姐肯定是心狠手毒的地主婆。"邓学佳说。"这个意思，你们就是长工喽。"柴文娜说。

"这线缆很贵的，别玩坏喽。"邓学佳调侃着说。"呀！"柴文娜尖叫一声。"怎么啦？"邓学佳望着柴文娜说。"这个芯子被我摁进去了。"柴文娜不好意思地说。"真玩坏啦，好嘛，娜姐您这是来搞破坏的啊。"马庆生说。邓学佳一声不吭地拿走柴文娜手上的射频线缆，查看着被摁进去的同轴芯，突然大叫一声："老天啊，别这么捉弄我们好吗？""什么捉弄啊，老天的？"马庆生一头雾水地说。"是这个同轴芯松了，才导致灵敏度测试不稳定的。"邓学佳边说边拿线缆给马庆生看。"应该就是它。"马庆生仔细看后说。"再找根线缆对比着测。"马庆生边找电缆边说。"真的就是这个电缆头的问题啊？"柴文娜看着邓学佳、马庆生二人说。"托娜姐的福，就是电缆芯有点松动，时好时坏。"邓学佳说。"谢谢娜姐！"马庆生说。

"哎呀，好啦好啦，搞定了就好，你们接着测吧。赶紧的吧，我先走了。"说完，柴文娜离开了实验室。

"这下丢人丢大了！娜姐，神啊，女中豪杰呀！"尹贤良边吃午饭边说。"可不是嘛，请搬家公司要花钱的。肖云飞，这钱让他们俩出。"王厚林说。"行啦行啦，经验积累，经验积累了啊。"肖云飞说。"娜姐，您不会是巫婆吧，神乎乎的。"麦哲渊说。"会说话吗？什么巫婆？是大仙，柴大仙。"王厚林说。"瞧把你们一个个能的，丑恶的嘴脸都暴露出来了。"邓学佳。"这样啊，不说啦，我们俩请大家，行了吧？"马庆生说。

"巫婆也好，大仙也罢，反正那天我像着了魔似的，非要看个究竟，也不知道怎么的。"柴文娜说。"哟哟哟，越说越玄乎了，还'也不知道怎么的'，就搞定了。"赵长城说。"说起来不信，但确实有点怪。"邓学佳说。"怎么怪啦？"夏润泽问。"在生产线，感觉就没在实验室踏实，心比较浮躁。"邓学佳说。"对，注意力集中不了，老是看这想那的。"马庆生说。"你也有这种感觉吧？"邓学佳说。"不会是柴大仙给咒的吧？"王厚林说。"嗯，就是我咒的，我在办公室使劲地咒他们俩呢。"柴文娜顺水推舟地说。

"其实说到底，就是没有思想准备，临时决定这么搞。以前没这么搞过呀，差不多是3天嘛，很合常理的。"赵长城说。"没错，事不过三，凡事都有个过程。"王厚林说。"从另一个侧面看,我们研发质量还是好的。"肖云飞说。"哎,肖云飞,你怎么这样说?"东方牡丹问。"为什么这么说?你们看,最后的结果不是产品质量问题,或者说不是性能、指标问题。"肖云飞说,"这个案例把'细节决定成败'淋漓尽致地呈现了出来。心情浮躁,缺乏耐心,就像车太快,看不清东西一样。""回到实验室,心踏实了,也就有了耐心。娜姐的尖叫被细心地观察到了,芯子松动这个细节被联想到了。"廖默然说。"其实说真的,在生产线,首先怀疑的就是线缆内芯松动。"邓学佳说。"没意思了吧,现在这么说。"尹贤良说。"不是,真是这么想,只是我去检查过线缆芯,也摁了,没摁动,所以我就不敢怀疑了。"邓学佳说。"这点我信,一般不稳,首先想的是电缆有问题。"廖默然说。"不过这根电缆太神奇了。我后来仔细试了,有的时候特牢固,有的时候会松动。"邓学佳说。"那就是咱们柴大仙使了魔力呗。"肖云飞说。"所以,真的要感谢娜姐。"邓学佳说。

"不过我觉得最关键的是,肖云飞决定搬回实验室。"马庆生说,"说实话,当时提出来仅仅是想找个借口,根本不是真的想回实验室,我觉得那真的太可笑了。""这倒是,当时只是找个借口而已,搬回实验室是不可能的。"邓学佳说。"你没看当时你们俩那样,自信心完全被摧毁了。没有自信心,是不可能搞定了。"肖云飞说,"一般这种情况,有两种解决方案。""哪两种,说来听听。"东方牡丹说。"常见的是换人,当时我看是不可能的。"肖云飞说。"为什么不可能?"东方牡丹问。"你想这两个老大是我最信任的,更何况如果换了人,他们俩也不肯走啊。两拨人在一起相互影响,他们是老大,结果还是听他们俩的,等于没换。"肖云飞说。"是这么个理。"赵长城说。"所以,要重树信心,只能随他们俩的意啦。"肖云飞说。"心理学大师啊!"柴文娜说。"难怪老大们那么喜欢你!"东方牡丹说。"这叫舍不得孩子套不着狼啊。"尹贤良说。"牡丹,这比喻恰当吗？"肖云飞问。"仁者见仁，智者见智吧。"东方牡丹回道。"尹贤良的意思就是，花钱请了搬家公司嘛，比喻挺恰当的呀。"赵长城说。"对娜姐而言，那就叫无巧不成书。"尹贤良又说。"这个比喻恰到好处。"肖云飞说。"踏破铁鞋无觅处，得来全不费工夫。"马庆生自言自语。

4. 带板运输

在产品线例会上，江嘉陵说："关于带板运输，好处自不必多说，现在还是具体谈谈如何落实吧。""先谈谈你们技服的想法。"张立彪说。"师建宏，我们的想法很简单，就在这次百色室外宏上进行尝试。"江嘉陵说。"那好啊，就试呗。"张立彪说。"张总都表态了，师建宏，你的意思是……？"江嘉陵说。"带板运输目前是技服在推进，但张总，我要让大家明白的是，其实责任主体是供应链。"师建宏说。"是供应链没错，怎么啦？"张立彪不解地问。"带板运输牵涉的面比较广，不是百色室外宏就能搞定的。"师建宏说。"不太明白您说的意思。"肖云飞一头雾水地说。"师建宏的意思是，带板运输是公司供应团队的大事，要由供应团队牵头主导来搞，不该是我们技服。"江嘉陵说。"噢，是这个意思啊。"肖云飞说。"那，师建宏你说说吧。"张立彪说。"目前制造和供应团队认为在燎原，带板运输还需深入地了解业界，像麦克斯韦等应用的真实情况。"师建宏说。"充分的调研，这是对的。"张立彪说。

"我们的宏基站还是有背板，这对带板运输不利。"师建宏说。"怎么讲？"肖云飞问。"就是这个意思，怕机柜变形导致背板连接不良。"江嘉陵说。"这有什么，那就保证机柜不变形不就完了？"肖云飞说。"不是那么简单吧。"师建宏说。"嗯，带板运输千好万好，如果站开不起来，就什么都不好了。"张立彪说。"开不起来派人去搞一下，就是单板重新插拔一下，一般都会好，没那么玄乎。"肖云飞说。"这可是肖云飞亲口说的，有问题重新插拔一下，一般都会好。现在的生产，确实也是这么要求的。"师建宏说。

"他这话有什么问题吗？"江嘉陵问。"你看看，你居然都不觉得有问题，显然不称职啊！"师建宏说。"我怎么就不称职了啊？"江嘉陵说。"这不明摆着的嘛，还是要有人到现场，而且不仅仅是插上电这么简单——上电工程队就可以搞定，插拔单板就需要技服的工程师，要两拨人；而带板运输的目的是想用工程队这一拨人搞定。"张立彪说。"总之，要想搞带板运输，从设计的源头就要按带板运输的要求考虑。目前的设计不匹配带板运输。"师建宏说。

"这个结论还是不能得出的。即使需要重新插拔单板，也是有价值的，毕竟省了很多事。"张立彪说。"更何况有问题的概率应该是比较小的。"江嘉陵说。"这次百色实验局先这么干，室外柜很结实的，应该不会有问题。"肖云飞说。"你们先搞可以，但要真正得到供应团队的认可，很难的。"师建宏说。"别啊，认可不认可，先不管。师建宏，还是要完整地按供应团队的要求去做。这样，即使不认可，也有经验数据积累，否则做了也等于白做。"张立彪说。"好啊，张总都这么说了，似乎也没理由不做。这样，我去沟通落实百色室外宏基站带板运输的事。"师建宏说。"哎，这就对了嘛。"肖云飞说。"做完了要有详细的总结报告，师建宏组织，江嘉陵、肖云飞支持。"张立彪说。"没问题吧？"江嘉陵拍了拍师建宏说。"张总都说了，我来组织呗。"师建宏说，"我们好好讨论一下吧，肖云飞，你发个会议通知，明天下午吧，上午我先找供应团队的相关人员沟通一下。""好吧，明天下午两点半，作战室。"肖云飞说。

"哎，你们俩考虑一下，如何规避师建宏说的带板运输导致背板受影响的问题。"肖云飞冲着马庆生、邓学佳说。"其实，师建宏说的是对的。生产上的问题，他很清楚的。"肖云飞又说。"最好不用背板。"马庆生说。"基带也不用？"邓学佳问。"都不用嘛，各位的微基站、室外微基站就是没背板啊。"马庆生说。"不一样吧？"邓学佳说。"在我看来是一样的。"马庆生说。"从本质上讲是一样的。"肖云飞说。"现在改也来不及啊。"邓学佳说。"现在改肯定不现实啦，但我们要有这样的意识。"肖云飞说。"我和邓学佳考虑考虑吧。"马庆生说。"远水解不了近渴，还是就现在看看如何减少带板运输导致的问题吧。"邓学佳说。

"关键是失效模型没有，需要测试部配合做一些运输过程中的极限试验。"邓学佳说。"悬啊，靠实际积累太慢。"马庆生说。"但你们这极限试验怎么个极限法？别搞过头喽，适应即可。"肖云飞提醒道。"用例采用递进式嘛，逐步加严，每一步都有试验的结果。"邓学佳。"这样科学，否则搞个最严酷的，不行咋办？递进式好。"肖云飞说。"就是，在这点上我们白花了多少工夫！测试一上来就往最严的做，定位、改进耽误了多少！用例一定要合适，循序渐进，才可能看出失效的过程。"马庆生说。"好吧，你们跟测试部好好商量，拿出测试方案来。"肖云飞说。

"百色的货发了吗？"邓学佳问马庆生。"这不计划变了，要带板运输嘛，估计今天会发。"马庆生说。"江嘉陵催得跟啥似的，到现在不是也没发嘛。"邓学佳说。"公司干事都按事先的计划来执行。计划变更，改带板运输了，自然发货要调整，这就是项目管理。"肖云飞说。"燎原最大的特点就是执行力强。"马庆生说。"你们做试验的事需要自己准备材料喽。"肖云飞说。"走，找赵长城去。"马庆生拉着邓学佳走了。

5. 自我救赎

"项庆林，这室外柜的论证怎么还没搞定啊？"肖云飞在作战室说。"还有问题嘛，你让赵长城说。"项庆林说。"不光是葡萄牙，美国一些二流运营商现在主动找我们。"肖云飞说。"也要室外宏啊？"项庆林问。"是啊，欧美放在屋顶上的基本都是室外宏。"肖云飞说。"机房租不起呗。"赵长城说。"要加快论证啊。"肖云飞说。"有问题不怕，就怕问题得不到及时有效的处理。"赵长城说。"深圳不是有技术支持了吗？"肖云飞又问。"啥都不懂，只是个传话筒。"项庆林说。"主要是啥问题？"肖云飞问。"监控温度和提供的技术规格有偏差，告警门限也不准。"赵长城说。"差得远不远？"肖云飞问。"多了1度多。"赵长城说。"他自己标称多少？"肖云飞又问。"自己标称0.5度。"赵长城说。"那告警门限也差不多是这个水平喽？"肖云飞又问。"是啊。"赵长城说。"好办，这个作为遗留问题，先往下走，让他们同步改进，不就得了。"肖云飞说，"我们的软件把这些模糊一下。对了，我们可以多测些数据，掌握一定规律后，对它的温度、告警进行修正。这样，问题应该就不大了。""可以。作为遗留问题，往下走。"赵长城说。"赵长城这边把流程走下去，论证很快就可以结束了。"项庆林说。"好啊，只争朝夕啊。"肖云飞说。

"哎，廖默然，邓学佳呢？"肖云飞在射频实验室问。"去医院了。"廖默然回道。"怎么啦？"肖云飞问。"这不是体检开始了嘛，血脂高，去看医生了。"廖默然说。"噢，就这次查出来的？"肖云飞问。"可不是嘛。"廖默然说。"哎哟，那我也得抽空查查。"肖云飞说。"不一定的，我就没事啊。"廖默然说。"但愿吧！哎，这线性功放也没发几个，忙了半天。"肖云飞说。"30个站的。"廖默然说。"不知后面有没有？"廖默然问。"估计不会有,谁愿意买它呀,又贵又不好做。"肖云飞说。"是啊,还是要指望多载波和高效功放。"廖默然说。

"下不了决心,犹豫着呢。"肖云飞说。"你说老大们,是吧?"廖默然说。"可不是嘛,欧研所那帮人说得比较玄,专利倒是申请了一大堆,就是没干实的。"肖云飞说。"是啊,曹瑞祥不想在那儿待了。"廖默然说。"曹瑞祥跟你说的?"肖云飞问。"是啊,邮件里说的。"廖默然说。"不行就回来自己干算了。"肖云飞说。"我也是这个意思。"廖默然说。"哎呀,曹瑞祥回不回,由不得我们啊。其实,线性功放就这样啦,我觉得你们可以把多载波和高效功放先搞起来。"肖云飞说。"那好啊。"廖默然说。"我来找邓学佳就是想说这个事的,跟你说一样。"肖云飞说。"这样啊,邓学佳回来,我就和他商量这件事。"廖默然说。"是啊,趁着空闲,悄悄地搞起来。闲着也闲着,不然没什么事做,会出问题的。"肖云飞说。"最好能想办法把曹瑞祥给弄回来,毕竟他在那儿是做这个事的。"廖默然说。"好,我来想办法。"肖云飞说完,离开了。

"喂,牡丹,方俊凯好像最近要回来一趟,是吧?"肖云飞给东方牡丹打电话。"他现在就在北京,晚上到深圳。"东方牡丹说。"啊,好,知道啦。"肖云飞说完,挂断了电话。

"张总,多载波,我想这边也搞起来。"肖云飞在张立彪办公室说。"怎么,没事做了,是吧?"张立彪说。"室外柜主要是柜子,软件的工程量不大,线性功放也就这样啦,再搞没啥意义。"肖云飞说。"说说嘛,想咋搞?"张立彪说。"方俊凯今天会回深圳。"肖云飞说。"好嘛,你专门把方俊凯搞回来啦?"张立彪吃惊地问。"没有,他好像有别的什么事,不是我叫他回来的,再说我叫他回,就能回?"肖云飞说。"那倒也是。"张立彪自言自语。"你不是问我想咋搞嘛,能不能想法子把曹瑞祥搞回来?"肖云飞说。"想什么法子?"张立彪反问。"就说丈母娘病了,老婆要照顾丈母娘，家里孩子没人带。"肖云飞说。"哼哼，你和曹瑞祥说好了就行，别穿帮了。"张立彪说。"穿不了帮，丈母娘现在正住院呢。"肖云飞说。"真的？什么病？"张立彪问。"肾里有个东西。"肖云飞说。"那好啊，赶紧让他回啊。"张立彪说。"那咱就说好了。"肖云飞说。

"肖云飞，你这叫自我救赎，知道吗？"在肖云飞的办公位，方俊凯说，"当初要不是你阻挠，多载波早就产品化了。""好好好，算你有远见，行了吧？过去的事不再提，咱们着眼于现在。"肖云飞说。"搞啊，算法这边没问题，全力配合。"方俊凯爽快地说。"还是您爽快。"肖云飞说。"欧研所那帮人，你都搞不清楚是有进展还是没进展。他们更关心自己的专利，做的事都是围绕对自己专利的验证，没有产品化、实用化的概念。最重要的是，他们对多载波的认识偏悲观。"方俊凯说。"是啊。就是因为这，老大们不敢决策啊。"肖云飞说。"让你搞，不就是决策了嘛。"方俊凯说。"没有……我们是私下的，只是张总默许了。"肖云飞说。"是这样啊，也就是说你们不会向我们俄研所提正式的需求，让我给你们打黑工啊。"方俊凯说。"别说得这么难听嘛，什么叫打黑工啊！"肖云飞说。"这就是打黑工啊，没有公司的预算，不是打黑工，是什么？"方俊凯说。"别这么说，干不干吧？"肖云飞说。"我只是说打黑工，没说不干啊。"方俊凯说。"那不就得了。"肖云飞说。"不过没有预算，确实挺难搞的，毕竟不是我一个人就能说了算的。"方俊凯说。"那怎么搞？"肖云飞问。"这样，我安排人员支持和配合，核心算法由我们提供，你们自己去实现，有问题反馈给支持你们的接口人，怎么样？"方俊凯问。"行吧，这边就由邓学佳负责先按这种模式搞起来再说。"肖云飞说。"那好，就这么定了。"方俊凯说。"来个邮件吧，我来安排接口人。"方俊凯又说。

"电信公司给我打电话，说是香港那边怀疑我们大鹏湾的基站干扰了香港的电视传输系统。"王厚林对肖云飞说。"为啥给你打电话？"肖云飞反问。"你忘了用微波做传输，是我去搞的。"王厚林说。"那要我们干啥？"肖云飞问。"要我们派人配合定位。"王厚林说。"好啊。"肖云飞说。"派谁去啊？"王厚林问。"正好，曹瑞祥回来了，让曹瑞祥去。"肖云飞说。"他不是搞多载波嘛。"王厚林说。"不不，还是让他去，干扰的事，处理不好，很麻烦的，要有经验的人，就曹瑞祥。"肖云飞说。"还是你跟他打个招呼吧。"王厚林说。

"喂，江嘉陵，啥事啊？"肖云飞接着电话，"什么？百色大面积覆盖出现问题，基站告警显示功放增益下降……那好，先返回两个坏板，分析一下吧。""哇，屋漏偏逢连阴雨啊，刚刚干扰，百色的功放增益又下降。马庆生，百色的事，你跟踪一下。"肖云飞冲着坐在旁边的马庆生说，"对了，叫上廖默然一起分析定位，催江嘉陵尽快把坏件返回。"

"喂，邵利伟，你好。"肖云飞又接着电话说，"你说什么？西藏，怎么啦？""肖云飞，西藏不是高原嘛，3000多米，都不太愿意帮他。不知怎么找到华老板，希望燎原帮助搞移动通信。"邵利伟在电话里说。"高原、低气压，嗯，设备要有针对性地测试一下。搞呗，好不容易有人找上门，再难也要搞。"肖云飞说。"那好，张总让我跟您沟通一下，主要担心高原、低气压，设备能否适应。"邵利伟说。"有问题就克服，你们去搞，我们全力支持。"肖云飞说。"还是肖云飞爽快，那我就上西藏跟他们谈了啊。"邵利伟说完，挂断了电话。

"今天怎么这么多事？没一个省心的。"肖云飞放下电话自言自语。"啥事不省心啊？"正好走过的柴文娜问。"干扰了香港信号，百色功放坏了，西藏高原要我们的基站。"肖云飞说。"啊，西藏要我们的基站，好事啊。"柴文娜说。"好啥好，别人都不愿做，燎原好说话呗。"肖云飞说。"为啥不愿做？"柴文娜又问。"高原、低气压，对设备要求高。"肖云飞说。"那你们行吗？"柴文娜问。"不行也得行啊，有人找上门，搞呗。"

肖云飞说。

"大功率、高原、低气压，主要影响双工器。"在作战室，廖默然说。"大功率、高原，没问题。这低气压，没设备啊。"赵长城说。"找广州五所问问吧，不行就去广州五所做。"曹瑞祥说。"赵长城，赶紧联系一下广州五所吧，试验要越快越好。"肖云飞说。"对了，早发现问题，好早让厂家赶紧改。"曹瑞祥说。"好的，我先去联系了。"赵长城说完，走了。

"干扰香港信号的事怎么样啦？"肖云飞问曹瑞祥。"局方约了周五去谈，有点麻烦。"曹瑞祥说。"可不麻烦嘛，靠得那么近。"廖默然说。"那怎么办？不会把我们的站给关了吧？"肖云飞说。"不好说，深圳的局方肯定不干啦。"王厚林说。"由不得你啊，你干扰了别人，不关你关谁？"肖云飞说。"放着号呢，用户怎么办？"王厚林说。"为什么一定是深圳改啊？香港是微波接力传电视信号，为啥香港不能改？"廖默然说。"说不定挪挪锅就搞定了。"曹瑞祥说。"别光在这儿说呀，周五去沟通让香港改。"肖云飞冲着曹瑞祥说。"好的，试试看吧。"曹瑞祥说。

"百色的坏件哪天到？"肖云飞问廖默然。"明天可以到。"马庆生回道。

6. 2000万美元的大单

"邓学佳，去医院查了，没事吧？"肖云飞边吃午饭边说。"看了专家门诊，仔细查了一下。"邓学佳回道。"结果是……？"肖云飞问。"1周后才出结果。"邓学佳说。"结果出来没有啊？"柴文娜急着问。"说了1

周后嘛。"尹贤良说。"不对，好像知道结果了，否则你不会说'亏了，看了专家门诊'，对不对？"柴文娜急着问邓学佳。"这不正好1周了嘛，上午刚去看了。"邓学佳说。"怎么样？"肖云飞关切地问。"甲状腺紊乱，导致血脂高。"邓学佳说。"哎，这医生咋就把血脂高与甲状腺联系在一起呢？"柴文娜问。"要不怎么说是专家呢！他看我不胖，了解我的饮食也不是整天大鱼大肉，还是比较清淡的，而且经常运动——爬南山，我经常爬南山的。"邓学佳说。"就这样，专家就怀疑您的甲状腺啦？"王厚林问。"这个专家遇到过类似的情况，也不能确定，查一下看看。"邓学佳说。"专家就是专家！唉，怎么办呀？"柴文娜说。"早晨起来空腹吃左甲状腺素钠片。"邓学佳说。"对症下药，才能药到病除。"麦哲渊说。"没那么简单啊。"邓学佳说。"怎么了？"东方牡丹问。"要长期服，不能断。"邓学佳说。"就是你自己搞不定，要借助药物来控制。"赵长城说。"去年就查出血脂高，去医院也看过，那个医生就让我吃降血脂的药。结果血脂降了，肝受影响了，吓得不敢再吃了，我被逼无奈找专家看看。"邓学佳说。"有没有效果还不一定呢？"东方牡丹说。"求您了，说点吉祥话，行不？"邓学佳说。"好，愿药物有效，愿您健康。"东方牡丹说。"谢牡丹吉言，应该有效，否则我还真不知咋办了。"邓学佳说。

"哎，过来看。"肖云飞说，"梅清波说，印尼要S666，就是3个扇区，每个扇区6个载波。""S666，太夸张了吧！"马庆生张大嘴，吃惊地说。"幸好我们的宏基站最高配置就是S666，否则还满足不了。"肖云飞说。"也没，并柜嘛。"马庆生说。"这里明说，单机柜S666，奈奎斯特能支持。"肖云飞看着邮件说。"怎么，是要我们答复能否支持吗？"马庆生问。"是的。2000万美元的大单。"肖云飞说。"那就赶紧说支持啊，犹豫啥？"马庆生说。"这不激动嘛，2000万美元啊！"肖云飞说。"别激动，仅仅是问能否支持单机柜S666，并没有说2000万美元的单就给我们。"马庆生说。"也是啊，还有奈奎斯特呢，不知燎原能拿多少。"肖云飞自言自语。"想那么多也没用，先答支持就行啦。"马庆生说着，坐回了自己的座位。

"别忘了，当初只是说机柜能放下S666或者S333333。但是，实际上目前只支持S444，不支持S656。换句话说，S666软件、测试都要重新搞。"肖云飞说。"嗯，是这样，当时大家都认为不可能有S666。"马庆生说。"都认为不可能，现在呢？你赶紧去搞一下，我先回OK。"肖云飞说。"唉，不支持还要回OK啊？"马庆生问。"我们只是没做，有针对性地开发，测试就可以搞定的。赶紧组织一下，把S666搞定。"肖云飞说。"我把王厚林、赵长城都叫来，现在就谈清楚。"马庆生说着，给他们俩打电话。

"搞什么鬼，S666，抽风了，你们？！"接到电话过来的王厚林边走边说。"不是抽风，是2000万美元啊。"肖云飞说。"工作量很大哦，除了硬件是现在的，软件要重新开发，也就意味着测试要重来一遍。"王厚林说。"打个补丁不行吗？"肖云飞问。"你是真不懂还是装不懂？当初软件是基于S444做的，说是机柜能装下就行了，实际做不用考虑S666。"王厚林说。"就是目光短浅！基于S666的架构做S444，现在不是打个补丁就OK啦。"肖云飞说。"我目光短浅，你们领导当时的决策就是软件基于S444来做，不信我把当时的纪要发给你们看。"王厚林说。"这事你怎么可以听领导的呢？你们要基于业务，自己做决策啊。"肖云飞说。"这么说就没意思了啊。"王厚林说。"说你水平臭，就是水平臭。"肖云飞耍赖地说。"随你怎么说，白纸黑字写着，你要耍赖，我也没办法。"王厚林说。"哎呀，别扯啦，说说怎么啦！"赵长城说。

"其实，当时决定基于S444来开发软件，根本原因是如果采用S666的软件架构，工作量太大。"王厚林说。"那究竟搞不搞啊？梅清波说的靠不靠谱啊？万一忙半天搞出来了，印尼的单全给奈奎斯特了，不就白忙活了吗？"马庆生说。"问那么多干吗，显得你思想成熟啊。"肖云飞说，"不错，你想的是很全面，说明你的思想确实成熟。但欠的债总是要还的。王厚林、赵长城，你们说呢？""趁这个机会，把欠的补回来吧。"赵长城说。"对啊，否则对公司无法交代啊。就算印尼的没戏了，万一哪天又有需求，公司的领导可都知道是支持S666的。到时候需求真的来了，你向公司领导说不支持？"肖云飞说。"哎呀，知道啦，搞。"王厚林说。"看来你的思想真的很成熟。"马庆生冲着肖云飞说。"确实成熟。"王厚林补了一句说。

"什么成熟不成熟？要搞S666，要重新过点。"闻风而来的柴文娜说。"为什么？"马庆生问。"你是搞硬件的，不跟你说。王厚林、赵长城，你们俩说我说得对不对啊？"柴文娜说。王厚林、赵长城默不作声。"重新过点也要搞？"肖云飞说。"要立个新版本，上产品线决策一下吧。"王厚林说。"你准备材料。柴文娜，你安排汇报。"肖云飞说。

"这决策啥呀？宏基站的需求，规格里就是有S666，还让我决策啥？不是自己打自己的脸嘛！"不知啥时候，张立彪也过来了，"梅清波给我打电话啦，赶紧搞吧。柴文娜，你想想办法，怎么弄个版本来搞。虽然工作量大，但本质还是个补丁版本。""张总定调啦，就按张总的意思操作呗。"柴文娜说。"大补丁。"王厚林说。"您甭管是大补丁还是小补丁，总之是个补丁。"肖云飞最后说。"又被您想着了。"王厚林嘲讽地说。"本来就是嘛。"肖云飞毫不客气地说。"肖云飞，印尼的事，一定要支撑好梅清波，机会难得啊。"张立彪说。"明白了，张总，会支持好的。"肖云飞说。

"2000万美元，就是近2亿元人民币啊。肖云飞，要发了啊。"柴文娜边吃午饭边说。"印尼真猛，S666、2000万，全是猛料，有点承受不住啊！"马庆生说。"瞧你那点出息，2000万美元就晕啦。那要2亿美元，还指不定咋样了呢？"东方牡丹说。"你们这是在做白日梦啊，八字还没一撇呢，都瞎激动个啥？"王厚林说。"要真有2亿美元，我就……"马庆生冲着东方牡丹说。"你想怎样？"东方牡丹说。"直接趴下。"马庆生说。

"哎哟，还以为多大能耐呢!"东方牡丹笑着说。"你趴下，我就趴你上面。"尹贤良说。"去去去，又不是玩叠罗汉。"马庆生说。"哎，牡丹，这个项目要是真拿下了，咱们是不是要狂欢一下？"邓学佳说。"好啊，真拿下了，绝对要好好乐乐。"肖云飞说。"不会乐极生悲吧？"王厚林说。"你这什么话，真扫兴!"马庆生说。"好好好，算我说错了，我闭嘴。"王厚林说。"其实大家只是图嘴痛快，心里都明白还有个奈奎斯特呢。"赵长城说。"印尼是奈奎斯特的根据地，印尼的移动通信主要是奈奎斯特的。我们往里插一杠子，奈奎斯特自然不会袖手旁观的。"邓学佳说。

7. 新的危机

"谈得怎么样，香港有人过来吗？"在作战室，肖云飞问。"香港没人过来。"曹瑞祥说。"那谈得怎么样啊？"肖云飞问。"局方的人说，香港方面认为我们的设备有问题。"曹瑞祥说。"什么？怎么说到设备上了，设备有啥问题？"肖云飞问。"局方的人说，香港方面认为燎原设备的杂散指标有问题。"曹瑞祥说。"是局方的人说，还是香港的人说的？我看是局方的人说的。"肖云飞说。"开什么玩笑! 他们当时专门来我们这儿进行了系统测试验收，有验收报告啊。"赵长城说。"局方的人是这么说的，要去测试大鹏湾正在商用的基站。"曹瑞祥说。"那岂不是要断站啦？"赵长城问。"嗯哼，断站。"曹瑞祥说。"那要中断业务啦？"肖云飞说。"中断就中断喽。"曹瑞祥说。"真要测啊？"肖云飞问。"可不是嘛，您以为闹着玩呢!"曹瑞祥说。"那断业务，他们都不考虑啊？"赵长城说。"考虑啊，怎么会不考虑。"曹瑞祥说。"半夜测。"赵长城说。"那怎么着，要大中午业务正繁忙的时候测啊！"曹瑞祥说。"啥时候开始？"肖云飞问。"下周，具体时间，局方会发给我。"曹瑞祥说。

"哎，曹瑞祥，你怎么没提让香港挪挪锅啊？"肖云飞说。"你以为是去商量啊？去了就直接要求我们测基站，就没有跟您商量的余地。"曹瑞祥说。"那你也得说呀，你不提，人家怎么知道呢？"肖云飞说。"当时的确没想到会扯到设备问题，准备不足。不提也是怕局方真以为咱设备有问题。"曹瑞祥说。"先堵住一头再说。"曹瑞祥又说。"啥意思？"肖云飞问。"他们认为设备杂散有问题，咱就没给他们看。难道我们的设备怕测吗？"曹瑞祥说。"现网测试还真没搞过，还要摸一下。"赵长城说。"我当时想，是不会有问题的，我对自己的产品还是很有信心的。"曹瑞祥说，"坏事变好事，正好实战一把。"

"哎，曹瑞祥，你全权负责，千万别出什么差错。"肖云飞说，"赵长城，你安排一个人支持曹瑞祥。""好，夏润泽去。"赵长城说。"以后，这种现网测试恐怕会常见。按协议测的话，要断站的。万一断了之后恢复不了，就闹大了。"肖云飞自言自语。"赶紧演练一下，还要做个预案。后台必须有人，否则一旦出现无法恢复的情况，好有人处理。"曹瑞祥说。"对，看似简单，一旦出事，后果很严重的。"赵长城说。"要是真把站搞瘫了，就难说喽。"肖云飞说。"对了，光夏润泽不够啊，后台还要一个呢。"曹瑞祥说。"麦哲渊。"赵长城说。"很爽快嘛。"肖云飞说。"本来就是测试的事，这相当于现场测试验收。他们应该做的，但一直没机会做。"曹瑞祥说。

"哎，电流是正常的，输出没功率，奇怪？"廖默然测试着从百色发回的坏件自言自语。"电流正常，说明了什么？"一旁的马庆生问。"说明管子没坏啊，通常嘛，功放没功率，都是功放管损坏了。"廖默然说。"这我知道。开发的时候，功放经常坏，就看你们整天换功放管。一个功放管很贵的，心疼啊。"马庆生说。"哎，曹瑞祥，来得正好，过来看看。这电流正常，管子是好的，怎么没功率输出呢？"廖默然说。"那肯定是功率输出的环行器有问题了。"曹瑞祥边往这边走边说。"你就是旁观者清，我看看是不是环行器的问题。"廖默然急忙查环行器。"这管子是好的，你说的。那管子后面就只有环行器。没功率，肯定是环行器有问题。"曹瑞祥说。"别那么肯定，还没定位呢。"马庆生在一旁说。"不过我倒没遇见过环行器、隔离器坏的。"廖默然跳过环行器，直接输出，进行测试。

"怎么样，马庆生，服不？"曹瑞祥看着功率计得意地说。"你是怎么想到的？"马庆生好奇地问。"我就没想，我过来是想找个接头的。廖默然说管子好的，管子后面是环行器。没功率，只能是环行器的问题，就这么顺口一说。"曹瑞祥说。"倒也是啊，旁观者清，当局者有时真的迷啊。"马庆生说。"让器件中心的人分析一下，为什么环行器坏了？"拿着拆下来的环行器，廖默然对马庆生说。"好啊，我来联系他们。"马庆生说。

"哎，别急，把这个也看一下再说吧。"马庆生指着另一个坏件说。"嗯，估计是一样的。"廖默然说。"电流正常，一样的。"廖默然边测边说。"通信号看看嘛。"曹瑞祥说。"嗯，功率正常。正常啊，不是坏件。"廖默然说。"查一下逆向返还电子流里的故障说明。"曹瑞祥冲着马庆生说。"好，我来查。'马庆生边说边查。"这个尾号0263的坏件，故障说明描述的是增益下降告警时有时无，似乎跟雨天有关，告警多出现在百色地区下雨的时候。"马庆生说。"上面原话是怎么说的？"曹瑞祥问。"我就是读的原话，你看。"马庆生说。"跟下雨有关，廖默然，环行器跟下雨有关吗？"曹瑞祥问。"没听说过。"廖默然说。"看来，百色基站收发信机的数据要跟起来，现在是雨水最多的时候啊，数据应该能反映一些情况。"廖默然接着说。"好吧，我让他们每天都把基站的数据发过来。"马庆生说。"这个功放要么是误返，要么就是另有隐情。先把这个环行器拿给器件中心的人分析吧。"廖默然说。"这个呢?"马庆生问。"应该是返错了。"廖默然说。"那好吧。"马庆生说。

"哎,牡丹,上午领的一帮老外像是学生啊,什么情况?"赵长城边吃午饭边说。"一水儿的白人姑娘、小伙,什么来头?"柴文娜也问。"这不年初森尼韦尔告燎原嘛,这些美国未来的精英,哈佛的、斯坦福的、麻省理工的、杜克的,什么伯克利、加州理工的,记不清了。总之,这些一流大学刚入学的学生想不通。"东方牡丹说。"想不通啥?"廖默然问。"这些一流大学的尖子生怎么也想不通,他们心目中的偶像——森尼韦尔居然如此惧怕一个来自中国深圳的世界无名的燎原公司。他们百思不得其解,因此自发组织来到中国,看一看这个不起眼的燎原公司。"东方牡丹说。"不上课啦?"尹贤良说。"正好是暑假啊。"东方牡丹说。"这日子过的,都把这事儿给忘了。"尹贤良不好意思地说。"你确认他们是认为森尼韦尔惧怕燎原才告燎原?"夏润泽问。"反正他们跟我就是这么说的。"东方牡丹说。"看来森尼韦尔这回亏吃大了,聪明反被聪明误啊。"王厚林说。"在数学上就叫反证法。"邓学佳说。

"我还真不是自卑,但怎么就觉得森尼韦尔做的,有点过于发神经?就我们,有这么牛吗?"肖云飞环视着大家说。"哼哼哼,不知你这个神情是真觉得不牛呢,还是变着法地夸自个儿呢?"柴文娜说。"真没夸自个儿的意思,我是一直在想拔高自己,让自己觉得配得上森尼韦尔这一告。"肖云飞解释道。"说我们牛,牛在哪儿啊?东西都没人要。"马庆生说。"谁说没人要?这不2000万美元嘛。"东方牡丹说。"你说印尼的,签了吗?只是说说。奈奎斯特虎视眈眈,能轻易把'老巢'让给你?"马庆生说。"说那些干啥?有订单才是硬道理,啥想不想得通的,啥夸不夸的,都没用。"肖云飞说。"眼前一大堆问题,什么干扰啊,什么百色的,都没搞定呢!"曹瑞祥说。"大家想太多啦,把该做的事做了,就行啦。"肖云飞说。

"赵长城，低气压还没测吧？"肖云飞说。"正在联系。"赵长城说。"正在联系……太慢了，告诉你，西藏的基本定了。关键看我们能否耐住低气压，没那么简单，赶紧的！什么哈佛、斯坦福的，没啥用。"肖云飞说。"喂喂，哈佛、斯坦福的都没用，就说你有用呗。"柴文娜在一旁悄悄地说。

8.世界变化太快

"今晚去大鹏湾啊？"肖云飞在作战室问。'是的。"曹瑞祥说。"一个晚上能测几个站？"肖云飞问。"还几个呢！按协议，只给两点到五点3个小时，能测一个站就算不错了。"夏润泽说。'要跟局方说说，看能不能提前一点。"麦哲渊说。"好啊，你在机房跟局方商量呗。"曹瑞祥说。"明天白天就别来了，填个外出公干单。"赵长城说。"总共要测几个站啊？"肖云飞问。"先测与干扰相关的五个站。"曹瑞祥说。"局方总的计划要测几个？"赵长城问。"局方计划全测。"曹瑞祥说。"全测，没搞错吧？"赵长城说。"是的，目前给的计划是要全测。不过，主要看这五个站测试的情况。"曹瑞祥说。"今晚局方有人去吗？"肖云飞问。"肯定的啦，不然怎么叫现场验收嘛。"曹瑞祥说。"有压力哦。"肖云飞说。"咱的设备过硬，不怕。"赵长城说。"有局方的人在，做事一定要谨慎。"肖云飞说。"知道了。"夏润泽说。"第二个站明天晚上吗？"肖云飞又问。"还没定。"曹瑞祥说。"那今晚测的这个站，一定要确保万无一失。从道理上说，随机测的没问题，有可能就不再测啦。"肖云飞说。"有道理，赶紧准备去。"赵长城冲着夏润泽说。

　　"都在啊。"柴文娜边进屋边说。"啥事，娜姐？"肖云飞问。"打补丁的事。"柴文娜说。"搞就是喽，张总都定了。"王厚林说。"这事张总定了也没用啊。"柴文娜说。"什么意思？"肖云飞说。"关键还是工作量和核算的事，代码量决定了工作量和人力。"柴文娜说。"别扯那么多，按张总的意思办就行啦。"肖云飞说。"流程走不通啊。"柴文娜说。"流程怎么会走不通嘛，王厚林？"肖云飞说。"补丁版本流程里是限定代码量的，超过了，填都填不进。"王厚林说。"怎么会这样呢？那你少填点不就得啦？"肖云飞说。"肖云飞，你觉得这样做合适吗？"柴文娜问。"合适啊，怎么不合适？"肖云飞说。"张总都不敢吭声，你呀……"柴文娜说。"那张总咋说？"肖云飞问。"张总说找你商量。"柴文娜说。"找我商量是什么意思？立大版本？"肖云飞说。"该立就得立啊。"柴文娜说。"还有没有别的招？"肖云飞问王厚林。"补丁版本代码，人数是限定的。你搞得一帮人没工作量，上面看到的是你不需要这么多人，要'砍人'，那你以后招人肯定就困难啦。公司上面的人事和财经才不管这么多。"王厚林说。"别说那么多，先把工作开展起来，别误了印尼的单。至于版本，柴文娜，实事求是呗。"肖云飞说。"要的就是你这句话。"说完，柴文娜扭头走了。

　　"肖云飞，我是邵利伟啊。"邵利伟在电话里说。"哎，邵利伟，您好！"肖云飞说，"西藏的事怎么样啦？""没啥问题，就等你们的低气压测试结果了。"邵利伟说。"噢，正在做。"肖云飞说。"哎，肖云飞，听说韩国做了个两载波的收发信机，你知道吗？"邵利伟问。"韩国两载波？没听说啊。"肖云飞说。"看看，你只顾埋头拉车，韩国人跑你前头了吧。"邵利伟说。"消息准确吗？"肖云飞问。"不相信，是吧？过两天实物就会到你手上啦，到时候自己看真假吧。"邵利伟说。"那好吧。"肖云飞说。"这还不算完，还有更猛的。"邵利伟在电话那头又说。"什么呀？"肖云飞问。"你可站稳了！刚才你都不信，现在这个，你听了可别趴下！"邵利伟说。"多猛？你说。"肖云飞说。"听好喽，我一个字一个字地说：日本人已经开发出了四载波的收发信机。听明白了吗？日本人、四载波。"邵利伟说。"有实物吗？"肖云飞问。"有，一周后可能就会见到。"邵利伟说。"确实猛，你们找公司决策上多载波啊。"肖云飞说。"先把这两件事分析清楚再说吧。"邵利伟说完，挂了电话。

"这世界变化太快，廖默然。"肖云飞在座位上对廖默然、邓学佳说。"怎么这么说？"邓学佳说。"日本人、韩国人怎么这么牛，一个四载波，一个两载波。"肖云飞说。"什么四载波、两载波的？"廖默然问。"过两天，会拿来韩国两载波的收发信机分析；过一周，会拿来日本四载波的收发信机分析。"肖云飞说。"真的假的？"邓学佳说。"你觉得像是开玩笑吗？东西马上就到你手上啦，是真是假，自己看吧。"肖云飞说。"怎么回事啊？信息大爆炸啦，半路杀出了韩国、日本。麦克斯韦呢？"廖默然问。"不知道。"肖云飞说，"等东西来了，先分析吧，趁机好好学学。端正心态，以学习的心态来分析，会比较客观。"

"牡丹，瞧，一帮牛人都蔫了。"柴文娜边吃午饭边悄悄跟牡丹说。"知道，日本人、韩国人把多载波都做出来了。"东方牡丹说。"哟，凉皮好吃吗？"柴文娜看着邓学佳说。"今天的凉皮挺好吃的。哎，你咋没吃呢？"邓学佳说。"我不能天天都吃呀，这么丰富多彩的，今天吃的是韩国烤肉。"柴文娜说。"牡丹，你不会是吃日本寿司吧？"马庆生说。"你怎么知道的？真神了，就是日本寿司啊。"东方牡丹说。"好嘛，都凑到一起了。"廖默然说。"牡丹，看来你那些哈佛、斯坦福的牛人来错地方了。"柴文娜说。"为什么？"东方牡丹说。"该去日本、韩国看看，那才叫真牛。别人还没影呢，东西都出来了。"柴文娜说。"啥东西出来了，这么牛？"东方牡丹装傻地问。"多载波啊，你们家方俊凯也别在俄罗斯待了，回家算了。"柴文娜说。"回来好啊，巴不得呢。"东方牡丹说。"我看你们家方俊凯也是瞎忙，起了个大早，结果赶了个晚集。"柴文娜说。"哎，牡丹，方俊凯在俄罗斯赶什么集啊。别让他瞎跑，俄罗斯美女多，别赶出啥事来。"肖云飞说。"谁说方俊凯在俄罗斯赶集啦？净胡说。"东方牡丹说。"没赶集就好，这不是关心你们嘛，好心当成驴肝肺了。"肖云飞说。

　　"娜姐，烤肉好吃吗，怎么看上去像羊肉泡馍啊？"马庆生说。"羊肉泡馍的韩国烤肉。"柴文娜说。"别说，韩国烤肉还是很有特色的，那肉是用剪刀剪的，你说绝不绝，当时我都看傻了。"邓学佳说。"有什么看傻的？那叫创意，韩国人就是有创意。看多载波，够有创意的吧？"柴文娜说。"我看用剪子剪不是创意，是……不说了。"廖默然说。"是什么？说呀，说呀。"柴文娜说。"哎，牡丹，脖子好多了嘛，基本看不出来了。现在不敢晚上一个人走了吧？"赵长城说。"看不出来？睁着眼睛说瞎话。"东方牡丹说。"就是。"柴文娜附和着。

9.下狠手，防未然

　　"王厚林，S666的版本，你给我快点，别借着立版本钻空子。要是影响了印尼项目，找你算账。"在作战室，肖云飞说。"这一直在做，谁拿立版本的事钻空子啦？血口喷人嘛。"王厚林不服地说。"赵长城，你怎么还在这儿？低气压测试，你给我亲自去广州五所盯着。"肖云飞说。"好好好，本来就是明天去，明天去，行了吧？"赵长城说。"哎，我说曹瑞祥，你在瑞典是不是整天喝着咖啡无所事事啊？就说你们瑞研所能干啥？你说，能干个啥？"肖云飞气愤地说。"不过麦克斯韦确实没有产品，对吧？欧美都没有，这是事实吧？"曹瑞祥说。"谁知道啊？"肖云飞说。"这话可不能随便说啊。"曹瑞祥说。"确实，注意力都集中在麦克斯韦上了。这是失误，还是冷静冷静，分析模块再说吧。难道韩国人、日本人在算法上有大的突破？学术刊物上没见动静啊。"邓学佳说。"方俊凯在邮件里说，估计是另辟蹊径。应该不是我们目前走的路子。"曹瑞祥说。"难道韩国人、日本人真的另有途径？想不通啊。"肖云飞说。

"曹瑞祥，晚上大腺湾的测试可不能出事啊。"肖云飞提醒着。"知道啦。"曹瑞祥说。"廖默然，百色那边要分析定位报告了。"马庆生在功放实验室说。"器件中心环行器的分析报告出来没？"廖默然问。"还没出，但分析结果已经出来了，邮件也发给你了。"马庆生说。"嗯，我看看。"说着，廖默然打开电脑查看。"就是这封。"马庆生手指着说。"侧磁式环行器导致铁氧体开裂。"廖默然边看边琢磨。"噢，侧磁确实不如上下磁的，铁氧体容易受力开裂。好，让器件中心出报告就行了。"廖默然说。

"就拿器件中心的报告组一线啊？"马庆生说。"是啊，否则怎么搞？"廖默然说。"好吧，先给一版。那另一个坏件呢？"马庆生问。"就说没问题，属于误返回。"廖默然说。"好吧，先这么回复一线人员，看一线人员的反应。"马庆生说完，就去准备了。

"哎，别急，一线基站的数据跟踪分析怎么样？"廖默然说。"这几天没下雨，数据比较正常。"马庆生停下说。"其实呢，先拿器件中心的报告去应付一下百色，说这个返回件是误返回。当然，也只是说说，还是要密切观察一线的数据，有可能情况会很糟。"廖默然说。"怎么又这么说？"马庆生问。"你看，器件中心的分析说侧磁易导致铁氧体开裂。这种情况出现在百色现网，模块损坏失效是不可逆的。但是，我手头的这个模块现在测又是好的，故障描述增益下降告警与雨天有关，不会是批次性问题吧？所以，再跟踪一下一线的数据。把报告发给他们，看看百色一线人员的反应。"廖默然说。"侧磁环行器是不是别再用了？不可靠啊。"马庆生说。"目前先作为个例，再等等看。"廖默然说完，在电脑上写着什么。

过了一会儿，廖默然的手机响了："喂，哪位？""廖默然，你邮件是什么意思啊？为什么要把这个侧磁的环行器隔离啊？"查曼丽在电话里说。

"你看器件中心的邮件了吗？邮件下面有。"廖默然说。"嗯，怎么啦？侧磁易损坏铁氧体，那也不能凭器件中心的这个邮件就隔离吧？"查曼丽说。

"告诉你吧，这个厂家的环行器的损耗还与下雨天有关。"廖默然说。"有证据吗？"查曼丽说。"目前正在跟踪定位。"廖默然说。"谁让你们要薄的呀？！"查曼丽说。"唉，您别这么说，别的厂家怎么就不用侧磁的？先隔离吧，省得大面积出事，就不好收拾了。"廖默然说。"那与下雨有关还没定论呢，就这么急着要隔离啊？"查曼丽说。"凭经验，侧磁确实靠不住。就凭这点，就要坚决隔离。放心，我查了，侧磁的份额很少，对生产影响不大。"廖默然说。"确实，业界用侧磁的确实不多，隔离了这家的，还有两家。行吧，我马上下隔离单。"查曼丽说。"谢啦。"廖默然说。

"廖默然，当我面不急不忙的。我一走，就下狠手，看来是真有问题了。"马庆生边吃午饭边说。"当时没意识到，你走后突然意识到问题的严重性，才坚决隔离。"廖默然说。"想稳住我就稳住我，我看了邮件的时间，就在我在的时候，你就发给查曼丽了。"马庆生说。"噢，忘了。唉，先隔，保险点。我怕大面积爆发，就麻烦了。百色那边还是要盯紧。说白了，百色那里就是个晴雨表，别的地方严重不严重，就看百色的。这种侧磁的主要发到百色地区了，其他地区主要是另外两个厂家的。"廖默然说。

"以后啊，还是要擦亮眼睛，不要被蒙蔽了。"肖云飞提醒道。"这一把其实已经被蒙蔽了。"马庆生说。"说得有点难听，不至于。"廖默然说。"你们内部还相互提防啊？这样可不太好。"柴文娜说。"这就要发挥你们质量监督的作用，火眼金睛。"肖云飞说。"光靠我们肯定不行，大家还是要实事求是，把问题暴露在明面上。"柴文娜说。"你看，还没做呢，就开始推卸责任了。这样可不好啊，娜姐。"王厚林说。"怎么能说是推卸责任呢？质量工作是大家的事，我们只是监督和促进。你们仔细研究EPD，肖云飞才是质量第一责仁人，不是我们。"柴文娜说。"娜姐说得对哦。"东方牡丹说。

"赵长城，测得怎么样了？"肖云飞给在广州五所做低气压试验的赵长城打电话。"还是赶紧订购一台具有低气压功能的环境箱吧。"赵长城说。"怎么啦？"肖云飞问。"基本断定双工器打火。"赵长城说。"什么现象啊，就说双工器打火？"肖云飞说。"功率降低了，双工器插损大了。"赵长城说。"拆开看了是吧？"肖云飞问。"没敢拆。"赵长城说。"没拆就说打火啊，你这也太……"肖云飞说。"拆了恢复不了，就没法往下做啦，这边是按小时收钱的。我判断是低气压导致双工器打火，插损大约增加了1分贝，还可以继续往下做。广州五所就有卖的，我已经让手下走流程买了，流程会走到你那儿，赶紧批一下，2周后可以到货。"赵长城说。"跟张总说过了吧？"肖云飞问。"是的，必须买啊。"赵长城说。

10. 多方会战

"肖云飞，西藏的事，我已答应邵利伟了，低气压没问题。"在办公室，张立彪对肖云飞说。看着肖云飞疑惑的眼神，张立彪接着说："对，没问题，让他们放心大胆地与局方谈。老板去过啦，回来说必须全力支持，拿下是完全没问题的。""啥时候单子能'落地'？"肖云飞问。"不存在单子'落地'的事，已经定了。现在进行网规网伏的设计规划，西藏地形复杂，网规设计大概要到年底。明年发货，这样你们有时间赶紧解决低气压双工器打火的问题。"张立彪说。"好，知道了，现在等环境箱回来就开搞。"肖云飞说。

"不怪大家，现在加紧搞，来得及。"张立彪说，"对了，让厂家也动起来，他们也要有低气压箱啊。""现在是双工器厂家来人在我们这儿搞，我们先一起搞吧。"肖云飞说。"他们也得买啊。"张立彪说。"是要买，但没那么快。"肖云飞说。"哎，我们不是2周就到货吗？"张立彪问。"我们这个是进口的，太贵，他们在找国产的。"肖云飞说。"多载波分析得咋样？"张立彪问。"东西没到呢。"肖云飞说。"听说有压力了，是吧？没事，心态放宽松，向人家学嘛。好好学习，才能天天向上啊。我们没啥，但有一颗乐于学习的心。"张立彪说。

"哎，你们仨都在啊。前天晚上辛苦了，结果怎么样啊？"肖云飞在作战室说。"没啥问题。"夏润泽说。"局方去了几个人？"肖云飞又问。"开始说要去一个人的，结果就是合作方去了一个人。"夏润泽说。"呵呵，局方居然没派人去现场验收测试，合作方的人应该不会难为你们吧？"肖云飞又问。"按协议测试，有什么可难为的嘛。"曹瑞祥说。"麦哲渊是不是在机房没啥事干？"肖云飞问。"能有啥啊？不会出事的。"麦哲渊说。"没啥问题就应该不会晚上再测了吧？"肖云飞又问。"想得美啊，昨天下午快六点了，收到局方的邮件，把4个基站的测试计划发过来了，明天晚上开始测第二个基站。"曹瑞祥说。"测就测呗，只是大家辛苦了。"肖云飞说。

"你们去领5个侧磁的环行器，和这个模块一起做个潮湿试验。"廖默然对两个手下说。"朱文学，你去领料。袁一帆，你去准备环境。"廖默然布置着工作。"怎么，怕潮湿有问题啊？"进来的曹瑞祥问。"百色一线人员不是反映和雨水有关嘛，做一做不就知道啦。"廖默然说。"韩国的模块没到，是吧？"曹瑞祥说。"没啊。"廖默然说。"不知他们究竟怎么做的。"曹瑞祥说。"耐心点，别急。"廖默然说。"不急，就是有点忐忑。"马庆生进来说。"廖默然，好吧，你这动静越整越大。"马庆生又说。"做做潮湿试验，模拟一下百色一线的现场情况。"廖默然说。"没说你做得不对。只是你让我应付百色一线人员，又什么都不让我知道，我就跟个傻子似的。"马庆生说。"啥你不知道，你说你啥不知道？这刚布置完，你就知道了，不用我知会。"廖默然说。"好好好，知道你就是这个特点。"马庆生说。"哎，韩国的模块到了，是通知你吧？"曹瑞祥冲着马庆生问。"是啊，赶紧问问到了没。"曹瑞祥说。"刚问过，没到。"马庆生说，"分析全在作战室啊。""为啥在这儿？"曹瑞祥问。"说了，要保密。"马庆生说。

"马庆生，韩国的模块怎么还没到啊？"肖云飞边吃午饭边说。"没到，我有什么办法。"马庆生吃着肉夹馍说。"哎，牡丹，方俊凯不是说要专门回来的吗？哪天到啊？"肖云飞又问。"明天到深圳。"东方牡丹说。"牡丹，是不是特希望这种事多一些？"尹贤良调侃地说。"去你的。"牡丹说。

"邓学佳，我看这多载波，你们也没个计划什么的。曹瑞祥、廖默然，一个忙干扰，一个忙百色。你这也别闲着啊，计划如何搞，总得有个东西吧。"肖云飞说。"你是觉得我闲着呢，王厚林？"邓学佳冲着肖云飞说。"说多载波，你扯王厚林干啥？"肖云飞问。"接口要动啊。"邓学佳说。"好嘛，咱这多载波就……难怪让韩国人、日本人超越了。"肖云飞说。

"方俊凯这次回来，不会又被气走了吧？"曹瑞祥说。"不会，牡丹，对吧？"肖云飞说。"难说，瞧你们现在这样，方俊凯肯定很失望。"柴文娜说。"这次回来，应该一时半会儿不会走了，也许就不走了。"东方牡丹慢慢地说。"是什么意思？你怀孕啦？"柴文娜说。"这是一方面，另一方面还是多载波的'落地'。"东方牡丹说。"哈哈，恭喜恭喜！"大家一齐向东方牡丹祝贺。

"多载波没专人抓不行，原来就是他，现在还是他最合适，是我向上面要求的。看看曹瑞祥、廖默然、邓学佳的现状，我觉得我做对了。"肖云飞说。"我得感谢肖云飞。"东方牡丹说。"其实，燎原做事的特点就是事件触发型。"邓学佳说。"形象，太形象了！韩国、日本这事一触发，方俊凯就回来了。"王厚林说。

"嗯，方俊凯专抓多载波，那俄研所呢？"曹瑞祥问。"都是预研嘛，一起抓。"肖云飞说。"噢，还是预研。"邓学佳说。"什么预研不预研，产品化的预研。"肖云飞说。"这回肯定是玩真的啦。"王厚林说。"头是预研的，但实体是产品线的，说明领导真想干了。"柴文娜说。"毕竟有风险，要上产品，那就全是产品线负责啦。"肖云飞说。"公司就是这点好，可以随时调整。"曹瑞祥说。"牡丹，几个月啦？"柴文娜问。"快两个月了。"牡丹回道。"怪不得看不出来。"柴文娜说。

"马庆生，拿到了吗？"在作战室，肖云飞给马庆生打电话。"拿到手了，马上就到作战室。"马庆生在电话里说。"大家赶紧去吃晚饭，吃完回来分析韩国的模块。"肖云飞冲着大家说。大家走后不久，马庆生到了。"快，放这儿。"肖云飞说。"人呢？"马庆生放下模块问。"废话，我不是人啊？"肖云飞说。"不是，他们呢？"马庆生问。"到吃饭的点了，让他们赶紧把饭吃了。对了，你也赶紧去吃晚饭吧。"肖云飞说。"你不去啊？"马庆生问。"你去给我捎俩肉夹馍就行了。"肖云飞说。"好，两个肉夹馍。"说着，马庆生去食堂了。

"哎，这么快！对了，晚上不是要去大鹏湾测试吗？"肖云飞说。"没事，凌晨一点开始，十点走就可以啦。"曹瑞祥吃完晚饭，回到作战室说。"快来看，我看了半天，也没看出眉目来。"肖云飞指着打开的韩国模块说。"这里也没功放啊，说是只支持两载波，还规定了间隔。"曹瑞祥边看边说。"不知道配的功放是什么形式的。"进来的廖默然说。"会是高效功放加数字预失真的吗？"邓学佳说。"怎么才能判断？"肖云飞问，"曹瑞祥，你经验丰富，你觉得呢？""总的感觉像是配线性功放，不像是数字预失真。"曹瑞祥说。"何以见得？"廖默然问。"曹瑞祥说得有道理，你看这些片子，感觉没有DPD（数字预失真线性化技术）算法。"邓学佳说。"硬搞的，是这个意思吧？"肖云飞说。"感觉是，但不能确定。"邓学佳说。"我打开的第一感觉是韩国人硬搞的，没啥算法，配个线性功放。"肖云飞说。"有这种可能。仅在韩国用，频点是确定的。仅出两载波，在满足协议的前提下规定好载波间隔。韩国人做线性功放还是不错的。"曹瑞祥说。"特定的市场、特定的市场频点，这就确定了，不需要什么技术突破，谁都有能力做。"邓学佳说。"哎哎，别这么说，要真是这样……"廖默然说。"真是这样，怎么啦？这叫因地制宜。"肖云飞说。"显然，我们不可能走这样的路。"邓学佳说。"为什么？"肖云飞问。"这不明摆着的吗？"邓学佳回。"怎么就明摆着的啦？"肖云飞又问。

　　"我想起来了，韩国人还真有可能这么硬搞。"曹瑞祥说。"那好，你说说。"肖云飞说。"邓学佳，你忘了，你去韩国看世界杯啦。"曹瑞祥说。"谁去韩国看世界杯啦？说话注意点，是去韩国路测韩国移动网的情况。"邓学佳说。"对，曹瑞祥，你接着说。"廖默然拍了拍邓学佳说。"当时邓学佳回来跟我说，韩国的基站，尤其是早期的基站，由于双工器收发隔离搞不定，居然用了3根天线。1个扇区，用了3根天线。"曹瑞祥说。"3根天线，怎么啦？"廖默然问。"韩国人就是这个思路嘛，双工器搞不定，就用天线补。"肖云飞说。"DPD算法搞不定，就硬搞，用线性功放代，能省一点是一点。"邓学佳说。

　　"你说，韩国人的这个思路，收发信机是省了。但一起算起来，真能省吗？"肖云飞问。"我感觉难说。"曹瑞祥说。"两载波难，四载波就能省了。"邓学佳说。"可惜这么硬搞，只能是有条件的两载波，四载波完全不可能。"曹瑞祥说。"那，日本的就有价值了，说日本的是四载波，对吧？"廖默然说。"嗯，四载波。"肖云飞说。"这些都是我们的推测，你们再仔细分析一下，要有详细报告哦。"肖云飞说。"怎么才来？"看着马庆生手里拿着两个肉夹馍，廖默然问。"食堂没了，跑出去买的。"马庆生说着，把肉夹馍递给肖云飞。"谢啦！嗯，好吃，是那家的，对吧？"肖云飞说。"是，知道你喜欢。"马庆生说。"知我者，马庆生也。"肖云飞开心地说。

"肖云飞，印尼的S666恐怕要改机柜背板。"在肖云飞座位上，王厚林说。"哎，马庆生，怎么又搞到改背板了？"肖云飞问。"您又不是不知道，当时就没考虑S666，也没说要兼容S666，只按S444考虑的。"马庆生说。"这您是清楚的。"王厚林冲着肖云飞说。"我不清楚。"肖云飞生气地说。"现在您这么说，我就当没听见，没意义。"马庆生望着肖云飞说。"你们再论证论证，能不能不改啊？"肖云飞说。"谁想改啊？这不，实在没办法了，才跟你说了。"马庆生说。"欠的债总是要还的，还是趁这次机会下决心改吧，否则以后更麻烦。"王厚林说。"软件没办法啦。"肖云飞问。"不是说了嘛，开始没想改，以为软件能规避。结果绕了一圈，还是不行。"王厚林说。"实在不行，改就改吧。"肖云飞无奈地说。"当然，要是印尼的单拿不下来，就可以不改。"马庆生说。"说什么呢，你这个乌鸦嘴！"肖云飞说，"改，改了，印尼的单就拿下了，坚决改。心诚则灵嘛。""好好好，心诚则灵，改。"王厚林说。

11.学习型公司

"哟，方俊凯，回来啦，俄罗斯的土豆烧牛肉很好吃吧？"柴文娜边吃午饭边说。"不是你们这么说的。"方俊凯说。"你看了他们的分析啦？没看明白就说别人什么硬搞，贬低别人。说白了，就是替自己开脱嘛。"柴文娜说。"也不能这么说。"方俊凯说。"你瞧，一帮人不吭声，就能说明一切啦。"柴文娜说。"不过刚来，还没来得及仔细分析。从了解的一些信息看，至少不敢否认他们目前的推测和判断。"方俊凯说。"你可得客观啊。"柴文娜说。"公司的导向一直都是不要轻易否定别人，所以我们没吭声。"肖云飞说。"韩国人因地制宜也挺好的，但不可否认，只能在韩国用，局限太大。燎原没法走这条路。"邓学佳说。

"肖云飞，日本的什么时候到？"方俊凯问。"再过两天吧。"马庆生说。"最近加拿大在这方面有些突破，成立了一家叫班德的公司。"方俊凯说。"这个公司具体做什么？"邓学佳问。"做芯片，设计芯片。"方俊凯说。"算法芯片，那功放呢？"廖默然问。"不做功放，他们买别人的功放作为工具，主要是验证自己芯片算法的效果。"方俊凯说。"有样片了吗？"邓学佳问。"年底出第一款样片。"方俊凯说。"能搞到不？"邓学佳问。"正在联系，工程样片就是要商用推广，肯定可以拿到，他们积极得很。"方俊凯说。"照这么说，就很简单啦。班德的DPD算法芯片，配上自制的功放，多载波就搞定啦。"尹贤良说。"也许吧。"方俊凯说。

"恐怕没那么简单吧，听说麦克斯韦对班德的芯片不是特别积极。目前，只有我们最积极，也就是只有燎原一个用户。"肖云飞说。"哎，方俊凯，为什么会是这样？"马庆生问。"班德有个搞软件算法的教授，他带的弟子在这方面发表了很多文章。说是搞芯片，其实就是把算法做成芯片。只不过呢，它这个芯片仅仅是算法，不能融入整个收发信机的设计中，麦克斯韦自然兴趣不大了。"方俊凯说。"那我们……"廖默然问。"先拿来学习，最终还是要走麦克斯韦的路。"方俊凯说。"嗯，这个思路稳妥些。"廖默然说。"就是有点慢。"马庆生说。"未必，学习、积累经验，在别人的基础上优化，可以少走弯路。"肖云飞说。"其实，说燎原是个学习型的公司，就体现在这儿。"东方牡丹说。"不会就燎原一家吧？"廖默然问。"意思就是欧美大公司都不感兴趣。"方俊凯说。"小公司肯定想依靠它，但班德公司是向着那些大公司的。"邓学佳说。

"这几天百色地区雨水多，又多次告警了。一线人员又坐不住了，开始到处发邮件。"马庆生在功放实验室对廖默然说。"不是给他们定位分析报告了嘛，闹什么啊？"廖默然说。"那报告又不能把后台的告警给灭了，有什么用呢？前一阵子没下雨，告警后台没有，局方维护的人自然不会闹。"马庆生说。"噢，光看告警啊，有投诉吗？"廖默然问。"有没有投诉，一线人员没说。"马庆生说。"那万一是误告警呢？"廖默然说。"误告警？误告警也是问题啊。"马庆生说。"你看没有投诉，说明没影响业务，这告警不是误告警，是啥？"廖默然说。"不能这么说吧，首先不知道有没有影响业务的投诉，我可以让一线人员去查，这个很容易。其次，如果真不影响业务，设备一切正常，功放出现增益下降产生告警，这本身就是你们的问题，需要解决，否则后果是极其严重的。"马庆生说。"别说得那么吓人啊，什么极其严重！"廖默然说。

"肖云飞，你来得正好。廖默然，我来告诉你误告警有多严重。"马庆生说。"好，你说有多严重。"廖默然说。"上次百色下雨，出现告警，局方打算雨停后去换的，结果雨停后告警消失了，他们就没换。"马庆生说。"是啊，结果是没换。"廖默然说。"那这次他们就要去换啦。"马庆生说。"别急，等雨停了，告警消失了，还是不会换。"廖默然说。"你当人家傻啊，即便这次不换，下次一定换。"马庆生说。"你怎么这么肯定？"廖默然说。"事不过三啊。"马庆生说。

"到底有没有问题？"肖云飞问。"对了，你们的潮湿试验结果是什么啊？"马庆生问，"朱文学、袁一帆，不是你们做的嘛，结果如何？""好啦，结果不好，器件中心也分析了。"廖默然说。"怎么说？"肖云飞问。"潮湿试验，含铷铁氧体环行器损耗变化少则4dB，多则6～7dB。跟湿度相关，百色下雨功放增益下降告警是真实的。湿度低、雨停了，能恢复正常。"廖默然说。"哼哼，整天藏着掖着。"马庆生说。"有点严重啊。"肖云飞说。"是啊。"廖默然说。"家里生产的，马上隔离。"肖云飞说。"上周就隔啦。"马庆生说。"上周？"肖云飞吃惊地说。"对，上周就把含铷侧磁环行器给隔了。"廖默然说。"不影响生产吗？"肖云飞说。"有3家，那两家是大头，侧磁是小头，不影响生产。"马庆生说。

"百色那边怎么办？"肖云飞问。"要么耗着，要么换。"廖默然说。"一边耗着一边换。马庆生，让一线人员查一下那些对业务影响大的，先换那些。"肖云飞说。"好吧。"马庆生说。"知道我为什么在这儿吗？"肖云飞问。"百色的人找张总了吧？"马庆生说。"算你敏感度可以。"肖云飞说。"我知道，他们四处发邮件、打电话。"马庆生说。"具体怎么做，想好了吗？"肖云飞问。"就是换嘛，走流程就可以啦。"马庆生说。"廖默然，你觉得呢？"肖云飞又问。"其实就是环行器有问题，把环行器换了功放就OK了。"廖默然说。"还是廖默然有头脑，你们商量吧。"肖云飞说完，离开了。

"好嘛，有头脑的，难道你要现场换环行器吗？"马庆生冲着廖默然说。"您先别急，让袁一帆把整个过程给您演示一遍后再说。"廖默然说。

"好，袁一帆，你先把整个流程给我描述一遍。"马庆生说，"我先问你，需要什么工具？""核心是烙铁。"袁一帆答。"烙铁？现场用烙铁，太搞笑了吧，有交流电吗？"马庆生问。"噢，百色的主要是室外微基站，我去搞的，我清楚，有交流电。"马庆生紧接着说。"真要现场换啊？如何判断换了没问题呢？"马庆生又问。"这你比我们更清楚啦，反正不可能带个仪表上站。"廖默然说。"那你们动作要快啊，别超过10分钟，否则对业务影响大，局方不答应的。"马庆生说。"放心，换个模块，10分钟足够啦。"廖默然说。

"不对，不是说现场换环行器的嘛，10分钟肯定不够啊。"马庆生说。"那只是说说，实际上是带两个好模块，现场直接换。"袁一帆说。"那接下来怎么办？"马庆生问。"接下来直接把换下的坏件环行器换了，这不就又成好的模块了嘛。"袁一帆说。"噢，接着再去下一个站换上，好主意！"马庆生说。

"这里面还是有些细节需要考虑周到。"廖默然说。"具体就是修好的坏件再插回去。"袁一帆说。"嗯，这样更保险，但要局方同意才行啊。"马庆生说。"这就需要与局方沟通，应该问题不大。"廖默然说。"我想问题也不大，毕竟把站修好了。"马庆生说。"既然采用这种形式，是不是就不走什么批量更改电子流啦？这样对产品线不好。"廖默然说。"嗯，谁愿走批量整啊？"马庆生自言自语。"百色那边很久没巡检了，与一线人员沟通一下，让袁一帆结合目前的问题，到百色地区巡检一下，有问题就解决问题，没问题的了解一下情况。"马庆生说。"那好，你先联系一下，确定日程，尽快出发。"廖默然说。

12. 发扬小炉匠精神

"怎么样？有什么不同的看法吗？"肖云飞在自己的座位上问方俊凯。"这两天仔细分析了一下，感觉和你们的意见差不多，韩国人就是因地制宜了。"方俊凯说。"那报告就你写，我们写不合适。"肖云飞说。"等等吧，把日本的分析完了统一写。"方俊凯说，"班德很积极，盯我盯得很紧。""有点奇怪，为啥不盯麦克斯韦、森尼韦尔、香农？"肖云飞问。"班德断定我们没能力自己搞芯片，也想借与我们的合作，在系统应用上积累经验，以便有筹码'进攻'麦克斯韦、香农。"方俊凯说。"所以我们必须两条腿走路，自己搞芯片是根本。"肖云飞说。

"唉，只不过这周期有点长。"肖云飞说。"班德的片子一定要走一走，对我们会有帮助的，心急吃不着热豆腐啊。"方俊凯说。"那是，那是。"肖云飞说。"我已经让邓学佳分析班德的片子了，还要投板、搭系统、功放……"方俊凯说。"放心，会全力支持的。"肖云飞说。"邓学佳太忙，安排的全是新员工。"方俊凯说。"这就对啦，新员工对老产品不熟，让他们干，老员工还得陪着。老员工熟悉的产品效率高，新员工正好搞多载波这个新产品。通过高新产品，让新员工尽快成熟起来，我们不都是这么过来的嘛。"肖云飞说。"搞得你反而有理了。得得得，我们自己培养，到时候超过你们。"方俊凯说。"相信这是真的。"肖云飞说。"其实我跟你说，这帮新毕业的硕士素质不错，我是有意这么安排的。"肖云飞又说。"嗯，的确，一张白纸能画出最新最美的图画。"方俊凯说。

"我有一种感觉，日本人的也会让我们失望。"肖云飞说。"日本人很有创意的，日本的照相机把柯达搞得快撑不下去了。"方俊凯说。"我以为你也会像我一样，没想到……"肖云飞说。"不过，这次回来给金总汇报，金总说NEC（日本电气）有意跟我们合作，也不知是真是假。"方俊凯说。"要给我们500万美元，让我们帮他们开发产品。NEC的业务重点转移，南美也有业务，让燎原帮他们支撑在南美的业务。"肖云飞说。"哎，这是好机会啊。"方俊凯说。"公司不这么看，怕被坑。看看台湾地区一些企业被韩国企业坑得够惨的。"肖云飞说。"与日、韩的合作要谨慎。"肖云飞又说。"这样啊。"方俊凯说。

"小炉匠又要开工喽。"柴文娜边吃午饭边说。"什么小炉匠？净整些新鲜的词。"东方牡丹说。"我是小炉匠，我是小炉匠，东焊焊电容，西调调双工，今儿又把环行器来换，环行器来换。"柴文娜编着顺口溜说。"娜姐真有才，娜姐真有才，张口小炉匠，闭口炉匠小，别出心裁挖苦人……"尹贤良说。"谁挖苦人啦？我只是高兴，唱唱顺口溜嘛。高兴，知道吗？"柴文娜说。"您一高兴，就来顺口溜啊。"邓学佳说。"这能耐一天天地长，我看着高兴，对吧，牡丹？"柴文娜说。"是挺新鲜，娜姐，换什么来着？"东方牡丹说。"能耐大呀，功放里的环行器都敢去百色现场换，真是能耐大呀！"柴文娜说。"噢，环行器。环行器是啥？是飞碟吗？怎么听上去像飞碟。"东方牡丹说。"牡丹，您说得对，您说得太对了！飞碟，天外来的飞碟。"廖默然说。"现在奥斯卡颁奖啦，柴文娜获奥斯卡影后，大家鼓掌啊。"马庆生说。

"袁一帆，一帆风顺啊！"柴文娜说。"我们向韩国人学，因地制宜。"肖云飞说。"没什么啊，我们就是要发扬小炉匠精神，因地制宜解决实际问题。"马庆生说。"什么新裁、旧裁，什么挖坑、挖苦人，都没用。该小炉匠，就得小炉匠。"廖默然说。"难得你的顺口溜啊。"马庆生冲着娜姐说。"我的顺口溜挺好。"柴文娜说。"谁说不好啦，这不都挺爱听的嘛。"肖云飞说。"以后每天中午饭的时候来一段。"邓学佳说。"可以啊，不过要收费。"柴文娜说完，端着盘子走了。"对，奥斯卡影后嘛，值钱啊。"马庆生说。

"哟哟哟，这是干什么呀？"看着夏润泽、赵长城推着双工器走进实验室，廖默然问。"分析低气压打火啊。"赵长城说。"没打开过吧？"廖默然问。"这不等你打开分析嘛。"夏润泽说。"我们不敢开啊。"赵长城说。"朱文学，先测一下，做个记录后再打开。"廖默然说。"哎，按理要厂家的来分析，我们……"廖默然又说。"没事，去借个相机，拍个照传给他们就可以了。"赵长城说。"夏润泽，你去借相机吧。"廖默然说。"好。"夏润泽说着，去借相机了。

"还是要咱们自己先分析，这样心里有底，否则主动权就在别人手上啦。"赵长城对廖默然说。"噢，娜姐，哪阵风把您给吹来啦？"廖默然说。"人家是来监督我们的。"夏润泽拿着相机说。"听着炉匠的风箱声过来的。"柴文娜调侃着说。"嗯，这低气压打火味还真浓，把咱娜姐都给熏着了。"赵长城说。"好啦，别贫了，赶紧拆盖分析吧。"柴文娜说。

"嗯，哪儿打火啊？"朱文学拆开双工器盖板后，大家边看边寻着打火的痕迹。"朱文学，拿个放大镜来。"廖默然说。"好。"说着，朱文学到抽屉里找放大镜。"嗯，就在这儿，很小的一个黑点，不容易发现。月放大镜看见了，去掉放大镜，仔细看也能看得出。"廖默然拿着放大镜边看边说，"都看了，就这一点。"

"科普一下，为什么会打火？"柴文娜问。"应该都看过电容被击穿吧？"廖默然问。"电容电压加反了，嘭的一声好响的。"柴文娜说。"那是电压加反了，有极性的电容肯定会炸崩，要是大电容，没准儿炸死人都有可能。"夏润泽说。"你们说的是极端情况，对于双工器，跟电容击穿差不多，只是没那么猛而已。你们看，调谐螺钉伸下去，和腔体的缝隙，这个打火的比其他的要更近一些，大概0.5毫米。"廖默然说。"哇，这么细微的差异，你都能看出来啊！"柴文娜说。"两个面相当于电容的两个极，缝隙越小，容量越大。表面都是电荷，如果表面略有细小的金属颗粒或稍有不平，电荷密度大，就会被击穿，就是打火。"廖默然说。

"缝隙越小，电容容量越大，是这样吗？"柴文娜问。"中学就学过的，电容与两极面积成正比，与两极的间距成反比。"朱文学说。"中学学过吗？"柴文娜问。"你不是学文科的嘛，怎么这么……"赵长城说。"哎呀，惭愧惭愧啦，我生物还可以，物理最差。"柴文娜说。"这低气压打火能解决吗？"赵长城问。"跟设计、生产过程和加工工艺有关，比较复杂，只能大大降低概率，杜绝它，除非间距很大，否则杜绝比较难。"廖默然说。"现在都强调小尺寸，间距不太可能给你大的。"夏润泽说。"是啊，这就是难点啊。"赵长城说。"设计上要多下功夫，生产上要严格规范，来料要加强检验。三管齐下，问题不大。"廖默然说。

"回家还真查了下中学教材，电容确实简单，与介电常数、面积成正比，与板间距成反比。"柴文娜边吃午饭边说。"你家里怎么可能有中学物理课本？"夏润泽说。"这您就说错了吧，赶巧我姐的孩子暑假到我这儿来玩，带着中学物理的课本，我就好好向她请教了一把。"柴文娜说。"这故事编得挺完美的啊。"麦哲渊说。"什么编啊，就是真实的故事。廖默然，看了中学物理的电容公式，我觉得你那双工器也挺简单的。一块铁上掏几个窟窿，又搞几个铁棍棍，简单得很。"柴文娜说。"娜姐，你还真别说，确实简单。"廖默然说。"怎么讲啊，就是娜姐也能做喽。"赵长城说。"真能做，娜姐，绝对能做。"廖默然说。

"别逗了，说着玩的，还当真了。"柴文娜说。"不是当真，就是真的。"廖默然说。"怎么个真法，你说？"柴文娜冲着廖默然说。"我同学在美国读博士，搞的就是电磁场这一块，他太太也去了美国。"廖默然说。"嗯，怎么啦？"柴文娜问。"我同学博士毕业后到一家做滤波器的公司做设计。"廖默然说。"怎么着，太太也帮着设计啦？"赵长城问。"那倒不至于。是这样，公司订单多，忙不过来，说大家可以带回家调试，按件计酬，仪表自己租。"廖默然说。"新鲜！就是包产到户的意思。"尹贤良说。"没错，就是包产到户，没办法，订单太多。"廖默然说。"嗯，包产到户，在家里做，怎么啦？"柴文娜说。"调一个就拿一个的钱，调得多，拿的钱就多。可是，我这个同学是个书呆子，动手能力差，每次公司分给他的，都不能按时完成。"廖默然说。"完不成就少拿一些喽。"夏润泽说。"太太不干啊，少一个就少一份的钱啊。"廖默然说。"我明白了，你不用说了，太太亲自去调。"柴文娜说。"看看，都不用我说了。女人啊，就是对钱敏感。"廖默然说。

"他太太以前是干什么的？"马庆生问。"猜猜，来个有奖竞猜，我断定你们猜不到。"廖默然说。"肯定也是搞这方面的。"邓学佳说。"廖默然，先说猜中了怎么办？"柴文娜问。"不可能猜中的。"廖默然说。"你说嘛，猜中了怎么办？"柴文娜又问。"世界之窗啤酒节，我请客。"廖默然说。"好，大家听好了。邓学佳说的肯定不是。"柴文娜说。"等等，从现在开始，只许猜一次，就一次哦。"廖默然说。"一次就一次，大家都别说。听好了，我猜是跳芭蕾舞的。"柴文娜说。"跳芭蕾舞的，太搞笑了。"东方牡丹说。"廖默然不吭声啦，对不对，跳芭蕾的？"柴文娜问。"说吧，别卖关子啦。"肖云飞说。"有点近，但不对。"廖默然说。"有点近？真的是搞文艺的？"马庆生问。"歌舞团的独唱演员。"廖默然说。"还是娜姐厉害，这就算对了，都是搞文艺的嘛。"东方牡丹说。"那不能算，跳芭蕾舞的和歌唱演员不是一回事。"廖默然说。"别耍赖，都是搞文艺的，就算对了。周末，世界之窗啤酒节，就这么定了。"肖云飞说。"好，就这么定了。我来组织，廖默然买单。"东方牡丹说。"你们这是领导意志啊。"廖默然说。"别废话，到时候掏钱就行了。"东方牡丹说。"娜姐真厉害，我同学的太太原来就是学芭蕾舞的，歌唱得好，是主唱，有时也客串芭蕾舞演出。"廖默然说。"就是周末你买单嘛。"尹贤良说。

13.四载波

　　"哎，来了啊。测了几个站啦？"肖云飞问曹瑞祥。"3个站，还差2个站。"曹瑞祥回。"正常吧？"肖云飞问。"正常，没啥问题。"曹瑞祥回。"看来也就只能测5个站，多了也不现实。"肖云飞说。"日本的还没到？"曹瑞祥问。"没有。"马庆生在一旁回。"说实话，那天跟方俊凯也这么说，日本的恐怕也会让我们失望。"肖云飞说。"看吧。"曹瑞祥说。"我再问问。"马庆生说着，拿起固话打着。"有什么风声没？"肖云飞问。"说是测完这5个站再说。"曹瑞祥说。

　　"我们还是要把情况摸清楚，深入地分析一下，看看局方有可能采取哪些解决方案，要有针对性，否则太被动了。"肖云飞说。"目前知道的有两个方案。"曹瑞祥说。"哦，你已经知道啦？"肖云飞说，"哪两个方案？""最好是移频，离远一点，干扰肯定就小啦。"曹瑞祥说。"移频，对我们是利好还是……"肖云飞问。"我们的系统是宽带的，只需后台改频点就可以搞定，不超过1分钟。"曹瑞祥说。"那为啥局方不移频？"肖云飞问。"要移频就需要整网移。"曹瑞祥说。"有什么问题吗？"肖云飞问。"我说了，我们的设备是宽带的，但是……"曹瑞祥欲言又止。"友商要换硬件。"肖云飞说。"嗯，是麻烦。"马庆生在一旁说。"所以局方比较纠结。"曹瑞祥说。

　　"你不是说还有一个方案嘛，啥方案？"肖云飞问。"第二个方案比较直观，外置杂散抑制滤波器，把干扰香港的杂散电平压下去。"曹瑞祥说。"这个方案对我们不利，要用外置的杂散抑制滤波器。"肖云飞说。"要加东西，要花钱啊。"马庆生说。"关键是靠得太近，杂散压下去了，基站信号也损失了两三个分贝。"曹瑞祥说。"局方肯定不干。"肖云飞说，"先测呗。"

"明天到。"马庆生说。"上午？下午？"曹瑞祥问。"不确定。"马庆生说。

"明天晚上第四个站。"曹瑞祥说。"这么巧，你是不是盼着明天到？"马庆生问。"那倒没有。"曹瑞祥说。

"怎么样，让我猜着了吧？"肖云飞在作战室，面对打开的日本多载波模块说。"确实有点失望。"曹瑞祥说。"方俊凯，看来你对日本人的理解比较深刻。"肖云飞说。"我怎么不知道？"方俊凯说。"前几天你跟我说什么来着？"肖云飞问。"嗯，我说啥啦？"方俊凯一头雾水地说。"你说日本人的相机做得好，把阿达快整垮了。"肖云飞说。"没错，我是说过，那跟这有啥关系啊？"方俊凯问。"日本人的相机外观小巧、功能强大，又好使。打开一看，里面密密麻麻的，把能用的空间全用上了。再看看这个，要四载波，它就真的把四个通道硬是塞进了一个模块里。您还别说，这还真是四载波，一点假都不掺的。"肖云飞说。

"不会是做相机的搞的这模块吧？"马庆生说。"要不怎么说方俊凯对日本人了解得深呢，都是这种思维方式。"肖云飞说。"这生产也不好搞啊。"廖默然说。"日本人很执着的。"肖云飞说。"我们的生产线肯定不干，太依赖人啦。"邓学佳说。"让制造团队也参与分析，给出制造团队的意见。"方俊凯说。"是的，日本的就不是个技术问题，完全是生产工艺问题。"肖云飞说。"还是客观一点，不管怎么说，日本人的思路还是有很大参考价值的。"邓学佳说。"那你说说参考价值在哪儿？"廖默然问。"硬件的硬集成、空间的充分利用。还是要仔细看，为了集成压缩空间，日本人真的下了很大的功夫。让器件中心的人也参与分析，从器件小型化上来分析。"邓学佳说。"'三人行，必有我师。'好，器件中心的人也参与。马庆生，你去联系一下。"肖云飞说。

"牡丹，这日本人、韩国人都不行，那只能看你们家方俊凯的啦。"柴文娜边吃午饭边说。"看他有什么用？"东方牡丹说。"可别这么说，不看他看谁啊。说别人不行，自己要做到比别人强啊。"柴文娜说。"娜姐给我们提要求了，接受。"方俊凯谦虚地说。"这还差不多。"柴文娜说。"难怪日本、韩国的引不起业界共鸣，局限性太大。"赵长城说。"像日本的那种做法，欧美人无法接受。"邓学佳说。"欧美人？燎原也无法接受。"马庆生说。"视野不同啊。"肖云飞说。"那你们是啥视野？人家好歹有个东西，咱们的视野是仰望星空，数星星吗？"柴文娜问。"哎，别说，我还真是买了个天文望远镜，经常看星星。"邓学佳说。"真的啊，看见多载波星了没有？"廖默然问。"快看到了。"邓学佳回。"娜姐，听见没？快看到了。"马庆生说。"无聊。"柴文娜说。"邓学佳，娜姐说你无聊。"马庆生说。"是说你们吧。"邓学佳说。"肯定是说你嘛。"马庆生冲着邓学佳说。"娜姐，你是说谁无聊啊？"邓学佳问。"你们猜？"说完，柴文娜端起盘子走了。

"袁一帆搞得怎么样？"肖云飞问马庆生。"进展挺顺利的，一线人员对袁一帆很满意，说袁工很敬业。"马庆生说。"百色的人喊袁工咯。"肖云飞说。"这么说，环行器的问题主要是在百色，否则真是麻烦大了。"肖云飞又说。"运气好。"马庆生说。"也不知道打火的事下一步该怎么搞，要不要改设计？"肖云飞自言自语。"听廖默然说，仅是微修改，不会大动。"马庆生说。"但愿别大动。"肖云飞说。

"哎，邓学佳，王厚林的S666怎么样啦？"看着路过的邓学佳，肖云飞问。"在搞啊，没啥大问题。印尼的单怎样啦？"邓学佳问。"梅清波最近没消息，我发邮件问问。"肖云飞说。"多载波没投入啦？"肖云飞接着问。"还是要曹瑞祥来总组织，否则我很难的。"邓学佳说。"曹瑞祥那边还没摆平呢。"肖云飞说。

"方俊凯、肖云飞，你们说来说去，就是韩国、日本的多载波方案不行嘛。"张立彪在产品线例会上说。"我们可没这么说。"肖云飞说。"师建宏，那你说说可靠性上怎么又不行啦？"张立彪问。"张总，是这样的，从制造角度看日本的多载波模块，把四个通道的电路全挤在一个模块里，我真是服了日本人。大家看吧，如此复杂，我们的制造团队真的难以承受。"师建宏说。"那日本人做得很欢哪。"张立彪说。'所以，我真是服了日本人了，这么有耐心，这么细心。没有耐心和细心，搞错了，从头来过，那就没法搞啦。"师建宏说。'没有耐心，可以练耐心。心不细，可以让心细。我想，这些应该不是问题。"张立彪说。

"张总，企业要快速发展，抢占市场，研发很重要，但制造也是非常重要的。"师建宏说。"没说制造不重要啊。"张立彪说。"那好，制造最核心的是什么？"师建宏问。"你说是什么？"张立彪反问。"是产能。"师建宏说。"没错，是产能。"张立彪说。"日本人的东西对人的依赖性太强，太复杂，难以自动化，必然制约产能。"师建宏说，"试想一下，如果麦克斯韦把真正的数字多载波搞定了，全自动无人生产，我们怎么比得上？""张总，师建宏说得在理。"肖云飞说。"是啊，要走了日本人的路，恐怕后悔都来不及了。"方俊凯说。

"我们搞多载波的最大动力是什么？"曹瑞祥说。"是什么？降成本。"张立彪说。"对啊. 日本人的路子对降成本有一定的好处，但好处不大。"邓学佳说。"嗯，对降成本有作用，但不明显；太受限，不利于长远发展。"张立彪说。"可是，麦克斯韦的数字多载波也没个动静，到底是什么原因嘛，方俊凯？"张立彪问。"关于这些，问的也多了，答的也多了。班德的芯片年底就出来了，先做了再说。"方俊凯说。"好吧，同意方俊凯的思路。"张立彪说。

"哎，肖云飞，西藏低气压的事怎么样啦？"张立彪问。"在搞，没啥大问题。"肖云飞回道。"有问题就解决，明年第一季度开始发货。"张立彪说。"深圳的干扰怎么说？"张立彪又问。"就剩最后一个站，前4个站测了，没问题。"曹瑞祥说。"百色的事，我听说处理得挺好，局方挺满意，说我们的员工很有敬业精神。去的是谁？"张立彪说。"是袁一帆，做功放的。"肖云飞说。"袁一帆，嗯，好好表扬表扬。牡丹，要作为榜样，进行宣传。"张立彪。"好的，下去就落实。"东方牡丹说。

"柴文娜，小炉匠不也挺好嘛，以后别老挖苦他们。"张立彪说。"你咋知道的？"柴文娜说。"除非你不说，说了就会知道。"张立彪说。"饭堂的话不算数。"柴文娜说。"你说不算数就不算数啦？"马庆生说。"哎，不兴你们这样攻击质量人员的，我也是为质量好。"柴文娜说。"肖云飞这帮人野路子惯了，你还是要多提醒他们。"张立彪冲着柴文娜说。"那你不让我说。"柴文娜说。"我收回，行了吧。"张立彪说。"大家可都听见了，看谁还敢叫板？"柴文娜说。

14. 断站开测

"总算熬到周末了。唉，去年还去了世界之窗的啤酒节。"尹贤良边吃午饭边说。"去年的啤酒节，几位喝得欢，我的心里直滴血，差点破产。"东方牡丹说。"今年不会咯，有廖默然的酒垫底，大家敞开喝。"马庆生说。"老外去不？"东方牡丹问廖默然。"想去就去呗。"廖默然说。"想得挺开的。"王厚林说。"我建议顺延一周。"曹瑞祥说。"为啥？"柴文娜问。"明晚要测试。"夏润泽说。"没关系啊，你们一般十点钟走，不影响啊。"赵长城说。"别瞎闹了，喝着酒去干活，万一把站搞瘫了怎么办？"王厚林说。"麦哲渊可以，他离得近。我和曹瑞祥不行。"夏润泽说。"顺延一周，我没意见，只要曹瑞祥买单就可以。"廖默然说。"不，就明天。曹瑞祥、夏润泽、麦哲渊，你们委屈一下。"肖云飞说。"就是，别让廖默然给逃了。"马庆生说。"好，就这么定了，明天晚上世界之窗。"东方牡丹说。"只能对不起了。"廖默然冲着曹瑞祥、夏润泽、麦哲渊说。

"师傅，今天是去大鹏湾的老城区，那条街是不让车辆进去的，是步行街。"夏润泽说。"噢，那我知道了，是文化遗产、旅游景点。车进不去，只能辛苦你们搬仪表喽。"司机李师傅说。"今天去的地点是户人家，基站在他们家的阁楼，很难联系，他们只有周六、周日有空，所以才搞到今天。"曹瑞祥说。"车进不去，不知要走多远，但愿别太远。"夏润泽说。

"今天去哪儿接局方的人？"李师傅问。"今天不用，合作方的人就住在附近，他说自己过去。"曹瑞祥说。"不会去的就是他家吧？"李师傅说。"不是，要是他家，就不至于这么难联系了。"曹瑞祥说。"今天公休日，他是个领导，只能自己上了。"曹瑞祥又说。"不过，这个领导运气好，就在家附近，就当玩了。"夏润泽说。"今天是最后一个站了，李师傅，这阵子辛苦您了。"曹瑞祥说。"你们更辛苦。"李师傅说。"都一样，都一样辛苦。"夏润泽说。"主要是熬夜，第二天回去，上午睡不着，要到下午才能睡着。"曹瑞祥说。"生物钟乱了很难受。"夏润泽说。"我们司机常遇到这种事，倒是习惯了。"李师傅说。"总算熬过去了。"夏润泽说。

正说着，曹瑞祥的手机响了。"喂，周工，您好！"曹瑞祥说。"你们到哪儿啦？我已经到了，记住，是138号啊，138号。"合作方周工在电话里说。"138号，好，我们应该一会儿就能到。"曹瑞祥说完，挂断了电话。

"麦哲渊今晚会去世界之窗吗？"曹瑞祥问。"不去，他说了不去的。"夏润泽说。"打个电话问问。"曹瑞祥说。"到了准备好了，再打吧。"夏润泽说。"没事，咱搞完了，我请你们去世界之窗啤酒节。"曹瑞祥说。"也就是说说。"夏润泽说。"到了，就只能停这儿了。"李师傅说。"这样，我先下去看看路，把地方找到，再看怎么搞。"说着，曹瑞祥下了车。

过了大约10分钟，曹瑞祥给夏润泽打电话："夏润泽，你下来把路障搬开，把车开进来。""没人管吗？"夏润泽问。"都十二点了，谁管啊，走了再给搞好不就得啦。又不是一台仪表，搬起来很费劲的。好吧，就这样，赶紧的，我和周工在这儿等你们。"曹瑞祥说完，挂了电话。"李师傅，行吗？"夏润泽担心地问。"白天不好办，现在没人管，走的时候给人家复原就行啦，赶紧下去把路障搬开。"李师傅说。"好吧。"夏润泽说完，下车搬路障。

"多亏把车开进来，否则真要累死了。"夏润泽在机房里边搭环境边说。"给麦哲渊打电话吧。"曹瑞祥说。"好。"夏润泽说。

"喂，你到了吗？"夏润泽通过电话问。"马上就到了。"麦哲渊在电话那头说。

"马上就到了，十二点四十分开搞？"夏润泽挂断电话后问。"开搞吧，早点搞完算了。"周工应着。"不等到一点啦？"夏润泽说。"就20分钟，没事，断站开测。"周工说。"再问问麦哲渊到了吗？"曹瑞祥不放心地冲着夏润泽说。"哎呀，不是刚问过嘛。断站不需机房的人啊，测完了恢复的时候，你们那位在机房就可以啦。"周工说。"倒也是，断站开测。"曹瑞祥冲着夏润泽说。"你们在这儿测着，我出去一下，马上回来。"周工说完，出去了。

麦哲渊与夏润泽通完电话，径直向不远处的电信大楼走去。这一带不是生活区，这个时候人很少，路灯也没有。"啊，我的包，我的包。"麦哲渊正走着，突然前方传来一个女人的喊叫声。"抢劫啦，抢劫啦，我的包，我的包啊。"一个女人在嘶喊着。"坏了，真遇到抢劫的了。"麦哲渊边自言自语边向前面喊声处跑去，只见一个女人正追赶着一个男人，男人手上拿着一个女包。麦哲渊在学校是短跑运动员，100米只需要12.2秒。麦哲渊二话没说，飞步追赶那个抢包的男人。那小子显然不是麦哲渊的对手，没过多久就被麦哲渊追上了。两人扭打在一起，女人的哭喊声惊动了远处巡逻的警察，结果三人都被带进了附近的派出所，任凭麦哲渊如何解释，都无济于事。

"三点二十分，搞定。"夏润泽看着周工说。"好，恢复吧，走人。"周工说。"别，给麦哲渊打个电话。"曹瑞祥冲着夏润泽说。"不用，我们先恢复嘛，前几次不都是这样嘛。除非恢复不了，站被搞瘫了，那就需要麦哲渊在后台操作了。"夏润泽边说边开始恢复基站。"怎么样，差不多了吧？"周工打完一个电话后回来问。"嗯，怎么起不来？"夏润泽看着基站的指示灯说。"再断电重新来一遍。"周工说。

此时，曹瑞祥在不停地给麦哲渊打电话："怎么搞的，麦哲渊怎么不接电话？""拨通了没有？"夏润泽说。"通啦，通不通，我不知道吗？真是的。"曹瑞祥心急地说。"怎么回事啊，这个麦哲渊？"夏润泽说着，自己也拨打起来。"恢复了没？"周工有点着急地问，"怎么办？"

"如果麦哲渊不在机房，有其他人吧？"曹瑞祥问周工。"整个机房，局方是有人值班的，但我们这个……"周工欲言又止。"我们这个怎么啦？"曹瑞祥问。"你们的人不在，就没办法搞了。"周工说。"按理平时就应该是你们的人负责啊，只是因为测试，燎原才派人的。"曹瑞祥说。"有你们的人了嘛，我就让他们去鼎湖山玩去了，明天才回来。"周工说。"好了，不说了，给肖云飞打电话。"说完，曹瑞祥给肖云飞打电话。"肖云飞，出大事了。"接通了电话，曹瑞祥说。"站给搞瘫啦？不可能啊，麦哲渊去机房搞一下，不可能瘫啊？"肖云飞说。"麦哲渊没在机房，什么都别说了，赶紧派人去电信机房，王厚林知道地方。"曹瑞祥说。"麦哲渊没去世界之窗啊，为什么不在机房？"肖云飞问。"反正电话打了不接，站开不起来，赶紧派人去机房啊，别说没用的啦。"曹瑞祥哭求着说。"好，我给王厚林打电话。"肖云飞说完，挂断电话后就给王厚林拨去。

"没打通王厚林的电话，我继续打。尹贤良的打通了，我让他找你问路。"肖云飞打完一轮电话后，又给曹瑞祥打电话。"那地方比较偏，不知道出租车司机是否知道。"曹瑞祥说。

"哎，王厚林，肖云飞跟你说啦？"曹瑞祥给王厚林打电话。"说了，我正朝电信机房赶呢。"王厚林说。"那你给尹贤良说一声，让他别去了呗。"曹瑞祥说。"好，我给他打。"王厚林。"王厚林马上去机房，等着吧。"曹瑞祥说。"今天是什么日子，运气好差啊！"夏润泽说。

"喂，肖云飞，这深更半夜的，不好给牡丹打，就先给你打。"赵长城在电话里说。"怎么啦？知道麦哲渊的下落啦？"肖云飞问。"是啊，麦哲渊刚刚托警察给我打了电话。"赵长城说。"到底怎么回事？"肖云飞问。"应该是见义勇为，捉拿抢劫犯。"赵长城说。"你跟麦哲渊说上话了吗？"肖云飞问。"说上了，麦哲渊是这么说的，警察也认可，只是需要确认。"赵长城说。"那咱们明天一早就去派出所说明情况呗。"肖云飞说。"我就是这个意思。"赵长城说。"不是坏事，见义勇为，好事啊。只是不知王厚林能否尽快把站恢复，但愿五点，噢，不，已经五点了，七点前吧，把站给恢复了，否则可真是麻烦大了。"肖云飞说。"再睡一会儿，八点派出所见。"赵长城说。"哪个派出所？"肖云飞问。"沙河派出所。"赵长城说。"知道了，沙河派出所。"肖云飞说完，挂电话睡觉去了。

"喂，曹瑞祥，我到了。"王厚林在主机房给曹瑞祥打电话。"好啊，现在不到六点，争取七点前搞定。"曹瑞祥说。"我们的人到机房了。"曹瑞祥对周工说。"好啊，赶紧的吧，过了七点没恢复，我可真没法交差了。拜托！"周工说。

"喂，曹瑞祥，全部断电重启一下。"王厚林又打电话说。"好的，夏润泽，全部断电重启。"曹瑞祥说。"好，我重新设置一下，OK，别挂。"王厚林在电话那头说。

"OK，恢复了。"3分钟后，曹瑞祥看着基站灯恢复正常后说。"六点整，OK。好吧，你们辛苦了，回吧。"王厚林在电话里说。"真不好意思，把你折腾来，你也准备回吧。"曹瑞祥说完，正要挂电话，周工一把夺过电话对王厚林说："您可千万别走，帮帮忙，下午会有人来接替您的。拜托，千万别走！""王厚林，刚才是合作方的周工，按理他们应该有人值班的，这不临时有事，你就辛苦一下，再待一上午吧。"曹瑞祥说。"那好吧。"王厚林说。

"放心，我们的人会等你的人的。"曹瑞祥挂断电话，对周工说。"多谢，多谢！"周工说。"我帮你们扛仪器，走。"周工积极地说。

"哎，你说麦哲渊到底怎么回事？"夏润泽说。"不知道。"曹瑞祥说。"莫名其妙，本来没什么的，整得心惊肉跳的。"夏润泽说。"先别想那么多啦，回去好好休息休息。"曹瑞祥说。"什么事啊？"夏润泽自言自语。"哎，你说，前4个站都是我操作的，也没事，为啥今晚是这样呢？"夏润泽说。"操作和以前一样吗？"曹瑞祥问。"绝对一样，所以你让我给麦哲渊打电话，我都觉得没必要。"夏润泽说。"那说明我们的软件哪里还是有问题，要让他们仔细查查。"曹瑞祥说。"没事，我操作的数据，后台都能通过日志查到，确实要搞搞清楚，以免再发生类似的情况。"夏润泽说。"要做到后台不需要人，前台全搞定。"曹瑞祥说。

"王厚林，你们的版本有问题啊，为啥一定要后台？能不能前台全搞定？"肖云飞在基站版本例会上说。"话不能这么说。可以通过这次暴露出来的问题，我们仔细分析一下。夏润泽也一起来看看吧，毕竟是你操作的，我们一起来看看如何达到前台全搞定的要求。"王厚林说。"说实话，完全依靠前台，恐怕不现实。"尹贤良说。"不是我说的哦。"王厚林冲着肖云飞说。"你们先搞吧，客观一点。我们的英雄，你有什么想法？"肖云飞冲着麦哲渊说。

"缓过来了没有？"柴文娜冲着麦哲渊说。'伤心的是手机丢了，今天得再去买个手机。"麦哲渊说，"看看吧，目的是降低这种事情的发生率。至少想想，当夏润泽遇到这种情况的时候，如何能够不让王厚林到机房，现场就能搞定，这是不是更现实一点？""这英雄的思路就是不一样。"肖云飞说。"毕竟，目前的导向是尽量后台搞定，前台不去人，这样省成本啊。"麦哲渊又说。"这话说到点子上了，我咋没想起来呢？"王厚林说。"你能和人家英雄比啊？"赵长城说。"那是那是，比不了，比不了。"王厚林说。"核心是远程指导要做好。"邓学佳说。"有道理。"曹瑞祥说。

　　"向英雄致敬啊，抱歉，没能去接你，抱歉啊。"东方牡丹边吃午饭边冲着麦哲渊说。"不好意思，给大家添麻烦了。"麦哲渊说。"你可真牛，靠两条腿就把抢劫的给追上了。"东方牡丹又说。"那个家伙不像飞车党骑摩托，也是两条腿跑。"麦哲渊说。"这小子不专业啊。"马庆生说。"这小子是个吸毒的，不是专业抢劫的。临时看到一个女人，感觉好欺负，天黑又没路灯，以为没人。"麦哲渊说。"吸毒的身子虚着呢，哪能跟你这短跑健将比！"东方牡丹说。"这倒是，没跑几步，就被我追上了。"麦哲渊说。

　　"你是从世界之窗出来，直接去电信大厦吧？"东方牡丹问。"我没去啤酒节，你也没去吗？"麦哲渊问东方牡丹。"现在不能喝酒啦，廖默然出钱，我就没去。"东方牡丹说。"人家是为了下一代啦。"柴文娜说。"啥时候生啊？"麦哲渊问。"明年三四月份吧。"东方牡丹说。"嗯，好，上半年，上学就不用晚一岁了。"柴文娜说。"有这说法？"尹贤良问。"上学以8月30日为限，这是硬杠杠。"柴文娜说。"算好日子，尹贤良。"东方牡丹说。

　　"哎，会再测吧？"肖云飞问曹瑞祥。"不知道，下一步的计划，局方没说，估计本周会有个说法。"曹瑞祥说。"两个方案，局方究竟倾向哪个呀？"肖云飞说。"移频，燎原3分钟搞定，但友商动静会很大。"曹瑞祥说。"移频可以根治干扰啊，从合理性上来说，也是移频最佳。"肖云飞说。"应该是这样，耐心等吧，本周应该有结果。"曹瑞祥说。

第四章

前后端 一个都不能少

1. 瞄准高端市场

"张总，室外宏要过TCP5，需要批量，你看做多少啊？"在张立彪办公室，肖云飞问。"这事也找我，你们不能定吗？"张立彪说。"太贵了，目前只采购了5套样机。"肖云飞说。"机距论证过了吗？"张立彪说。"刚过。"肖云飞说。"哎，过点小批量的最低数量是多少？"张立彪说。"50。"肖云飞说。"50还好啊。"张立彪说。"好啊，那就50套的料咯。"肖云飞说。"别，30行不行？"张立彪说。"那要与质量和制造团队商量。"肖云飞说。"这东西这么贵，万一没单，可都砸在手上啦，最好10个。"张立彪说。"10个？"肖云飞吃惊地问。"怎么样，就10个，过TCP5小批量？你去和柴文娜、师建宏商量，就说是我的意思。"张立彪说。"要不您给他们俩打个电话？"肖云飞说。"不用啦，你去跟他们商量，就试制10个，搞那么多没意思，又没订单。"张立彪说，"你先去谈，不行的话，让他们给我打电话。""10个确实有点少。"肖云飞说。"不少，我不觉得少。你说5个嫌少，10个可以啦，就是验证生产的过程嘛，就10个，理直气壮地去谈。我还有事，你去吧。"张立彪说。

"我们的领导啊，都喜欢强买强卖，张总说室外宏过TCP5，试制10个就可以啦。"在作战室，肖云飞对师建宏、柴文娜说。"开玩笑，拿生产不当回事啊。"师建宏说。"你们要理解，主要是目前没订单，室外柜又那么贵。搞50个，万一没需求，咋办？"肖云飞说。"不是啊，你这是大版本，主力产品，至少150个，而且要分3次试制。"师建宏说。"不可能吧，柴文娜？"肖云飞说。"你的室内宏做了多少？"柴文娜问。"300～500个。"师建宏说。"不记得了？'肖云飞说。"不用记，有记录，过点的时候写得清清楚楚的。"柴文娜说。"调给您看看？"师建宏冲着肖云飞说。"那倒不用，我信得过你们。"肖云飞说。

"是张总的主意吧？"柴文娜问。"这难处是，一个欧洲，一个美国，都是高端市场，谁能有把握？"肖云飞说。"那就等有了订单再过点呗。"师建宏说。"师建宏，你算是说到关键点了。"肖云飞说。"又开始忽悠了，师建宏说的能是什么关键点？"柴文娜说。"不忽悠，一点都不忽悠。"肖云飞说。"不忽悠，你说啊，怎么个不忽悠？给你喘气的机会，说。"柴文娜说。"师建宏，由于这是高端市场，邵利伟等人明确要求要过TCP5。"肖云飞说。"那咱TCP5还没过，怎么办？"师建宏问。"要不怎么在跟你们商量呢？"肖云飞说。"即使过了TCP5，也没量产发布啊，还是不行啊。"师建宏说。"不过是这样，师建宏，公司规定在投标时，过TCP5就相当于量产发布。"柴文娜解释道。"是这样啊。"师建宏说。"所以，师建宏……"肖云飞说。

"你跟邵利伟说过了TCP5不就得啦。到时候真有订单了，就把TCP5给过了。"师建宏说。"不行的，公司有明确规定，而且过没过点，邵利伟等人在流程中就可以看到。'柴文娜说。"邵利伟不敢的，要真出了事，会被追责的。"肖云飞说。"他敢也没用，这室外宏，公司一帮人看着呢，由不得他。"柴文娜说。"而且标书中要提供专门的可制造性报告，到时候需要你来提供。"肖云飞对师建宏说。"我怎么提供？就做10个，根本谈不上可制造性。没法写，真的没法写。只能你们自己写，写你肖云飞的名字。"师建宏说。"就是机柜不同，里面的模块做了很多了，怕啥？谈不上弄虚作假啊，不怕。"肖云飞说。"要这么说倒也是，师建宏，我也觉得没啥可担心的。"柴文娜说。

"你们都不担心，你们自己做喽，为啥非拖着我做？"师建宏说。"你是制造代表啊，TCP5过的就是可生产性的点，到时候邵利伟要你给意见的。"肖云飞说。"只做10套，我没法给。"师建宏说。"别这样啊，师建宏。"肖云飞很不高兴地说。"30套，做3个任务令，每个任务令10套，这是我的底线。"师建宏说，"否则你们只好找制造部老大了，他说什么就是什么，我执行就是喽。"

"唉，张总太抠门儿啦。"肖云飞说。"不是我要怎么样，真的太少了，制造团队不会同意的。告诉你们，我同意是没用的，TCP5制造内部也是要走流程评审的，我说了也不算。"师建宏说。"哎，你就跟张总说说，30套啦，别为难我们了。"柴文娜对肖云飞说。"其实我也觉得太少，张总硬逼着我跟你们谈。"肖云飞说。"就30套啊，我找张总说去，别太过了。"柴文娜说完，走了。

"定了，移频。"曹瑞祥在肖云飞座位处说。"太好了，本来就应该嘛。"肖云飞说。"这次是整网移频，动作比较大。局方成立了移频工作组，要求厂家参与。"曹瑞祥说。"好啊，参与啊。"肖云飞说。"要领导，我不行。"曹瑞祥说。"不至于让张总去吧。"肖云飞说。"局方点名要张总参加工作组，明天上午十点要张总去开会。"曹瑞祥说。"我们没啥事啊，不要3分钟就搞定的事，至于吗？"肖云飞说。"你是3分钟了，可友商需要1个月才能搞定移频这件事。"曹瑞祥说。"幸好当初对你们高标准、高要求，否则跟友商一样，还要换硬件。"肖云飞说，"所以，多载波一定是高标准的，绝不迁就。"

"就这，至于要1个月吗？"肖云飞继续说。"这还是局方硬压的呢，一般至少40天。"曹瑞祥说。"为什么？"肖云飞问。"友商不可能把整网的射频硬件都换新的，只能是先改制一批换上，把换下来的再改制，再换上。"曹瑞祥说。"还不就跟袁一帆在百色搞环行器差不多嘛，那是要花时间的。"肖云飞说。"谢天谢地！"曹瑞祥说。"要汲取教训，别人的教训也要汲取，这样才能不断进步。"肖云飞说。"此话有理。"赵长城在一旁插话。

"哎，低气压箱来了没有？都要重视，否则西藏那边的项目出了问题，更麻烦。"肖云飞冲着赵长城说。"本周应该到。"赵长城说。"就是没远见，要是当初买环境箱时考虑低气压多好。以后记住了，要考虑周全。"肖云飞说。"认识是逐渐的嘛，哪能一口吃成个胖子。"赵长城说。"饭还是要一口一口地吃，吃急了会烫着的。"曹瑞祥说。"多听听周围人的意见，也许对事物的看法会更全面。"肖云飞说。

"牡丹，你把肉皮都给吃啦？"柴文娜惊讶地说。"怎么啦，吃肉皮怎么啦？"东方牡丹说。"你怎么连猪肉皮都吃啊？"柴文娜略显嘲讽地说。"现在都说肉皮能养颜啊，难道你没吃过猪肉皮吗？"东方牡丹说。"没吃过猪肉皮。我只知道肉皮不好，不能吃。"柴文娜笑着，看着东方牡丹说。"娜姐，落伍了吧，猪肉皮是养颜秘方材料之一啊。"尹贤良说。"牡丹，您的皮肤不会真的是吃猪肉皮吃的吧？"柴文娜说。"那倒不是，以前也像你一样。这不最近说肉皮养颜，我就吃啦。小时候，我很喜欢吃肉皮的。"东方牡丹说。"还是吃肉皮把皮肤养好的，怪不得，打小就吃啊。"柴文娜说。"娜姐，赶紧的吧！"马庆生说。"人家打小就吃，现在开始应该晚了。"柴文娜说。"不晚，追求美丽是永恒的。"邓学佳说。"就说我不美呗。"柴文娜不高兴地说。"没没没，美，娜姐最美了。"邓学佳忙解释。"这还差不多。"柴文娜说。

"曹瑞祥，你们那个移频搞得动静那么大，还登报了。"东方牡丹说。"局方声明一下，怕引起投诉。"曹瑞祥说。"我看报上说要1个月，为啥要这么长时间？"廖默然问。"主要是友商的设备要更换硬件。"肖云飞说。"那我们的呢？"廖默然问。"一分半钟搞定。"曹瑞祥说。"不会吧，怎么会有这么大的差异？"廖默然说。"你搞射频的应该懂啊，一个宽带，一个窄带。"王厚林说。"你是说燎原的是宽带，只要去后台重新设置下频点，一分钟就搞定。友商的是窄带的，还要把硬件带宽改到新频点上去，那是要费时间的。"廖默然说。"友商这么土？"东方牡丹说。"差一点，我们也这么土。"肖云飞说。"所以，埋头拉车和抬头看路都很重要。"柴文娜说。"眼界决定境界，眼界一定要高。"曹瑞祥说。"那跟麦克斯韦比，我们算眼界高呢，还是眼界低呢？"东方牡丹问。"向他们看齐啊。"赵长城说。"那万一麦克斯韦的眼界不够高咋办？"东方牡丹问。"牡丹被方俊凯给洗脑了。"邓学佳说。"我才没被洗脑呢，你们说，万一麦克斯韦的眼界不够高咋办？"东方牡丹又问。"我的答案是，回家去问吧。"肖云飞说。"我要听你们说。"东方牡丹不依不饶地说。"那就超越他们。"廖默然回道。"有魄力！"柴文娜在一旁说。"肖云飞，你呢？"东方牡丹又逼着问。"廖默然已经回答了。"肖云飞答道。"还算有种。"东方牡丹自言自语。

2. 拉萨天地通

"喂，肖云飞，我是邵利伟。"邵利伟在电话里说。"啊，邵利伟，您现在在哪儿？"肖云飞问。"我现在刚从拉萨局方的办公室出来，就给您打电话。"邵利伟说。"嗯，啥事？"肖云飞问。"9月1日开始，发货500个站。"邵利伟说。"那就没几天了，怎么一下这么急？"肖云飞问。"这不在拉萨局所在的电信大楼附近开了几个站，包括大昭寺、八角街等拉萨最热闹的地方，效果很好。局方相当满意，管咱们这个系统叫天地通。"邵利伟说。"为啥叫天地通？"肖云飞问。"就是不管是在山上还是地下，都能通电话。"邵利伟说。"哎呀，这挺好的。9月开始发嘛，没问题。"肖云飞爽快地答道。"主要是拉萨、日喀则和林芝这些地方，局方想在年底就开通。其他地方陆续建，包括阿里地区。"邵利伟说。"阿里地区，哇，生命禁区啊。"肖云飞说。"那里可是有神山圣湖哦，美！"邵利伟说。

"好嘛，这说来就哭。还没准备好呢，就要发货，还那么急。"在作战室，肖云飞说，"低气压箱到底什么时候到啊？""下周一到。"赵长城说。"我是担心啊，可是在邵利伟面前还不能说什么，只能打碎牙往肚里咽。"肖云飞说，"哎，曹瑞祥、廖默然，这双工器打火的事，你们可要保证啊。真打火了，你们给我上去换。"

"廖默然，先让厂家把你要求他们改的样品拿来进行低气压测试，看看效果如何？"曹瑞祥说。"下周一箱子就来了，让他们周一到吧。"廖默然说。"多带几个样品过来。"曹瑞祥说。"你们可给我看护好喽。另外，赵长城，其他模块也都好好测测，看看有啥问题。"肖云飞说。"在广州五所不都做过了吗？"赵长城说。"再做做，在家里用自个儿的箱子做，踏踏实实的。"肖云飞说。"做出问题咋办？"马庆生问。"不怕做出问题，有问题解决问题。"肖云飞说。"要是解决不了呢？"马庆生问。"那就想办法规避。"肖云飞说。"那要是规避不了呢？"马庆生又问。"行啦，规避不了，你说怎么办？"肖云飞反问道。"走一步看一步，总有办法的。"曹瑞祥说。"就是啊，还没上战场呢，先把自己给吓趴下了。"肖云飞说。

"哎，这时候我强调啊，不许掩盖问题。但问题仅限于内部，不许抄送给以外的人。听见没有，夏润泽、麦哲渊？"肖云飞又说。"听见了，会注意的。"夏润泽说。"该提问题单的照提啊。"赵长城说。"对啊，提问题单嘛。"肖云飞说。"这我就放心了。"柴文娜在一旁说。"娜姐认为只要提问题单了，就算是按流程办事了。"夏润泽说。"那当然，有案可稽了嘛。"麦哲渊说。

"低气压不知对器件，尤其是时钟是否有影响，也许到时候需要调的余量大一些。"邓学佳说。"边做边调嘛，波形一定要跟踪。"王厚林说。"所以，刚才马庆生像个3岁孩子似的老问啥。多想点具体的，比什么都强。"肖云飞说。"你才是3岁的小孩儿呢！"马庆生回道。"好啦，生产上，你还是多看着点，还有邓学佳啊。"肖云飞冲着马庆生、邓学佳说。"你们俩就是要保证双工器不打火。"肖云飞又冲着廖默然、曹瑞祥说。"你们俩给我发现问题。"肖云飞接着冲夏润泽、麦哲渊说。

"大昭寺、八角街、布达拉宫覆盖了吗？"曹瑞祥问。"就开了几个站，布达拉宫没有，这次就有啦。"肖云飞说。"大昭寺很有名。"东方牡丹说。"八角街，好像有叫八廓街的。"东方牡丹又说。"听说这条街有八个角，应该是拉萨最繁华的地方。"肖云飞说。"西藏是个令人神往的地方。"曹瑞祥说。"这下应该有机会去了。"邓学佳说。

"哎，阿里地区——生命禁区，我们的基站会不会去那儿？"马庆生问。"肯定会啊。天地通覆盖整个西藏，阿里地区肯定有啊。"肖云飞说。"孔繁森不是在阿里地区嘛。"东方牡丹说。"反正阿里地区挺艰苦的。"赵长城说。"那你还别说墨脱呢，连公路都没有，听说老板答应给墨脱建站。"肖云飞说。"我的妈呀，墨脱，据说是中国唯一没有通公路的县。"东方牡丹说。"老板就是有头脑，没公路，先把通信——咱们的天地通搞上，这可是标准的村村通工程啊。"柴文娜说。"没错，还真是这么个理儿。"东方牡丹说。"墨脱挨着林芝。"曹瑞祥说。"林芝可是个好地方，据说那儿不缺氧。"东方牡丹说。"东方的瑞士。"曹瑞祥说。

"都赶在一块儿了，室外宏要尽快过TCP5啊。"张立彪在产品线例会上说。"30套物料刚下单，最快也要10月中旬上线。"肖云飞说。"先10套

10套地来，不用一起来，边做边来嘛。"张立彪说。"那西藏的发货……"肖云飞正要提。"西藏的事下面会谈，先把室外宏过点的事说明白了。"张立彪说，"柴文娜、师建宏，30套呢，是答应你们了，也下单了。但是，恐怕等不到30套全做完，就要过TCP5。""你还是想10套就过点吗？"柴文娜说。"你误解了，不是这个意思。"张立彪忙解释。

"师建宏，这样吧，我们肯定全力催料。要想快，最好的办法是厂家做好一批发一批。咱们试制呢，来一批做一批。"肖云飞说。"本来就是30套，分3个任务令，每个任务令10套。"师建宏说。"师建宏早就替产品线考虑啦，就按师建宏的思路搞嘛，你只要保证10套一供就行啦。"张立彪说。

看着肖云飞还想说啥，张立彪大声地说："下面谈西藏项目的事。""老板先去了，随后我们去了。肖云飞，邵利伟给你打电话的时候，我就在旁边。"张立彪说。"我说这么大的事，您咋不来个电话催呢？"肖云飞说。"好，闲话少说，没问题吧？这一期500个站，9月份一定要发出去。"张立彪说，"而且难说，可能还会陆续下单。西藏是全球旅游的胜地，需求很迫切。所以，要赶前不赶后。""放心吧，有问题解决问题，问题不大。"肖云飞说。"低气压的因素要充分考虑。"张立彪说。"在考虑。"曹瑞祥说。

"肖云飞，室外宏很可能在10月下旬签单，所以最好在10月20号前过TCP5。"张立彪在办公室说。"搞不定，最早10月底，一般应该是11月中旬到11月底。"肖云飞说。"你告诉我，第一个10套最早什么时候能完成试制？"张立彪问。"张总，今天在例会上，我就明白您的意思啦，柴文娜明着给您点破了。"肖云飞说，"我讲的最早10月底，就是按只做完10套试制来算的。而且我想，您今天的话，其实很明显，师建宏是听明白了。""嗯，应该是听明白了，大家心照不宣。到时候做完10套，就启动过点流程。"张立彪说。"我到时候看情况操作吧，尽量不让您出面。"肖云飞说。"好，那就这样。"张立彪说，"另外，我看在会上，你们吞吞吐吐的，低气压不能出问题哦。""知道，在重点关注着，廖默然、曹瑞祥亲自上。"肖云飞说。

3. 低气压不能出问题

"刘工，一下就上量，生产上是怎么把控的？"曹瑞祥对双工器厂家的刘工说。"我们是按照廖工的建议进行修改的，应该不会有问题了吧？"刘工说。"你看，你才拿着样品过来，还没来得及测呢，怎么知道没问题？"曹瑞祥说。"别说了，箱子什么时候能用？"廖默然问赵长城。"下午四点。"赵长城说。"迫切的是，今天必须把刘工带来的4个样品全做了。刘工，生产还没开始吧？"廖默然问。"今天刚开始。"刘工回。"所以要快。"廖默然说。"我去看低气压箱调试得怎样了。"赵长城说完，抬腿就走。"哎，中午别歇着啦，盒饭搞定。"曹瑞祥冲着赵长城说。"好啊。"赵长城说着，走了。"你们也太急了，等测完了再生产嘛。"曹瑞祥对刘工说。"你不知道你们公司采购人员催得那个急，恨不得今天下单，明天就要。"刘工说。"谁啊？"曹瑞祥问。"我也不清楚，只是听到有人在催我们。"刘工说，"能上量，我们也高兴啊。""有钱赚，当然高兴啦。"曹瑞祥说。

"哎，这位就是双工器厂家的吧？"肖云飞边吃晚饭边问。"是，刘工，这是我们肖总。"曹瑞祥冲着刘工说。"肖总好。"刘工说。"现在正在做低气压测试吧，几个样品？"肖云飞问。"4个样品。"刘工回道。"目前有问题吗？"肖云飞问。"快五点才放进去，九点测试。"曹瑞祥说。"4个小时，差不多，有问题应该能暴露了。"肖云飞自言自语。

"好，一会儿过去看看。"说着，肖云飞端起盘子走了。"不急，吃完围着五和基地转一圈，消化消化。九点，还早着呢。"廖默然说。"那好，听说燎原新基地很壮观，还没来过呢。"刘工说。"你们去逛吧，我还要处理事情，先走了。"说完，曹瑞祥端起盘子也走了。

"还没开箱啊。"肖云飞边走进实验室边说。"来得很准时啊，正准备开箱测试呢。"夏润泽说。"肖总好。"刘工说。"怎么样，有信心吗？"肖云飞问。"按照廖工的建议修改的，应该没问题吧。"刘工回道。"赶紧开箱测吧。"曹瑞祥说。"看看测试系统有没有问题。"夏润泽冲着曹瑞祥说。"嗯，没问题，开测。"曹瑞祥检查完测试系统后说。"先看插损。"夏润泽边做边说。"插损OK，再加功率看看。加到最大了，功率也OK。怎么样？"夏润泽问曹瑞祥。"驻波、隔离。"曹瑞祥说。"好，驻波、隔离也OK。"夏润泽说。"好，下一个。"曹瑞祥说。

"4个都测完了，OK。"夏润泽测完4个样品后说。"还是廖工牛。"刘工说。"好啊，都OK，大家也就放心啦。"肖云飞说。"这4个是生产线上生产的吗？"廖默然问刘工。"生产线今天才开始，这4个是我调的。"刘工说。"关键还是生产线的把握，就怕螺钉下得太深。"廖默然对刘工说。"工艺一定要把控好，螺钉的高度要检查。哎，低气压箱生产应该配了吧？"曹瑞祥问。"没那么快，我们生产线加强检验吧。"刘工说。

"曹瑞祥，赶紧来我座位。"肖云飞看着邮件，急忙打电话给曹瑞祥。不一会儿，曹瑞祥过来了。"昨天，邵利伟又和厂方沟通，为了确保高原、低气压不出问题，邵利伟决定采用业界老大德国伦比约的天线。至少，拉萨用伦比约的。"肖云飞说，"还是对自己的天线不放心，市场人员知道在湖北、福建出过问题。高原、低气压，怕出问题。""是啊，用了世界上最好的天线，有问题也好说啊。"曹瑞祥说。"赶紧帮他申请临时编码，市场人员好下单采购。"肖云飞说，"已经把邵利伟的邮件转给你了，上面应该有相关信息。"

"具体啥信息？"曹瑞祥凑在肖云飞的电脑旁看。"有啥信息？就说要买德国伦比约的天线，其他啥信息都没有。"曹瑞祥仔细看了邮件说。"怎么叫没信息？邮件上说伦比约低频段只有一款定向天线，这不就是信息嘛。还有，你给他申请临时编码，而且一定要今天完成。"肖云飞说。"今天能完成吗？没搞过啊。"曹瑞祥说。"您再看，邵利伟说跟查曼丽沟通过，两个小时就能搞定临时编码。他都跟查曼丽谈好啦，就等你的临时编码一搞定，查曼丽就下单。"肖云飞说。"那好，我找一下查曼丽吧，让她指导一下。"曹瑞祥说着，转身离开了。

"幸亏双工器他没法插手，否则肯定又是要买国外的。"肖云飞自言自语。"听说西藏这单很赚钱，华老板只要求别出事。"一旁的马庆生说。"所以，邵利伟这小子就这么干。"肖云飞说。"真的，要是双工器能买国外的，邵利伟一定会这么干。"马庆生说。"凭什么呀？"肖云飞说。"要是进口的也出问题，他好向局方和老板解释啊，道理就这么简单。"马庆生说。"你小子跟着学坏啊。"肖云飞说。"不至于这么说吧，也太天真了。"马庆生说。"还是单纯点好，花花肠子太多，会有麻烦的。"肖云飞说。"谁花花肠子多，马庆生啊？"过来的柴文娜说。"不是说我。"马庆生说。"我看你也差不多。哎，肖云飞，低气压双工器的试验没问题吧？"柴文娜问。"试验做了，目前看没问题。"肖云飞回道。"没问题就好啊，让他们赶紧出正式的报告。"柴文娜说完，走了。"正式的报告，搞得我们都不正式似的。"马庆生在一旁说。"人家是质量官嘛，看着我们呢。"肖云飞说。"你信不，肯定是张总让她来问的？"马庆生说。"知道就行啦，刚才还说我幼稚。"肖云飞说。

"搞定啦？"肖云飞边吃午饭边问曹瑞祥。"什么？"曹瑞祥反问。"临时编码啊，装什么糊涂。"肖云飞瞪大眼睛说。"噢，搞定了。"曹瑞祥说。"是邵利伟说的两小时就能生效吗？"肖云飞问。"没错，还真是，不过要紧跟着流程催审批人。"曹瑞祥说。"查曼丽下单啦？"肖云飞问。"应该下了吧，反正临时编码已经生效了。"曹瑞祥说。"唉，她这下单啥时候能到货啊？我知道伦比约的天线到货周期很长啊。"肖云飞说。"邵利伟早就做足功课啦。"曹瑞祥说。"怎么讲？"肖云飞问。"他们早就咨询了伦比约香港总代理，香港有现货。"曹瑞祥说。"好啊，早有预谋啊。"肖云飞说。

"哼，这事张总肯定知道。"肖云飞说。"你怎么知道？"曹瑞祥说。"伦比约的天线那么贵，邵利伟敢自己拍板吗？而且你看，西藏项目这么大的事，都是邵利伟出面，张总就没找过我。显然都是他定了，再让邵利伟过来传达的嘛。"肖云飞说。"嗯，有道理。"曹瑞祥说。"都是两面派，都是崇洋媚外。"肖云飞说。"是啊，从多载波就能看出。"曹瑞祥说。"还是不相信我们。"廖默然说。"你才明白，方俊凯在家整天就唠叨这些事。"东方牡丹说。"可以理解，说明我们还是做得不够好。"肖云飞说。"领导就喜欢这样的。"柴文娜说。"有差距啊。"马庆生怪声怪气地说。"你有差距啊？"尹贤良装傻地问。"你以为你没差距啊。"马庆生说。"学着点吧。"柴文娜说完，端起盘子走了。'以后像申请临时编码这种事，让市场人员自己搞定，为啥使唤研发人员？"曹瑞祥端着盘子，边走边对肖云飞说。"这您就说错啦，申请编码，不管是临时的，还是正式的，都只能是研发人员来申请。"马庆生在一旁说。

"爽！"肖云飞看着梅清波从印尼发来的邮件说。"怎么啦？"马庆生在一旁问。"梅清波在邮件中说，印尼阿贡电信标书明确要求单机柜实现S666，燎原答可以，奈奎斯特应标时居然答复需要并柜实现。这不等于不满足标书要求嘛，真是天上掉馅饼啦。"肖云飞兴奋地说。"所以呢？"马庆生问。"所以，赶紧把王厚林叫来，还有邓学佳。"肖云飞说。

"王厚林，你们就是不紧不慢的，迈着四方步。S666怎样啦？别跟我说背板没改好。"肖云飞冲着走过来的王厚林、邓学佳说。"背板还没回呢？"马庆生说。"真没搞好啊。王厚林，我问你，真要现在发货怎么办？"肖云飞说。"怎么，S666现在就要发货啊？"邓学佳说。"哎，马庆生，板子什么时候回啊？"王厚林问。"周末回。"马庆生说。"什么时候发？"王厚林问肖云飞。"他只是看到梅清波的邮件，说奈奎斯特不满足标书单机柜实现S666的要求，要并柜。"马庆生说。"噢，是这样啊。梅清波的邮件，我也看了，没说阿贡电信就不要奈奎斯特啊。"王厚林说。"肖云飞刚才说天上掉馅饼了。"马庆生说。"看来一封邮件，不同的人读，理解也不相同。我看了，觉得做S666可能没必要了。"王厚林说，"虽然梅清波的主观意思是不满足标书要求，肯定就要出局，但是……""但是什么？说。"邓学佳说。"显然，奈奎斯特不愿意为阿贡电信开发定制。"王厚林说。

"我记得当初定方案时，有两种方案。"马庆生说。"你是指我们的机柜？"邓学佳问。"当初是有两种方案，没错。一种是单机柜实现S666，这样省地方。"不知啥时候来的赵长城插话道。"那另一种呢？"邓学佳问。"另一种就是并柜。"马庆生说。"并柜有两种。"赵长城说。

"好啦，不说了。奈奎斯特说的并柜很可能是为节省地盘，两个柜子摞起来。"肖云飞说。"其实当初，我们也参照了奈奎斯特的。"王厚林说。"为了差异化竞争嘛，张总就拍了个单机柜。"赵长城说。"当时定方案，知道的人不多，张总、我、赵长城、马庆生和王厚林，好像就我们几个。"肖云飞说。"还有孟泰乾。"马庆生说。"对，结构团队的孟泰乾在。"肖云飞说。

"邓学佳，你知道吗，摞的那个柜子，就是放你们的射频模块？"肖云飞说。"噢，是这样啊。"邓学佳说，"只放射频模块吗？""我们做的方案是只放射频模块，但当时的奈奎斯特好像不行。"马庆生说。"我们射频模块、光电都可以，他们的只能靠背板，他们做得早，现在应该也可以了。"王厚林说。"哎，至少我们拿下的概率大大增加，这一点不可否认吧？"肖云飞冲着大家说。"应该是这样。"王厚林说。"这就对了嘛，大家赶紧的吧！"肖云飞说。

"其实我都想好了，只要背板回来测试没啥问题，就可以发货。"王厚林说。"为什么呀？"肖云飞问。"要发货，首先是机柜、模块嘛。至于版本，等硬件安装完了，才用得上。"王厚林说。"那生产呢？满配S666测不测？"赵长城问。"唉，S666测不了，测槽位啊。只要硬件槽位没问题，到时候现场升版本就可以了。"王厚林说。"行啦，赶紧的吧！"肖云飞说。

"哟，方俊凯，您这是……？"看见方俊凯也过来了，肖云飞问。"没事，看你们这么多人，凑个热闹。"方俊凯说。"正好，印尼阿贡电信S666，奈奎斯特不肯为印尼定制开发单机柜，答标是用两个柜子堆叠实现，您怎么看这个问题？"肖云飞问。"个人观点，我觉得奈奎斯特很明智。"方俊凯说。"当然啦，他们有实力，敢这么答标。像咱们，肯定不敢。"方俊凯接着说。"方俊凯，有没有更深入的思考？"肖云飞问。"进一步的，如果有了多载波，奈奎斯特的单机柜就够了。"方俊凯说。"邓学佳，是这个意思吧？噢，曹瑞祥七来啦。曹瑞祥，方俊凯的话，听到啦？"肖云飞说。"有多载波了，当然不同。"曹瑞祥说。"所以，多载波真的很重要，但也急不得。"方俊凯说，"只是，邓学佳，班德的芯片，咱们还是做测试版的。""哎呀，现在忙着S666呢，有人在做。"邓学佳说。

"曹瑞祥，高效功放是不是也要搞起来啊？"方俊凯问。"班德芯片的测试版，你就用现有的功放吧，免得两个都不确定。"曹瑞祥说。"多载波的价值在效率，这一点大家一定要明白。一个同样大小的模块，原来是单载波功耗没问题。一旦变成了多载波，每个载波的功率没变，一样的要求，协议规定的，没办法。"方俊凯说。"我去跟廖默然商量吧，高效功放尽快搞起来。"曹瑞祥说。"有一点，你在瑞典待过，应该清楚。"方俊凯说。"你指的是哪一点？"曹瑞祥问。"瑞研所的几个老外都认为，多载波的算法与功放类型紧密相关。"方俊凯说。"嗯，没错，是这样的。"曹瑞祥说。"换句话说，你让我将就着用现在的效率低的功放与班德的芯片进行验证，所得出的结论性的东西也只能适应现有的功放，很有可能对未来的高效功放毫无帮助。"方俊凯说。"怎么会呢？"邓学佳问。"是的，方俊凯说得没错。DPD算法只认曲线，高效功放的曲线不同于普通功放。明白啦，方俊凯，我们会尽快。"曹瑞祥说。"哎，趁着S666的机会，你去金总那儿再推动一下。如果按你说的，奈奎斯特在暗中发力搞多载波，金总一定会动心。"肖云飞说。"我只是推测。"方俊凯说。"没事，你就这么说嘛。"肖云飞说。

4. 与高手同台竞技

"喂，肖云飞吗？我是荷兰办事处的洪中国。"洪中国在电话那头说。"啊，河南办的，怎么啦？"肖云飞问。"荷兰三牌对我们提供的ODU拉远方案很感兴趣。"洪中国说。"你说什么，河南啥时候有个什么三牌啊？再说，河南村村通有些地方已经用上ODU拉远啦。"肖云飞说。"不是河南，是欧洲的荷兰。"洪中国说。"你说什么，再说一遍。"肖云飞说。"是欧洲的荷兰三牌，对我司ODU拉远方案感兴趣，希望得到您的支持。"洪中国说。"你是说足球明星克鲁伊夫的荷兰？"肖云飞问。"是，就是足球很棒的，拥有阿贾克斯足球俱乐部的荷兰。"洪中国又解释道。"荷兰是麦克斯韦、香农的'根据地'啊，燎原有机会吗？"肖云飞疑惑地问。"2G时代是没机会，但先进的荷兰开始搞3G啦。"洪中国说。"3G，就是麦克斯韦、香农提出的，能让燎原有机会？不太可能吧？"肖云飞又说。"结果怎样，我也不知道，但他们要招标，燎原参与竞标。而且我们提出了差异化的光纤拉远ODU分布式解决方案，三牌很感兴趣啊。"洪中国说。

"你是说麦克斯韦没有ODU，对吧？"肖云飞说。"麦克斯韦没光纤拉远啊，有ODU，没我们用光纤拉得远。"洪中国说，"三牌的实力没法跟一牌比，燎原的分布式正好解决机房难的问题。""麦克斯韦、香农配室内宏啦，燎原想挤进去，肯定不能用室内宏。嗯，咱们的优势是可以不要机房，你们还是动了脑子啊。"肖云飞说。"所以，也别太小瞧自己。"洪中国说。"现在是投标阶段，行啊，我们技术上支持你，全力支持，尽管找我。"肖云飞说。"我给你发邮件了，希望得到你们的答复。多谢啦！"洪中国说完，挂了电话。

撂下电话，肖云飞满脸兴奋地对旁边的马庆生说："荷兰，克鲁伊夫的荷兰，古利特、范巴斯滕、里杰卡尔德的荷兰，欧洲阿贾克斯足球俱乐部的荷兰，要买我们的ODU。""都听见啦，刚开始投标，离买还差十万八千里呢。"马庆生说，"这可是一场血战，真的闯进虎穴啦。""至少，麦克斯韦难受了。"肖云飞说。"与狼共舞，边干边进步。"马庆生说。"谁是狼？麦克斯韦还是燎原？"肖云飞问。"我们是狼。"马庆生说。"与高手同台竞技。"肖云飞说。

"又跟谁交手啦？你们这帮狼崽子。"柴文娜过来说。"猜，大胆地，使劲儿地猜。"马庆生说。"不就那么几家，麦克斯韦、森尼韦尔嘛。"柴文娜说。"这回猜在哪儿？"马庆生又说。"怎么，德国？"柴文娜猜。"不是。"马庆生摇头说。"英国？"柴文娜又猜。"不是。"马庆生又摇头。"不是德国、英国，那就是法国了。"柴文娜再猜。"荷兰，郁金香王国、风车王国。"马庆生说。"荷兰？牛啊！下单啦？"柴文娜惊喜地问。"没没没，刚参与荷兰三牌3G的投标。正在答标，到时候还要麻烦您。"肖云飞说。"荷兰，不麻烦，不麻烦。美国、葡萄牙、荷兰，好事啊。插入欧洲的心脏啦，牛啊！"柴文娜兴奋地说。

"肖云飞，好消息不断啊！"柴文娜说。"但愿吧，要是这些单子都下来，咱要好好庆贺一下。"肖云飞说。"好，等着呢。"柴文娜说着，走了。"哎，娜姐，您是不是有事找我啊？"肖云飞问。"没事儿。"柴文娜边走边说。

过了一会儿，娜姐又回来了。"哎，娜姐，您是找我有事，刚才没想起来吧？"肖云飞问。"可不是嘛。"柴文娜说。"什么事啊？"肖云飞问。"你们还记得去年年底、今年年初给印度发过宏基站模块吗？"柴文娜问。"有印象，大概有100个基站的模块。"马庆生说。"没错，100个基站，你的记性真好。"柴文娜说。"怎么啦，有问题啊？"肖云飞问。"要是用就好喽，到了印度，一直就没用。"柴文娜说。"没用，我记得当初印度一线人员急得天天催。这好不容易发过去了，居然没用。哎，没用是什么意思？是站建好了，没开通吗？"马庆生问。"比这更糟糕。"柴文娜说。"怎么个糟糕法？"肖云飞问。"在港口露天敞篷下放到现在，至少7个月。"柴文娜说。"为什么？"肖云飞问。"这是市场人员的事，咱们也管不了。可是，就我过来之前，印度一线人员给产品线质量团队发了个邮件，要我们牵头评估现在用，坏件率会有多高。"柴文娜说。

"我的天啊，在海边敞篷下，海面空气湿度的影响，7个多月啊！肖云飞，你找赵长城，你们好好给我评估，给出坏件率的数据来。要得还急，本周。"柴文娜说。"这怎么评估啊？把赵长城给我叫来。"肖云飞说。"我来时叫了，马上到。"柴文娜说。

"赵长城，印度的坏件怎么评估？"看着过来的赵长城，肖云飞问。"就是高温、高湿和腐蚀嘛。类似的试验，我们做过啊，只不过这个时间长罢了，7个月。"赵长城回。"这么说可以评估喽？"肖云飞说。"可以，我们把做过的数据再整理一下，结合7个月的时间进行推算，就能得出大致的坏件率。"赵长城说。"那行吧，娜姐，找赵长城要数据就行啦。"肖云飞说。"明天能提供吗？"柴文娜问赵长城。"后天吧，后天一定提供。"赵长城说。"哎，给之前要先让我看看。"肖云飞说。"好，您要是觉得有必要，就先给您审一下。"赵长城说。"有必要，很有必要。"肖云飞说。

"数据咋样啦？印度那边一个劲儿地催。"柴文娜边吃午饭边说。"在搞。"赵长城回。"别忘了让我先审。"肖云飞说。"差不多下午的时候吧。"赵长城说。"好，我等你。"肖云飞说。"哎，娜姐，印度那边为什么放那么久没用啊？"马庆生又问。"丕不是没谈好，又想及时能供，市场人员就先借货喽。"柴文娜说。"市场一线人员经常这么干的。"王厚林说。"那万一客户不要咋办？"尹贤良问。"如果其他国家要，可以退回总部再发。"王厚林说。"那要是没有其他国家要呢？"东方牡丹问。"宏基站应该不存在这样的问题。"肖云飞回。"我是说万一。"东方牡丹说。"不说了嘛，宏基站不存在万一。"赵长城说。"要真有万一，只能当呆死料，就地报废。"邓学佳说。"错，我司目前报废的流程明确规定，必须运回深圳总部报废。"柴文娜说。"为什么呀？都没用了，还要花钱运回深圳，多此一举嘛。"夏润泽说。"不为什么，为了信息安全。"柴文娜说。

"不审行吗？这么高的失效率，还不把一线人员吓着。"肖云飞对赵长城说。"那怎么办？"赵长城问。"我在想，如果真是这么高的失效率，恐怕站都开不全。"肖云飞说，"马庆生，有什么好办法？""主要考验的是器件的气密性。如果是陶瓷封装的，应该不会有问题。"马庆生说。"贵啊。"肖云飞说。"塑封的气密性肯定不如陶瓷封装的，一直加着电也没事。"马庆生又说。"没错，关键是高温、高湿，又没加电。"赵长城说。"怎么办？"肖云飞问。"再补发些单板过去？"马庆生说。"恐怕也只有这样啦。"赵长城说。

"好嘛，娜姐，我们正商量着呢，你就迫不及待地闯过来啦。"肖云飞说。"哎呀，一线人员催嘛。"柴文娜说，"怎么样？""什么怎么样？"肖云飞说。"咳，装糊涂，是吧？坏件率。"柴文娜说。"有点高。"赵长城说。"有点高，是多高？"柴文娜问。"你让肖云飞说。"赵长城说。"10%～20%吧。"肖云飞回道。"要是这么高，开站应该有困难了吧？"柴文娜问。"就不知道一线人员当时算没算备件。"肖云飞问。"应该会考虑一些，但怎么着也不可能是10%啊，商务这么差。"柴文娜说。"要是20%的话，应该就玩不转了。"柴文娜又说。"那你就先报10%吧。"肖云飞说。"那要是20%呢？"柴文娜问。"你不是说10%就算高的了嘛，你给他们报20%，还想不想让人做啦？"马庆生说。"先报10%，走一步看一步，我们再想想办法。"肖云飞说。"那好吧，先跟他们说10%，看他们是怎么个反应。"柴文娜说着，离开了。

"就走研发体系委托发货，反正发到美国，3天就可以到，我发过一次。到印度，应该不超过1周。"肖云飞对马庆生说。"这么快！"赵长城说。"研发体系委托发货电子流，一般是给研发人员比拼测试用的，原则上不能用于备件补货。"肖云飞说。"那你还用？"赵长城说。"这不没办法嘛，要走正常的备件，是需要订单的。一线人员肯下单吗？"肖云飞说。"那肯定不干啦。"赵长城说。"发到美国，3天就到了，怎么这么快？"马庆生问。"研发体系委托发货电子流是走DHL国际快递，海关全搞定，直接送到人手上。"肖云飞说，"就是贵。""这应该是算研发的费用。"马庆生说。"没事，就当比拼测试。走电子流时，就填比拼测试。"肖云飞说。"OK，那印度坏件就算搞定啦。"赵长城说。

5. 信息违规事件

"金总，有些情况要向您汇报。"负责信息安全的李汉年说。"好，你说吧。"金海明说。"我们监控发现，有人在家下载正在开发的资料。"李汉年说。"这事谁知道了？"金海明问。"除了具体实施监控的人员，就是你我。"李汉年回道。"好，一定要保密，继续跟踪，随时给我电话。"金海明说，"记住，千万别让其他人知道。""好，那我走了。"李汉年说完后走了。

"肖云飞，我是没办法回复，转给你了。印度的，你来回复吧。"柴文娜对肖云飞说。"有什么不好回的？"一旁的马庆生问。"印度一线人员不愿补货下单，但又要求产品线把损失的坏件给补齐，以保基站正常按计划开通。"柴文娜说。"你把邮件转给马庆生，他会处理的。"肖云飞冲着柴文娜说。"干吗要我转啊，我刚才转给你了，你转就行啦。"柴文娜说。"哎，马庆生，你打算怎么应付啊？"柴文娜转头就问。"总之，把印度一线人员摆平就是喽。"马庆生说。"好，你搞就行啦。"柴文娜说。

"哎，曹瑞祥，晚上一起讨论一下高效功放的事？"肖云飞边吃晚饭边说。"好啊。"曹瑞祥说。"廖默然，方案有了吗？"肖云飞问。"有几个方案，具体哪个最优，还需要跟DPD算法配合着看。"廖默然说。"还是尽量不要和算法紧耦合，否则进度很难保证。"肖云飞说。"廖默然，肖云飞说得对，我们要有相对独立的判断。"曹瑞祥说。"应该没问题啊，有数据构成的曲线，DPD 是看曲线的。要学会解析分析，不能仅仅依靠试验。"肖云飞说。"硬件的设计上要解耦，但数据分析要与算法紧密结合。"曹瑞祥说。"说真的，功放怎么调，就是需要算法人员的指导，否则就是光拉车不看路了。"廖默然说。

"金总，那个开发人员正在家里下载终端开发资料，你看？"李汉年在电话里说。"抓现行，你们立刻赶去他家。"金海明说。"我们已经在他家门口，就等您指示。"李汉年说。"噢，现在是晚上十点了。"金海明说，"李汉年，你能确保进去人赃俱获吗？必须抓现行，否则……""金总，有人跟踪，能确保人赃俱获。"李汉年说。"好，进去！"金海明说。"OK。"李汉年回道。

"好，赵长城来了啊，开会。"柴文娜说，"有请公司信息安全的主管李汉年。""大家好，信息安全对公司至关重要，尤其是终端产品。刚才你们的测试部长赵长城处理了一起手下员工信息违规的事件，赵长城，您说说吧。"李汉年说。"一上班，我就和公司信息安全人员共同监督，让信息安全严重违规的戴宝国收拾自己的东西离开公司。"赵长城面色凝重地说。"戴宝国，怎么回事啊？"尹贤良问。"李总，你解释一下。"赵长城看着大家疑问的目光，对李汉年说。"是啊，说一下呗，怎么回事啊？"柴文娜在一旁说。

"昨晚十点左右，在公司领导的亲自指导下，在戴宝国的家里发现了违规下载的终端开发资料。我们进去的时候，戴宝国刚从公司回家，一进家门就开始下载公司终端开发资料，被我们抓了个现行。"李汉年说。"他那是要继续在家工作。"尹贤良说。"戴宝国当时是这么说的。"李汉年说。"那你们还开除他？"柴文娜问。"两回事。"李汉年说。"怎么讲？"肖云飞问。

"首先，戴宝国的行为是违规的，这一点他自己知道。我们其实有监测，早就发现了。为此，柴文娜给他们做了3次信息安全的讲座，戴宝国都参加了。"李汉年说。"那为什么昨晚这么搞？"赵长城问。"公司要求绝对保密，所以在人赃俱获后，公司才让我通知相关领导，就是您。"李汉年说。"戴宝国气愤的是公司太绝情，做得太过分，家里老婆、孩子受到巨大刺激。"赵长城说。"我要声明的是，我们的所作所为都是在公司领导直接指挥下进行的，每一步都是领导安排的。"李汉年说。

"辛辛苦苦为公司，得到个扫地出门。"王厚林说。"不要这么说。"李汉年说。"那该怎么说？"王厚林气愤地说。"其实，公司有流程支持拿资料在家看的，类似出差借电脑就可以啦。"李汉年说，"这一点，戴宝国也知道。""知道，嫌麻烦嘛。"尹贤良说。"公司领导认为，终端和基站不同，一个人就能搞定全部，所以信息安全要从严。"李汉年说。"杀鸡给猴看。"柴文娜说。"说得不错，公司就是这个意思，抓个典型。"李汉年说。

"戴宝国的事在公司引起了轩然大波啊。"东方牡丹边吃午饭边说。"这事儿，公司做得确实有点过。"尹贤良说。"公司就是想通过这件事让大家知道信息安全的重要性，千万别不在乎。既要埋头拉车，也要抬头看路。"柴文娜说。"戴宝国就是只顾拉车了。"赵长城说。"也难说。"柴文娜说。"怎么讲啊，娜姐？"肖云飞问。"从事后与信息安全的人具体沟通来看，至少从信息安全监测到的情况来看，很难说不是别有用心。"柴文娜说，"给人的感觉是有意识、有预谋、有计划地逐步开展的。所以金总再三深思，才痛下决心的。"

"赵长城，戴宝国是怎么回事啊？"肖云飞问。"搞不明白。"赵长城说。"还是都学我吧，把在家看的权限放弃了，不给自己留任何机会。"

肖云飞说。"据说，公司下一步计划是在家可以看，但下载不了。"柴文娜说。"要是有这种限制，戴宝国就不至于了吧？"尹贤良问。"那也难说，可以拍照啊。"王厚林说。"这么说，只是戴宝国不清楚，要是知道有人远程监控，也许就拍照了。"尹贤良说。"告诉你们哦，拍照也要小心。据说现在有的技术，拍照也能发现。"柴文娜说。"娜姐，越说越神了。拍照，在自己家里拍照，也会被发现？不可能！"马庆生说。"我也听说了，也不信。"肖云飞说。"真这么邪乎啊？"马庆生说。"大家还是按公司的规矩做事，戴宝国的教训，大家一定要汲取。"东方牡丹说。

"赵长城，戴宝国现在家，还是在找工作啊？"王厚林问。"不清楚，手机关机，不接电话。"赵长城说。"唉，怎么会这样？"东方牡丹说。"当时在贵州照顾他住院时，没想到会有今天吧？"尹贤良说。"没想到。"东方牡丹说。"在瑞典做手术，都是我陪的。"曹瑞祥说。"还是做了不少工作的，衷心祝愿他有好的去处。这样，我们的心里也好过一些。"赵长城说。

"我是希望他仅仅是为了工作这么做的，而且我相信这就是事实，只不过太投入了，没想那么多，可能完全没有意识到问题会有这么严重。"肖云飞说。"肖云飞这话说得有道理，戴宝国就是没意识到会如此严重。"赵长城说。"看来公司是通过牺牲戴宝国来唤起大家的警觉啊。"东方牡丹说。"估计没多少人再想在家看资料喽。"麦哲渊说。"不过我看很多人带纸件回去看，娜姐，有问题吗？"马庆生说。"纸件打印要走流程审批的，上面有水印。"柴文娜说，"私自打不了，有秘书监控着呢。""真正重要的资料，要申请到机要室看的。"东方牡丹说。"真正的信息安全，不怕别人偷，就是拥有自己的芯片。"邓学佳说。"公司是这么想的。"柴文娜说。

"马庆生，室外微基站做过两个扩容的方案吧？"肖云飞问。"最后就是现在的方案：外加基带板。"马庆生说，"怎么突然问这件事？""看刚转的邮件。"肖云飞说。"那就是不想外加基带板。多贴基带芯片的单板也做过一个。"马庆生说。"张总要求满足荷兰三牌的要求，你说的单板当时调通了没有？"肖云飞问。"调通了，只是由于确定不用了，就没继续往下做。"马庆生说。"你们当时为啥不做兼容，否则现在不就省事了吗？"肖云飞说。"不是你说要省成本，应该够用了，就没做兼容嘛。"马庆生说。"你找柴文娜、赵长城，赶紧搞，还有王厚杯。"肖云飞说。"真要搞啊？"马庆生说。"张总定了。再说荷兰三牌的不搞，那我们搞什么？时间应该比较充足，你们好好讨论方案，要立足长远啊。"肖云飞说。

"哎，你看这邮件的下面，洪中国说麦克斯韦为了和我们竞争，决定开发光纤拉远的室外微基站。"马庆生说。"感到压力了吧？我们做室外光纤拉远微基站的时候，麦克斯韦不以为然。这下可好，在荷兰三牌受刺激了。凭麦克斯韦的实力，做是没问题的。"肖云飞说，"但还是要清醒，室外微基站毕竟不是主流，是差异化竞争的手段。""原来这么说可以，但现在荷兰三牌对室外微基站感兴趣，也难说不会成为主流。"马庆生说。"怎么说也是能卖宏基站，不卖微基站。"肖云飞说。"事与愿违常有，心想事成难求啊。"马庆生说。

"今晚，金总和大家聊聊天。"东方牡丹在会议室说。"对，茶话会啊，有吃的，大家随意啊。"金海明招呼着大家。"最近关于戴宝国，公司内部讨论得很激烈啊，想必在座的也参与了吧？"金海明说。"肖云飞，你参与了吗？"东方牡丹问。"没有参与讨论，在看了。"肖云飞回。"看了也行，谈谈你的想法吧。"金海明说。"我觉得他们谈的有点过激。在公司做事，就应该按公司的规矩办事。"肖云飞说。"我们肖云飞啊，是很守规矩的，早就主动放弃了在家看邮件的权限。"柴文娜说。"这么高的觉悟啊！"金海明说。"就是怕麻烦。"肖云飞说。

"不过呢，移动办公场景越来越多，由于国内、国外的时差等因素，在家看电子邮件的情况是很多的。"金海明说。"听说，用电子邮件办公要逐步从市场、技服、供应链体系向研发体系开放。像我们产品线，张总就只通过电子邮件办公了。"柴文娜说。"那是不是说，进一步，肖云飞在家看电子邮件的权限，公司会主动给他打开？"王厚林说。"是的。"柴文娜说。"你为什么这么肯定？"马庆生问。"因为这些名单都是我提供的。"柴文娜说。"你是说我的权限被打开啦？"肖云飞问。"名单今天刚提上去，什么时间开，我也不清楚。"柴文娜说。

"在家处理邮件很正常啊，公司都有有效的监控，不怕你乱来。戴宝国就是老抱着侥幸心理，一而再、再而三地触碰公司的底线。最关键的是他很清楚公司的底线，公司要是不采取坚定、果断的措施，往下电子邮件办公怎么推广？"金海明说，"是啊，这些日子收到很多请愿信，说公司对有贡献的员工处罚过于严厉。这不对，我们是通过多次公开培训，来有针对性地阐明公司的规定。当事人都在的，听不进去啊。大家站在公司的立场好好想想，公司只能这么做。"

"总之，有关信息安全的事，对我们每个人都很重要。戴宝国的事就是一面镜子，大家真的要重视。不清楚的，一定要多问。"柴文娜说。"千万别想当然啊。"东方牡丹补充道。"搞得有点草木皆兵啊。"麦哲渊说。"你按公司的规矩做，不会啊。"柴文娜说。"娜姐，再发动一轮信息安全的宣传攻势，把标语搞起来。"东方牡丹说。"柴文娜，下去好好策划一下。"金海明说完后离开了。

"大家要明白，移动办公是大势所趋。方便的同时，按规守矩是必须的。"柴文娜说。"还是那句话，一定要重视。"肖云飞说。"大家回去后先好好学习学习啊。"赵长城说。

"哎，赵长城，戴宝国现在怎样啦？我们能帮他点啥？"肖云飞问。"恐怕不用我们操心了。"赵长城说。"你的意思是……？"柴文娜问。

"去通灵了，已经上班了。"东方牡丹说。"确切吗？"肖云飞问。"确切。"东方牡丹说。"这么快！"肖云飞说。"哼哼。"赵长城说。"我想应该是出事后自己找的，不是事先的。"肖云飞说。"我也是这么认为的。"赵长城说。"不知道。"东方牡丹说。"什么都有可能。"柴文娜说。

6. 迎接客户考察

"葡萄牙运营商要来考察，他们总裁亲自来。"肖云飞在基站版本例会上说。"张总安排我来对接这件事，要求我利用难得的学习机会，通过这次考察，全面提升。"柴文娜。"要考察哪些方面？"赵长城问。"这次他们似乎对可供应性，尤其是我们的物料供应商感兴趣。"柴文娜说。"说白了，就是担心室外柜的供货和质量。"肖云飞说。"人家懂得抓重点。"曹瑞祥说。"首先是厂家的相关资质，查曼丽，相关的材料要慎重。你们采购团队内部要审核，审核完了再提交给我。"柴文娜说。

"至于生产，倒没提什么特别的。师建宏，你们就按常规的提供吧。"柴文娜说。"测试这边有什么要求？"赵长城问。"有关电性能方面，人家没提。"柴文娜说。"没提就按以前的，该有的都要有。"肖云飞说。"知道你是做这个的，不会有问题，所以只关心你不擅长的室外柜。"马庆生说。"就一天，这个月的二十几号吧。"肖云飞说。"这个总裁是个美国人。"柴文娜说。

"柴文娜，荷兰三牌基带板怎么样啦？"肖云飞问。"没怎么说，搞个版本就是喽。"柴文娜说。"王厚林，软件兼容肯定没问题，但是硬件怎么办？"肖云飞问。"什么怎么办？"马庆生问。"微基站的基带用哪块？"肖云飞问。"就是版本升级嘛。"柴文娜说。"不一定。"肖云飞说。"两个板并存，谁知道发哪个啊？"柴文娜问。"荷兰三牌的属于定制，主力还是原来的。"肖云飞说。"那要单独申请编码。"马庆生说。"申请呗。"肖云飞说，"要是生产备货，荷兰三牌单列。""计划能做得准吗？"王厚林问。"能兼容，不怕，可以当原来的用。"肖云飞说。

"这次这个美国人来，重点关注室外机柜的相关论证，尤其是适合欧盟的标准要求。赵长城，你们要仔细看一下他们发来的文件，逐一确认。"在考察准备会上，柴文娜说。"哎，柴文娜，你先说说总的该怎么准备。"肖云飞说。"就一天嘛，上午交流，重点是质量、认证和生产制造，也就是我、赵长城、师建宏。"柴文娜说，"下午参观实验室。""参观实验室有什么具体要求吗？"肖云飞问。"人家没提。"柴文娜说。"去生产那边吗？"师建宏问。"反正去了实验室，就去不了生产那边。"柴文娜说。"没提要求，那就难搞了。"肖云飞说。"没提具体要求，那就按正常接待准备，样机、业务演示，电话总要打一下吧。"柴文娜说。"还要现场打电话啊？"马庆生问。"不仅要打，还要证明是用演示的基站信号打的电话。"柴文娜说。"不是还有数据业务嘛，还要演示啊？"肖云飞说。"总之，你卖的东西都要演示。"柴文娜说。"那这工作量大了。"肖云飞说。"怎么着，不想搞？"柴文娜问。"人家不是没提要求嘛，就带着看看样机就行啦。"肖云飞说。"我不知道，你们看着办。"柴文娜说。

"反正我跟你们说啊，这个美国总裁一来，先是见老板，然后和我们谈质量、认证和生产制造；下午是参观实验室，六点的时候，金总请他吃饭。"柴文娜说。"你就说重要，连老板都出马了，要我们按你的意思办呗，对吧？"肖云飞说。"我没这么说啊，自个儿看着办。"柴文娜说。"马庆生，按娜姐的意思办。"肖云飞说。"行吧，大家可都得支持啊！"

马庆生说。

　　"有点劳民伤财。"王厚林说。"什么劳民伤财，就当开实验局不行吗？大鹏湾实验局。"肖云飞说。"想象挺丰富的，还大鹏湾呢。"王厚林说。"大家都帮忙嘛。"柴文娜说。"你错啦，像这种演示的事，主要是软件人员。硬件方面，送个模块就得了。调试、演示，最关键的是演示的时候不能掉链子，所以压力很大。"王厚林说。"怪不得连曹瑞祥等人都没叫。"柴文娜说。"要准备充分，应急措施一定要有。演示要是出了问题，就真不好交代了。"肖云飞说。"那就辛苦王厚林了。"柴文娜讨好地说。"娜姐这回是满意了。"赵长城说。"哎，大家一定要重视啊。赵长城，你协助王厚林。王厚林，确保万无一失啊。"肖云飞最后说。

　　"张总，跟您汇报一下葡萄牙运营商考察的准备情况。"柴文娜说。"好，你说吧。"张立彪说。"上午主要是交流，下午参观实验室。"柴文娜说。"他们很关心相关的论证，尤其是欧盟的要求，我们有问题吗？"张立彪说。"赵长城正在针对葡萄牙方面发来的文件，逐一确认。"柴文娜说。"我问有没有问题。"张立彪说。"正在确认，不知道有没有问题。"柴文娜说。"有问题要及时向我汇报，记住，要及时啊。先发邮件，再打电话。"张立彪说。"实验室这块儿，肖云飞怎么没和你一起来？"张立彪问。"没叫他，我马上叫他来。"柴文娜说。"不用，看来你们对这次考察还是认识不够充分。这样，你下去找肖云飞、赵长城、师建宏好好讨论，拿个详细方案汇报给我。明天怎么样？还是后天上午吧。"张立彪说。"好吧，后天上午。"柴文娜说。

　　"我们的认识不够深刻啊。"柴文娜边吃午饭边说。"汇报啥呀？王厚林、马庆生，赶紧把摊子搭起来，直接让张总来现场看。"肖云飞说。"现场的讲解肯定是张总，所以让张总现场指导，按他的意思搞就得了。"王厚林说。"他说要我们给他汇报。"柴文娜说。"王厚林、马庆生，明天把电话、数据业务全搞定。难说后天上午，没准儿明天晚上就会来。"
肖云飞说，"数据业务，尤其是上行的速率啊，要达到宣传的水平，王厚
林。""为什么是上行？下行也要保证啊。"柴文娜说。"下行一般都没问
题，难点在上行。想想发邮件难，还是收难啊。"赵长城说。"那我明白
了，有的时候发个邮件，半天发不出，还常失败。"东方牡丹在一旁说。

"怎么一下子搞得这么紧张啦？"麦哲渊说。"赵长城，认证有没有问题？
张总很担心啊，有问题赶紧报出来，张总要求第一时间知会他。"柴文娜
说。"张总都这么重视，我敢随便说吗？文件内容太多啦，夏润泽全力去
看，午饭都得我去送。"赵长城说着，提上盒饭给夏润泽送饭去了。

7. 实时演示

　　"怎么样，摊子都搭起来啦？"来到实验室演示现场，肖云飞问。"差
不多了，电话OK，数据业务正在调。"王厚林说。"神速啊，一会儿吃完
晚饭接着搞。"肖云飞说。"数据业务演示什么内容？"王厚林问。"最好
现场的情况及时传输，实时性演示效果应该会好。"肖云飞说。"一般就是
看这个速率图，有没有凹坑。"王厚林说。"你让人家看你这个，当然了，
这个美国人是懂的。不过，还是要真实地感受一下我们的数据业务，光看你
这个不直观。"肖云飞说。"那倒也是，王厚林，你给人家看这个，太专业
了，还是要更生活化一些。"马庆生说。

　　"哎，客人不是来了嘛，当面拍照，传一下，再用彩色打印机打出
来。"柴文娜说。"按娜姐说的办。"肖云飞说。"吃饭吃饭。"马庆生

说。"张总的短信，七点钟要来看。"肖云飞说。"神啊，肖云飞……"柴文娜说。"赶紧吃，赶紧吃。"肖云飞边吃边催。"不急，七点，现才六点出头。"王厚林说。"其实，拍个照彩打出来不稀罕。上周带孩子去四海公园玩，就有现场拍照彩打制作2004年日历的，孩子可高兴了。"柴文娜说。"那你们家明年的日历不用再买了呗。"王厚林说。"一回家就挂在墙上了，天天要看一眼。"柴文娜说。

"喂，肖云飞，在哪儿呢？"张立彪在电话里说。"赶紧的，走。"肖云飞悄声对众人说，接着扭头回话，"哎，张总，马上到，马上到。"

"打电话、传图像，两个演示的核心内容。"肖云飞对张立彪说。"真实性怎么能让客户感受到？"张立彪说。"客人来了，拍照，当场用我们的基站系统传，再用彩色打印机把拍的照打出来。"柴文娜说。"有彩色打印机吗？"张立彪问。"有。"马庆生说。"没有我去借。"柴文娜积极地说。"柴文娜啊，接待越来越有经验啦。"张立彪说。"这一块不归我管，我负责上午的交流。"柴文娜说。"看看，肖云飞，人家是来帮你的，出了这么个好主意。"张立彪说。"谢谢娜姐的帮助！"马庆生说。"打电话要让客户全程可视，从接入到通话，到下线，用仪表全程显示给客户看，客户很懂的。"张立彪说，"总之，我们把真实的能力尽量展示给客户。不过，别出问题，否则就不好了。"

"对了，赵长城呢？认证有啥问题？"张立彪问柴文娜。"赵长城和夏润泽正在看，内容有点多，费时间。"柴文娜说。"一定要搞清楚，这是进欧盟，有问题也没关系，补上就是喽，给客户一个时间点就行啦。"张立彪说，"你们按刚才讨论的思路准备。柴文娜，记住啊，客户来之前，我们要全部走一遍。""好，到时候我来组织。"柴文娜说。"噢，对了，传真加彩打，肖云飞。"张立彪说，"客户对传真机有明确要求，还提供了一些型号要我们满足。况且，现在最先进的传真机是传真、彩打一体化的。""这个信息事先不清楚，柴文娜，你那儿有吗？"肖云飞问。"我仔细看看。"柴文娜说。"娜姐，赶紧的，要调试接口的。"王厚林说。"我现就去查。"柴文娜说着，急匆匆地走了。"这样，你们两手准备吧，普通传真机保底啊。"张立彪最后说。

"传真的信息，柴文娜给了吗？"在演示现场，肖云飞问王厚林。"昨晚就给了，也抄送给您啦。"王厚林说。"直接过来了，没看电脑。"肖云飞说。"普通传真，这台就行，很稳定。张总说的那种高档的，一会儿公司展厅的人给送过来。"王厚林说。"公司真有啊？"肖云飞吃惊地问。"张总既然说了，心里就有数，否则就应该不会说。"王厚林说。"行啦，赶紧调试吧。"肖云飞说。

"好，来了。"看着刚送来的传真、彩打一体的传真机，王厚林说，"马庆生，帮忙接一下。"

"赵长城，怎么样？"从演示现场出来，肖云飞来到赵长城处问。"在对，差不多了。"赵长城回。"有问题吗？"肖云飞说。"赵长城，怎么样啦？"柴文娜跑过来问。"别急，问题不大。"夏润泽回道。"葡萄牙运营商为什么如此重视电磁兼容？"赵长城说，"目前呢，只能从面上看，没啥大问题。不知交流的时候，他会提什么问题。""有些东西，我们还不太理解。"夏润泽说。"比如……？"肖云飞说。"比如说，两台设备放在一起，刚加电开机会不会产生尖脉冲，从而导致对方设备复位。"夏润泽说。"什么意思？"肖云飞问赵长城。"我也不清楚。"赵长城说。"这些疑点都记下来，交流的时候请对方澄清。"柴文娜说。"哎，我们还是要多想想，即使要澄清，我们也要把这个问题理解深入。"肖云飞说。"按理，电磁兼容方面的论证都是有标准的。这个运营商的提法似乎针对比较具体的场景，而不是一个标准。"赵长城说。"你们考虑考虑吧。"肖云飞说。

"哎，马庆生，王厚林调得怎么样？"肖云飞边吃午饭边问。"看到没？我吃完了，得赶紧给他送过去。"马庆生说。"一个演示搞得这么隆重，印尼的也不干了。"邓学佳说。"别这么说，欧洲高端，老板都亲自见。"柴文娜说。"准备充分些，也是一种锻炼。欧洲人来看，还是第一次吧。"肖云飞说。"我这荷兰三牌的也先放放。没事，就这两天，完了加班再补回呗。"马庆生说完，提着给王厚林准备的盒饭走了。"你们要习惯，公司一向重视客户的参观、演示。"曹瑞祥说。"门面都做不好，别的就更难说了。"东方牡丹说。"第一印象确实很重要。"廖默然说。

"啥时来？"邓学佳问。"下周三，24号。"柴文娜说。"周二和张总一起再全程走一遍。"柴文娜冲着肖云飞说。"看来这几天都得加班啦。"肖云飞说。"廖默然，你们在高效功放上有啥进展没？"肖云飞转过身来问。"方案还在摸索阶段，几个方面都在走。"廖默然说。"相信边走边总结，边修改，应该是能够逐步清晰，逼近目标的。"曹瑞祥说。"让那几个老外也搞个方向走。"肖云飞又说。"可以。"廖默然说。

"邓学佳，班德的芯片有何消息？"肖云飞问。"按计划，年底第一款工程样片出来。"邓学佳说。"燎原啥时能拿到手？"廖默然问。"估计最快也得明年2月。"邓学佳说。"哎，曹瑞祥，你们这个验证平台怎么考虑的？"肖云飞问。"目前硬件是以班德芯片为中心，逐步兼容自己的算法。"曹瑞祥说。"验证平台可以都兼容，单板做大些、复杂些，不要考虑成本问题。"肖云飞说。"还是一步一步地来，搞得太复杂，软件工作量大，兼容软件不好搞；光搞硬件，软件不搞，意义也不大。"曹瑞祥说。"我只是一说，按你们的。"肖云飞说。"搞逻辑的人有点紧，再搞些人吧。"邓学佳说。"招啊，找牡丹。"肖云飞说。"牡丹，听到啦，帮忙啊！"邓学佳说。"社招主要靠你们自己去搞，我们主要是校园招聘。"东方牡丹说。"同学推荐是个重要渠道。"柴文娜说。

"明天客户就要来了，今天都走一遍吧。"张立彪在演示现场对大家说。"好啊，先打电话，然后现场拍照、传真、彩打。"柴文娜说。"那好，整个走一遍。"张立彪说，"柴文娜，你当客户，我主讲。""好了，你们俩先打电话。"肖云飞边说，边递手机。"后台的跟踪，我看看。"张立彪说。"好，我打开。"王厚林说。"嗯，哪个是我的？"张立彪问。"这个是您的，这个是柴文娜的。"王厚林说。"好，后台跟踪可以。来，仪表跟踪。"张立彪说。"张总，看，这就是。"马庆生说。"哪个是我的呀？"张立彪问。"你们俩现在是对打，虽然没上公网，但王厚林旁边的固话可以打，54321。"马庆生说。"好，54321，通了。"张立彪说。"张总看，这就是您的。"马庆生指着仪表说。"好，仪表跟踪也可以了。"张立彪说。

"打电话是基本的，来现场拍照、传真、彩打。"肖云飞说。"王厚林，没问题吧？"马庆生问。"来，试吧。"王厚林说。"给娜姐照，客人嘛。"肖云飞拿着相机拍着。"靠着基站照。"张立彪说。"好，真美，娜姐。"肖云飞说。"王厚林，传。"肖云飞把相机递给王厚林。"哇，美女出来了，真好。"马庆生说。"真好唉，我要留着纪念。"柴文娜说。"好，很完美！王厚林，但愿明天也这样完美。"张立彪说完后离开了。

"今儿天有点神啊，王厚林。"马庆生说。"什么意思啊？"肖云飞问。"其实一直都不太稳定，今天倒是很顺。"王厚林说。"怎么个不稳定法？"柴文娜问。"传得慢，而且误帧高，有失真。"马庆生说。"具体呢？"柴文娜问。"具体就是您这张传真图像，有可能这儿一白条，那儿一白条，丢帧了嘛。"王厚林说。"就是有些没传过来。"肖云飞说。"要是把咱娜姐美丽的脸蛋弄一白条，娜姐该和王厚林闹了。"马庆生说。"这不稳定可就不好办啦，王厚林。"肖云飞一脸严肃地说。"是啊。"王厚林说。

"这事得让张总知道。"肖云飞说。"柴文娜，你给张总打个电话，让他有个思想准备。"肖云飞对柴文娜说。"为啥我打？"柴文娜问。"哎，你打嘛，放心，你们通完电话，张总就会找我们。"肖云飞说。"估计会直接找王厚林。"马庆生说。"哎，普通传真要保底啊，否则就只剩电话啦。"肖云飞说。"那肯定。"王厚林说。

"也别这么说，我们不是还有数据业务的演示嘛。"柴文娜说。"那些都没有真实的感受，说白了，是可以做假的。"肖云飞说。"我们又没有做假。"柴文娜说。"不是这么说的。该演示的还是要演示，只是亮点少啊。"肖云飞说。"腰板不硬啊。"马庆生说。"时间有点紧，没吃透这个传真、彩打一体的设备。"王厚林说。"传真机这块儿是客户的基本需求，但不是很顺哪。"肖云飞说。"下一步要多投入些，把各种牌子都能做一遍就好了。"王厚林说。"说得容易，做起来很难的，所以我也是理解的。"肖云飞说。"是啊，毕竟搞全传真机，几乎不可能。只能根据客户的特定要求，有针对性地搞。"马庆生说。"尽量多匹配些，至少把华强北的给匹配了吧。"肖云飞说。"争取吧。"王厚林说。

"给张总打电话啦？"肖云飞边吃午饭边问柴文娜。"打了。"柴文娜说。"什么反应啊？"马庆生问。"他好像有心理准备似的，只是说知道了。"柴文娜说。"三厚林，张总给你打电话啦？"肖云飞又问。"没有。"王厚林说。"说明他不想放弃这个亮点啊。"肖云飞说。"嘿，你这个想法很特别啊。"柴文娜说。"肖云飞，你啥意思啊？"马庆生说。"肯定是不想放弃啦。张总一听柴文娜说，而不是肖云飞说的。肯定知道想让柴文娜传话，核心就是明天不想演示了呗。"王厚林说。"知道就好，就是放松了嘛。为啥不上马庆生送饭啊？"肖云飞说。"我……"王厚林正要说。"赶紧的吧！"肖云飞做着离开的手势说。

"赶紧吃。"马庆生说。"其实，传真都存在一定的不确定性，经常有传不完整的情况。"东方牡丹说。"纠错做得不好。"邓学佳说。"什么纠错？"东方牡丹说。"误帧多就是纠错机制不完善造成的，把纠错机制做完善了，就可以规避。"邓学佳说。"说起来容易，做起来难啊。"王厚林说完，端起盘子走了。

"主要是不同种类，都需适应。要是一种固定的，那就好办啦。"肖云飞说。"传真传真，就是真实的传递。就像老外的油画，讲究逼真。"柴文娜说。"好像是这么个理儿，老外的油画，尤其是画人，那逼真，简直就像照片似的。"东方牡丹说。"要不怎么说老外的油画值钱呢，一幅油画要花很长时间的。"曹瑞祥说。"噢，画的时间长，就值钱啊？"尹贤良说。"你还别说，中国画讲究意境，主要在构思，画起来行云流水的，肯定比油画快。"廖默然说。"各有各的特点，但我觉得老外的油画，画人追求逼真，没多大意思。"肖云飞说。"怎么没意思？有的画得好，跟照片似的。"东方牡丹说。"像照片，拍张照不就完啦，费那个劲儿。"尹贤良说。"中国画，讲究的是意境、构思；源于生活，但高于生活；是创作，艺术的创作，不是拍照式的照搬。"廖默然说。"你们这些土老帽，不懂什么叫艺术。看看那些名画，多值钱啊。中国画比不了。"柴文娜说。"就是一帮土老帽。"东方牡丹在一旁附和着。

"哼，张总的短信。"肖云飞说。"说啥？"马庆生问。"问我们问题定位的情况。"肖云飞说。"吃完没？走吧。"马庆生冲着肖云飞说。"您说得没错，不会轻易放弃的。"马庆生边走边说。"我们过去也帮不了什么忙啊，还给王厚林造成压力。"肖云飞说。"您是这么说，那我要说呢，就是多个人出出主意，也许对开拓思路有帮助。三个臭皮匠，顶上一个诸葛亮嘛。"马庆生说，"还有'三人行，必有我师'。"

8. 真实的诉求

"怎么样？客人晚上就到了。"柴文娜在演示实验室说。"住哪儿？"肖云飞问。"就住公司的五和宾馆。"柴文娜说，"张总会过去拜会一下。""哎，稳定了吗？'柴文娜又急着问。"在搞在搞。"王厚林应道。"我得去找一下赵长城。"柴文娜说完后走了。

"有点奇怪，一般头两遍不稳定，第三遍就稳定多了。"王厚林说。"这应该好定位啦。"肖云飞说。"也不好定位，查不出差异来。"王厚林说。"把麦哲渊叫来，让他来帮您测试。"肖云飞说着，开始给麦哲渊打电话。不一会儿，麦哲渊进来了。"麦哲渊，你帮一下王厚林，发现发现问题，两个人的思路可以碰撞一下。"肖云飞说。"我尽力吧。"麦哲渊说着，和王厚林一起讨论起来。

"哎，马庆生，西藏的发货没什么问题吧？"肖云飞问。"还好，基本正常。"马庆生说。"双工器呢？"肖云飞问。'曹瑞祥等人看着呢，算正常。小问题还是有，厂家有专人在生产线盯着。"马庆生说。"荷兰三牌的基带板要抓紧啊。"肖云飞说。"安排人在搞。"马庆生说。

"哎，柴文娜？好，我过去。"肖云飞接到柴文娜的电话，要他去赵长城那儿。"要我过来干啥？你们搞定就行了。"肖云飞来到赵长城座位说。"一起把把关嘛。张总没时间，让你来把把关。"柴文娜说。"你把关就行啦，我得在那儿盯着呢。"肖云飞说。"很快，一起看看。快，赵长城。"柴文娜说。"你看，这几个问题想听听您的意见。"赵长城指着显示器对肖云飞说。"是啊，这几个问题，我跟张总说啦。张总也支支吾吾的，让我找你商量。"柴文娜说。"有国际规范的，肯定能答嘛。"肖云飞说。"那是。"赵长城说。"你看这几个问题，是客户提的，我觉得体现了一种担心。"肖云飞说。"是啊，担心，怎么应对呢？"柴文娜问。"我的理解是他们担心这些问题，希望燎原能承诺帮助他们。一旦真出现问题了，肯定是想让燎原免费解决。"肖云飞说。

"比如说，什么一开机有脉冲让对方设备复位了。这种事一旦出现，对方肯定心里不平啊。"肖云飞说。"我们的设备是符合国际认证的啊。"赵长城说。"好，我问你，如果我们在施工调试，你说门是开着的，还是关着的？"肖云飞问。"调的过程肯定只能开着门，搞好了才会把门关上。"赵长城说。"那我再问你，你的国际认证是在开门条件下完成的，还是关上门？"肖云飞问。"国际规范的要求就是关上门啊。"夏润泽说。"那不就得了，开着门是有可能影响旁边其他设备的，这一点没错吧？"肖云飞说。

"好嘛，张总让我们找您商量，看来是没错的。"赵长城说。"别没错，怎么办？"柴文娜说。"你把这些问题看透了，就是机柜门开着，一瞬间加电，有可能产生电脉冲，影响其他设备。"肖云飞说。"还是，怎么办？"柴文娜说。"没什么怎么办，你们交流，就是让对方解释清楚，让他们说出真实的诉求，仅此而已。"肖云飞说。

"但如果按你的说法，有可能影响别的设备。真要是这样，我们有什么法子解决这个问题？"柴文娜说。"赵长城，我们接下来要好好想想加电的策略。关键是让开关打开的一瞬间，电流不能太大，这样就不会产生尖锐的电脉冲。"肖云飞说。"好，接下来我们有针对性地进行测试。根据测试情况，提出一个不产生或产生的幅度较小的电脉冲的上电策略来，让软件团队去落实。"赵长城说。"这下明天交流，心里就有底了吧？"肖云飞冲着赵长城说。"嗯，有底了。"赵长城点头说。"那好，既然你心里有数了，那就算过了。"柴文娜说。"好，其他的问题我能应付，就不麻烦肖云飞了。"赵长城说。"那好，我回去了。"肖云飞说完，回演示实验室去了。

"我们明天就是把这些问题，或叫作疑问，向客户提出来，尽量让他们解释清楚。在解释的过程中，应该能看出他们真实的用意。"赵长城说。"那明天就看你的啦。"柴文娜说完后离开了。

"麦哲渊，查出啥问题了吗？"肖云飞一回来，就急着问。"没有。"麦哲渊说。"那你们都在这儿瞎忙啥呢？"肖云飞不客气地说。"什么叫瞎忙？"王厚林不高兴地说。"没瞎忙，没瞎忙。哎，马庆生，快到晚饭时间了，1，2，3，4，4个盒饭，给你钱。"肖云飞说。"行啦，工卡里有钱，留着请客吧。"说完，马庆生去食堂打饭了。"好好好，搞完了，请大家吃一顿，这么辛苦。"肖云飞说。"谈不上辛苦啊。要是演示效果好，请客那是必须的。"王厚林说。"王厚林，让我们舒心地过个国庆节吧，求您了！"肖云飞说。

"尽量吧，真不好搞。"王厚林说。"客人已经到了，张总正陪着吃饭呢。"柴文娜边进门边说。"不吃饭啊？"柴文娜问。"饭来了。"看见马庆生拎着盒饭进来，肖云飞说。"哟，娜姐，就4盒。"马庆生说。"行啦，我就是来看看，一会儿就回家吃饭。"柴文娜说。"那我们就不客气啦。"马庆生说着，把盒饭递给大家。"吃吧，走了。"柴文娜说。"都是来施压的。"王厚林看着柴文娜离去的背影说。"吃吧，赶紧吃。"肖云飞说。

"快十一点了，还是头两次不稳，第三次较稳，是吗？"肖云飞问。"好像是。"麦哲渊说。"哟，张总的电话。"肖云飞看着手机说。"哎，张总。"肖云飞接着电话说。"我马上过来。"张总说完，挂断了电话。"他都没问我在哪儿，就说过来。"肖云飞说。"他肯定问过柴文娜啦。"王厚林说。"有点急了。"肖云飞说。"估计今晚回不去了。"马庆生说。

"怎么着，还是不行啊？"一进门，张立彪就问，"也不算仓促啊，怎么啦，这回？""咳，惭愧啊。"王厚林说。"别惭愧啊，说说情况。"张立彪说。"查不出问题原因，总是头两次传得不稳，到第三次才能比较稳定。"王厚林说。"什么？"张立彪问。"一张新照片，传第一次，有时候有一条白线；第二次再传呢，还是可能有一条白线。"肖云飞冷静地说。
"那再传呢？"张立彪又问。"再传第三次，我们试了很多，第三次比较
稳，就是没有白线。"王厚林说。"也行啊，事不过三嘛，把握有多大？"
张立彪问。"从现在验证的情况看，第三次传，成功率是100%。但由于原因
没找到，我没有十足的把握。"王厚林说。

"肖云飞，死马当活马医呗。"张立彪说。"我们拿出个策略，晚上
好好演示一下，明天中午再跟您汇报情况。"肖云飞说。"好吧，晚上就
别回去了。肖云飞，你去博雅苑安排一下，产品线出钱。"张立彪说完后走
了。"我说什么来着，就是这种风格。"马庆生说。"哎呀，我就没打算回
去。"王厚林说。"听柴文娜说，就在五和宾馆，张总陪着，就估摸着有这
一出。"肖云飞说。

"两点了，试得差不多了，第三次还是很稳定的。就这样吧，去博雅
苑休息。明天十点过来再试试，没啥问题就跟张总说。"肖云飞说。"演示
的时候，这第三次怎么操作啊？"麦哲渊问。"拍完照赶紧拿给你们，让张
总拖延一下，前两次传完后，我再过去跟张立彪说。怎么样？"肖云飞说。
"你都想好就行了，走，去休息。"王厚林跟着大伙离开了。

9. 优化

"听了你们刚才提的问题，我想说真的很好。"葡萄牙运营商的总裁
通过翻译说，"这些问题都很具体，也就是说，我们这个网在建设过程中就
会遇到这类问题。要知道，我们是新进的经营商，楼顶上有别人的设备。在

新建我们的设备的同时，不能影响别人的设备，这一点很重要。我们并不富有，所以选择了燎原。燎原有良好的服务意识，这是我所看中的。所以，我刚才所说的情况，希望燎原能帮我解决，不要有麻烦。如果真的影响到别人的设备，比如你们燎原的设备在上电时产生的瞬间尖脉冲，让那些破旧的、自我保持能力差的设备复位了。记住，这种事情发生过。如果真的发生了，将是灾难。"

　　"您刚才说这种事情真的发生过，燎原非常想知道这个案例详细的细节，您能给燎原介绍一下吗？"赵长城问。"当然，作为会议中的遗留问题，写进会议纪要中。你们可以提醒我。我希望你们在这方面可以做些工作，从而规避这种风险。"总裁先生又说。"请放心，在这方面，我们还是有一定经验的。"赵长城说。"很好啊，说来听听。"总裁饶有兴趣地说。

　　"首先，整机的上电，要注意不能电流太大，电源要有良好的缓启动电路。其次，模块单板的上电也需要缓启动电路。大功率一定是在关上机柜门后，通过后台来控制。切忌在机柜门打开时，设备处在大功率状态。"赵长城说。"很好，看来选燎原没有错，回去就向董事会汇报做决定。"总裁说。"我们会根据您的要求做出一套既切实可行，又行之有效的解决方案。到时候让您评审一下，给出意见和建议。"赵长城说。"很好，确实要看看，希望你们首先是重视，其次方案要有效，最后结果是不影响别人设备的正常运行。我们是小运营商，经不起折腾，更惹不起那些老牌大运营商。我们提的问题，在大牌运营商那儿根本不算个事儿。"总裁说。"放心，燎原会全力支持你们的。"柴文娜说。"我相信会的，这也是我们选择燎原的原因。"总裁说。

　　"你们交流完啦？"看着走进来的柴文娜、赵长城，肖云飞问。"完了。肖云飞，你真神了！"柴文娜边走边说。"怎么啦？"肖云飞一头雾水地问。"客户就是怕上电，大电流干扰别人的设备。"赵长城说，"小运营商，不敢得罪大运营商，谨小慎微。我们的缓起动电路恐怕要优化。""怎么又搞出改硬件啦？"肖云飞说。

"哎，先别说这个，怎么样啦？"柴文娜急着问。"张总现在在哪儿？"肖云飞问。"正陪着客户去餐厅呢。"柴文娜说。"下午大概几点过来？"肖云飞又问。"不知道。"柴文娜说。"我得找张总汇报一下情况啊。"肖云飞说。"打电话啊。"柴文娜说。"还是当面说比较清楚，我去餐厅候着他。"说完，肖云飞走了。

"张总，在餐厅啊？"肖云飞在电话里问。"嗯，3号厅，你们准备得怎么样？"张立彪问。"我正要过来当面向您汇报呢。"肖云飞说。"电话里说不行吗？"张立彪问。"还是当面汇报，说得更清楚。"肖云飞说。"心里有鬼呗。好，你来吧。"张立彪说完，挂了电话。

"怎么着，还非要当面说啊？"在3号厅门口，张立彪对肖云飞说。"咱们还得好好谋划谋划。"肖云飞说。"您显然是来当导演了。说吧，怎么演？"张立彪说。"别这么说，张总，这不都是给您干活吗？"肖云飞说。"什么给我干活，是给自己干的。"张立彪说。"好好好，给自己干，给自己干。"肖云飞说。"怎么着？快说。"张立彪不耐烦地说。"长话短说，介绍部分全是您的，就说演示部分。"肖云飞说，"演示呢，就是打电话，这您走过一遍了，没问题。焦点是把现场拍的客人的照片，实时地借助基站这个无线通道传到传真机上，而且最好是彩打传真，还原照片。""我具体该怎么做？"张立彪说。"上午又试了一下，目前看，第三次很稳，就定第三次演示给客户看。"肖云飞说。"可以，就第三次。"张立彪说。"既然定了第三次，那前两次就需要时间。"肖云飞说。"要多久？"张立彪问。"您体验过啊。"肖云飞说。"好吧，我来把握。"张立彪说。"所以要当面谈清楚，免得出差错。"肖云飞说。

"首先，这张照片是总裁站在基站旁打电话。"张立彪说。"好，这是场景一。"肖云飞说。"拍完照后，你们就赶紧去完成前两次传真。"张立彪说，"然后呢，我会让客人真实体验打电话的全过程，像上次一样去后台查看手机上网的情况，用仪表抓手机上网的频谱等。总之，我在等你给我传递能开搞的信息，好吧？""那好，就这么定了。万一不行，就是普通传真。"肖云飞说。"到时候，我会灵活掌握的。"张立彪说完，又进去3号厅了。

"跟张总沟通好啦？"王厚林问肖云飞。"沟通好了。"肖云飞回。"这份盒饭给你留的。"柴文娜说。"别说，真饿了。"肖云飞拿起盒饭，大口大口地吃起来。"不错，还有鸡腿。"肖云飞说。"他们啥时候来啊？"马庆生问。"不知道，反正我来的时候，还没开吃呢。"肖云飞说，"柴文娜，你作为旁观者，再多试试。""好，我来打电话。马庆生，咱们对打。"柴文娜说完，开始试起来。

"张总的短信，哎，不来了，客人临时有事要处理，不来看演示了。柴文娜，你收到张总的短信了吗？"肖云飞吃惊地说。"有，不是张总的，是那个市场接待人员发的。不来了，白忙了那么久。"柴文娜说。"哎哟，老天照顾我们。"王厚林说。"别撤啊，短信上说，先别撤啊。"柴文娜说。

"上午谈得很好，这个总裁关心的问题，托肖云飞的福，赵长城回答的，客户很满意。"柴文娜说。"上午交流，都那些人啊？"肖云飞问。"我、赵长城、师建宏，还是市场接待的。"柴文娜说。"张总没在吗？"肖云飞问。"没有。"柴文娜说。"客人有几个？"马庆生问。"就一个人，市场人员带过来的。"柴文娜说。"看都不来看，感觉有点……不会是个骗子吧？"麦哲渊说。"那就不知道喽。"柴文娜说。"不过这个总裁说，是小运营商，也没多少钱，所以找燎原。"柴文娜说。"还真有可能唉。"马庆生说。"这不是我等操心的事，不让撤，就再耐心候着。"肖云飞说。

"哎，我是柴文娜，在、在，没撤呢。"柴文娜接着电话。

刚放下电话，就见市场接待的小伙闯了进来，说："你们都在啊，演示的都没撤吧？""没，都没动呢，怎么着，又要来啊？"柴文娜问。"咳，本来客户要回酒店处理事情，都要上车了。张总非要劝人家来，说哪怕上来看一眼也行，还说你们为这次演示很辛苦，过来打个招呼。"小伙说。"你说这个张总，不折腾死我们不罢休啊。"柴文娜说。"我跟张总说了，他们马上过来。"小伙给张总打完电话后说。话音未落，张立彪带着客人来到演示实验室。

"总裁，他们这几天为了您的到来做了精心准备，您不来看一眼，他们会很失望的。"张立彪说，"这就是您的基站。""非常感谢大家，你们的基站非常好，我很满意。上午谈的，希望尽快落实。"总裁边说边跟大家握手，然后离开了。

"完啦，就这么完啦？王厚林，你小子运气真好。"柴文娜说。"其实，人家是真正懂行的，看不看无所谓。人家看重的是你在葡萄牙建的站，到时候会按要求一个一个验收的，那才是货真价实的呢。"王厚林说。"那倒也是。"马庆生说。"也是啥呀，赵长城说咱们的缓启动电路要优化。"肖云飞冲着马庆生说。"要改硬件啊？"马庆生说。"问你啊，优化，我不知道要不要动PCB。赶紧找赵长城，没见客人说要尽快落实嘛。"肖云飞说。"怎么整出这事来？我找赵长城去。"马庆生说着，去找赵长城了。"给我把原因找到啊。"肖云飞冲着王厚林说完，转身离开了。"没工夫喽，印尼的S666、荷兰三牌的基带板，哪有工夫搞这个。"王厚林看着肖云飞远去的背影自言自语。

"怎么样，要不要改板啊？"肖云飞来到赵长城座位说。"正在商量，要看看具体的电路。"马庆生说。"最好不改板，要改就要快。"肖云飞说。"要不要改板，要看测试的结果。缓启动电路这块儿应该说是重视不够，不好说。"赵长城说。"找电源的人来帮忙啊。"肖云飞说。"他们做的电源应该没问题，主要是我们自己的单板。通常都是自己搞的，一是不规范，二是有的没做。"马庆生说。"照这么说，就是补课啊，还不如全面清理，坚决改掉算了。"肖云飞说。"不测啦？"赵长城说。"你测不测无所谓，单板没有的要有，达不到要求的要达到要求。"肖云飞说，"对了，以后单板用例要加电磁兼容测试，别光搞整机。""不是没有，只是想着整机嘛，不够重视单板这块。"赵长城说。"侧重于时钟干扰了。"马庆生说。"就是百色那次，就重视时钟干扰了。这次又开始重视缓启动了。也行，逐渐积累嘛。"肖云飞说。"是这么个理儿。"赵长城说。"天天向上嘛。"马庆生说。

10. 忙比闲着强

"今天主要是针对葡萄牙运营商总裁的参观，准备来个总结。柴文娜，你先说。"肖云飞在基站版本例会上说。"赵长城这边准备得不错，有针对性，客户也满意。当然喽，这也得益于肖云飞的建议。不过引申出来的问题是我们的单板缓启动电路在葡萄牙项目交付中存在干扰别家设备的可能，只是可能啊。因为这是个小运营商，怕惹麻烦，所以对我们提出了更高的要求。"柴文娜说。"完啦，总结完啦？"王厚林问。"完啦，你们准备得再辛苦，人家没看啊。这个总裁来，实际上就是上午的交流，交流的重点是干扰。"柴文娜说。"好嘛，忙了半天，连提都没法提，这算哪档子事儿！"王厚林说。"庆幸吧，要是现场演砸了，现在说不定会怎样呢！"柴文娜说。"能咋样，你说能咋样？真是的。"王厚林生气地说。

"好啦好啦，彩打、传真的问题，下一步准备怎么办？"肖云飞问王厚林。"现在没工夫搞，等葡萄牙的单真签下来，传真型号确定，再有针对性地搞。"王厚林说。"也只能这样了，荷兰三牌的基带板软件得赶紧弄。"肖云飞说。"这有S666。"邓学佳说。"S666不是安排人了吗？"王厚林说。"那你也要盯紧啊。"邓学佳说。"其实，跟你们说实话吧，彩打、传真有可能就那个样。"王厚林说。"找借口。"柴文娜说。"可能真的就是这个样。"麦哲渊说。"纠错做好些，应该能提高稳定性。"邓学佳说。"就说你们找借口吧。"柴文娜说。"接下来再看吧。"王厚林说。

"曹瑞祥呢？"肖云飞问。"生产上双工器有点问题，去处理了。"马庆生说。"不是说厂家有人在吗？"肖云飞又问。"厂家有人，肯定是倾向厂家嘛，研发还是要客观公正的。"马庆生说。"这两天尽吃盒饭了，中午肖云飞请客啊。"王厚林说。"晚上不行吗？"肖云飞说。"晚上想早点回家休息，就中午啦。"王厚林说。"中午就中午。中午喝不了酒，可以省点。"肖云飞自言自语。"食堂自助餐吧，省得跑出去，怪热的。"柴文娜说。"行，自助就自助。"王厚林说。

"自助，一个人是50元吧？"王厚林问肖云飞。"您想付啊？30。"肖云飞说。"我怎么觉得这个葡萄牙运营商……你觉得靠谱吗？"王厚林边吃边对肖云飞说。"这小子除了说好，就没说别的，一个劲儿地说'Great''That's great'。"王厚林说。"是啊，准备的演示也不看，能有什么重要的事啊，就一天。"肖云飞说。"下午嘛，葡萄牙那边上班了。"柴文娜说。"而且就一个人，不会是个骗子吧？"麦哲渊说。"那个市场接待的小伙，忘了叫什么了，是从葡萄牙陪这个总裁过来的，人是不会错的。"柴文娜说。"电影看多了。"廖默然说。"你们把公司看得，也太那个了。不过这种没实力的运营商，很有可能拖付款。"邓学佳说。"有可能，找各种理由，让验收不能完成。"肖云飞说。"这个总裁说，他们只能找燎原这样的公司，便宜，服务又好。那些大公司，他们搞不起。"柴文娜说。"按理，欧美人还是比较守规矩的。"曹瑞祥说。"但愿。"王厚林说。

"国庆节去哪儿玩啊？"肖云飞问柴文娜。"去新疆、敦煌、兰州遛一圈。"柴文娜说，"噢，还有嘉峪关。""其实嘉峪关旁边就是酒泉，挨着。"王厚林说。"不清楚。"柴文娜说。"去了就知道了。"马庆生说。"酒泉可是发射卫星的地方，你们旅游会去看发射卫星吗？"麦哲渊说。"没有，就在嘉峪关待一天。"柴文娜说。"廖默然，国庆怎么过？"肖云飞问。"带孩子去香港玩玩。"廖默然说。"哎，这倒是个好主意，可惜现在晚了，办证来不及了。"曹瑞祥说。"没去过九寨沟，这次去看看。"赵长城说。"人可多啦。"夏润泽说。"你就待在深圳啊？"麦哲渊问夏润泽。"我去香格里拉。"夏润泽说。"好地方。"赵长城说。"牡丹，估计您就待在深圳好好养喽。"柴文娜说。"为了下一代，忍着。"东方牡丹说。"对了，娜姐，待在嘉峪关别回来啊，报上不是说10月中旬要在酒泉卫星发射基地，神舟五号首次载人太空飞行嘛，待在那儿看啊。"东方牡丹说。"哪能让看嘛。10月中旬，不上班啦？"柴文娜说。

"谁上太空，还没定吧？"廖默然说。"电视里说，最后一刻看三个人的状态定。"东方牡丹说。"哪三个人啊？"尹贤良问。"杨利伟、翟志刚，还有一个叫什么来着，想不起来了。"东方牡丹说。"应该是这三个人谁上都没问题。"邓学佳说。"选中的这个人，可就是中华民族的精华啦。"曹瑞祥说。"可不是，十几亿中选一个，可不就是精华嘛。"东方牡丹笑着说。

"聂海胜。"肖云飞说。"对对对，聂海胜。"东方牡丹说，"杨利伟、翟志刚、聂海胜，三个人。杨利伟、翟志刚是我们东北老乡。""怪不得记得那么清楚。"柴文娜说。"东北出人才啊。"赵长城说。"看见没？牡丹肚子里又是一个人才。"马庆生说。"那是江南才子。"肖云飞说。"江南才子读书厉害，肯定是清华、北大的料。"马庆生说。"土了吧，牡丹可是瞄着哈佛、耶鲁、斯坦福去的。"柴文娜说。"随你怎么说，吃完了，走喽。"东方牡丹说完后走了。

"怎么样，状态恢复了吧？"在作战室，肖云飞问王厚林。"昨晚回去倒头就睡，一觉睡到天亮，精神好多了。"王厚林说。"好，印尼阿贡电信的S666很快就要揭标了。梅清波说，由于只有燎原满足标书的要求，中标几乎没有悬念。2000万美元的大单啊。弟兄们，版本什么时候搞定？王厚林，我把梅清波的邮件转给你了。"肖云飞说。"都差不多啦，就等着版本调试了。"邓学佳说。

"背板没啥问题，王厚林，赶紧的。"马庆生说，"现在动不动就要改板，真有点受不了。""有什么受不了的？"肖云飞说。"精力不够啊。"马庆生说。"邓学佳，你呢？"肖云飞问。"一样啊。"邓学佳说。"越是这个时候，越需要冷静。燎原不可能有单不接，能做的不做。不同的客户有不同的要求：荷兰三牌的基带板要容量大；葡萄牙的怕干扰别人，对缓启动提出更高的要求；印尼的，我们是还债。"肖云飞说。"其实荷兰三牌的，也是还债，目光短浅了嘛。看我，我也是这么说。"马庆生望着肖云飞说。"好好好，是还债，你说得对。"肖云飞说。"要我说，缓启动也是还债，这是还不重视的债。"邓学佳说。"你们能这么说就好，要我这么说，你们肯定不答应。"赵长城说。

"这样啊，压担子。你们手下的人不少了。"肖云飞说。"不多吧才对。"马庆生说。"比我们那时是不少了。给他们压担子，一人一块单板，别都放在自己手上。你们就是把关、评审。当然，你们要抓最重要的单板。马庆生，你亲自搞荷兰三牌的。S666背板、缓启动，各由一个人负责，你把关就行啦。"肖云飞说。"好嘛，直接把任务都分配了。"马庆生说。"要这样啊，否则什么都依赖尔。还会有别的新任务的，知道吧？"肖云飞说。"也只能这样了。"邓学佳说。

"如果要做到一个萝卜一个坑，还是要让牡丹加紧招人。"肖云飞说。"忙半天，也没真见单。"王厚林说。"西藏的不是啊？"肖云飞回道。"好，西藏的是。可是我听说西藏那边至今并没有下正式PO（采购订单）哦，目前都是借货合同。"王厚林说。"知道，这是老板的事，我们就不操那么多心了。"肖云飞说。"这忙来忙去，不会白忙？"马庆生说。"白忙怎么的？白忙也是忙，总比闲着强。"肖云飞说。"嘿，有你这么说的吗？"马庆生说。"就得这么说啊。"赵长城在一旁插话道。"行啦，赶紧干活吧。"王厚林说。

11. 国庆安排

"国庆节，你们怎么安排的？1，2，3号，公司不让安排加班。4，5，6号，这么多事，还是应该加班的。"肖云飞对身边的马庆生说。"4，5，6号都有安排，7号再休一天。"马庆生说。

"喂，王厚林，4，5，6号得安排加班啊。"肖云飞给王厚林打电话说。"安排了，软件团队是肯定的啦。"王厚林在电话里说。

"正好，曹瑞祥，4，5，6号安排加班了吗？"肖云飞看着走过的曹瑞祥问。"要的，他们自己会安排，我没有统一安排。我在深圳，生产上真有事，我会来处理的。"曹瑞祥说。

"邓学佳呢？"肖云飞问。"我去问问，有需要就加，不需要也别强制，没必要。"曹瑞祥说。

"肖云飞，软件测试的要安排人加班啊。"从远处走来的王厚林说。"我把赵长城叫来。"说着，肖云飞开始给赵长城打电话。"一会儿就来。"肖云飞撂下电话说。"主要是麦哲渊的人要加班。"王厚林说。

"怎么着，谈加班，是吧？"赵长城边走边说，"麦哲渊在深圳，他的团队有人加班，放心，王厚林。""这样，我们加班才有意义。"王厚林说。

"我见西藏的一线人员在给生产人员发邮件，让他们刷新具体的供货计划。"肖云飞对马庆生说。"目前都是9月份的，10月份的发货计划还没出。"马庆生说。"西藏一线人员盯得够紧的。"曹瑞祥说。"元旦前拉萨、日喀则、林芝要开通，山南也要开通。"肖云飞说。"山南？"马庆生问。"听说山南是旅游的重点地区，有桑耶寺，很有名。"肖云飞说。"我盯一下吧。"马庆生说。"盯一下，别让西藏一线人员闹起来，他们可是有老板这个后台的。"肖云飞说。

"邓学佳，安排人加班了吗？"曹瑞祥问。"没有，觉得没必要，让大家好好休息一下。"邓学佳说。"没必要就不加。"曹瑞祥说。"廖默然呢？"曹瑞祥转头又问。"我们也没安排。我1，2，3号在香港，生产的事，1，2，3号生产人员也不加班。4号在深圳，生产线万一有事，我在深圳。"廖默然说。"我们射频的都没安排加班。好在都在深圳，生产有事也不怕。"曹瑞祥说，"说实话，生产这么急，量又大，我是担心有问题，所以没敢安排。""生产上还是射频问题多，所以我也就是前3天去香港，没敢去内地。"廖默然说。"我可能会去广州，也就一天来回，好在硬件问题，你都能搞定。"邓学佳冲着曹瑞祥说。"有些也不行。"曹瑞祥说。

"昨天是孔子诞辰纪念日，我看山东搞得挺隆重的。"肖云飞边看电脑边聊着，"哎，马庆生，西藏一线人员真的闹起来了。怎么回事啊？我看看。""计划刷新了一版，10月发货。前三天，生产团队不让加班，没产出，一线人员不愿意了。"马庆生说。"那怎么办啊？"肖云飞问。"还没回呢。就是回了，还是公司的红线，1，2，3号不能加班。"马庆生说。"那怎么办？今天是29号，明天就是30号，这两天必须明确下来啊。"肖云飞说。

正说着，肖云飞的固话响了。"喂，肖云飞，我是邵利伟。"邵利伟在电话里说。"邵利伟，您好，啥事？"肖云飞问。"装糊涂是吧？"邵利伟说。"什么意思？没听懂。"肖云飞说。"没听懂是吧？我让你听懂，国庆节7天，一天都不许休，必须保证足量供货，这是命令，不商量。你赶紧给我落实去，谁不服，可以直接找老板。如果不找老板，又不执行命令，那就别怪我不客气了。"邵利伟在电话里强硬地说。"知道啦，马上去落实。"肖云飞急忙答应。

"师建宏，请马上落实生产线国庆节7天全部加班，一天都不能少。"肖云飞在电话里对师建宏说。"这是公司的红线，我哪搞得定啊？"师建宏说。"我转达一下，刚才是邵利伟跟我说的，这是命令，不商量。如果制造团队不找老板，又不执行命令，邵利伟说别怪他不客气。听明白了吗，师建宏？"肖云飞说。"这么横，搞得像老板的口气。"师建宏说。"人家拿了这么大个单，又有老板撑腰，所以你赶紧找你们的头特批一下。"肖云飞说。"我先试试吧，不行的话，得把你叫上一起去谈。"师建宏说。"行，没问题。"肖云飞说完，挂断了电话。

"估计要你出马，师建宏搞不定的。"马庆生说。"先让他去搞嘛。"肖云飞说。"等着吧。"马庆生说。"师建宏，你这个制造代表当得好啊，不给我挡住，反而来逼我。你脑子进水啦！"制造部老大曾永庆怒气冲冲地说。"邵利伟那么牛，我哪顶得住啊？他可是仗着老板给他撑腰的。"师建宏说。"我怎么不知道？但这是红线，现在在国家管得很严，我们又是有名气的公司，不好随便违反国家政策的。"曾永庆说。"那你就是不答应喽？"师建宏说。"不是这么说的，你要向他们解释，让他们打消国庆节1，2，3号加班的想法。真有那么急吗？"曾永庆说。"曾总，您是说让我说服邵利伟不要要求生产线1，2，3号加班，有难度啊。"师建宏说。"没难度，会让你做吗？这么信任你，让你做制造代表，这时候就要发挥作用啊。"曾永庆说。"好嘛，我被夹在中间了。"师建宏说。"什么中间不中间的？赶紧找产品线的人解释，说服啊，等你的好消息。"曾永庆说。

"西藏那边要货真的这么急吗？这3天都等不了？"在肖云飞座位，师建宏说。"1，2，3号加班落实了没有？"肖云飞问。"真有那么急吗？"师建宏说。"落实了没有啊？"肖云飞说。"我们曾总让我来跟产品线商量。"师建宏说。"商量什么？让你去落实，反过来想说服我们，曾永庆想干啥呀？"肖云飞说。"没想干啥。"师建宏说。"那就赶紧落实，刷新供货计划，一线人员就不闹啦。"肖云飞说。

"唉，这不是在跟您商量嘛。"师建宏边看着新来的手机短信边说，"好嘛，1，2，3号，生产电路检修，你看公司的公告。这下没办法了吧？都是一环套一环的，真没办法。这公司的公告，邵利伟肯定能看见，不用解释啦。""刚发的公告？我看看。"说着，肖云飞开始查看手机。"没蒙你吧？"师建宏说。

"别急，你看看这里。"肖云飞说。"邵利伟这么猛，居然要求把电路检修延迟到10月中旬。"师建宏看着邵利伟发给肖云飞的邮件说。"你再仔细看看，都抄送了哪些人。"肖云飞说。"哇，老大们都抄送了。"师建宏说。"看来邵利伟，不，很可能是局方直接给老板压力了。"肖云飞说。

正说着，邵利伟的电话打来了。"喂，看到了，正在帮您落实呢。"肖云飞说，"局方真的给老板打电话啦？好，马上落实。"挂了电话，肖云飞又说："怎么办啊？真的压力大呀，师建宏。这邮件，你们曾总是看得到的。""现在邵利伟就是老板的代言人啦。"师建宏说，"电路检测的事，我也不清楚能不能延期。走，跟我一起去见曾总。""好啊，去啊。"肖云飞跟着师建宏走了。

"哎呀，要把人逼死啊。"看着进来的师建宏、肖云飞，曾永庆说。"曾总，不是没办法嘛。"肖云飞说。"电路早就该检修啦，一直拖到现在。再不搞就又一年啦，肯定不行，对吧？你说让我怎么办？"曾永庆说。"邵利伟的邮件不是说了嘛，延迟到10月中旬，就是半个月嘛，不打紧。"肖云飞说。"制造团队做事都是有计划的，哪能想变就变啊。关键是牵涉到很多部门，不是一句话那么简单的。"曾永庆说，"另外，国家有法律，公司也制定了相应的规范。我们都是按规范在做啊。你看，你们产品线就是例外，坏了规矩，这样不好吧？"

"国庆节加班有3倍工资，听说工人挺愿意的。"肖云飞说。"那不是钱啊？"曾永庆说。"公司愿意出啊。你知道西藏这单赚多少吗？"肖云飞问。"知道，当时老板还在西藏没下来，担心供货，专门给我打过电话。"曾永庆说。"那还说啥嘛，赶紧的！"肖云飞说。"不是，老板是老板，现在是现在。我琢磨着，不至于这3天，更何况我还是有充分理由的。"曾永庆说。"你现在就给邵利伟打电话。告诉你，刚才邵利伟跟我说，西藏那边给老板打电话啦。要不邵利伟怎么会像条疯狗似的。"肖云飞说。"我才不给邵利伟打电话呢。"曾永庆说。"要不您给老板打个电话，老板咋说就咋办，行不？"肖云飞说。"您别这么逼我，我们以前合作得挺愉快的，别这样啊。"曾永庆说。"现在也很愉快啊，您下令电路检修延迟到10月中旬，1，2，3号加班，全力保证西藏项目的发货，就行了。"肖云飞顺势说。"肖云飞，你太能说了，真说不过你。"曾永庆说。

"曾总，要不要把管电路检修的裴世勋叫来？"师建宏说。"我在这儿，有你说话的份儿吗？"曾永庆脸色一沉，冲着师建宏。"别啊，叫来问问嘛，曾总。"肖云飞说。"今天一定给答复，行了吧？"曾永庆说。"那好，我回去听好消息了。"肖云飞说完，走了。

"多什么嘴，该说的说，不该说的别说，把裴世勋叫来。"肖云飞一走，曾永庆对师建宏说。

"裴世勋，中午说的不算啊。"曾永庆对刚进来的裴世勋说。"公告都发啦，正在协调各方呢。"裴世勋说。"发了可以撤嘛，撤啊。"曾永庆说。"您不是说各产品线的沟通都没问题了嘛，怎么……？"裴世勋一头雾水地说。"啰唆啥，叫你撤就撤，延到10月中旬。好了，就这么定了。"曾永庆一脸不高兴地说。"难怪肖云飞说，就是有猫腻。"师建宏默默自言自语。

12. 现场决策

"哼哼哼，好演员啊，真是好演员啊，演技一流！"肖云飞边吃午饭边自言自语。"他说谁呢？"柴文娜问马庆生。"制造团队的老大曾永庆呗。"马庆生说。"怎么啦？"东方牡丹问。"燎原的领导都是骑上马能打仗，下了马立马就能演戏的全能型人才。"肖云飞说。"什么意思？听不懂。"东方牡丹说。"看，立马结合上。肖云飞这演技啊，把牡丹给演晕了。"柴文娜说。"什么呀，把我扯进去了。"肖云飞说。

"明天就国庆节啦，师建宏估计会在郁闷中度过。"马庆生说。"曾永庆说话也太不客气了，肯定郁闷啊。"肖云飞说。"说什么啦？曾永庆究竟对师建宏说什么啦？"柴文娜好奇地问。"我在这儿，有你说话的份儿吗？"肖云飞模仿着说。"当时师建宏是不是给吓傻啦？"柴文娜又问。"惊吓得倒退了一步。"肖云飞说。"这个曾永庆，平时看着挺随和的。"东方牡丹说。"你跟他熟啊？"马庆生问东方牡丹。"东北老乡啊。"东方牡丹说。"怪不得，东北就是出人才啊。有航天的，也有赵本山，还有像赵本山的曾永庆。"王厚林说。"赵本山怎么啦？火啊，到哪儿都火。"东方牡丹说。

"这电路检修的公告说撤就撤了，挺随便的。"廖默然说。"燎原就是领导一句话。"曹瑞祥说。"哎，麦哲渊，赵长城是不是已经开启九寨沟之旅啦？"肖云飞说。"今天请了一天假，避开高峰。"麦哲渊说。"夏润泽是不是也去香格里拉啦？"尹贤良说。"昨晚就走啦，现在已经在香格里拉了。"马庆生说。"廖默然，你去早了，香港的迪士尼刚动工，过两年可以去迪士尼玩。"曹瑞祥说。"过两年迪士尼开园了，再带孩子去呗，反正方便。"廖默然说。"我就在深圳，几个同学聚聚。"曹瑞祥说。"哎呀，但愿生产上没啥事。"肖云飞说。

"肖云飞吗？师建宏让我找你，我是车间的。"生产车间的工段长在电话里说。"今天是国庆节，你这一大早九点就打电话，有什么事吗？"肖云飞在家接着电话说。"肖工，我是工段长，现在在生产车间，有重要的事要问清楚，现场决策。"工段长说。"你说什么，让我现在去生产车间？"肖云飞说。"是的，越快越好。"工段长说。"什么事啊，不能在电话里说？"肖云飞不高兴地说。"那好，我先说，你看能不能决策。"工段长说。"好，你说。"肖云飞说。"是这样，西藏一线人员昨天不是一定要满足产出和发货要求嘛，结果计划人员做的计划，一线人员是没意见了，但生产上无法操作。"工段长说。"为什么呀？"肖云飞问。"你们研发方面要求老化模块，而且是在老化房里24小时，完全搞不了。"工段长说。"怎么搞不了嘛，不老化怎么行呢？"肖云飞说。"我没说不老化，但用老化房，一是场地受限，二是时间受限。"工段长说。"你说来说去，就是不想老化，那不行。"肖云飞说。"刚才先跟师工沟通，你应该知道师工提的模块就插在机柜里。进行老化，门一关，温度可以达到40℃。师工等人也做了大量试验，认为可以，但是被肖工您给否定了。"工段长说。"对啊，没在老化房老化，不符合规范啊。"肖云飞说。"按你们研发团队制定的现有工艺流程做，肯定无法满足发货要求。是不是按你们的要求，发货方面不满足，也不管了？"工段长说。"别别别，别这样，你们有何建议？"肖云飞说。"刚才说啦，就是师工等人的方案啊。"工段长说。"是这样啊，师建宏明摆着让你来逼我嘛。具体怎么操作，不是太清楚啊，电话里不好定啊。"肖云飞说。"所以我说让您过来嘛，我们先搞着，您过来验收，如果觉得可行，就当场拍板。"工段长说。"好好好，你们先搞着，我马上打车过来。"肖云飞说。"那好，我们先搞。"工段长说完，挂了电话。

"在哪儿呢？"肖云飞在出租车上给马庆生打电话。"在家，怎么这个时候还会想到我？"马庆生说。"美的你，我正坐出租车去生产线。"肖云飞说。"出什么事啦？"马庆生说。"不跟你废话，你也赶紧过来，是关于生产老化工艺更改的，我一个人定不了，你也来看看。"肖云飞说。"那好吧，我就过来。"马庆生说。"快啊，等你，我这就叫曹瑞祥，一个都不能少。"肖云飞说。

"肖工？"工段长看着走过来的肖云飞问。"你是工段长？好嘛，师建宏真行。在哪儿呢？"肖云飞说。"就这啊，这些柜子都是。"工段长说。"噢，这样啊。"肖云飞说。"地上负载，这边风扇吹着负载。"工段长说。"哎，负载放在地上，应该不用风扇了，地面就把热散了。"肖云飞说。"反正师工等人认为还是要风扇吹着。没事，风扇有，头一转都能吹着。"工段长说。

"喂，到了吗？"肖云飞给曹瑞祥打电话。"在下面了，马上上来。"曹瑞祥回道。"看看马庆生到了吗？"肖云飞说。"没看见，我先上来吧。"曹瑞祥说。

"在哪儿呢？"肖云飞给马庆生打电话。"堵着呢，有一阵子了。"马庆生说。

"哎呀，堵着了。看看，给个意见吧。"肖云飞冲着曹瑞祥说。"上电多久啦？"曹瑞祥问。"半小时以上，不到1小时。"工段长说。"温度达到多少？"曹瑞祥又问。"现在应该已经达到平衡了，40℃左右吧。"工段长说。"柜子肯定是要有地方放的，里面直接放模块，进行老化，充分利用空间，这主意很好啊，谁想的？"曹瑞祥说。"师建宏等人搞的。"工段长说。"没问题啊，因地制宜，好！"曹瑞祥说。

"马上到。"曹瑞祥打完电话后说。"马庆生，这种老化方案，你是知道的吧？"看着走过来的马庆生，肖云飞说。"知道啊，就是师建宏和工段长一起搞的。当时让我看了，我是觉得比较经济实用的。现在再翻出来，肯定是交付跟不上了。"马庆生说。"是啊，之前之所以做，就是考虑到交付紧缺的时候。"工段长说。"这么说，你们俩都同意喽？"肖云飞说。"没办法，都是被逼的。"马庆生说。"这样，工段长 出个会议纪要，目前为西藏项目交付，临时采用此方案。"肖云飞说。

"以后呢？"工段长问。"马庆生，接下来和师建宏讨论，如果需要，就把老化工艺更改了。"肖云飞说。"那老化房就不需要啦。"曹瑞祥说。"这个制造团队会考虑的，目前应该会保留，毕竟研发过程还是需要的，量产应该不用了。"工段长说。"好，具体落实再说。马工，提个临时技改吧。"工段长说。

"提了有人批吗？"曹瑞祥说。"没事，先把临时技改的电子流提起来，我把页面拷屏，粘到老化工艺文档里就可以了。节后，我会催大家尽快签完流程。"工段长说。"谁签啊？"肖云飞问。"首先是师建宏签，剩下的就是生产团队的人，我来催。"工段长说。"流程里，我要把老化工艺更改具体地写出来吧？"马庆生说。"不用，我会在会议纪要里写明的，整个生产工艺过程简单了，整机测完了，直接原封不动接着老化，既省事又省人。"工段长高兴地说。

"还是生产团队的更了解生产啊。哎，你叫啥？"肖云飞问工段长。"盛兴旺。"工段长说。"好喜庆，哪三个字？"说着，肖云飞凑过去看工卡，"英文的，翻过来看看。噢，盛兴旺。借您的好名，我们的产品一定会兴盛旺销的。谢谢盛兴旺，您辛苦啦！我们走啦。"肖云飞说。"马工，别忘了提临时技改。"盛兴旺说。"好，马上就回办公室给你填。会议纪要要快。"马庆生说完，和肖云飞、曹瑞祥一起离开了生产车间。

第五章

避雷器与继电器开关

1. 对症下药，才能药到病除

"师建宏，你太厉害了，幕后操控，让盛兴旺把我们几个折腾的，真服了你了！"肖云飞在基站版本例会上说。"这不是没办法嘛，交不出货怎么办呢？"师建宏说。"不过现在想想，确实你们更理解生产，用机柜直接老化的方案真的挺好。是吧，马庆生？"肖云飞说。"不过还需要完善，现在是通过纸件记录再录入。接下来，王厚林，还有章树桐，要通过软件来做，就是要有老化模式。这样故障记录什么的，就比较全，且可查询。"马庆生说。"我来组织专题讨论吧，再收集一下生产方面的需求。"师建宏说。"那好，就你组织。"马庆生说。

"印尼的S666差不多啦，准备正式归档。"王厚林说。"麦哲渊，是吗？"肖云飞问。"是的，可以归档了。"麦哲渊肯定地说。"好啊，这个国庆节成果很大呀 。"肖云飞高兴地说。"单子能不能下来啊？"邓学佳说。"梅清波说问题不大。"肖云飞说。"2000万美元真下来再说。"马庆生说。"哎呀，要这样想，债总算是还完了。"肖云飞说，"生产上，射频、功放好像没出啥事啊。""嗯，还好吧。"曹瑞祥说。

"尹贤良，市场人员提的需求，分析得怎么样？一定要贴近客户。查号啊，查分数啊，这种业务行为别搞得太书生气了。"肖云飞说。"在搞，到时候请大家看看。"尹贤良说。"哎，赵长城还没来，测试很关键。还有就是都同时查，别瘫机。"肖云飞又说。"需求是哪儿的？"王厚林问。"也门，还有尼日利亚。"尹贤良说。"也门？"王厚林问。"是啊，也门。"

尹贤良说。"也门？没听说啊。"马庆生问肖云飞。"我也不太清楚，都是市场人员在运作。"肖云飞说。"也门好像是联合国公布的世界最贫穷的国家之一，鸟不拉屎的地方。"邓学佳说。"也门，有钱吗？不会又是送，赔本赚吆喝吧？"马庆生说。"不知道。"肖云飞说。"我们也就只能在这些国家啦，你感兴趣的，别人也感兴趣，所以……"柴文娜说。"我们就去别人不感兴趣的。"王厚林说。"先做着呗，反正是市场人员正式提的需求，至于能不能拿下，另说。"肖云飞说。

"怎么没参加会议啊？以为你今天不来了呢。"肖云飞边吃午饭边对赵长城说。"昨晚回得晚，早上来晚了。"赵长域边吃边说。"九寨沟怎么样？"柴文娜说。"人山人海的。"赵长城说。"怎么急着回来嘛，留在酒泉看神舟五号发射啊。"赵长城说。"去你的，不上班啦？"柴文娜说。"不过挺好的。这一路，兰州、敦煌、嘉峪关、乌鲁木齐、天山天池，人不多，玩得挺开心的。"柴文娜边吃边开心地说。"那边可是正宗的兰州拉面哟。"王厚林说。"兰州人讲究早晨吃面，我们晚上吃兰州拉面，店老板一看就知道我们是外地来的。"柴文娜说。

"还是待在深圳好，去欢乐谷玩玩、地王逛逛、华强北遛遛、海雅百货看看、轻工总会走走、海上世界烤肉。"东方牡丹说。"你不累啊？"马庆生说。"有车，不累。要是坐公交车，就不行喽。"东方牡丹说。"3号爬了南山，从海关上的，楼梯修得挺好的，现在两腿还有点酸。"肖云飞说。"5天了，腿还酸，说明运动太少。看你都坐电梯，改爬楼梯吧。"赵长城说。

"哎，考你们一下，赤湾除了林则徐像、炮台，还有什么值得一去的地方？"曹瑞祥问。"女娲补天。"尹贤良急着说。"那在海上世界。"东方牡丹说。"赤湾港很大的。"麦哲渊说。"我知道，枫叶在那儿有个生产基地。"夏润泽说。"啊，有这事？"尹贤良说。"我同学在那儿。"夏润泽说。"还真不知道。"马庆生说。"我也有同学在那儿，听同学说赤湾有个天后宫，香火很旺的，专供妈祖。"朱文学说。"我说的就是天后宫。"曹瑞祥说。"你去啦？"王厚林问。"嗯，去了，香火确实很旺。"曹瑞祥说。

"喂，肖云飞，我是江嘉陵。"江嘉陵打来电话。"哎，江嘉陵，您这是从哪儿打来的？"肖云飞问。"葡萄牙。"江嘉陵说。"啊，您去葡萄牙？干吗？"肖云飞吃惊地说。"您不知道吗？在这儿开了9个站的实验局。"江嘉陵说。"刚过来考察的那个总裁？"肖云飞问。"是啊。"江嘉陵说。"我怎么不知道啊，这室外宏还没发货呢？"肖云飞说。"不是室外柜，是室内宏基站。"江嘉陵说。"什么？"肖云飞不解地问。"市场人员为了打动这家葡萄牙运营商，主动要求送9个站开实验局。"江嘉陵说，"其实，这家葡萄牙运营商原来有窄带系统，落后了，想升级到3G宽带，有室内站和室外站两种，市场人员就先向供应链借9个室内站，开实验局。""哎，那你？"肖云飞问。"技服领导要求独立运作，就拿葡萄牙和西藏的两个项目做试点，为全球大规模建站锻炼队伍。"江嘉陵解释道。"难怪，这样好啊！你打电话来是……？"肖云飞说。"这9个室内宏都建起来了，也上了电，只是功率没开。"江嘉陵说。"为啥不开功率啊？"肖云飞问。"昨天打开了3个站的功率，业务跑多了，速率就下来了，单用户勉强。"江嘉陵说。"什么原因？"肖云飞问。"多用户，功率变化大，基站上行底噪抬升得厉害，速率就不行了。"江嘉陵说。"看吧，这有问题了，就来找研发了。"肖云飞说。"燎原不靠研发靠谁啊？"江嘉陵说。"先把数据发给我和王厚林，还有曹瑞祥，我们先看一下吧。"肖云飞说。"好，发邮件。"江嘉陵说，"得快啊，局方还不知道。""马上就搞。"肖云飞说。

"肖云飞，来一下，咱们讨论一下招聘的事。"东方牡丹冲着座位上的肖云飞挥了挥手。"哎，好，马上来。江嘉陵，我们尽快。"说完，肖云飞挂了电话。

"肖云飞。"江嘉陵又打来电话。"哎，江嘉陵，又怎么啦？"肖云飞问。"你们分析得怎么样啦？"江嘉陵问。"你发数据了吗？"肖云飞装傻地反问。"当时就发啦，不可能没收到啊？难道发错人了，重名啦？"江嘉陵问。"哎哟，不好意思，没看邮件，去忙招聘了。"肖云飞老实回道。"肖云飞，国内是晚上十一点钟左右吧？但葡萄牙这边还是下午啊，一早就给你打电话。赶紧分析，我们今晚按你们的方案再试试，答应局方本周要开通的。"江嘉陵说。"哎哟，抱歉，我错了，我错了。明天下班前一定给分析和建议，您看行吗？"肖云飞说。"只能这样啦。不过今晚，我们再试试另外3个站，看看有什么不一样的。"江嘉陵说。"哎，你们去看看传输带宽是不是像贵州那里似的设窄了。"肖云飞提醒道。"好，我们查查。"江嘉陵说完，挂了电话。

"喂，曹瑞祥。"肖云飞立马给曹瑞祥打电话。"这么晚了，啥事啊，肖云飞？"曹瑞祥在电话里问。"赶紧看看江嘉陵的邮件，别挂，看邮件写些啥。"肖云飞说。"你要是有权限，不就自己能看啦。"曹瑞祥边打开电脑边说。"少废话，电脑打开啦？"肖云飞问。"正在搞，江嘉陵的，嗯，有，看见啦。"曹瑞祥说。"你先仔细看看，明天一早我们讨论，明天下午要给答复。葡萄牙的这个项目，一定要重视啊。"说完，肖云飞挂了。"没说不重视啊，奇怪。"曹瑞祥一头雾水地看着邮件。

"昨晚江嘉陵等人又忙了一宿，数据发过来啦。"一大早，肖云飞就把曹瑞祥、王厚林叫到自己座位边说。"怎么讲嘛，没来得及看呢。"曹瑞祥说。"我怀疑他们把传输带设窄了，查了后发现没设窄。昨晚的3个站9个扇区，有5个有上行底噪抬升影响速率。"肖云飞说。"不是说9个站嘛。前6个站，有的没问题，有的有问题。还是先让江嘉陵把剩下3个站搞完，全面掌握一下情况。"曹瑞祥说。"王厚林，你看呢？'肖云飞问。"我一头雾水，正全力搞S666归档呢，你们看着办呗，感觉和软件没啥关系，应该是硬件，尤其是射频问题。"王厚林说。"你这叫一头雾水啊？光把自己择干净，显然是有备而来啊。"曹瑞祥说。"先按这个思路吧，证明硬件，要证明我们的设备没问题。"肖云飞说。"还是让江嘉陵把剩下3个站搞完，应该可以看得更清楚。"曹瑞祥说。"一线人员有点急啊。"肖云飞说。"急也没用啊。"曹瑞祥说。"曹瑞祥，你也别怪王厚林，江嘉陵等人也认为是射频硬件问题，所以还是要自证清白的。"肖云飞说。"知道。"曹瑞祥说。"光知道是不行的，一定要多想细节，希望一线人员提供哪些线索，都可以跟江嘉陵提。"肖云飞提醒道。"还是先看剩下3个站的情况。"曹瑞祥说。"得了，说这么多，都白说了。"肖云飞说。"别急，饭要一口一口吃。"曹瑞祥说。"既然这样，我让江嘉陵今晚把那3个站搞了再看吧。"肖云飞略显失望地说。"我们是要真正解决实际问题，不是不切实际的幻想，也不是为了什么态度，一定要基于一线具体实际情况，对症下药，才能药到病除。"曹瑞祥说。"那好，就这样吧。"肖云飞说。

"肖云飞，还这么搞，也不给个解决方案，这么拖下去会不好收场的。"江嘉陵在电话里说。"我们分析了，你这前6个站18个扇区，有14个扇区有问题，但也有4个扇区没问题，所以等9个站都做完了，看看最后剩下的3个站9个扇区和前面6个站的是一样呢，还是另有差异。"肖云飞说。"其实我们意见比较一致，应该是射频问题。"江嘉陵说。"你是说燎原基站射频硬件有问题？"肖云飞问。"我们一线几个人都是这么认为的。"江嘉陵说。"你们跟客户说啦？"肖云飞问。"没，即使真是，也不能说呀。"江嘉陵说。"算你们有觉悟，千万别让局方知道啊。"肖云飞说。"那要快点把问题解决呀，拖的时间长了，就真难办啦。"江嘉陵说。"知道，我们一定会想办法解决的，这一点请放心。今天就把剩下3个再做了吧，做完把情况发过来。"肖云飞说。"好吧，先这么做吧。"江嘉陵说完，挂了电话。

"都在这儿呢，刚才总算说服了江嘉陵，按你的意思做。"肖云飞来到曹瑞祥的座位边说。"先这么做，我们正在讨论下一步怎么自证清白。"曹瑞祥说。"嗯，怎么自证啊？"肖云飞问。"先断开机顶嘛，像在实验室一样，来跑业务。"邓学佳说。"要加衰减器啊，否则上不了大功率，而问题恰恰出在上大功率的时候。"廖默然说。"不知道一线人员有没有这个东西。"曹瑞祥说。"没有就走DHL国际快递。"肖云飞说。"对，DHL，委托发货电子流。"曹瑞祥说。

2. 宽带和窄带

"肖云飞，你们就给这破方案，一线人员做不了的破方案？！"江嘉陵在电话里气愤地说。"什么叫破方案？这是研发专家讨论给出的方案。"肖云飞说。"那好，现在一线没有小天线和衰减器，你说怎么办？"江嘉陵说。"委托发货电子流，走DHL国际快递，3天到你手上。"肖云飞说。"3天？我们跟客户说是本周把站开起来的。"江嘉陵说。"那你说怎么办？什么都不带就去建站，遇到问题死死逼着家里，研发人员又不是神仙，是要基于一线的实际情况来出解决方案的。你现在这个时候能有什么办法？只能一步一步来啊。"肖云飞说。"那你们赶紧寄吧。哎，别，明天有人过来，让他带过来。肖云飞，正好有个弟兄明天从深圳来葡萄牙，我让他找你啊。"江嘉陵说。"好，让他联系我吧。"肖云飞说完，挂了电话。

"昨晚没信息啊？"曹瑞祥边吃午饭边说。"应是今天晚上，东西到了才能搞啊。"肖云飞说。"今晚就可以自证清白啦，动不动就是射频问题。"邓学佳说。"这么有把握，结果还没出来呢。"王厚林说。"现在都有惯性了，一有问题就是射频问题，都不从自身找原因。"廖默然说。"还是要有思想准备，万一不行怎么办？"肖云飞说。"不会的，放心。"廖默然说。"但愿吧。"肖云飞说。

"肖云飞，是利旧吧？"曹瑞祥突然问。"嗯，应该是，我让江嘉陵回个邮件确认一下。"肖云飞说。"人家原先的设备没问题，上了我们的宽带新设备后就不行了。"王厚林说。"窄带和宽带还是有很大区别的。"赵长城说。"那在这个问题上能有啥区别？"王厚林说。"不知道。"赵长城回。"别不知道啊，看来江嘉陵没说错，葡萄牙项目的问题没有引起研发人员足够的重视。"肖云飞说。"对啊，赵长城，做个对比测试，看看究竟有何区别。"曹瑞祥说。"不好搞啊，夏润泽，你好好想想该怎样对比测试。"赵长城说。"先摸摸吧。"夏润泽说。"侧重于无源互调方面，看看宽带、窄带无源互调的差异性。"廖默然说。"哎，要做就快啊，今天下午。廖默然，你也别光讲，你们一起做试验。"肖云飞说，"还有啥想法，现在需要的是思路。""我们让一线人员做的，家里也同步做吧。"邓学佳说。"对，镜像环境要有。赵长城，要有持久战的准备。"肖云飞说。"好啊，夏润泽等人做的就是镜像环境。"赵长城说。

"肖云飞，你总算接电话了。用带来的小天线、衰减器，按你们给的定位方法，还是不行，射频硬件问题是定论了。我们先回去休息了，你们好好看看邮件吧。明早，就是你们那里的下午，我再给你打电话吧。"江嘉陵说完，挂了电话。

"我要疯了，都看邮件了吧？曹瑞祥，射频硬件问题应该是确定了吧？"一大早，肖云飞在作战室说。"怎么会呢？"邓学佳说。"还怎么会呢，怎么就不会？"王厚林说。"别幸灾乐祸好不好？"肖云飞对王厚林说。"射频模块问题好办呀，换了不就行啦。"曹瑞祥说。"你没仔细看邮件吗？换啦，换了几个都不行。"王厚林说。"是的，怎么办？"肖云飞看着曹瑞祥说。"我和夏润泽也做了试验，没问题啊。"廖默然说。"你们在家里做的，和现场能一样吗？"王厚林说。"怎么不一样？一线的定位指导是我写的。我又做了一遍，没问题。"廖默然说。

"曹瑞祥，看看你们团队啊，都铁证如山了，还死不认账。"王厚林说。"先别这么说好吧，问题没弄清楚，怎么就叫铁证如山啦？"邓学佳说。"曹瑞祥。"肖云飞喊道。"我还是那句话，如果是模块问题，就简单啦。"曹瑞祥说。"我现在倒是觉得不像是模块问题。"肖云飞说。"咳，你这时居然说这话，不合适吧，肖云飞？"王厚林说。"不是说换了几个都不行吗？"曹瑞祥说。"不是我说的，是江嘉陵邮件里说的，而且江嘉陵在这一点上描述得很详细。"王厚林说。"江嘉陵凌晨给我打电话的时候，一口咬定是射频硬件问题，非常肯定。但你再看看他发的邮件，着重强调了能换的模块都换了，还是不行，为什么？"肖云飞说。"他心里打鼓了呗，都不行，要么我们的东西烂得不行，要么就另有其因。"曹瑞祥说。"毕竟江嘉陵建的站多了，表面那么说，其实心里是犯嘀咕的。"肖云飞说。

"好嘛，你们的意思是软件有问题？"王厚林说。"看来你也在犯嘀咕了吧？"赵长城说。"软件也不像。"曹瑞祥说。"我看这样，9个站，6个扇区没问题，21个扇区有问题。让江嘉陵选一个站，有的扇区有问题，有的扇区没问题的，模块相互换一下，就能说明问题了。"肖云飞说。"简单的替代法最有效。"曹瑞祥非常认同地说。"下午再来电话，就让江嘉陵这么干。"肖云飞说。

"早知道就不带小天线和衰减器了，怎么没想起来呢？"廖默然说。"谁能想到在家里好好的，现场有问题呢？"夏润泽说。"带过去还是有好处的，毕竟定位方便，只是……"曹瑞祥说。"人要倒霉，喝凉水都塞牙。"邓学佳说。"说的也是啊，不至于这么差。"王厚林说。"哎呀，曹瑞祥，明天还得来。"肖云飞说。"啊，一天都不休？"王厚林说。"就我和曹瑞祥，你们在家休息，手机都开着啊，有事给你们打电话。"肖云飞说。"他们不休息啊？"夏润泽问。"答应局方本周开通，他们哪有心思休息。"肖云飞说。

"肖云飞，你那边天亮了吧？"江嘉陵在电话里说。"快说，怎么样啦？"肖云飞急切地问。"按您的方式试了，把有问题扇区的模块换到没问题的扇区，没问题扇区的模块换到有问题的扇区，还是有问题，问题跟着天线走。"江嘉陵平静地说。"噢，你怀疑天线有问题？"肖云飞问。"反正在机顶以上吧。"江嘉陵说。"不多说了，我一会儿把详细情况写一下，发给您，下午再给您打电话。"说完，江嘉陵挂了电话。

"有什么想法？"看着江嘉陵的邮件，肖云飞对曹瑞祥说。"好事啊，不是模块问题。"曹瑞祥说。"那有什么用呢？站还是开不起来。"肖云飞说。"也是。"曹瑞祥说。"你给廖默然、邓学佳发邮件，让他们俩在家也想想。"肖云飞说。"机顶以上就是馈线和天线，江嘉陵不是怀疑天线吗？馈线不动，把天线对调一下。"曹瑞祥说。"天线对调？不用动天线啊，把两个扇区的跳线交叉着接天线就行了。"肖云飞说。"我的表达有问题，就是你这意思。"曹瑞祥说。"两个扇区互换天线，然后再互换馈线，这样应该能定位出是馈线还是天线的问题了。"肖云飞说。"就这样呗。"曹瑞祥说。

"是馈线问题，问题跟着馈线走。"在作战室，肖云飞边看着江嘉陵的邮件边对大家说。"那换馈线，不就行了吗？"王厚林说。"馈线换不了，只能重新做接头。如果有问题，主要出在接头。馈线本身是不会有问题的。"肖云飞说。

"江嘉陵重新做了接头，两头的跳线也都换了新的，还是有问题。"曹瑞祥说。"那就没法解释啦。"廖默然说。"不会是有外界干扰吧？"邓学佳说。"不会，如果是外界干扰，问题应该跟着天线走。"曹瑞祥说。

"赵长城，有何高见？"肖云飞问。"我是在想，用小天线和衰减器出问题，应该是连接出问题，就是没接好。"赵长城说。"我问你小天线了吗？那一页都翻过去了，现在是馈线，知道吗？馈线可能有问题。"肖云飞说。"我知道啊，但为什么夏润泽给一线的小天线和衰减器接上去有问题？这问题出在哪儿？"赵长城说。"你这光想着自己的事。"王厚林说。

"好好好，不跟你说。夏润泽，你说说看。"肖云飞说。"我也在想我的小天线、衰减器，为啥接上去不行？"夏润泽说。"你们俩真是没救了。"邓学佳说。"别，衰减器可能坏了。"廖默然突然插话道。"嗯。"夏润泽说。"有时候借衰减器，发现衰减器的接头松了。"廖默然说。"哟，我寄的时候确实没注意。你说得没错，是有的衰减器接头有松动。"夏润泽说。

"你们都往那儿扯啥呀，现在的焦点不是衰减器，是馈线。"肖云飞说。"别急，至少我们弄清楚了小天线和衰减器为啥出问题。"夏润泽说。"你们仅仅是推测，并没有定论。"邓学佳说。"肖云飞，馈线问题应该属于工程安装的问题，江嘉陵应该找局方共同协商解决。别忘了，这可是利旧，和燎原没关系。"马庆生在一旁说。

"先定位，把问题搞清楚，核心是要把站开起来。"肖云飞说。"对啊，还是要把问题定位清楚，解决掉，站才能开起来。站开不起来，那个总裁肯定不会把单给燎原。"曹瑞祥说。"还是曹瑞祥觉悟高。"肖云飞说。

"笨办法用到底。"廖默然从座位上站起来说。"啥笨办法用到底？"肖云飞问。"我们寄小天线和衰减器去定位，是聪明的办法，结果越抹越黑。倒是他们俩的笨办法——简单的替代，还我们了清白。接着用笨办法呗。"廖默然冲着大家说。"噢，还是把有问题的站，馈线互换，机顶跳线互换，天线上的跳线再互换一下，一个一个地替换，问题出在哪儿，不就一目了然了嘛。"赵长城兴奋地说。"笨办法，就是简单的替代法，核心点是参照系是正确的。如果一个站每个扇区都有问题，那也不好使。"廖默然说。"最简单质朴的，也是最切实有效的。好，就用笨办法。"肖云飞说。

3. 多余的避雷器

"肖云飞，真不好意思，这么晚还给您打电话，但真没办法了，只好求助您了。"江嘉陵在电话里说。"好啦，不说这些了。怎么样？"肖云飞从床上爬起来，到厨房说。"真给搞晕了，实在没辙了。"江嘉陵说。"你冷静点，慢慢说，不急。"肖云飞说。听了肖云飞的话，江嘉陵逐渐平静下来，说："还是用你建议的简单替代做了，机顶跳线没问题，馈线没问题，天线上的跳线也没问题。"江嘉陵说。"都没问题？"肖云飞疑惑地问。"没有，还没说完呢。它这馈线上有一个叫Arrester的东西，你知道啥叫Arrester吗？"江嘉陵问。"查一下嘛。"肖云飞说。"我们在7号站的机房里，上不了网，暂时查不了。你知道Arrester是啥东西吗？"江嘉陵问。"别挂，我马上查。"肖云飞说着，到客厅把电脑打开，迅速查着。"怎么拼的？一个字母一个字母报给我。"肖云飞说。"好，我报给你，A，R，R，两个R，E，S，T，E，R，Arrester。"江嘉陵说。"我再对一边，A，R，R，E，S，T，E，R，对吧？"肖云飞说。"OK。"江嘉陵说。"查出来了，是避雷器。"肖云飞说。"啊，对对对，没错，应该是避雷器。"江嘉陵说。"避雷器怎么啦？"肖云飞问。"跳线、馈线都有问题嘛，把好的扇区的避雷器再替换过来。咦，好了？"江嘉陵说。"就是避雷器的问题。"肖云飞说。

"好，你说是避雷器吧？我们换过去后是好了，我们就让它跑着，出去抽了根烟，又聊了会儿天，大概半小时后回来。"江嘉陵说。"嗯，半小时后回来，怎么啦？"肖云飞问。"你猜怎么啦？"江嘉陵说。"猜什么，浪费话费，快说。"肖云飞说。"猜猜嘛。"江嘉陵说。"你要这么说，肯定又挂了。"肖云飞说。"是啊，白忙活了。要不这么晚给您打电话呢，真没辙了。"江嘉陵说。"早没说啊，还有个避雷器。"肖云飞说。"没碰到过，没注意到它。"江嘉陵说。"拍个照片回来吧。"肖云飞说。"这没问题，关键是现在怎么办呀？"江嘉陵说。"怀疑避雷器，就把避雷器跳过去，看有没有问题。"肖云飞说。"能不要避雷器吗？"江嘉陵问。"你建了那么多站，有用避雷器吗？"肖云飞反问道。"没，没遇到过。"江嘉陵回道。"那不就得啦，先跳过试一下。"肖云飞说。"那为什么人家要用啊？"江嘉陵问。"你应该去问局方，反正燎原的基站都不需要避雷器。"肖云飞说。"好，先跳过去试试再说。"江嘉陵说。"是啊，先定位嘛。江嘉陵，你别挂，现在就把避雷器拆了，就OK了，信不？"肖云飞说。"好，把避雷器拆了。"江嘉陵在电话里对旁边的人说。"先把功率闭了再拆。"肖云飞说。"知道。好，接好了，加功率。"江嘉陵说。"要等10分钟左右，数据才准确。要不要先挂，待会儿再打？"江嘉陵说。"就这样吧。"肖云飞说。"给你省话费。"江嘉陵说。"难得一次，不用。"肖云飞说。"没事的，我是用IP号拨给你的，相当于市话。"江嘉陵说。"啊，是这样啊。"肖云飞说。"肖总还是大气，好，差不多10分钟了，OK，我信了。好了，应该是避雷器的问题。先挂了吧，不影响你休息，我们再多试试，到时候发邮件。"江嘉陵说。"好，你们接着辛苦，我先挂了。"肖云飞说完，挂了电话。

"上午怎么不在啊？"王厚林边吃午饭边问肖云飞。"哎呀，昨晚和江嘉陵折腾了大半夜，实在起不来了。"肖云飞边吃边说。"搞了半天，没想到是避雷器的问题。"曹瑞祥说。"他们继续验证确认是避雷器的问题了，是吧？"肖云飞问。"你不是和他们一起定位的嘛。"曹瑞祥说。"当时是定位出避雷器，为了保险起见，让他们再多验证验正，我就去睡觉去了。"肖云飞说。"这下9个站就可以开起来了，下单也就没什么障碍了。"马庆生说。"经历风雨见彩虹啊。"柴文娜说。"虫子还没下呢，哪来的彩虹？"王厚林说。"希望嘛，应该没问题。"柴文娜说。"不知道啊。"赵长城说。

"邮件里说，江嘉陵等人今天会与局方沟通避雷器的事。"曹瑞祥说。"那要说明，我们的系统不需要避雷器。"马庆生说。"没完成承诺开通的时候，正好有避雷器这个理由。"肖云飞说。"可抓住机会了，赶紧去解释。"赵长城说。"我们的小天线和衰减器，能带回来吗？"夏润泽问。"你盯着江嘉陵就是喽，让他给你带回来。"赵长城说。"那好，我发个邮件给他。"夏润泽说。"过几天再说吧，现在发不合适。"肖云飞说。"有什么不合适的？"赵长城说。"问题还没解决，现在提这事确实不合适。"曹瑞祥说。"不是都定位到避雷器了嘛，我们的设备又不需要，拆下避雷器不就解决啦？"赵长城说。"是啊，一线说要就要，我们也是有限的，都不拿回来。廖默然，以后你也没得用了。"夏润泽说。"别啊，多载波功放几个方案同时跑，都得要用啊。"朱文学说。"行，先别跟江嘉陵提，要提我来提。廖默然，需要衰减器，咱自己买，干吗老向测试人员借呢？赶紧提单买，我来批。小天线也再买些，省得一副穷酸相。"肖云飞说。"那好，我去提单。"夏润泽说。"我看怎么有点变相敲诈的味道。"东方牡丹说。"那倒也不是，该填单买的时候想不起来，左催右催没人理，现在都来劲了。"肖云飞说。"看来要安排专人管理才行，否则会误事。"柴文娜说。"嗯，考虑一下吧。"肖云飞说。

"咳，老外居然不肯取消避雷器，这算是咋回事嘛。"一大早，肖云飞在作战室说。"他们不认可避雷器有问题吗？"赵长城说。"认可啊，而且原因也找到了。"肖云飞说。"什么原因？"马庆生问。"避雷器的功率容量不够。"曹瑞祥说。"那原来的系统怎么没问题？"邓学佳问。"这一点局方倒是很明白，老系统是窄带的。现在是宽带系统，有峰均比啊，厉害多啦，避雷器的功率容量就不够了。"曹瑞祥说。"他们都明白，为什么不肯取消避雷器？"赵长城又问。"局方认为不能取消，应该换功率容量大的避雷器，主要担心设备被雷电击坏。"曹瑞祥说。"江嘉陵没跟他们说燎原的设备不需要避雷器吗？"夏润泽问。"肯定说啦，但局方有顾虑。"曹瑞祥说。"准备份材料吧，赵长城，我们肯定没问题嘛。你把我们认证测试的情况写清楚，再从原理上讲明白，应该可以说服局方。"肖云飞说。"人家局方是有用意的，估计是想让燎原买新的大功率的避雷器。"廖默然在一旁说。"有道理，先提供材料嘛，多沟通几次，就应该能摸清局方的真实用意了。"肖云飞说。"要真是廖默然说的呢？"马庆生问。"要真是这样，估计燎原会答应。"肖云飞回。"不过，避雷器是个定时炸弹，说不定新的也会有问题，那怎么办？"曹瑞祥说。"先搞材料、沟通吧，走一步，看一步。"肖云飞说。"好，我准备材料。"赵长城说。"今天就把材料搞出来。"肖云飞说。"今天？"赵长城说。"明天上午评审一下，中午我发给江嘉陵。"肖云飞说。"那好吧。"赵长城说。

"这事恐怕要拉着可行性实验室的封云松一起搞比较好。"曹瑞祥说。"曹瑞祥说得有道理，这事要慎重，毕竟是欧洲高端市场的首次进入。"肖云飞说。"夏润泽，你去联系一下封云松，让他派个人和我们一起搞。"赵长城说。"别，让封云松亲自搞，我给他打电话。"肖云飞说完，给封云松打电话。"那最好。"赵长城说。"跟他说好了，他也很重视，你们直接去找他就行了。"肖云飞打完电话后说。"好，我们去准备。"说着，赵长城、夏润泽走了。

"廖默然，你怎么看这事？"肖云飞问。"局方的担心自然有道理，估计以前的设备在避雷方面考虑不周，出过问题，才导致'一朝被蛇咬，十年怕井绳'的心理。"廖默然说。"肖云飞想问的是，我们的基站为什么不怕雷击，可以不用避雷器？"王厚林说。"就是你自己想问呗。"马庆生在一旁说。"我也是这个意思。"王厚林说。"我也是。"马庆生说。"不放心了，心里没底了吧？"曹瑞祥说。

"放心，机顶从天馈进来，首先是双工器，我们的双工器输入是接地的，雷击信号直接到地，只要机柜的地接好，不会有问题。"廖默然说。"如果你们还不相信的话，再告诉你们，我们的双工器是采用腔体耦合的，很低频的信号是不可能通过的。"曹瑞祥说。"看你们一个个疑惑的目光，再让你们放心，腔体耦合的双工器本质上就是高通，雷击信号的频率在4兆左右，对双工器而言几乎就是直流。换句话说，腔体耦合的双工器天生就是防雷击的。"廖默然说。"听明白了吗？专家就是专家，说得透彻。"肖云飞说。"嗯，这下放心了，避雷器就是多余的。"王厚林说。"长见识了。"马庆生说。"这下大家把心放在肚里了吧？"邓学佳在一旁说。"有可能那个老设备的双工器不是腔体耦合的，那就需要加避雷器了。"廖默然补充道。

4. 印尼的单丢了

"哟，神舟五号载人飞船真的上天啦！"柴文娜边吃午饭边看着食堂的电视说。"是谁上太空啦？"东方牡丹问。"手机短信里有，你们的东北老乡杨利伟。"邓学佳说。"啊，太好了，我们东北人是中华民族的骄傲。"东方牡丹开心地说。"这话打击面有点大啊。"尹贤良说。"对不起，我太高兴了，说话没注意，伤自尊了吧？"东方牡丹说。"你这话有点损啊！"王厚林说。"真对不起，我这一高兴，话都不会说了。"东方牡丹说。"你看，到最后一刻才确定，真是精华啊。"曹瑞祥说。"你看他们三人站在一起，杨利伟要矮一点。三个人的素质肯定都差不多，最后个儿矮的占了便宜。"马庆生说。"胡说。"柴文娜说。"别说，马庆生说得有道理，个儿矮的肯定轻一些，上太空，重量、体积是非常重要的因素。"邓学佳说。"你们就猜吧，有奖竞猜啊，谁输谁请客。"赵长城说。"你不会是想请客吧？"麦哲渊说。

"肖云飞，这会儿谁来的电话？"王厚林问。沉默了一会儿，肖云飞对王厚林说："梅清波从印尼打来的。""中标啦！"王厚林兴奋地说。"被奈奎斯特搞去了，梅清波是来道歉的。"肖云飞说。"啊，怎么会是这样？"王厚林大吼道。"怎么啦？"东方牡丹问。"没事没事，吃饭，杨利伟牛啊！牡丹，你们东北人就是牛啊！"肖云飞说。"不对，王厚林，出什么事啦？"马庆生问。"印尼的单丢了。"王厚林说。"真的假的，肖云飞？"邓学佳说。"刚刚梅清波打电话来道歉了，说是被奈奎斯特给抢去了。"肖云飞说。"看来，奈奎斯特下足功夫了，和燎原肉搏啊。"曹瑞祥说。

"这2000万美元本来就是天上掉下的馅饼，我怎么觉得更有信心了呢？"肖云飞说。"要不领导喜欢呢，就是心态好！"柴文娜说。"不过这单子丢了，却说更有信心了，逻辑上说不通啊。"王厚林说。"你这层次低，看得没人家领导那么深。"柴文娜说。"你们说，第一次跟奈奎斯特正面交锋，就轻易胜出，那奈奎斯特也太不值钱了吧。"肖云飞说。"这话说得有道理。"曹瑞祥说。"俗话说事不过三，输一次、两次，难道燎原就永远不可能赢一次？"肖云飞说，"只要让我赢一次，就有可能赢两次、三次，所以我说更有信心了。"

"印尼的事，希望不要影响到大道。也有好处啊，把真正的S666做成了。王厚林，对吧？"肖云飞在基站版本例会上说。"是啊，大家没有白忙。"王厚林说。"接下来对葡萄牙运营商避雷器的事，一定要重视，明天上午评审材料，下午发给一线。这事做得不到位，会影响客户的决策。"肖云飞说。"现在和封云松一起搞材料，明天上午让大家审。"赵长城说。

"用机柜老化的方案，软件和装备落实了吗？"肖云飞问王厚林。"正在搞，月底吧。"王厚林说。"太慢，有风险的，生产上现在是靠手工记录。靠人，就有风险，一定要有软件和装备。"肖云飞说。

"马庆生，你说一下缓启动电路改板的情况。"柴文娜说。"说是改板，其实改动很小，问题不大。"马庆生说。"荷兰的呢？"肖云飞问。"对了，王厚林这下可以全力搞荷兰的了吧？"马庆生问。"可以，在搞。"王厚林说。"大家不要过多地关心什么客户下不下单，定下来的项目，一定要按既定的计划全力往前赶。我跟你们说，真是难说，所以要赶前不赶后。"肖云飞说。"好，赶前不赶后。"王厚林说。"怎么底气不足啊！"柴文娜说。"我觉得挺足的。"肖云飞说。

"肖云飞，睡了吗？"江嘉陵在电话里说。"江嘉陵，正准备睡呢。"肖云飞说。"拿着你发来的材料，与局方沟通了，说服不了局方啊。"江嘉陵无奈地说。"哎，你那9个站都开起来了吧？"肖云飞说。"开起来了。"江嘉陵。"都没用避雷器吧？"肖云飞又问。"用了开不起来啊，没法用。"江嘉陵说。"那局方还坚持？"肖云飞说。"他们认为现在只是暂时的，你说怎么办？"江嘉陵说。"这9个站，局方用的感觉如何？"肖云飞问。"挺好，满意得很，整天用来上网。"江嘉陵说。"那你有什么好的建议没？"肖云飞问。"光我这一张脸，又是建站，又是定位，还去沟通避雷的原理，总觉得他们对我的话有点不太相信。能不能派个专家来？这样再交流起来，恐怕会好很多。毕竟是从深圳总部专门派过来针对此事的专家，你认为呢？"江嘉陵说。"希望派专家过去？哎，签证要多久？"肖云飞问。"加快的话，2周吧。"江嘉陵。"2周，你能接受吗？"肖云飞问。"不能。"江嘉陵说。"就是啊。"肖云飞说。"不是瑞典有研究所嘛，从那儿派个人怎么样？"江嘉陵问。"要是有合适的人，可以啊。"肖云飞说，"这样，明天我去了解一下，要是能从瑞典派个人过去，那是最好不过的了。""好啊，你明天打听一下，下午给个回话。"江嘉陵说完，挂了电话。

"好啊，封云松，非常感谢！单海涛那边，您要交代好啊，一句话，一定要说服客户，否则就白费这番功夫啦。"在封云松的办公室，肖云飞说。"你今天跟单海涛沟通清楚，明天就可以去葡萄牙了吧？"赵长城说。"嗯，应该可以。"封云松说。"那好，中午我就给江嘉陵回邮件，抄送给你们俩和单海涛，让江嘉陵直接联系单海涛。"肖云飞说。"可以。"封云松说。

出了封云松的办公室，肖云飞对赵长城说："你要全程跟踪，有问题及时澄清。""好，我来跟踪。"赵长城边走边说。"这事很重要啊，千万别影响葡萄牙运营商的决策。"肖云飞说。

"现在，中国的航天技术确实越来越厉害，这杨利伟在太空转了一圈，都回来了。"柴文娜边吃午饭边说。"国家肯投入啊。像美国，人家到月球走了一趟后不玩了，觉得无利可图啊，净花钱了。"赵长城说。"那为什么中国还是这么猛投啊？"王厚林说。"人家掌握了技术后不玩了，我们没掌握技术，那就需要掌握啊。"东方牡丹说。"这些钱花得未必冤枉，可以带动技术进步，不仅可用在军事上，民用说不定也可以。"肖云飞说。

5. 以用户为中心的设计

"UCD——以用户为中心的设计。怎么，孟泰乾，公司要推这个？"在作战室，肖云飞问。"啥叫以用户为中心的设计？难道我们现在的设计不是以客户为中心？"马庆生问。"哎，不是这个意思，你们做得很好，只是公司希望大家做得更好。"孟泰乾说。"其实，UCD分软硬件。王厚林，我司的软件，总的来说，UCD做得不够好，基站也一样。"柴文娜说。"别扯了，孟泰乾来，肯定是讲硬件的UCD嘛。"王厚林说。"哎呀，王厚林，还真是，别说了。"麦哲渊说。

"对，上次大鹏湾基站验收，如果软件UCD做得好，也不至于麦哲渊见义勇为了，让王厚林你去顶，现场值班人员就可以操作完事。"夏润泽说。"哟，夏润泽直接给你指明了方向，太好了。"肖云飞说。"什么指明了方向？"王厚林一头雾水地说。"看来你们UCD做得不行，根就在你身上。那天晚上麦哲渊不在中心机房，我们在基站侧恢复不了，第三方的周工打电话给中心机房的值班员，如果值班员用简单易行的操作，就能让我们的基站恢复工作，这样你就不用心急火燎地跑到中心机房了。"曹瑞祥说。"唉，要是你的软件能做到这样，就是合格的UCD。"夏润泽对王厚林说。"这下用生动的实例阐述了UCD的重要性，至少那天，您的觉会睡得比较好。现在该明白UCD的重要性了吧？影响睡觉啊，老是睡不好，就会影响身体健康，亚健康啦。"肖云飞对王厚林说。

"哎，孟泰乾，你今天的重点是马庆生、曹瑞祥等人的硬件，怎么把矛头指向我们的软件啦？"王厚林说。"就是，光说，容易啊。"尹贤良说。"唉，还别说尹贤良，您这是业务层的，面对的是大众用户，要是UCD做不好，恐怕后果不堪设想。"肖云飞说。"说你们的硬件。"王厚林说。"那好，我们来说说硬件。对于基站，主要是安装和维护。"孟泰乾说。

"UCD，我们一直在搞啊，你这次主要是什么目的啊？"马庆生问。"所以我说你们做得不错嘛。"孟泰乾说。"这次公司正式推UCD，就意味着在EPD流程中有专门的UCD工程师这个角色。"柴文娜说。"以往呢，虽然讲UCD，可都是结构工程师兼的，并没有独立的角色。"孟泰乾说。

"不过，目前我们的基站模块数量太多，UCD很重要的一条，关于可安装性方面的，就是易快逗安装。"孟泰乾说。"那就搞带板运输好了。"
邓学佳说。"说得对，带板运输是一个方向。"孟泰乾说。"还有什么方
向？"曹瑞祥问。"我猜应该是用多载波技术极大地降低模块数量，同时大
大降低整机的重量。"廖默然说。"你怎么知道我要说这个？"孟泰乾说。
"你说数量太多，多载波就是减少模块的。快速安装，用带板运输最快啦。
只是听说室外柜要是用带板运输会太重，要是多载波，就全搞定啦。"廖默
然说。"照你这么说，UCD就是多载波喽。"尹贤良说。"这么说虽然有点
偏激，但多载波技术可以很好地支撑UCD。"廖默然说。"说得太对了，太
精彩了！多载波要赶紧产品化呀，肖云飞。"孟泰乾说。"就是他在搞。"
肖云飞说。

　　"当然，我今天给大家介绍，UCD也有一些明确的要求。换句话说，
就是在开发过程中需要遵循UCD的规则。"孟泰乾说。"有具体的checklist
（清单），UCD工程师会根据checklist逐一审查。"柴文娜说。"表格在哪
里能查到？"马庆生问。"EPD里有，也可以让UCD工程师提供。"柴文娜
说。"我们产品线，谁是UCD工程师？"王厚林问。"还没定。"柴文娜
说。"对了，尹贤良，你们团队要特别注意。柴文娜，你先把要求发给尹
贤良等人，让他们认真看看。一帮没有生活常识的人，不知会搞出什么笑
话来。"肖云飞说，"另外，赵长城，你们测试要把UCD的checklist作为用
例。麦哲渊，好好审核尹贤良等人，还有王厚林等人。"

　　"说来说去，又是软件。"王厚林说。"硬件做好了，还会再为UCD
改吗？再上一层楼就是多载波，软件就不一样啦。有UCD问题，坚决改。对
吧，柴文娜？"肖云飞说。"对，是这么个理儿。软件说改就改，不像硬
件。"柴文娜说。"说得多轻松，真是搞错行了。"尹贤良说。"我觉得可
维护性方面现在越来越重要，就像曹瑞祥对王厚林要求的，要是软件做得更
简单易操作的话，就不用再让王厚林去机房了。"肖云飞说。"又说回软

件，真是受不了。"王厚林说。"不至于这么脆弱吧，还是不要有抵触情绪，硬件定了就定了，其他只能靠软件啦，所谓堤外损失堤内补，小麦损失高粱补，大米损失红薯补。"马庆生说。"好嘛，把自己说成一朵花，把软件就整成高粱、红薯。肖云飞，这也太不公平了吧？"王厚林说。"别这么没出息，软件人员的工资普遍高于硬件人员，你就不说了？"肖云飞说。"有这事？我才走错门了呢。"马庆生说。

"行了行了，都别瞎扯了。总之，UCD是重要的，流程中要加入UCD工程师的角色。"柴文娜说。"嗯，确实，有了这个角色，就等于渗入整个开发过程中了。开会啊，讨论方案啊，评审啊，他都得参加。"邓学佳说。"如果有矛盾冲突，UCD工程师会一票否决吗？"王厚林说。"目前，只是在流程中定义了这个角色，过点会签是通过技术服务来体现的。"柴文娜解释道。"不会是绝对的，万事好商量。"孟泰乾说。"这就对了嘛，燎原做事都是万事好商量，最终产品线说了算。"肖云飞说。"这下心里踏实了。"王厚林说。

"什么意思？可以不听UCD工程师的，对吧？"柴文娜说。"没，没这个意思。"王厚林赶紧解释道。"没这个意思最好，肖云飞，你们可不能阳奉阴违啊。"孟泰乾说。"言重了吧，刚才还说是万事好商量呢。"肖云飞说。"没错，万事好商量，那是建立在双方认可UCD工作的基础上。如果不是，肖云飞，说白了，这次公司推，对我们是有明确考核要求的。所以，让我们平台部门太难受就不好了。"孟泰乾说。"明白，不是说我们万事好商量嘛。"肖云飞说。

"再补充一点。"一直没发言的项庆林说，"用户也分内外，不仅仅是外部用户，你的下游就是你的内部用户。""对，这一点是以前没有特别提出的。"孟泰乾说。"解读一下呗。"肖云飞说。"麦哲渊就是王厚林的下游，生产也是下游。"柴文娜说。"开发以外都是下游，都是用户，难怪都说开发是万恶之源。"尹贤良说。"都是用户，也就无所谓了。"马庆生说。"什么叫无所谓？都要重视。"项庆林说。"有你们把着关嘛。"邓学佳说。"总之，开发出来的东西不是给自己用的，是要给别人用的，记住这点就行啦。"肖云飞说。"说到点子上了。"廖默然说。

"大家不应该有'虱子多了不痒'的心态啊。"柴文娜说。"不会的，娜姐。产品线也有考核要求的，千万别认为产品线说了算，就是给开发团队放水。产品线不仅仅代表研发，是端到端地负责。"肖云飞说。"这么说我们都多心啦，王厚林、尹贤良。"柴文娜说。"不就是多心了嘛。"尹贤良说。

"其实，合情合理的东西都会被认可的，偏差应该出在各自的理解上，本想画个马，结果整出个歪脖树来。"王厚林说。"所以，沟通很重要。"曹瑞祥说。"需求描述作为UCD的输入，需要说清楚。"马庆生说。"对UCD输入进行解读，是UCD工程师必须做的规定动作，双方必须达成共识，才算是有效的UCD。"邓学佳说。"这话怎么讲？"项庆林问。"比如你说是只猫，开发一看也是一只猫，这就叫达成共识了。"邓学佳回道。"这是在给UCD工程师提要求啊。"孟泰乾说。"都需要约束啊，否则对UCD的需求不理解透彻，也是不可以的。"肖云飞说。

"其实现在最大的UCD需求是带板运输，达成共识了，就是目前难落实。"孟泰乾说。"多载波啊。"廖默然说。"领导们又下不了决心。"邓学佳说。"好了好了，差不多了吧，要不今天就到这儿，我还有事要处理。"说完，肖云飞离开了。"说到关键处就躲了。"曹瑞祥说。"还没到时候。"廖默然说。

"方俊凯最近一直待在俄罗斯干啥呢？"邓学佳问。"盯着算法。"曹瑞祥说。"瑞研所多载波有啥进展？"邓学佳问。"从邮件看，就是又搞了个专利什么的。"曹瑞祥说。"麦克斯韦有啥动作没？"廖默然问。"反正没产品，路标也不清晰。"曹瑞祥说。"麦克斯韦正大赚着呢，急啥？他们不急。"赵长城说。"是机会啊，对我们来说。"廖默然说。"班德的片子也不知道进展顺不顺。对了，我要问一下班德的人。"邓学佳说。"也别怪领导下不了决心。目前的情况，领导怎么下决心！"马庆生在一旁说。

"我们这个多载波的验证平台，要有个专职搞软件的，否则不行啊。"邓学佳说。"你跟肖云飞说，建议你们还是自己招一个比较好。"王厚林说。"招的这个搞软件的人放哪儿？"邓学佳问。"就放你们射频团队啊。"王厚林说。"肖云飞不会同意这样的，你应该知道啊。"邓学佳说。"放在我们这儿，不好办的。职级评定不是要到你们软件团队那里搞？这就是肖云飞不同意的原因，不利于个人发展，只能放在你们软件团队。"曹瑞祥说。"回头再说吧，应该现在不急吧？"王厚林说。"到时候跟肖云飞讨论一下。"曹瑞祥说。

"江嘉陵，我是肖云飞啊，现在用IP打电话真方便。"肖云飞在电话里说。"噢，肖云飞啊，有事吗？"江嘉陵在电话那头说。"避雷器的事，交涉得怎么样啊？也没见您发邮件。"肖云飞问。"交流得挺好，单海涛阐述得很浅显、清晰，对方也认可。"江嘉陵说。"对方认可什么？是认可不需要避雷器了吗？"肖云飞追问道。"是这样，局方认可单海涛所说的内容，但要不要加避雷器，他们要向上次去深圳的那个总裁汇报，由总裁定。"江嘉陵说。"就是没结论嘛，白忙活了。"肖云飞说。"也不能这么说，来个专家交流，还是很有用的。只是局方维护的这帮人觉得这事有点大，不敢自己拿主意罢了。也不算什么大事，应该问题不大。"江嘉陵说。"也是，真要是不松口，非要，给他买不就得了。"肖云飞说。"即使买了，我还真不太敢用，那玩意儿不靠谱。"江嘉陵说。"他们向总裁汇报了吗？"肖云飞问。"不知道。"江嘉陵回道。"那就只好耐心等喽。"肖云飞说。"没办法，等着吧。"说完，江嘉陵挂了电话。

6. 脆弱的2G

"还得熬啊。"肖云飞边吃午饭边唠叨。"熬啥呀？"柴文娜接着话。"可不得熬嘛，辛辛苦苦联系瑞研所，派个专家云交流，嘴上说的都挺好，但对避雷器的事不松口。"赵长城说。"前阵子又是印尼，又是荷兰，还有什么葡萄牙的，挺欢畅。"马庆生说。"所以，要熬啊。"曹瑞祥说。"任你虐我千百遍，我仍待你如初恋。"肖云飞说。"真够贱的。"柴文娜说。"有点可怜。"东方牡丹说。"可怜，什么可怜？这就是生活，不可怜。"王厚林说。"与天斗，与地斗，与阶级敌人斗，其乐无穷。"廖默然说。"廖默然，你改名叫乐无穷吧。"柴文娜调侃着说。"娜姐，你好有水平哦，乐无穷这名真好听。"东方牡丹说。"那肖云飞该叫和珅啦。"马庆生说。"你这名起的，就没水平了。和珅什么人？大贪官。肖云飞是贪官吗？"邓学佳说。"马庆生，说归说，做归做，葡萄牙项目缓启动的改板，11月底必须归档。大不了给局方配避雷器不就完啦，多大点事嘛。"肖云飞说。"放心，都没放松，11月底归档没问题。"马庆生说。

"现在的手机做得真是越来越漂亮啦，功能也很强大，还有定位功能，你到哪儿都知道。"袁一帆说。"听说冯小刚的贺岁片就叫《手机》。"朱文学说。"嗯，到时候一定去看看这《手机》。"麦哲渊说。"这手机越来越普及，功能也越来越强大，就要求网络的覆盖越来越好。"赵长城说。"这是肯定的，所以燎原应该是有机会的。"马庆生说。"黎明前的黑暗。"王厚林说。"也没黑暗到哪儿去。有西藏项目啊，对吧？"曹瑞祥说。

"对了，王厚林，生产整机老化版本发布了吗？"肖云飞问。"发布了。"王厚林说。"发布了就好，光靠手工记录，风险太大。"肖云飞说。"您说得没错，有一个工人，交货急，就没测，私自编造记录，结果真被查出来了。"王厚林说。"真有这事？我就担心着呢。"肖云飞说。"怎么发现的？"马庆生问。"真是偶然，太偶然了。"王厚林说。"怎么偶然啦？"马庆生问。"装备要调试嘛，就找了一个老化过的机柜验证一下，结果纸件有记录，但一查日志，在记录的时间段没有加电的记录。"王厚林说。"那怎么处理的？"肖云飞问。"都又查了一遍，从日志看，只有一个机柜没老化过。就是发货太急了，为了赶发货。"王厚林说。"我听说生产线前几天开掉了一个员工。"马庆生说。"就是这个员工。"王厚林说。

"哎，不对，不是急着发货嘛，货都发了，装备的人怎么测得到呢？"曹瑞祥问。"要发货的，但先放在待发货区，要检验生产质量的嘛。"王厚林说。"这么巧？"曹瑞祥说。"要不怎么说太偶然了呢，一般情况下是发现不了的。"王厚林说。"所以生产上一定要有装备记录，这样是无法做假的，检验只要查数据就可以了，当然外观还是要亲自检。"肖云飞说。"不会有没老化的，已经发到西藏去了吧？"赵长城问。"这不就是没有装备记录的风险嘛。谁知道呢，谁又能回答您的这个问题呢，对吧，王厚林？"肖云飞说。"是啊，没相应的老化装备版本，就没记录，有纸件也不能确认。"王厚林说。

"唉，估计真有发出去的，肖云飞，怎么办？"柴文娜问。"只是一个老化工序嘛，有问题，换就是喽，一般不会有大的问题，毕竟整机和单机都是有装备测试的。"肖云飞说。"问题不大。"马庆生说。"娜姐，您需要多了解具体生产过程。"曹瑞祥说。"照你们这么说，问题不大，为啥要把人开了？"柴文娜问。"做假，性质比较恶劣。"王厚林说。"这种事必须严厉打击，否则公司的产品质量没法保证。"肖云飞说。"会不会这个员工是好心办坏事了？"东方牡丹问。"生产线必须严格按照工艺流程办事，规矩必须遵守。不存在好心办坏事的说法。"肖云飞说。

"张立彪，你们能不能对2G重视一点，别光搞两个维护人员那么应付？"金海明说。"一个后期的产品，一个专门的维护团队看护着……"张立彪说。"谁说2G是后期产品？"金海明没让张立彪把话说完。"这还用谁说吗？燎原没赶上2G，主要是国内嘛。"张立彪说。"国内是没赶上，有技术原因，也有其他原因。那国外呢？"金海明反问。"国内都……国外……"张立彪欲言又止。"张立彪，吞吞吐吐啥呀？你不就想说国内都没戏，国外更没戏吗？"金海明说。"所以才说是后期产品了嘛。"张立彪说。"张立彪，你脑子清醒一点，公司从来没说2G是后期产品，而且强调的是持续投入。后期产品是你们产品线自己定义的，不代表公司的意见。"金海明说。"公司是说要持续投入2G，但也说要重点投入3G。一个是持续，一个是重点。"张立彪说。"别钻空子，持续就是应该维护嘛。"金海明说。

"新一代的3G，频段多，射频团队压力大，忙不过来呀。功放、双工器，还有收发信机，一个频段对应一套。金总，您算算工作量。就这样，还没全覆盖呢，只能是可能有需求才做。"张立彪说。"三力频段不是都有了吗？"金海明说。"好，金总，要是说只管主力频段，其他不考虑，可以啊。"张立彪说。"没说其他频段不考虑啊。"金海明忙说。"还是嘛，现有策略并没什么问题。"张立彪说。"谁说没问题？有问题啦。"金海明说。"怎么啦？"张立彪问。

"老板转了一圈，所到之处，反映较突出的是2G系统比较脆弱。"金海明说。"脆弱？怎么讲？"张立彪问。"装糊涂，是吧？人家一线用了'脆弱'这个词帮你遮羞，但老板的眼睛是雪亮的。"金海明说。"怎么，老板找你啦？"张立彪说。"你们那个继电器开关是怎么回事？你不会说不知道吧？"金海明问。"老板了解得这么具体啊？"张立彪问。"看来老板说的没错喽。"金海明说。"是没错，但老板怎么会了解得这么具体？"张立彪问。"事出有因吧，麦克斯韦为了降成本，前一阵子在中国，就在深圳，让做继电器开关的厂家在深圳开了个厂，专门做继电器开关，为其供货。"

金海明说。"是这样啊，难怪！"张立彪说。"麦克斯韦用这个继电器开关，失效率怎么样？"金海明问。"不太清楚。"张立彪说。"是知道了不愿说，还是不想知道？"金海明说。"真不太清楚，我们的失效率确实有点高。"张立彪说。"所以，一线技服用'脆弱'来解释是非常恰当的。"金海明说。"恰当，恰当。"张立彪说。

"老板说，人家一线具体负责的技服人员都神经质了，觉都睡不踏实。"金海明说。"夸张了吧？"张立彪说。"夸张？他们随身带着单板，睡觉身旁放着单板，随时准备出问题，直接上站换单板。"金海明说。"啊，这样啊。"张立彪说。"老板肯定会跟当地一线人员一起吃饭嘛，这是在饭桌上喝了点酒，无意中说出来的。正式的汇报就是'脆弱'。"金海明说。

"他们就直接换，连定位都不搞，这也太省事了吧。"张立彪说。"一看你就是脱离实际，一线以最快恢复业务为准绳。再说了，人家说一查什么告警就知道怎么回事了。"金海明说。"这说明了什么？"张立彪问。"说明了什么？继电器开关问题多，都不用再定位了。"金海明说。"金总，你们信息多，知道麦克斯韦的情况吗？"张立彪问。"要比我们情况好很多。"金海明说。"是吗？我们回去好好研究研究。"张立彪说。

"能不能不用？"金海明说。"你说什么？"张立彪不确定地追问道。"不用继电器开关。"金海明说。"你说不用继电器开关？"张立彪问。"是的，能不能从设计上、从原理上搞个方案，不用继电器开关。这个开关成本很高啊，要是不用，故障率降低，成本也降了，技术人员也能踏实睡觉了。"金海明说。"这个，我可不知道。大家都在用，我们……"张立彪为难地说。"这只是我的一个想法，知道很难。但一想到这么多的好处，我还是把这个想法提了出来。不急着答复我，回去组织专家好好讨论一下。不管怎么说，坏件率高是制约我们2G发展的重要因素。口碑不好，自然难卖。想想怎么干掉继电器开关。"金海明说。

　　"这要投入啊。"张立彪说。"该投的还是要投。告诉你吧，麦克斯韦最近加大了对2G的投入。"金海明说。"是吗？他们不是整天喊着3G的吗？"张立彪说。"3G是锅里的，2G是碗里的，你说先吃啥？"金海明说。"好吧，回去分析分析，看怎么搞吧。"张立彪说。

　　"哎，金总，知道他们是怎么搞的吗，具体做些啥？"张立彪又问。"降成本，针对我们的。在国内设厂做继电器开关，就是为了降成本，目的就是要硬压我们一头。"金海明说。"我们目前应该是有成本优势的。"张立彪说。"那么点优势是不够的。还不是靠送，才有一些微不足道的份额？"金海明说。"能送也行啊，抢地盘，为3G做铺垫。"张立彪说。"3G、2G都重要，别让一线的弟兄睡不好觉同样重要。"金海明说。

　　"肖云飞，什么事惹着张总啦？"柴文娜边吃午饭边问。"最近他没找过我啊。"肖云飞说。"怎么，张总找你啦？"马庆生问柴文娜。"说我抓质量不得力，莫名其妙。"柴文娜生气地说。"事出有因吧？"曹瑞祥说。"没说具体什么事吗？"赵长城说。"没有啊，真是的。"柴文娜说。

　　"最近问题主要体现在哪儿呀？"肖云飞问柴文娜。"老问题嘛，2G继电器开关。"柴文娜说。"这是老大难问题，一线就是换单板。以前闹得凶，沟通了多次。一线弟兄回来，一起喝了酒，现在基本默认了就是换。"马庆生说。"看来不会是因为这个。"曹瑞祥说。

　　"查曼丽前几天说，麦克斯韦的继电器开关现在改在国内供货了。"马庆生说。"继电器开关可是有难度的，居然可以用国产的啦。"曹瑞祥说。"真的啊，那我们也可以用国产的。"廖默然说。"查曼丽正在了解，是这样想的。"马庆生说。"应该是成本驱动的吧。"王厚林说。"这个开关很贵的。"邓学佳说。"是的，成本降不下来。所以查曼丽等人听到这个消息很是高兴。"马庆生说。

7. 继电器开关

"柴文娜，你反省了没有？"张立彪在产品线例会上说。"您又不明说，不知错在哪儿呀。"柴文娜说。"刚才你不是把质量情况都过了一遍嘛，网上主要是啥问题啊？"张立彪问。"主要就那么几个老问题，继电器开关失效什么的。"柴文娜说。"哎，肖云飞，这继电器开关失效后，一线人员是怎么处理的？"张立彪问。"这事马庆生清楚。马庆生，你说说。"肖云飞说。"好，马庆生，我看你怎么说。"张立彪说。"就是换嘛，一线人员前些日子闹得凶，后来多次沟通，现在好多了。他们随身带着备件，一出现问题，第一时间赶到现场换了。"马庆生说。"柴文娜，我看你笑呵呵的，挺无动于衷的啊。看来你是认可马庆生所说的喽，是吧？"张立彪说。"后期产品，因有缺陷，他们又解决不了。"柴文娜说。"听之任之嘛，对吧？"张立彪又说。"没没没，我们还是一直在想办法解决的。"肖云飞感觉不对劲，忙解释。"一直在想办法解决，真的吗？马庆生、曹瑞祥？"张立彪问。"是的，肖云飞说得不错。"曹瑞祥听出味道了，赶紧说。"你们做什么啦，我怎么不知道？"马庆生一头雾水地问曹瑞祥。"肖云飞，露馅了吧，导演水平不行啊。"张立彪说。

"告诉你们，老板从一线知道了这些情况。我们的2G系统，一线人员向老板汇报用了'脆弱'来形容。"张立彪说。"脆弱？"柴文娜说。"形容得挺贴切的。"肖云飞说。"这算是句实话。"张立彪说。"看来我的工作确实没做到位。肖云飞，怎么办吧？"柴文娜说。"金总问我，能不能干掉继电器开关。"张立彪说。"干掉？"肖云飞重复了一下。"对，干掉。大家好好想想，有没有可能？"张立彪说。"应该是怎样改进，不让开关坏吧？干掉，行吗？"廖默然问。"我不知道行不行，但我希望能干掉，通过其他形式取代继电器开关的功能。"张立彪说。"业界都这么用，干掉，行吗？不知道麦克斯韦的情况怎么样。"廖默然说。"肯定没问题啦。"尹贤良说。"你怎么知道？"赵长城问。"我想麦克斯韦肯定没问题。"尹贤良说。

"据了解，麦克斯韦的也有问题，只是没我们严重。按理应该优化，但鉴于麦克斯韦的情况，我想还不如想法子干掉算了。"张立彪说，"大家要群策群力，今天就是借产品线例会的机会，开个研讨会，把各位专家都请来。""怪不得，我说产品线例会怎么让我参加呢？"尹贤良说。"有没有可能，曹瑞祥？"张立彪问。"虽然一直没想过，但凭直觉还是有可能的。"曹瑞祥说。"这是第一个，业界第一个讲时分多址2G系统继电器开关可以不用的人。"张立彪十分欣赏地说。"说说容易，关键在做。"马庆生说。"那为啥您不说呢？"肖云飞说。"我回去好好想想吧。总之，我认为是可行的。"曹瑞祥说。"那好，这事就交给曹瑞祥了，定期给我汇报，用邮件，攻关周报吧。"张立彪说。"张总，他在负责多载波呢，恐怕抽不开身啊。"肖云飞说。"我知道，他去瑞研所不就是为了多载波嘛，你找我专门从瑞研所抽人回来负责多载波。可是，这事、那事的，也没全力投入多载波啊。既然这么多事都搞了，再多一个去开关，应该也是可以的。"张立彪说。

"那多载波不搞啦？"肖云飞问。"搞啊，怎么不搞？！"张立彪说。"那你……"肖云飞说。"我们要充分发挥每个人的能动性。多载波配套的高效功放，是廖默然领导的功放组在搞。逻辑和算法，邓学佳的团队以及支撑他们的俄研所搞定。邓学佳组织系统联调。"张立彪说。"张总今天是有备而来啊。"柴文娜说。"对付他们，不做准备能行？"张立彪说。"既然张总都把工作安排好了，那就按张总的意思办呗。"肖云飞说。

"不要有抵触情绪。公司目前很重视2G产品，因为得到确切的消息，麦克斯韦为降成本，投入重兵加大2G降成本版本的开发。"张立彪说。"麦克斯韦的降成本版本是怎么做的？"曹瑞祥问。"目前正在了解，具体还不清

楚。"张立彪说。"去开关显然要结合降成本来做，麦克斯韦的信息对我们
很重要。"肖云飞说。"是啊，你们先考虑起来，下一步怎么做，还要了解
更多的信息。"张立彪说。"先做方案吧。"肖云飞说。"对，各种方案多
做几种。啊，曹瑞祥？"张立彪说。"好啊。"曹瑞祥答道。

"其实最初只要切换，到前台操作一下就可以了，后来什么可维护性、
远程操作，麦克斯韦就搞了这么个开关。"王厚林说。"开倒车的思路是
不可取的。你们说，现在让你们倒回到不用手机，只有固话的时代，愿意
吗？"张立彪问。"愿意。"赵长城说。"瞎说！"张立彪说。"固话的年
代挺好，领导只能打固话，就没法想什么时候找就什么时候找啦。"赵长
城说。"那叫丰富了人们的沟通。"柴文娜说。"有事找你是应该的，躲
啥？"肖云飞说。"好啦，不扯了。"张立彪说。

"肖云飞，我是洪中国。"洪中国在电话里说。"啊，您好，洪中
国。"肖云飞接着电话说。"基带板怎么样啦？"洪中国问。"正在搞，怎
么样？"肖云飞问。"荷兰这边基本确定用燎原的室外微基站，当然是要
基带扩容的。"洪中国说。"那好啊，什么时候下单？"肖云飞问。"下
单还早，明年9、10月份才发标。"洪中国说。"啊，明年这个时候才发标
啊？"肖云飞问。"是啊，因为是个新系统，业界没有，所以局方要求尽快
开个实验局，验证这种新系统的可行性，为明年招标提供技术依据。"洪中
国说。"麦克斯韦也开吗？"肖云飞问。"麦克斯韦现在不是没有嘛，他们
向局方承诺明年10月份有产品。"洪中国说。"那不是招标都结束啦？"肖
云飞说。"是啊，不说那么多了，什么时候能发货？"洪中国问。"您希望
什么时候？"肖云飞问。"我希望啊，现在，能发吗？"洪中国说。"现在
不可能。"肖云飞说。"所以你要给我个时间点，我好跟局方沟通啊。"
洪中国说。"急吗？"肖云飞说。"局方在催我实验局的计划，你说急不
急？"洪中国说。"这样吧，商量一下，明天回您。"肖云飞说。"明天必

须回。"洪中国说，"告诉你吧，局方希望我们11月初发货，他们想在圣诞节前把站开起来。""知道啦，来封邮件吧。"肖云飞说。"邮件已经发了。"洪中国说。"好，明天一定回。"肖云飞说完，挂了电话。

肖云飞随手抓起固话："王厚林，来我这里一下。""马庆生，荷兰的什么时候能发货？"肖云飞望着身旁的马庆生问。"硬件差不多了，主要看软件。"马庆生望着刚走过来的王厚林说。"叫一下麦哲渊。"王厚林说。"好，我叫。"肖云飞说。"软件刚完成，需要加紧测试。"王厚林说。"11月初发货，今天是21号、周二，十来天。麦哲渊、赵长城，十天，新的基带板要归档发布，可能吗？"肖云飞问。

"不可能。"柴文娜不知啥时候来了。"为什么？"肖云飞问。"不为什么，时间太仓促，又是荷兰这么高端的地方。"柴文娜说。"娜姐怎么知道得这么清楚？"马庆生问。"我给他们发邮件了。"肖云飞说。"想清楚，圣诞节前开通实验局。现实点，11月20号左右发货比较现实。"赵长城说。"就是一个月嘛。"王厚林说。"这还差不多。"柴文娜说。"这……"肖云飞为难地说。"基带板要是有问题，比收发信机的问题严重得多。加大用例，多投入，1个月也是很紧张的。"赵长城说。"推迟1个月发货？"肖云飞问大家。"肯定的啦。"大家齐声说。"荷兰的不好惹，就推迟1个月发货。"肖云飞说。"马庆生，你搞个计划吧。"王厚林说。"好，我来做。"马庆生说。"明天上午完成，明天中午发给洪中国。"肖云飞说。"正好，把曹瑞祥等人叫来，谈谈去开关的事。"肖云飞对马庆生说。"好，我去叫。"马庆生说着，往功放实验室走去。

"唉，不知为啥，公司又对2G感兴趣了。"赵长城说。"我猜中国暂时不上3G，就是欧洲闹得凶。大头还是在中国，中国不上，那说明2G还有需求，能在2G上再搞点啥，提高速率，现在又提什么2.75G能上网。"肖云飞说。"你说麦克斯韦这次做，会是2.75G的？"赵长城问。"肯定是，所以我们也得做啊。

哎，曹瑞祥，看看能否把开关给灭了。这个该死的开关！"肖云飞说。"2.75G
要做，可是要有正式输入啊。"马庆生说。"张总不是说还要了解情况嘛，先
搞方案，等把信息了解全了，再动不迟。荷兰的，赶紧的啊！"肖云飞说。

"曹瑞祥，去开关有思路没？"肖云飞转身问。"哪有那么快。"曹
瑞祥说。"想了想，曹瑞祥说得有道理。"廖默然说。"啊，你也说可能
啦？"肖云飞吃惊地问。"应该有可能，王厚林不是说早期是上站手工处理
一下的嘛。"廖默然说。"你是基于这啊？"王厚林说。"难道你说的不是
真的吗？"廖默然问。"是真的，当然是真的。"赵长城在一旁说。"那就
有可能嘛，没错的。"廖默然说。"呵呵，看领导重视了，这会儿都来劲了
吧，早干吗啦？让我们在老板面前丢人现眼的。"肖云飞没好气地说。"你
啥意思吗？"曹瑞祥说。"没啥意思，我就看你们搞，别到最后忙半天，又
说不行啊。"肖云飞说。"肖云飞，你这话是想让我们搞，还是不想让我们
搞？"曹瑞祥问。"搞啊，张总亲自安排了工作，还能不搞？"肖云飞说。
"看来两个老大的意见不是完全一致啊。"马庆生说。

"不管一致不一致，2.75G，你的板子肯定要改。"肖云飞说。"应该
不是改吧？"马庆生说。"不是改，是什么？"肖云飞反问。"不是改板，
是新做。新做，编码不一样的。"马庆生说。"哟，知道不是改板，是新
做了，长能耐啦。"肖云飞说。"肖云飞，您这有点不对劲啊。"柴文娜
说。"我不对劲，还是你们不对劲啊？早期开关就没好过，跟你们说能不能
不用。曹瑞祥，是不是？王厚林，是不是？马庆生，是不是？"肖云飞说。
"嗯，这样啊。"柴文娜说。

"没办法，只好能瞒就瞒呗。"肖云飞说。"异常测试就不敢测嘛，怕
坏。"赵长城说。"我明白了，其实张立彪也是知情的。"柴文娜说。"当
时认为真的没办法呀，麦克斯韦搞，跟着学的。我被逼急了，才说能不能不
用。"肖云飞说。"当时说这话，我们只当牢骚话，根本没往心里去。"曹

瑞祥说。"要是用了多载波，就真的不需要开关了。"廖默然说。"码分的多载波还没搞定呢，TDMA（时分多址）的难度更大。"邓学佳说。"先把3G的多载波搞定。TDMA的2G多载波，估计老大们也想搞。"肖云飞说。"都是被这个开关给闹的，麦克斯韦的馊主意。"马庆生说。

"不知道麦克斯韦正在投入搞的，会不会沿用继电器开关？"肖云飞问。"不知道啊。"曹瑞祥说。"凭直觉，麦克斯韦还会用。"王厚林说。"不是说麦克斯韦的也有问题吗？"马庆生说。"想想麦克斯韦也是很难的，不是说最近又在国内开厂做开关了吗？"王厚林说。"为降成本硬压着厂家在中国建厂，就在深圳附近。"马庆生说。"这说明了啥？"王厚林问。"王厚林说得有道理，否则……"曹瑞祥欲言又止。"看来，麦克斯韦很难割舍啊。"肖云飞说。

"那去开关还搞不搞？"曹瑞祥问肖云飞。"张总都安排了。"肖云飞说。"对啊，张总都安排了，您不是说有可能吗？先搞着呗，毕竟搞成了，对质量有好处。"柴文娜说。"看着吧，如果麦克斯韦还是沿用原来的继电器开关方案，我们的老大们只有一个字——跟。"马庆生说。"为什么呀？"柴文娜问。"即使曹瑞祥搞出方案了，这些老大们会说，为什么麦克斯韦没想到？我们是不是什么地方没考虑周到？等等，可以搞，可以作为备份，验证成熟了再切换。"马庆生说。"只要改为备份，什么验证成熟再切，基本就是没戏了。"王厚林说。"不能这么说吧？"柴文娜说。"首先，测试资源，你说优先保证谁啊？"赵长城问柴文娜。"我哪知道，你问肖云飞去。"柴文娜说。"没话说了吧？肖云飞，就是这样的。"赵长城说。"一个个都跟领导似的，怎么没让你们去当老大啊，真屈才。"肖云飞说。"就是，一个个跟说相声似的，配合得还很默契。"柴文娜说。"不过，他们说的倒是很贴切的。看着吧，就是这么回事。"肖云飞说。"好嘛，整个儿一个三句半。"柴文娜说。

8. 两全其美的好办法

　　"哎，娜姐，听说你给他们排三句半啦？展示展示呗，让我们开开眼啊。"东方牡丹边吃午饭边说。"我都不用给他们排，自然就默契，对吧，王厚林？"柴文娜调侃着说。"娜姐说啥呢，听不懂。"王厚林说。"开关能不能去，想去就能去，麦克斯韦都没去，还是别去。"柴文娜自编自唱着。"什么能去别去的，弄糊涂了。"东方牡丹说。"你不明白就对了，我们都不明白着呢。"柴文娜说。"娜姐的单口相声赛过刘兰芳的评书啊。"廖默然说。"明明是三句半。"邓学佳说。"对啊，四个人说叫三句半，一个人说就是单口相声，没错啊。"廖默然说。

　　"别贫。哎，王厚林，你为啥说沦为备份，就没戏呢？我觉得同步搞，要是没问题就上啊。"柴文娜说。"你看，测试得让人家先搞吧，开关的方案不需要验证。曹瑞祥的肯定要验证，不可能没问题吧。"王厚林说。"这些都不是关键，关键是时间。"曹瑞祥说。"怎么讲？"马庆生问。"这不明摆着嘛，如果时间紧，发货急，老大们只能选择有开关的方案。"廖默然说。"只有时间充裕，去开关方案才有戏。"曹瑞祥说。"也看备料，如果备的料很多，就没法切了。想切也切不了，物料肯定要消耗。"马庆生说。"如果老大们说备料分步骤，考虑去开关方案，这就是有戏。要是直接下单，也就基本没戏了。"王厚林说。"嗯，有点明白了。"柴文娜若有所思地说。"明白了吧，娜姐？"肖云飞说。"嗯。"柴文娜默默地点点头。

　　"肖云飞，我是洪中国。"洪中国在电话里说。"计划看了吧？"肖云飞说。"看到了，整整延了1个月啊。"洪中国说。"没办法，11月初发货，风险太大。毕竟是基带板啊，不好好测测，心里真没底。"肖云飞说。

"话是这么说，可我咋跟客户说呢？"洪中国反问道。"反正我把底交给您了，至于您怎么跟客户解释，相信您一定是有办法的。"肖云飞说。"关键是客户并不知道我们为其专门开发了扩容的基带板，我跟他们说都是现成的。"洪中国说。"那……"肖云飞欲言又止。"帮我想个理由呗。"洪中国说。"理由啊，想不出。"肖云飞说。"你都想不出，那叫我怎么办？"洪中国说。"你们搞市场的，招数多啊，我们……"肖云飞说。"我们能有啥招啊，还不是要依靠你们产品线研发嘛。"洪中国说。"要不这样，先把站开起来，到测容量的时候，那时应该差不多了，把新的基带板再换上。你看怎么样？"肖云飞说。"嗯，也许是个两全其美的好办法。先这样，我再想想吧。"洪中国说完，挂了电话。

"是不是躲过一劫？"一旁的马庆生说。"什么劫不劫的，怪吓人的，没那么严重。"肖云飞说。"派个人去吧，保险点。"马庆生说。"你小子想去啊？荷兰是个好地方。"肖云飞说。"应该要去个搞基带软件的。"马庆生说。"王厚林不行，让他安排个人吧。"肖云飞说。"毕竟是新基带板，硬件测了没问题就没问题啦。软件，又是荷兰这种欧洲高端市场，基带软件还是有可能出问题的。有个人在现场，及时发现及时改啊。"马庆生说。"是，我找王厚林。"肖云飞说。"赶紧确定人办签证。"马庆生说。"让他带着基带板过去。"肖云飞说。"好主意。"马庆生说，"噢，不行，万一海关查得紧，怎么办？""两条路都走。"肖云飞说。"OK。"马庆生说。

"牛玉江，单板软件是你负责的吧？"在王厚林座位处，肖云飞问。"是的。"牛玉江回。"好吧，你就端到端地负责到底喽。"肖云飞说。"签证啥时候能办下来？"马庆生问。"正在抓紧办护照。"王厚林说。"没护照啊？"马庆生说。"怎么啦，新人去，可不就会面临这种问题嘛。加快，1周能下来，11月底签证下来就走。嗯，圣诞节前搞定。"肖云飞

218 - 韧 2 突破非洲

说。"差不多，你小子有福气，一出国就是去荷兰。"王厚林说。"关键是要把事情搞定啊，牛玉江。"肖云飞说。"要好好准备，千万别出差错。"马庆生说。"知道了。"牛玉江说。"到一线呢，做事要谨慎，多与家里沟通，镜像环境要有。"肖云飞说。"我们会联合测试，好好支持他的。"王厚林说。"这么急，肯定会出问题的，不出问题是不可能的，你们一定要这么想，否则就会出大事。对吧，王厚林？这是经验。"肖云飞说。"肖云飞说的，真是没错。"马庆生说。"知道啦。"王厚林说。

　　"尹贤良，说你没水平，还不服气。"肖云飞在座位上说。"怎么啦？"尹贤良问。"牡丹，你说。"肖云飞看了看东方牡丹说。"你的手下投诉你组织气氛调查表，逼他们往好的填。"东方牡丹说。"没有的事，怎么可能嘛。"尹贤良说。"没有，是吧？"东方牡丹问尹贤良。"没有。"尹贤良回道。"你跟你的手下假装聊天，让手下在你的眼皮底下填组织气氛调查表，这事没错吧？"东方牡丹说。"我又没让他们怎么填，都是他们自己填的，怎么可能逼嘛。"尹贤良说。"你的意思是，都是他们自愿在你在的情况下，打开流程，填组织气氛调查的？"东方牡丹问。"这个我也不是很清楚。"尹贤良含糊其辞。

　　"好啦，这事呢，做得有点过了。赶在组织气氛调查表前请大伙儿吃顿饭，一般仅此而已。平时不下功夫，这么搞，你就不怕出事啊？"肖云飞冲着尹贤良说。"哎，牡丹，这事别让公司抓典型啊。"肖云飞接着说。"好的，我控制一下。"东方牡丹说。"尹贤良，这事要是让公司当成典型，就真麻烦了。"肖云飞说。"以后一定注意。牡丹，教教我呗。"尹贤良说。"现在才说，早就该找牡丹请教啦。"肖云飞说。"回头你找我吧。"东方牡丹对尹贤良说。

9. 又要马儿跑，又要马儿不吃草

"关于这个荷兰版本，肖云飞给你们减压了。所以你们的计划要重新搞。"柴文娜在基站版本例会上说。"用例，尤其是极限用例要加强，不怕测出问题，就怕测不出问题。"肖云飞说。"麦哲渊、赵长城，还有夏润泽啊，一个都不能少。"柴文娜说。"至于进度，整个11月都是你们的。"肖云飞说。"差不多，应该够了。"王厚林。"牛玉江月底拿到护照，11月底签证还不下来？"肖云飞说，"再说了，即使出现问题，牛玉江可以带着单板先去，边开局边升级。到了一线，也可能出现家里没遇到的问题。家里、一线相互配合解决，问题不大。"

"葡萄牙那边的怎么样啊？"赵长城问。"目从单海涛去交流后，没什么进展，等着吧。"肖云飞说。"缓启动改板也差不多了。"马庆生说。"差不多了，好啊，万事俱备，只欠东风啦。"肖云飞说。"印尼的真没戏啦？就一点希望都没啦？"王厚林问。"反正没进一步的消息。"肖云飞说。"这个梅涓波，唉，坑人哪！"马庆生说。"别这么说，面对现实嘛。"肖云飞说。

"哎，马庆生，我怎么看着还在陆续往西藏发货？"肖云飞问。"一直在下单，看来西藏人民很欢迎咱们的天地通啊。"马庆生回道。"有没有问题？"曹瑞祥问。"没反馈。"马庆生说。"现在主要是建设时期，看着吧，年底时问题就会陆续暴露出来。"赵长城说。"不会到了快过年，让我们去解决问题吧？"曹瑞祥说。"难说。"肖云飞说。"郝树斌在西藏吧？"王厚林说。"不太清楚。"肖云飞说。"是郝树斌，他给我打过电话。我们是一起来燎原的，培训完，他去了成都办。"王厚林说。"为了锻炼队伍，他们想自己搞定。看，西藏的事，没人来找我们吧。"肖云飞说。

"不是说找过王厚林吗？"赵长城说。"那是他刚知道要去西藏，知道我在这边，不是有问题才找我的。"王厚林说。"这是好事啊，一线人员自己都能搞定，说明我们做的东西，UCD做得好啊。"马庆生说。"但愿吧。"肖云飞说。

"听说通灵也去西藏搞了个实验局？"王厚林边吃午饭边问肖云飞。"是的，在拉萨老干部中心搞的。"肖云飞说。"那为啥还用我们的呢？"王厚林问。"大家都想吃肥肉啊，各有各的关系。在老干部中心，据说效果还可以，但频段高、广覆盖的效果没法跟我们的天地通比。"肖云飞说，"要是他们的频段跟我们一样，我们是没戏的。""哎，那他们为啥不像我们一样改改频段？"马庆生说。"它是TDD的，没我们FDD那么方便。况且天地通的频段是FDD的。他们想改也改不了，改了也没用。"肖云飞说。"要是这个频段是TDD的，燎原就没戏了。"曹瑞祥说。"就是这个理，据说通灵的关系很硬。我们在搞，老干部中心也没辙，现在还在用着呢。"肖云飞说。"两张网啊。"赵长城说。"没办法，关系铁啊。而且老干部中心的用了都说好啊，不肯换我们的天地通。"肖云飞说。"看来通灵的确实不行，否则也不至于用我们的天地通。"王厚林说。"肯定是啦，老干部中心那么点地方，怎么着也能搞得很好啊。出了大院就不行了，这些老干部平时也不出门，活动范围有限，自然觉得挺好。"肖云飞说。"燎原捡了个便宜。"赵长城说。

"其实，即使能改，从高频段往低频改，尺寸会大很多，尤其是天线。据说老干部中心一座楼顶上，4个角都有天线。"肖云飞说。"哎，为什么楼顶4个角都有天线啊？"马庆生问。"频段高覆盖不行嘛。"曹瑞祥说。"还是综合实力不够啊，否则通灵也可以搞我们的系统啊。"王厚林说。"就这个系统，已经很吃力了，还想搞我们的天地通？"肖云飞说。"所以，要挖我们的人啊。"东方牡丹插话道。

"2002年的第一场雪，刀郎说是晚了一些。尹贤良，2003年的第一场雪下啦，您说是比2002年早了，还是晚了？"柴文娜转了话题说。"不知道，今年的雪已经下了吗？"尹贤良说。"这不刚下嘛，新闻里说的。"廖默然说。"应该比去年晚了一些。"马庆生说。"刀郎那首歌火的，整整一年，你去坐出租车，基本都是'2002年的第一场雪，比以往时候来得更晚一些……'。"王厚林说。

"哎，马庆生，你知道吗？"东方牡丹问。"什么？"马庆生问。"哎，你媳妇是乌鲁木齐的，刀郎那首歌里'八楼的二路汽车'是啥意思啊？"东方牡丹说。"八楼是个地名，八楼这个地方有个二路公共汽车站。"王厚林说。"以前市中心最高的楼是八层，就是这个八楼，乌鲁木齐人就这么叫。这个八楼就是自治区政府招待所，马路对面就是自治区政府大会堂。"马庆生说。"噢，这么质朴啊。"柴文娜说。"刀郎是不是经常在八楼坐二路汽车啊？"东方牡丹问。"不知道，反正八楼一带是自治区政府的。"马庆生说。"要是刀郎经常在八楼坐二路汽车，说明刀郎家就在八楼附近。哇，刀郎不会是高干子弟吧？"柴文娜说。"挺会联想的，娜姐。"王厚林说。"没准儿真是。"尹贤良说。

"两路载波的硬件资源充分利用，既能两路独立发各自的载波，同时借助开关，又能单载波功率加倍。麦克斯韦的思路是好的。"曹瑞祥说。"这种思路是很直白的，完全依据于继电器开关。"廖默然说。"所以麦克斯韦找厂家定制应该花了不少钱。"朱文学说。

"你们都在这儿呢，讨论得有头绪没？"肖云飞说着，走进了功放实验室。"刚开始。"袁一帆说。"其实实现这种功能，方法有的是。"廖默然说。"那为什么麦克斯韦这么搞？"肖云飞问。"简单嘛，宝都押在继电器开关上。"廖默然回道。"不用它行不行？"肖云飞问。"肯定可以啦。"朱文学说。"说来听听。"肖云飞说。"最简单的，就是把一路管子功率搞大一些。"袁一帆说。"两路的功率管不一样？"肖云飞问。"是啊。"曹瑞祥说。"这是一个好思路吗？"肖云飞问。"要问查曼丽。"廖默然说。"管子要相同，就要用3个。"袁一帆说。"成本呢？"肖云飞问。"成本要这么看，增加了1个管子，删除了继电器开关，就看差价嘛。"朱文学说。"不仅仅是差价吧，尺寸呢，放得下不？"肖云飞问。"要排，现在不好说。"廖默然说。"别给我搞得尺寸变大，外形尺寸肯定不能变的。"肖云飞说。"这肯定。"曹瑞祥说。"能不能有第三条路？"肖云飞问。"这个……"廖默然吞吞吐吐的。"我们再想想吧。"曹瑞祥说。"轻易超越麦克斯韦，是不容易的；但也不是不可超越，需要智慧。"肖云飞说完，走了。"燎原的领导都是想着又要马儿跑，又要马儿不吃草。"曹瑞祥说。"也不是不可能。朱文学、袁一帆，你们多想想，是时候发挥你们的聪明才智了。"廖默然说。

10. 自己挖坑自己跳

"马庆生，怎么回事，荷兰的为什么发货有风险？"肖云飞看着邮件说。"生产计划团队说，2.1G的双工器欠料。"马庆生说。"赶紧把料追回来，不就得啦。报什么预警啊，怪吓人的。"肖云飞说。"我了解了一下，好像是由于双工器厂家电镀出了点问题，导致电性能不能满足指标要求，出不了货。"马庆生说。"现在怎么处理啊？"肖云飞问。"厂家要重新加工生产。"马庆生说。"要多久？"肖云飞问。"2周吧。"马庆生回道。"就是因为这，计划预警通报啦？"肖云飞问。"应该是吧。"马庆生说。

"你看，洪中国不愿意了，延迟发货2周，那就是11月中旬啦。"肖云飞说。"怎么办？"马庆生问。"找曹瑞祥。"说着，肖云飞往曹瑞祥座位走去。"把邮件转给他。"肖云飞边走边说。"这就转。"马庆生说。

"曹瑞祥，看一下马庆生转的邮件。"肖云飞走到曹瑞祥的座位处说。"出什么事了？"曹瑞祥边看邮件边问。"看一下邮件嘛。"肖云飞说。"邮件没说啥呀，就是发货可能会延误。"曹瑞祥说，"2.1G的双工器欠料？哎，怎么会呢？""要延迟2周，洪中国发邮件了。"肖云飞说。"延2周就延2周呗，荷兰那边应该没那么着急。"曹瑞祥说。"其实也是，拖一拖，等等我们的新基带板。"肖云飞说。"邮件上说是电镀问题导致的，重新搞，要2周。"曹瑞祥说。"能不能不要重新做，只是针对电镀问题，再重新电镀一下？"肖云飞问。"应该也是可以的。"曹瑞祥说。"你跟厂家沟通一下，让他们重新电镀一下，不用完全重新做。"肖云飞说。"嗯，我跟他们沟通。"曹瑞祥说。"不会有什么问题吧？"肖云飞又担心起来。"完全重新做，肯定最好啦。重新镀一下，就怕原来的没处理好，受影响。"曹瑞祥说。"你要跟他们说清楚这些啊。"肖云飞说。

"公司要拿荷兰这个实验局作为样板点，想趁着明年2月份的世界移动大会，带客户去荷兰参观。"肖云飞在作战室说。"世界移动大会不是在荷兰吧？"王厚林说。"是在西班牙马德里还是在法国戛纳，记不太清了，但是不在荷兰。没关系，公司可能会带他们去荷兰看看，毕竟近嘛，方便。"肖云飞说。

"3G相对于2G，优势在容量、数据业务。咱们这个新基带板和新版本极其重要。"肖云飞接着说，"五和的外场容量和数据业务要好好测测，不能全靠牛玉江一个人在荷兰搞。""那不会。"麦哲渊说。"护照到手了吧？"王厚林问牛玉江。"拿到了，已经去办签证了。"牛玉江说。"有了样板点，公司就会带人去参观的，肯定会安排先去荷兰参观，再去马德里或是戛纳开会。"赵长城说。"核心是容量和数据业务的速率，肯定不能比麦克斯韦的差。"肖云飞说。"麦克斯韦什么情况？"王厚林问。"我让市场人员给确切的信息。"肖云飞说。"压力有点大呀。"王厚林说。"在欧洲核心区开的实验局，肯定是要利用的，不能出差错啊。"肖云飞说。"麦哲渊，外场用例还要再仔细评评。"王厚林说。"要和市场接口人共同讨论，看看市场有什么特别的需求。"肖云飞说。

"曹瑞祥，跟厂家沟通了吗？"肖云飞边吃午饭边问。"沟通了，就按您的意思办。"曹瑞祥说。"什么叫按我的意思办啊？我只是建议，主意要你们商量着定。"肖云飞说。"我们商量啥呀？按理就是要重新来过，您嫌慢，又嫌费成本。一般您这种方法，是要求不高的。"曹瑞祥说。"我们的要求高吗？"肖云飞问。"那肯定啦。"廖默然在一旁说。"为什么我们的要求高啊？"尹贤良问。"互调啊，无源互调要求高。"廖默然说。"双工器的无源互调，电镀是关键。"曹瑞祥说。"您不是说处理好了也可以的嘛。"肖云飞心虚地说。"原来电镀过的，要想重新镀一遍，先前的要处理一下。如果处理好了，重新电镀也是可以的。只不过不太容易处理，所以要求高的，一般不这么做。"曹瑞祥说。

"哎呀，别说了，您就挖坑吧。怪不得说什么按我的意思办，我不懂，我没什么意思，都是您的意思。自个儿挖的坑，还是自个儿跳比较合适，听明白了吗？曹瑞祥，跟我来阴的！"肖云飞说。"谁挖坑啦？谁玩阴的啦？"曹瑞祥说。"先按肖云飞的意思搞着，不行重新做不就得啦。不至于，对吧？"廖默然说。"什么按我的意思？曹瑞祥的。我不懂，不懂，知道吗？"肖云飞说。"好好好，按我的，按我的，行了吧？"曹瑞祥说。

"怎么听着就是领导耍赖呢。"柴文娜插话道。"谁要赖啦？您不知道，他们这些专业人士，就是利用您不是很清楚，看您想这么着，就顺着，一路把自个儿保护得好好的。"肖云飞说。"说得跟真的似的。"柴文娜说。"可不是真的嘛。您听，什么叫按您的意思办？我什么意思啊，我是问他能不能不要全部重新做，2周耗不起，洪中国不答应。"肖云飞说。"是啊，没错啊，人家是按您的意思，仅仅重新镀一下啊。"柴文娜说。"不是这样的，我问过他这样行不行。"肖云飞说。"曹瑞祥，你怎么回的？"柴文娜问。"他怎么回？他说可以啊。"肖云飞抢着说。"你是这么说的吗？"柴文娜问曹瑞祥。"我是说应该可以，但是呢……"曹瑞祥说。"您可没但是啊，还是我提醒您的，问您会不会有问题。"肖云飞说。"对啊，我说啦，原来的如果没处理好，是有影响的。"曹瑞祥说。"那曹瑞祥说了呀。"柴文娜说。"有像现在什么'要求高的，一般不这么做'的说法吗？"肖云飞说，"况且，我是让他与厂家沟通了，说清楚了，再做。""没有啊，只是让我跟厂家讲清楚，我的理解就是把原先的处理好，再重新电镀。"曹瑞祥说。

"跟厂家这样沟通啦？"柴文娜问曹瑞祥。"嗯，沟通啦。"曹瑞祥回道。"厂家怎么说的？"廖默然问曹瑞祥。"厂家说试试嘛，这种事谁都没有绝对的把握，就死马当活马医了。"曹瑞祥说。"哇，这么不靠谱，为啥不跟我说？"肖云飞问曹瑞祥。"这次是电镀出问题了。是不是没有绝对的把握，就跟您说，您觉得不靠谱，就干脆不电镀啦？"曹瑞祥说。"好嘛，在这儿等着我呢。"肖云飞说。"还是的嘛，就是按您的意思，否则就不可能这么做。只是没有绝对的把握，先这么做嘛，不行再说嘛。要是行，您不就牛了嘛。"曹瑞祥说。"哟，这么说您反而牛啦。"柴文娜看着肖云飞说。"好好好，说不过您，我不想牛，您牛吧。"肖云飞冲着曹瑞祥说。

11.5 号必须发货

"肖云飞，我是洪中国。"洪中国在电话里说。"喂，您好，有事啊？"肖云飞说。"有事，刚给您发了封邮件，也抄送给了张总。"洪中国说。"刚发的？我看看。"肖云飞看着电脑说。"5 号必须发货。"洪中国说。"5 号？怎么一下这么急？"肖云飞问。"不是这么说的，今天是 1 号、周六，按理昨天就应该发货完成，我说得对不对？"洪中国问。"记不清了。"肖云飞装糊涂。"哎，肖云飞，当时基带板的事，我退一步，就是为了保证 10 月 31 号能发货，这可是您给我的计划。"洪中国说。"这不是……"肖云飞的话没说完，洪中国紧接着就说："告诉你肖云飞，5 号已经晚了，5 号必须发货。您的这个发货计划可是老板安排客户参观的依据，听明白了吗？"洪中国说。"什么？"肖云飞问。"别装糊涂，12 月初，也许 11 月底。当然，我们正式回复老板是 12 月初，荷兰样板点可接待客人参观。"洪中国说。"你们怎么能这么回呢，怎么着也得元旦以后啊。"肖云飞说。"肖云飞，不是这两天回的，两周前老板要确定行程时回的。"洪中国说。"5 号搞不定啊。"肖云飞说。"所以我发邮件，抄送给张总啦。你们自己选择，要么 5 号发货，中旬到，站建起来，两周调通，时间差不多。紧是紧点，要是月底发，就会多出 5 天时间。"洪中国说。"5 号，哎呀……"肖云飞说。"否则呢，你就让张总给老板汇报，说发货延期。反正我们不可能跟老板说延期的。"洪中国说。"好啦，行啦，知道了，5 号发货。"说完，肖云飞挂了电话。

肖云飞刚想去找曹瑞祥，手机又响了："喂，张总。""刚才是荷兰的洪中国给你打电话啦？"张立彪问。"嗯，刚打完，您就打来了。"肖云飞说。"好了，我就不多说了，5 号发就没事了。肖云飞，就这样。"说完，张立彪挂了电话。

"曹瑞祥，5号必须发货。"肖云飞来到曹瑞祥座位处说。"今天都1号了，怎么可能？"曹瑞祥说。"曹瑞祥，我跟你说啊，5号发货，没得商量，知道吗？我什么都不想听，你搞定，一定要想尽办法搞定。"肖云飞说完，扭头走了。

"5号发货，怎么搞？"曹瑞祥来到功放实验室问廖默然。"明天叫厂家把货送过来，自己派专车，肯定到。3号、4号两天生产，还搞不定嘛。5号发货，没问题啊。"廖默然说。"无源互调怎么办？"曹瑞祥问。"2.1G，差点没关系的，让步接收呗。"廖默然说。"放指标？"曹瑞祥问。"要不怎么办？肖云飞转的邮件，我看啦，没别的选择。"廖默然说。

看着曹瑞祥犹豫的样子，廖默然又说："没事的。""我知道没事，但入燎原库要按规格书检验，让步接收要走电子流的。我怕柴文娜知道，把事闹大。肖云飞也不是很清楚，又要解释半天。"曹瑞祥说。"明天是星期天，走不了电子流，先邮件确认，等周一开始生产了，再补电子流。到时候再跟他们沟通，这样不影响发货。"廖默然说。"也只能这样了，其实2.1G没事的，只是怕他们搞不清楚瞎嚷嚷。先这样，到周一再跟他们好好解释解释。"曹瑞祥说。"公司星期天有人收货吗？"廖默然问。"我去安排，一般会有人值班的。"曹瑞祥说。

"哎，都在这儿呢，没问题吧，双工器？"在功放实验室，肖云飞问曹瑞祥。"没问题啊，今天、明天两天生产，后天5号入库发货。"曹瑞祥说。"这不是没问题嘛，一个个说得那么玄乎。"肖云飞得意地说。"还是您牛。"廖默然说。"走啦？"曹瑞祥说。"双工器搞定了，还有基带板呢？"肖云飞说。"基带板不是月底牛玉江带过去嘛。"曹瑞祥说。"12月初，老板带客人去参观，要是新的基带板能搞定，也不至于应付客户。"肖云飞说。"急急忙忙的，不怕出错啊？"曹瑞祥说。"当然是万无一失才能上啊，催他们快点搞，总没错的。"肖云飞说完，离开了。

"那边的货5号就发了，你们呢，月底能搞定不？"在作战室，肖云飞问。"真的很难回答你，只能说按计划，不出意外，不发现大的bug（漏洞），月底牛玉江可以过去。"王厚林说。"签证下来，牛玉江就得带着单板过去，关键是你的版本能不能也过去。"肖云飞说。"这要麦哲渊说，我说了又不算，除非不归档。"王厚林说。"本来就是实验局，不归档应该也可以吧？"牛玉江看着麦哲渊说。"不可以。"麦哲渊说。"为什么呀？"牛玉江说。"以前经常这么干的，后来出了不少事，公司就严令禁止了。"王厚林说。"哎，牛玉江，我跟你说啊，你的版本必须是麦哲渊发给你的，王厚林给的不算。按理，你应该是在归档文件夹里下载的，在一线可能不方便，就是测试人员发给你，听见没？"肖云飞严肃地说。"麦哲渊、王厚林、赵长城，别到时候搞出啥乱子来，还是相互监督好一些，把好关啊。"肖云飞说。"一定，一定。"麦哲渊说。"荷兰这地方，大家要谨慎。"赵长城说。

"万圣节是啥意思啊？看电视上欢乐谷里，人人搞得像鬼似的。"王厚林边吃午饭边说。"万圣节就是鬼节。"曹瑞祥说。"鬼节过后还有什么感恩节，接着就是圣诞节。"邓学佳说。"感恩节，美国人要吃火鸡的。中国人什么都吃，好像没听说吃火鸡。"东方牡丹说。"估计火鸡肉不好吃，中国人嘴比较刁。"马庆生说。"娜姐去哪儿啦？"廖默然问。"参加培训去了。"东方牡丹说。"这么巧？"曹瑞祥说。"什么这么巧？"王厚林问。"顺口说的，没啥意思。"曹瑞祥忙解释道。

"哎，牡丹，万圣节，深圳最热闹的应该是欢乐谷吧？"廖默然赶紧转移话题。"应该是，不光是万圣节，感恩节、圣诞节，欢乐谷都很热闹。西方的节嘛，欢乐谷就类似美国的迪士尼。"东方牡丹说。"教育部早就下令，学校是不允许过这些西方节的。"赵长城说。"欢乐谷又不是学校。商家是很喜欢节日多的，恨不得天天过节。"东方牡丹说。"中国的春节，老外不也搞得挺热闹的嘛，十二生肖，老外很感兴趣的。"肖云飞说。"好像外国有地方在春节放假的，记不清是哪个国家了。"麦哲渊说。"不会吧，有的城市有可能。"夏润泽说。"我看商场里搞万圣节的活动，主要针对的是小孩。"赵长城说。"中国人把万圣节变成了儿童节，商场就是想方设法吸引孩子。"邓学佳说。"用孩子绑定家长。"王厚林说。"牡丹以后也会这样的，快了啊。"马庆生说。"你不也一样嘛。"东方牡丹说。

12. 荷兰的双工器

"肖云飞，你知道这事吗？"上午刚上班没多久，柴文娜就来到肖云飞座位旁问。"什么事？"肖云飞问。"荷兰的双工器。"柴文娜说。"双工器怎么啦？没啥问题啊，正在生产，明天发货。"肖云飞说。"看来你是真不知道。"说着，柴文娜掏出手机。

"喂，曹瑞祥，我是柴文娜。你到肖云飞这儿来一下。不行，现在，立刻。"说完，柴文娜气冲冲地挂了手机。"马上，曹瑞祥来了，让他跟你说。"柴文娜说。

"曹瑞祥，你跟肖云飞说说，荷兰的双工器是怎么回事？"柴文娜看着走过来的曹瑞祥说。"你要我说什么呀？正在生产呢，今天就能完成模块生产，入库后，明天就可以发货了。"曹瑞祥说。"没让你说这些，说说那个让步接收的工作联络单。"柴文娜说。"噢，那流程抄送给您了，是吧？昨天就抄送啦。"曹瑞祥说。"少废话，昨天去参加公司的培训了。说联络单，怎么回事？"柴文娜说。"让步接收是怎么回事，不是说没问题吗？"肖云飞说。"是啊，你说怎么回事？"柴文娜说。

此时，廖默然也过来了，说："有什么大不了的嘛，2.1G收发离得远，互调差一点，没关系的。""就这么回事，又不会影响正常工作，而且是个内部指标，又不对外。"曹瑞祥说。"看来我是被你们俩忽悠了，真以为很牛了呢，原来还是处理不好啊。"肖云飞说。

"肖云飞，你这话是什么意思啊？荷兰的项目，质量不达标，让步接收，这可是严重的对质量不负责任啊。"柴文娜说。"娜姐，别这么激动好不好？"肖云飞说。"我激动？我才不激动呢！荷兰那边出了事，看你们怎么办！"柴文娜说。"出不了事的，娜姐。都分析过了，不会出问题的。"廖默然说。"你们俩也太随意了吧！两个人商量商量，就这么定了。经过什么决策啦？肖云飞都不知道。"柴文娜说。"这是射频的内部参数，又不是整机系统参数，是射频团队自己决定的。"曹瑞祥说。"现在不是荷兰的项目重要嘛，你们俩就因为发货急，自个儿就这么定了，万一在荷兰出问题呢？"柴文娜说。"没有万一，不会出问题。"曹瑞祥说。"你怎么能肯定？"柴文娜提高嗓门儿说。"这是由原理决定的。"曹瑞祥也大声说着。

"我不跟你们争。肖云飞，跟一线人员开会，如果你们能说服荷兰一线人员，就可以。"柴文娜说。"至于吗？"肖云飞问。"至于。"柴文娜说，"你要是不肯找一线人员确认，我就立马找张总。""那好，你找张总。"肖云飞说。"这是你说的？"柴文娜说。"是的，我说的，你找张总。"肖云飞说。"好，嘴硬是吧？我这就给张总打电话。"说着，柴文娜走到远处给张立彪打电话。

"张总怎么说？"看着走过来的柴文娜，肖云飞问。"下午荷兰那边应该上班了吧？和荷兰的洪中国开个会吧。"柴文娜说。"是张总的意思？"肖云飞问。"是我的意思。"柴文娜说。"那张总的意思呢？"肖云飞问。

"让我和你商量。"柴文娜说。"好啊，我不同意。"肖云飞说。"为什么？"柴文娜问。"不为什么。"肖云飞说。"那就是心虚喽。"柴文娜说。"心是一点都不虚，只是这事真的没必要让一线人员知道。"肖云飞说。"张总呢，也没表态，委托你全权处理，让我和你商量。"柴文娜说。"我不同意和一线人员开会。"肖云飞说。"我按流程办事。这种事一般也就算了，不知你们干了多少回了。但这次不一样，是欧洲高端市场，还是按流程来，如果洪中国认可，这事就算OK了。"柴文娜说。"反正我不同意，这种内部指标跟一线人员就没关系，干吗要开这个会？"肖云飞说。"你们口口声声说不影响使用，没关系，是内部指标。那好啊，你们说给洪中国听啊，为什么怕说给他听呢？不是说什么由原理决定的嘛，你们担心什么？"柴文娜说。

　　"肖云飞，没事，跟一线人员开会，免得真以为我们干了什么见不得人的事呢。我去把分析的原理写一下，发给洪中国，下午开会。"曹瑞祥说。"下午的会，我来组织，就在作战室啊。"柴文娜说。"娜姐，这种事真的不需要的，一线人员不管这么多的。像这种技术上的事，一线人员不会有自己的意见的，肯定是听我们研发的啦。"肖云飞说。"既然你都这么说，更不用怕啦。"柴文娜说。"不是怕，是真的没必要。"肖云飞说。"不管必要不必要，按流程走一遍，万一出了事，也好有个交代。"柴文娜说。"我们可没那么想，研发人员知道，出了任何问题，都是研发人员的错，所以没必要解释。"肖云飞说。

　　"好，洪中国上来了。"柴文娜在会议中说。"大家好，我是洪中国，都有谁在啊？"洪中国问。"洪中国，您好，我叫柴文娜，是产品线的质量负责人。我们这里有肖云飞，还有曹瑞祥和廖默然，他们俩是具体负责双工器的。您那边除了您，还有别人吗？"柴文娜问。"荷兰这边就我一个，你们赶紧说吧，接下来还有事。"洪中国说。"是这样的，给荷兰用的双工器，由于电镀工艺出了点问题，再加上发货时间紧，研发人员对这批货的互调，叫无源互调，指标没达到规格书的要求。研发人员考虑到是2.1G，收发离得远，无源互调差一点，不会影响实际应用，所以这批货就被让步接收了。开这个会的目的，就是想听听你们对这事的意见。"柴文娜说。

"肖云飞，啥叫无源互调？以前只听说过互调，无源互调是啥意思？"洪中国问。"洪中国，我让专家跟你讲。曹瑞祥，你来说。"肖云飞说。

"洪中国，您好，我是曹瑞祥。您刚才说知道互调，其实无源互调就是互调，只不过是射频无源的器件产生的互调，所以叫无源互调。比如双工器是无源射频器件，它产生的互调就叫无源互调。"曹瑞祥说。"功放产生互调，比较好理解，非线性嘛，傅立叶一展开，频谱分量比较丰富，基波以外的频谱，都应看作互调，非线性导致的互调产物。"洪中国说。"行啊，洪中国，门清啊。"肖云飞赞许地说。

"都学过电路基础，任何信号都可用傅立叶展开嘛。但是这个无源器件，按理是不会产生互调的，怎么……"洪中国说。"那是从路的概念，把电阻、电容、电感等无源器件抽象成纯无源……但是在射频，电磁场与微波技术，换句话说是从场的概念。当频率高了以后，电阻就不可能是纯粹的电阻，电容、电感也不可能是纯粹的电容、电感，而是由电阻、电容、电感组成的混合网络。这样说，您是不是有点感觉啦？"曹瑞祥说。

"嗯，以前学的时候，老师好像提过。但是这双工器，我印象中就是个铝块，怎么讲无源互调啊？"洪中国问。"你讲的铝块，实际上里面就是很多掏空的腔体，里面走的不是一般意义上的电流、电压、电阻、电容。"曹瑞祥说。"不是电流、电压之类的，那走的是什么？"洪中国问。"腔体里走的是电磁场。"曹瑞祥说。"啊，对，电磁场，学过的，只是今天才被您给串起来了。对，是电磁场，当年考试的时候还算过一个腔体的Q

值呢。"洪中国说。"您要是知道这个，那就更好说了。腔体谐振，理想的就是纯电容和纯电感的并联。但由于趋肤效应，腔体表面在电磁场的作用下会有电流。"曹瑞祥说。"对，叫表面电流。"洪中国说。"没错，就是表面电流。真实的腔体谐振用路来表示，就是电容、电感和电阻的并联。您算的Q值就是电阻，或者说是腔体的损耗。Q值越高，损耗就越低。所以荷兰的双工器要通过电镀来提高Q值，目的是减少双工器的插损，降低无源互调。"曹瑞祥说。"有趋肤效应产生的表面电流，就意味着有电阻，有电阻就会有无源互调。"廖默然补充道。"研发人员不愧是专家啊，就是有水平，明白啦。"洪中国说。

"谈了这么多，还没说正题呢，双工器无源互调指标让步接收，您的意见是……？"柴文娜问。"我看了曹瑞祥发来的分析，说是个内部指标，2.1G收发离得远，无源互调不会落入接收带内，不影响实际使用。肖云飞，是这个意思吧？"洪中国说。"是的，您理解得很到位。"肖云飞说。"那您的意见呢？"柴文娜问。"这是个技术问题，要研发人员回答呀，我们市场人员怎么回答您呢？"洪中国反问道。"那不行啊，这流程里有规定，有争议的时候，需要市场一线给意见的。"柴文娜说。

"有争议？肖云飞，你们研发内部没达成一致吗？"洪中国问。"研发内部肯定是达成一致啦，否则也不会让步接收，上线生产啊。"肖云飞说。

"哎，不对啊，你们研发人员都达成一致具体实施了，为啥还把我叫上来开会啊？"洪中国问。"是我们质量人员想听听一线的意见。"柴文娜说。

"听我的意见？他们都做了，我的意见还有用吗？'洪中国说。"难道您就没有任何疑问，或者说有什么担心的风险吗？"柴文娜问。

"哎呀，肖云飞，我就问你一句，有没有风险？"洪中国说。"没有任何风险！"肖云飞说。"那就OK啊！"洪中国说。"那好，您同意了就行，谢谢！"柴文娜说。"谢就不用啦，赶紧把货发过来，明天可就是11月5日哦。"洪中国说。"放心,明天一定发。"肖云飞说。"谢谢刚才的两位专家,无源互调算是知道点了。"洪中国说完,下了线。

"有什么感想啊,娜姐?"曹瑞祥说。"唉,你们俩一唱一和,把无源互调通俗地表达了出来,我都感觉像听懂了似的。"柴文娜故意回避着说。"什么叫'通俗地表达'?又不是说相声。"廖默然说。"刚才没好意思说,就用了'通俗'两字,其实我是想说相声来着。"柴文娜说。

"以后,这种会还是不开为好。"肖云飞插话道。"要是需要,该开还得开。"柴文娜说。"娜姐,这种事最好产品线自己把握,没必要让一线知道那么多。"曹瑞祥说。"我看,你们的考评应该划到产品线张总那儿,否则你们这么不听产品线的话,真可能出麻烦。"肖云飞说。"肖云飞,你这个领导思想真的有问题啊,把我们管质量的看成是麻烦制造者,不对啊。"柴文娜说。"难道今天您的所作所为不是在制造麻烦吗?"肖云飞说,"好在洪中国比较好说话,否则您是不是就通知制造团队,不让发货啦?更何况曹瑞祥、廖默然做的,是符合流程的。"

"其实公司很变通的,所以才有让步接收走工作联络单这个流程,本质就是当遇到问题时,产品线说了算。"曹瑞祥说。"人不可能让尿憋死。"肖云飞说。"说粗话,领导说粗话。"柴文娜说。"你不觉得此时只有这句话最能贴切地表达吗?"肖云飞说。"哟,还为说粗话找理由。你们这些领导啊,真难伺候。"柴文娜说。"错,非常好伺候。"肖云飞说。"我知道,你想说听话就好伺候嘛。"柴文娜说。"娜姐悟得透。"廖默然说。"不行啊,我们领导要求树立对立面,我们也是左右为难。"柴文娜说。"我不说嘛,你们应该在张总下面考评,这样就没问题啦。"肖云飞最后说。

13. 广开思路

"怎么样，现在上行速率能达到麦克斯韦的水平吗？"在实验室，肖云飞问麦哲渊。"不行，感觉跟手机有关。"麦哲渊说。"哎，正好，王厚林，怎么上行速率不行啊？"肖云飞冲着正好进来的王厚林问。"是啊，这不在想办法嘛。"王厚林说。"多搞几家的手机试试。"肖云飞说。"荷兰肯定是用麦克斯韦、香农的手机，所以一定要在这两家的上面把速率调上去。"王厚林说。"那就要多与这两家沟通细节，首先要设置准确。"肖云飞说。"就这设置，都是自己摸索的。"麦哲渊说。"哎，瑞典与芬兰肯定都开通了3G，让瑞研所的人测一下他们的现网速率情况。芬兰也去个人测测，这样双箭齐发，别光自个儿摸。"肖云飞说。"安排了。"王厚林说。"有收获吗？"肖云飞问。"没那么快。"王厚林说。"这种事没那么慢吧？你们要主动跟进，否则不会有收获的。"肖云飞说。"好，我跟紧点。"王厚林说。"别光闷着头搞，要先把手机侧搞清楚，否则混在一起没法搞。"肖云飞说。"牛玉江能早点去就好了。"王厚林说。"迪拜网，我们有人在啊，联系一下网规的人。"肖云飞说。"对，可以充分利用迪拜这张网。好，马上联系迪拜网规网优的人。"王厚林说。"广开思路，广开渠道。"肖云飞说。

"巴基斯坦有我们的设备吗？"赵长城问。"在拓展，实验局有小单，没有大单。"肖云飞说。"相信早晚会有的。"赵长城说。"明年应该会有一些大单进来。"肖云飞说。

"哎，马庆生，荷兰的货，今天发没问题吧？"肖云飞突然问。"没问题，吃饭前问了，都已经包装入库了，就等着人来提货了。"曹瑞祥急忙回答。"这回多亏娜姐高抬贵手。"廖默然说。"即使娜姐真不同意要拦，也是拦不住的。供应制造团队最终是听产品线的，产品线是产品质量的第一责任人，不是公司的质量部。这一点，大家一定要明白。"肖云飞说。

"哎，想起来了，王厚林，找江嘉陵帮忙，葡萄牙有条件啊。"肖云飞话锋一转。"葡萄牙的是低频，用的是从韩国定制的手机。"王厚林说。"对，频段不同。"牛玉江说。"上行速率一定要搞上去啊，不能比麦克斯韦的差，这是必须的，否则老板肯定不答应。"肖云飞说。"看来呀，3G手机，我司也要快啊，否则你看……"赵长城说。

"说到江嘉陵，葡萄牙项目到底怎么样啊？"王厚林说。"在等葡萄牙运营商高层的决策，江嘉陵说问题不大。"肖云飞说。"都问题不大，搞到现在也就是西藏的项目成功了。"马庆生说。"要有耐心。"肖云飞说。

"西藏那边一点动静都没有，真这么顺吗？"曹瑞祥说。"成都办一帮人在搞，有事尽量自己扛。"肖云飞说。"放心，会有问题的。只是在建设中，等站都建好了，就开始关心业务了。打不了电话，用户投诉肯定是避免不了的，关键看有多严重。"赵长城说。"成都办这帮人还是开了不少局的，一般情况应付得了。"马庆生说。"高原、低气压，不知会出啥问题。"廖默然说。"多关注吧，向一线人员主动了解情况，给郝树斌发邮件。"肖云飞说。"好，接下来找郝树斌。"曹瑞祥说。

"都在啊，又来需求了。"在功放实验室，肖云飞说，"海外有些客户只有两根馈线，想增加设备和频段，但不想增加馈线。""就用ODU嘛。"曹瑞祥说。"要是这样，就不用来找二位了。"肖云飞说。"要合路。"廖默然说。"是啊，室内多个频段合成一路，到了天线端再分路。"肖云飞说。"频段信息明确，就可以做啊，这没啥的。"曹瑞祥说。"里面要能通直流，给塔放馈电。"肖云飞说。"需求提清楚就可以啦，做直流馈电没问题啊。"曹瑞祥说。"直流馈电可以做，是吧？"肖云飞问。"可以啦，不是什么新技术，实现很简单的。放心，能做。"廖默然说。"能做啊，2G的900MHz、1800MHz，再加上3G的2.1G，三合一，没问题吧？"肖云飞问。"三频合路，可以啊。"廖默然说。

"客户要求一个柜子全搞定。"肖云飞说。"什么叫一个柜子全搞定？"曹瑞祥问。"就是一个柜子把2G、3G和三个频段全放进去。"肖云飞回道。"3×6共18个载频，可以。"曹瑞祥说。"可以吗？"肖云飞问。"可以啊，咱们的机柜支持18个载频板，当然每个频段只能两载波。"曹瑞祥说。"真的可以吗？我提醒你，机顶只有6根跳线。"肖云飞说。"外置合路器嘛。"廖默然不以为然地说。"我们的18载扇机柜已经很高啦，客户的机房比较矮，加上走线架，没空间放外置合路器。"肖云飞说。"上面没地方，放地下。哪儿不能放合路器啊？"曹瑞祥说。"按理呢，也行，哪儿不能放3个合路器嘛。可是，麦克斯韦就能在一个机柜里全搞定。"肖云飞说。"嗯，信息可靠吗？"曹瑞祥说。"人家应标就是这么说的，白纸黑字写的。"肖云飞说。"知道麦克斯韦是怎么实现的吗？"廖默然问。"目前不清楚，市场人员正在了解。"肖云飞说。

"能不能利用一个频段的双工器，把其他两个频段都结合进去，其他两个往这个上面线缆一连，这边一根线出机顶，三合一？"肖云飞说。"还是先了解麦克斯韦是怎么实现的吧，这个我们考虑一下。"曹瑞祥说。"要是有多载波，这些都不是问题。"廖默然说。"是啊，哎，你们的高效功放方案定了吗？"肖云飞问。"还是不好说。"廖默然说。"怎么还不好说？"肖云飞问。"毕竟没有全系统跑过。"曹瑞祥说。"邓学佳那边，班德的芯片怎么样啦？"肖云飞问。"要问邓学佳。"曹瑞祥说。"这用人家的，就这么不爽，干等着。"肖云飞说。"你们好好想想啊。"肖云飞边说边离开了。

"麦克斯韦这么牛啊，一个机柜，连合路器都装进去了。"廖默然说。"其实要做，说不定也行，就是空间比较紧张。你不可能动机柜嘛，对吧？"曹瑞祥说。"那肯定啦，要是能动机柜，肯定搞得定啦。"廖默然说。"不过，相对来说，3G的双工器尺寸有余。毕竟频率高，收发离得又远，把三合一的合路器放在3G的双工器上是有可能的。"曹瑞祥说。"还别说，尺寸都一样，2.1G的比900MHz和1800MHz的高不少，自然尺寸相对有余。在2.1G的双工器内，把三合一的合路器做进去，先排排再说。"廖默然说。"你安排人先布置一下，看看可行性有多大再说吧。"曹瑞祥说完，离开了功放实验室。

"柳超智，有事找您，来功放实验室一趟。"廖默然在电话里说。滤波器设计工程师柳超智进门问："有什么事？""有个三合一的合路器，要先布一下局。详细的东西，我发给您。这两天布一下，就在3G双工器里边搞，尺寸不变。"廖默然说。"好，我先布，有问题再问您。"柳超智说完，正要回自己座位上去。"提醒一下，要多想想办法、多讨论，不是太好搞，要用你的超级智慧。"廖默然说。"我哪来什么超级智慧？"柳超智说。"唉，别辜负了您这个名字哦。"廖默然说。"我尽力吧。"柳超智说完，离开了。

"哎，廖默然，天线上的分路器不是太好办。"曹瑞祥说。"天线端只需要把高低频分开，应该好搞啊。"廖默然说。"塔放的告警信号怎么办？"曹瑞祥问。"告警信息，塔放非要有告警信号吗？"廖默然问。"这话说的，现在都是在机房远程故障监控，告警是必须的。"曹瑞祥说。"哪里的需求？"廖默然问。"是非洲南部的。"曹瑞祥说。"一般欧洲人喜欢用塔放，中国基本不用。"廖默然说。"肯尼亚、津巴布韦，还有南非，以前都是英国殖民地。这些方面主要靠欧洲。"曹瑞祥说。

"不好办，拉告警线呗。"廖默然说，"你要想放进分合路器里，那就麻烦大了。""说来听听，怎么麻烦大了？"曹瑞祥问。"天线端要把告警的分别调制再合路，机房里再分路解调，麻不麻烦？"廖默然说。"不用这么麻烦吧？"曹瑞祥说。"你说不用这么麻烦，那你说怎么搞？"廖默然说。"我看肖云飞转过来的邮件，1800MHz和2.1G的，是合一的双频塔放；900MHz的，是一个单独的塔放。两根馈线各走各的告警，也不行。"曹瑞祥说，"这个告警是在射频信号里的，不对，好像真没啥好办法，你那个办法代价太大，不如拉告警线。"

"要是单拉两根告警线，就跟分合路器没关系了。"廖默然说。"没啥好办法，不知道麦克斯韦是怎么搞的。"曹瑞祥说。"其实，两根馈线分别走两个OOK告警信号是可以的，只不过工程安装指导要说清楚，线别接错了就行。"廖默然说。"是吗？写个文档，咱们再仔细讨论一下。"曹瑞祥说。"好，我来写。"廖默然说。"嗯，好像可以，工程上做好线缆两头的标识，应该可以。"曹瑞祥说。"拉两根告警线，存在接错的可能性，都一样。"廖默然说。

"安排谁在布局？"曹瑞祥问。"柳超智在布。"廖默然说。"分合路器内部，直流馈电和OOK告警信号走一路。"曹瑞祥说。"还在想啊。OOK告警信号近乎直流，与直流馈电一路正合适，一个简单的低通就搞定了。"廖默然说。"哎，布得怎么样？"曹瑞祥问。"应该不会这么快，还是有难度的。"廖默然说。"那你让个新人来布？"曹瑞祥说。"在燎原是新人，人家在这方面已经工作很多年啦。就是觉得这事难度有点大，才特意让他做的。"廖默然说。"是吗？您的意思是柳超智比较牛？"曹瑞祥说。"当然，还要看这次做得咋样。"廖默然说。

14.听听各方意见

"怎么样，这两天布的？说说，老大们关心着呢。"在功放实验室，肖云飞问。"柳超智，您说说。"廖默然说。"由于2.1G的双工器尺寸相对有余，因此，通过适当调整腔体布局，2.1G双工器内置900MHz、1800MHz、2.1G三合一的合路器是可以的。"柳超智说。"外形尺寸不变哦。"肖云飞说。"前提就是外形尺寸不变，否则就没难度了。"柳超智说。"张总就想听到这样的消息，你们俩没意见吧？"肖云飞冲着廖默然、曹瑞祥问。"我们内部讨论过了，才给您汇报的。"曹瑞祥说。"做得不错啊，柳超智。"肖云飞拍了拍柳超智的肩说。"没让领导们失望就行。"柳超智说。"曹瑞祥，搞份材料，组织相关各方评审一下，听听各方的意见。"肖云飞说完，走了。

"刚才曹瑞祥介绍了单机柜18载扇，实际上就是3个S222。没办法，客户不愿意增加馈线了。其实想想，客户是对的，我也认为不应该增加馈线。"在评审会上，肖云飞说。"是啊，馈线不增加是有道理，没错。但是，你们为何要改3G的双工器呢？"查曼丽问。"有什么问题吗？"马庆生问。"我不回答，肖云飞，你来回答马庆生这种幼稚的提问。"查曼丽说。"您看，是您提出的异议。我是同意3G的双工器加内置合路器的。"肖云飞说。"那您说说同意的理由吧。"查曼丽说。"这理由明摆着，市场有需求，竞争对手说能搞定。为了市场，为了在竞争中争取主动，把3G的双工器做适当修改，加入内置合路器，从而实现一个机柜18载扇的需求。"肖云飞说。

"加入内置合路器没错，生产上好像没法测。"师建宏说。"生产上？"肖云飞愣住了。"好吧，你先回答制造代表的问题。"查曼丽冲着肖云飞说。"曹瑞祥，你来说。"肖云飞说。"应该不存在生产人员不能测的问题吧。"曹瑞祥说。"那好，你把生产人员如何测试的方案展示一下。"师建宏说。"这个……"曹瑞祥吞吞吐吐。

"没考虑，一看就是没考虑，否则材料里肯定会有的。"查曼丽说。"怎么啦？"肖云飞问曹瑞祥。"没材料没关系，能说清楚也行。"师建宏大气地说。"对啊，说清楚也行啊。"肖云飞对曹瑞祥说。"廖默然，您能说清楚不，要不您来说？"曹瑞祥问身边的廖默然。"这有什么好说的嘛，显然肯定是可以测的。"廖默然说。"没说不能测，是在生产上怎么快捷地测试，你们研发人员肯定可以测啊，两回事。"师建宏说。"应该可以不测。"廖默然说。"不测也是一个解决方案，生产上没问题。"师建宏说。

"那出厂质量怎么保证？"柴文娜问。"没有要求测，生产线自然就没法保证啊。"师建宏回道。"那不行，肖云飞，你们别胡来。"柴文娜说。"只是说应该可以不测，没说就不测。"肖云飞说。"那好，那就没问题了。"柴文娜说。"怎么没问题，怎么测啊？我想想，是不太好办，要是测了，产能会严重下降的。"师建宏说。"肖云飞，我的还没说呢，制造代表这个坎儿，您都过不去。"查曼丽说。"今天就先到这儿，接下来分析清楚了，再请大家一起讨论。"肖云飞说。"谢谢各位啊！"曹瑞祥对大家说。"分析时要叫上制造的人啊。"师建宏说。

"曹瑞祥，你们做事现在越来越水啦。"柴文娜边吃午饭边说。"什么水不水的？真的要测，我指的是在生产上，照样没问题。"曹瑞祥说。"这话怎么听着有点……会上咋不说呢？"柴文娜说。"跟你说吧，这个3G双工器内置合路器，尺寸不变，能实现，是很有难度的。"廖默然说。"是啊，精力主要放在这个上面了。生产测试是'小菜'。"曹瑞祥说。"你就吹吧，等你把师建宏搞定。"柴文娜说。"师建宏？他恨不得都不测才好呢。"廖默然说。"赵长城，你们也想想，生产上怎么高效地测试。"肖云飞说。"夏润泽，你考虑考虑啊。"赵长城顺势说。

　　"肖云飞，还是要想办法了解麦克斯韦是怎么做的。"曹瑞祥说。"麦克斯韦还是牛啊！"廖默然说。"让他们去了解啦，没消息啊。"肖云飞说。"还是得跟在人家屁股后头，哼！"柴文娜说。"都这样，当年的日本不也是嘛，这样的好处是可以少走些弯路。"东方牡丹说。"先跟着学是对的，人家毕竟搞了几十年了，积累多，经验也丰富。"肖云飞说。

　　"马庆生，你媳妇是什么意思？"肖云飞问。"又要重新开模、重新谈价，是两个并存啊，还是怎么着？两个并存，备料备哪个？都是问题，所以采购团队的领导很是反对。"马庆生说。"这倒是真的，哎呀，还真没考虑这么多呢。"肖云飞说。"要不怎么说稳定的BOM（物料清单）也是降成本呢。"马庆生说。"还是看看麦克斯韦怎么做的再说吧，就重新开模，张总估计就很难决策了。"肖云飞说。"那搞不搞啊？"曹瑞祥问。"你们出方案，该搞的还是要接着搞。至于方案最终敲定，就要等张总的了。"肖云飞说。"感觉您都没信心了，还搞啥？"曹瑞祥说。"是你们自己被生产搞怕了，没信心了吧？我没信心？别找借口，生产的事要拿出切实可行的方案来。"肖云飞说。"好好好，搞。"曹瑞祥说。

　　"有信息说麦克斯韦把两个载频做在一个模块里。"肖云飞在功放实验室说。"那岂不是很大？"廖默然问。"很大？你是说尺寸吗？"肖云飞问。"是啊，本来是两个模块，做成一个模块，难道和原先的尺寸一样？"廖默然说。"没说尺寸的事，不清楚。从提供的信息看，应该是原有尺寸，做了两个载波。"肖云飞说。"应该是，要是尺寸大很多，也不稀奇。"曹瑞祥说。"要是这样的话，麦克斯韦的机柜里就能省出空间放合路器了。"廖默然说。"有没有更详细点的信息？"曹瑞祥问肖云飞。"张总在想办法找人了解，目前就这么多信息。"肖云飞说。"查曼丽等人想的也是，搞个内置合路器，两种，确实难办。"廖默然说。"如果能像麦克斯韦一样，就都没问题啦。"曹瑞祥说。

"哎，你们也看看，能不能做成麦克斯韦那样的？"肖云飞说。"麦克斯韦真的做到我们所说的吗？还是确认一下再说吧。"曹瑞祥说。"又不碍事，应该是真的。你们这边考虑起来，先布布看嘛。"肖云飞说。"可以。"廖默然答道。"那你们赶紧考虑起来。我跟你们说，麦克斯韦真要是这么做了，那成本就不用说了。"肖云飞说。

"听说金总很着急。"肖云飞又说。"金总很着急？那张总呢？"曹瑞祥说。"张总，不太清楚。"肖云飞说。"这些信息是谁提供的？"曹瑞祥问。"市场人员。"肖云飞说。"张总就关心3G。"廖默然说。"领导思想不统一，下面就难办了。"曹瑞祥说。"什么难办？这不让你考虑起来嘛，别钻空子啊。"肖云飞说。"什么叫钻空子嘛，你说用不用那个开关？"曹瑞祥问。"这……"肖云飞被问住了。"就是啊，用开关和不用开关，差别有点大。这需要领导先定，才能往下分析。"廖默然说。"领导才不会定呢。"曹瑞祥说。"你怎么知道？"廖默然问。"说得没错，领导的思路很简单，他们一定是看麦克斯韦的。"肖云飞说。"那就是说，不清楚麦克斯韦怎么做，我们就没法做，是这个意思吧？"廖默然说。"你理解得很对。"曹瑞祥对廖默然说。

"也不是这样，你们可以两个方案都走，我是倾向于不再用那个开关了。"肖云飞说。"那好啊，曹瑞祥，我们就按去开关的考虑呗。"廖默然说。"麦克斯韦怎么做，不好说啊。"曹瑞祥说。"你不就想说麦克斯韦可能还是用开关嘛。"肖云飞说。"用开关实现起来简单，省地方。二合一了，尺寸就显得尤为重要。"曹瑞祥说。"难道不用开关，就一定尺寸会偏大？"肖云飞问。"目前看是这样。"曹瑞祥说。"廖默然，就不能想想办法，把尺寸减一减？"肖云飞问。"在想啊，不过目前还没有好办法。"廖默然说。

"本来去开关就已经有难度了，这又增加个二合一，就是难上加难。"曹瑞祥说。"都考虑吧，不难要我们做什么嘛。"肖云飞说。

"好，都考虑，这是最简单的思路。"曹瑞祥说。"但耗人、耗时啊。"廖默然说。"做着呗，正好锻炼锻炼新人。"曹瑞祥说。"这种心态就对了。"肖云飞说。

"TIO。"肖云飞边吃午饭边对曹瑞祥说，"麦克斯韦的二合一模块，一线人员搞到了麦克斯韦的宣传资料。""Two in one，很直白啊。没说用不用开关？"曹瑞祥问。"看不出，资料转给你们了，你们再看看。"肖云飞说。"要是能搞个模块分析分析就好了。哎，尺寸？"廖默然说。"就是尺寸没变。"肖云飞说。"就是，变了，机柜就得变，麦克斯韦还是……"曹瑞祥赞许地说。"这下压力大了。"廖默然说。"哎呀，TIO——麦克斯韦新的撒手锏，成本上的优势更加明显了。燎原怎么办？"马庆生问肖云飞。"到底有没有开关啊？"曹瑞祥说。"估计仅从材料上，恐怕很难看出来。"邓学佳说。"老大们肯定在想法子搞真实的模块。"曹瑞祥说。"嗯，我是提了。"肖云飞说。

"我们的特点就是先看人家怎么做，自己分析的，领导不看重。"赵长城说。"领导认为我们的水平臭，还达不到能分析出人家的水平，还是重实物分析。"王厚林说。"领导倒是简单，搞到实物照着做总没错。要是自己想出来的，万一有问题，不好交代啊。"邓学佳说。"怎么着，肖云飞，我们怎么做？"曹瑞祥说。"按昨天讨论的搞呗。"肖云飞说。"两种都分析？"廖默然问。"是啊。怎么，你是不是觉得麦克斯韦就是用开关啦？"肖云飞问廖默然。"没有，没有。"廖默然急忙摇头否认。"那你问什么？"曹瑞祥说。"随便问问。"廖默然说。"直觉告诉我，就是用了开关，那个继电器开关。"曹瑞祥说。"看看，你们俩开始意见不统一了吧？"肖云飞说。"没有不统一啊，我没说啥呀。"廖默然说。"按照昨天说的搞呗。"曹瑞祥说。

15.中央领导来视察

"这老板就是老板！"柴文娜说。"什么意思啊，突然来这么一句？"尹贤良问。"你们不知道吗？"柴文娜说。"什么呀？"马庆生问。"娜姐是说中央领导来视察的事吧？"东方牡丹说。"是啊，这么大的事，怎么都没人议论呢？"柴文娜说。"有什么新闻吗？"王厚林说。"要不怎么说老板就是老板呢。"柴文娜又说。"什么意思啊？"邓学佳说。"在参观展厅的时候，老板对中央领导说，2003年，世界上有两件大事。"柴文娜说。"哪两件啊？"赵长城问。"猜。"柴文娜说。"赶紧说。"肖云飞说。"看来你们有点消息闭塞啊。"柴文娜说。"说吧。"东方牡丹说。"老板说，2003年，世界上有两件大事，一件大事是美军攻打伊拉克。"柴文娜说。"嗯，第二件呢？"麦哲渊问。"第二件，你们怎么也不会想到。"柴文娜说。"就是杨利伟的太空游。"尹贤良说。"我看老板说的应该跟公司有关，森尼韦尔告燎原？"东方牡丹说。"不可能！这算什么世界大事？应该赶不上杨利伟的太空游。"麦哲渊说。"牡丹，你是不是事先知道？"柴文娜问。"真是这个呀？"东方牡丹问。"没错，就是森尼韦尔告燎原。"柴文娜说。"在中央领导面前抬高燎原呗。"赵长城说。"能让世界著名的顶尖高科技企业森尼韦尔红了眼，中国企业还是第一次吧。"肖云飞说。"敢在中央领导面前提，说明这事，中央看得很重。"东方牡丹说。"嗯，有道理。"曹瑞祥说。

"您别说，尼日利亚的NWT实验局，还真有可能是靠这个呢。"肖云飞说。"时间吻合，应该是。"曹瑞祥说。"尼日利亚那边怎么没动静啦？"马庆生说。"这个月底揭标。"肖云飞说。"不会像印尼项目似的，被森尼韦尔拿下了吧？"马庆生说。"不知道，不好说。"肖云飞说。"马庆生，闭上你的乌鸦嘴。"柴文娜说。"好，我不说了，我祈祷还不行嘛。"马庆生说。

"哎，周末去仙湖植物园玩玩呗。"肖云飞说。"心诚则灵，弘法寺好啊。"王厚林说。"牡丹，你行不？"肖云飞问。"还行。"东方牡丹说。"好，那就这么定了，周末去仙湖植物园。"肖云飞说。"搞迷信活动。"柴文娜说。"娜姐，您的意思是不去啦？"马庆生说。"我说不去了吗？不去白不去。"柴文娜说。"你呀，去了也白去。"尹贤良说。"那你也白去。"柴文娜说。

"速率怎么样？"在测试实验室，肖云飞问麦哲渊。"现在在实验室测试，基本达到麦克斯韦的水平。"麦哲渊回道。"外场呢？"肖云飞又问。"达不到。"麦哲渊说。"差得多吗？"肖云飞问。"不稳。"麦哲渊说。"找个稳定的位置啊？"肖云飞急着说。"肯定是找了嘛。"王厚林进来插话道。"什么原因？"肖云飞问。"正在找原因。"王厚林说。"你去找原因啊，我又没找你。"肖云飞急忙说，"外场，你们都窝在实验室，就能找到原因？""查代码啊。"王厚林说。"不是说实验室测试还可以嘛，那就分析外场与实验室的差异。"肖云飞说。"分析了，一样的代码，没分析出差异。"王厚林说。"你们首先要在外场，找到能达到麦克斯韦水平的点。"肖云飞说。"正在搞。看，把曹瑞祥请来了，正想讨论您说的呢。"看着进来的曹瑞祥，王厚林说。

"嗯，曹瑞祥，帮他们全面分析一下，时间有点紧。"肖云飞说。"就是空口嘛，差异在空口。确实要找到合适的位置，否则找不到能达到麦克斯韦水平的点。当然，软件人员也要看看，是不是哪些参数设置不太适合外场。"曹瑞祥说。"你说，如果找不到达到麦克斯韦水平的点，怎么办？"王厚林问。

"瑞典那边怎么样？"曹瑞祥问。"说了一大堆理由，还没提供实测的数据。"麦哲渊说。"是因为没有实测数据，才找一大堆理由的吧？"肖云飞说。"说是这两天就能测出数据来。"王厚林说。"王厚林、曹瑞祥、麦哲渊，时间有点紧啊，这可是老板要的。你们现在要处于攻关状态喽，别到时候……"肖云飞说着，转身离开了。"就是给我们压力呗，什么别到时候啊。"王厚林说。"不说了，还是集中精力找点吧。"曹瑞祥说。"好，我们讨论一下具体的吧。"王厚林说。

"TIO资料分析得怎么样？"在功放实验室，肖云飞问廖默然。"资料里没有明确提，对比了以往麦克斯韦的资料，感觉还是用的老方法。"廖默然说。"那我们就要好好想办法，如何降低失效率。"肖云飞说。"不去开关啦？"朱文学在一旁问。"没说不去啊。"肖云飞说。"那……"朱文学欲言又止。"我只是说，如果还用开关，要降低失效率。当然，你们要是能做到既不用继电器开关，又能二合一，那是最好的。"肖云飞说。"我觉得应该可以。"袁一帆说。"就目前领导对我们实力的认识，如果你们只说应该可以，不是意见一致坚定地说可以，恐怕……"肖云飞说。"领导就认为是不行，这是肯定的，不会信我们的。"廖默然说。"为什么是这样啊？"袁一帆说。"这就是实力和可信度。像麦克斯韦，实力不容置疑，自然可信度就高。而我们是跟着别人走的，没法证明自己的实力，老大们自然就很难信赖我们。我觉得这很正常。"廖默然说，"但这并不代表我们没实力，只是需要找机会证明。""就怕老大们不给机会啊。"肖云飞说。"相信总有机会的。"廖默然说。

"多载波，恐怕只有多载波了。"肖云飞说。"其实，针对麦克斯韦的TIO，如果沿用开关的话，也就没啥好分析的。所以，我们还是好好搞去开关的TIO。"廖默然说。"未必吧，带开关的TIO就这么容易实现？我看未必。"肖云飞说，"依我看，你们还是先把带开关的分析清楚，再分析去开关的。""终于把实话说出来了。"廖默然说。"什么？"肖云飞说。"就是不相信呗。"廖默然说。"没有的事啊，只是先分析有开关的，你们不是说麦克斯韦是这样的嘛。不存在不相信的问题。"肖云飞争辩着。"好，相信、相信，知道啦，您相信。"廖默然说。"本来就是嘛，不相信你们，相信谁？"肖云飞说。"不是说了必须的嘛。信不信，都只能是我们做。"袁一帆说。"要不说是实话呢。"廖默然说。

"昨天没见你们仨呀。"柴文娜边吃午饭边冲着王厚林、曹瑞祥、麦哲渊说。"敢去吗？加班找点呢。"王厚林说。"有没有找着好些的点啊？"夏润泽问。"问曹瑞祥。"麦哲渊说。"还行吧，找了两个比原来好些的点。"曹瑞祥说。"看，还是曹瑞祥管用吧，找点不是随随便便就能找到的。"肖云飞说。"好是好点，但还是达不到麦克斯韦的。"王厚林说。

"底噪怎么样？"肖云飞问。"底噪，-100左右，城市底噪基本就这水平。"曹瑞祥说。"实验室底噪呢？"肖云飞又问。"实验室底噪，麦哲渊？"曹瑞祥问。"比在外场好5分贝左右。"麦哲渊说。"昨天在弘法寺的时候，我就是这么想的。"肖云飞兴奋地说。"您是说速率上不去很可能跟这5分贝有关？"王厚林说。"当然。"肖云飞坚定地说。"但是，外场底噪在-100左右，是正常情况啊。我知道低5分贝，速率肯定能好。但外场底噪是客观存在，我们能改变这种现状吗？"曹瑞祥说。"客观存在，白天和深夜的大气底噪、周围环境肯定是不同的，这也是客观存在。"肖云飞说。"您是说，深夜测？"曹瑞祥说。"凌晨三四点吧。"肖云飞说。

"真高，实在是高！想让你们干通宵，就挖了这么个坑。"柴文娜在一旁说。"这倒不是坑，有道理。"曹瑞祥说。"有点像赵本山、范伟的卖拐，谢谢啊。"东方牡丹笑着说。"今晚就测。"曹瑞祥说。"我也去。"肖云飞说。"瞧你们姐俩，整个一对……"马庆生欲言又止。"一对什么？

说呀，一对什么？"柴文娜说。"一对姐妹花。"马庆生说。"这还差不多。"东方牡丹说。

"看来我们是有差距啊，即使用开关，二合一尺寸上还是搞不定。"廖默然说。"怎么样，你们二位有何感想？"廖默然说。"我觉得也不用规定得太死了，毕竟我们并不知道麦克斯韦是怎么做的。"朱文学说。"你是想说什么？"袁一帆问朱文学。"塔放，相当于双工器加上低噪放。"朱文学说。"你是说，把低噪放移到双工器里去？"袁一帆说。"这样尺寸就应该没问题啦。"朱文学说。"也是一条路。这条路可行啊，可以作为保底的方案，唯一的问题就是双工器要改。"廖默然说。"所以我说别太死板了。"朱文学说。"好，朱文学，从塔放引申到收发信机，思路挺开阔的，好！"廖默然说。

"他来燎原前就是做塔放的。"袁一帆说。"不对啊，招聘的时候，你说是做直放站功放的呀。"廖默然说。"那是知道做功放的受欢迎。"袁一帆说。"是这样吗？"廖默然问朱文学。"都做过。"朱文学说。"这么说，您还挺全能的啰。"廖默然说。"跟您比，差远了。"朱文学说。"不管怎么说，您今天的思路挺好，没准儿就会用这个方案。"廖默然说。"是吗？那敢情好。"朱文学说。

"呀，抖起来了。"袁一帆开玩笑地说。"大家还是多动动脑子，也别太迷信国外的。"廖默然说。"需求拉动思维。省尺寸，搞不定；把能分开的分出去，尺寸就能搞定。想来也挺顺理成章的，但要是规定死了不能拿出去，或者双工器不能改，也就没戏了。"朱文学自言自语。"世上无难事，只要肯登攀啊。"廖默然说。"确实不能死干，要多动脑子。"袁一帆说。"袁一帆，接下来开关的方案，你主脑。"廖默然说。"主脑？好好好，我主脑。"袁一帆说。

"朱文学，你知道为什么我比较赞同您的方案吗？"廖默然说。"为什么？不会是认为说双工器要更改，其实仅仅是放个低噪上去，修修模就可以搞定吧？"朱文学说。"看来你已经想得很透彻了。"廖默然赞许地说。"哎呀，其实我是做塔放的，知道塔放的核心还是里面无源的分合路器，低噪放说到底就是一块PCB单板，往分合路器背面一贴就OK了，根本不算个事。"朱文学说。"看见没，彻底暴露了。"袁一帆说。"直放站和塔放的差异就是，一个收发都放大，一个仅放大接收，就多一个功放的差异。做功放的吃香啊，我虽没亲手做过，但经常看他们做，也很清楚功放是怎么回事。"朱文学说。"彻底坦白了。"袁一帆又说。"说明人家能力强。"廖默然说。"你不会对双工器也很了解吧？"袁一帆对朱文学说。"其实说是做塔放，主要还是侧重于双工器。"朱文学说。"我知道，一般都是什么都自己搞定，所以小公司锻炼人啊。你是没负责搞直放站，否则双工器、低噪放、功放一锅端。"廖默然说。"这下抖得不行了。"袁一帆调侃地说。"别老说别人，看你的了。"廖默然冲着袁一帆说。

第六章

突破非洲，再战欧洲

1. 方法就是比问题多

"凌晨测试，底噪确实比白天要低，上行速率也确实有明显提升。虽然还是没有达到实验室的水平，但看到从瑞典发来的数据，说明凌晨的数据已经比较好了。"在作战室，肖云飞说。"应该可以交差了吧？"王厚林说。"还是没达到麦克斯韦宣称的外场水平啊。"赵长城说。"但瑞典的数据也没达到啊。"牛玉江说。"不扯这些。能说明一点，目前我们的思路是正确的。只搞一个晚上，还不够。"肖云飞说。

"那接下来怎么搞？"曹瑞祥问。"从两个方面着手。"肖云飞说。"哪两个方面？具体点。"赵长城说。"其实我也没想好。"肖云飞说。"先说嘛，大家一起讨论讨论。"王厚林说。"王厚林，速率上不去，一开始肯定从软件版本着手。"肖云飞说。"是的。"王厚林说。"结果查了半天，实验室和外场是一个版本、一套参数，又觉得跟版本、参数无关。"肖云飞说。"那肯定啊，更何况你们凌晨的测试结果证明就是环境底噪的问题。"麦哲渊说。"但还是达不到实验室的水平。"曹瑞祥说。"我看了外场的底噪数据，与实验室的比还是差一点，主要表现在没有实验室的稳。"麦哲渊说。

"王厚林，听了麦哲渊的话，您有何想法？"肖云飞问。"您的意思是说，参数需要调整？"王厚林说。"调过，调过很多次了，没什么用。"牛玉江说。"是的，调过很多次，没用。"麦哲渊说。"知道你们调过，而且调过很多次，但是……"肖云飞没说完。"但都是在白天底噪大的时候。"

曹瑞祥说。"曹瑞祥说得没错。"肖云飞说。

"这参数跟底噪扯不上关系啊。"王厚林说。"一般人可能都这么认为。但你看，曹瑞祥显然不这么认为。"肖云飞说。"你们俩不会是觉得孤单，想多找些人陪陪吧？"王厚林说。"小人之见，不至于啊。我的直觉告诉我，在良好的底噪条件下，适当调整上行网络参数，有可能对提高上行速率有帮助。"肖云飞说。"这算是你的一个方面，是吧？"王厚林说。"是的。"肖云飞说。"那另一个方面呢？"王厚林问。

"曹瑞祥，我们搞的那个站，电磁环境是比其他的好。但是，看见没有？那边有座山，如果我们把一个扇区的天线集中打向这座山上，凌晨，我们在山上测，相信会更好。"肖云飞说。"这么搞，意义大吗？"赵长城说。"对啊，即使速率上去了，也是特殊环境，不具备普遍适用性啊。"夏润泽说。"不能这么说嘛，我们这是摸底，知道吗？自己的设备，底在哪儿都不知道，是不行的。"王厚林说。"行啊，就这样搞呗。"赵长城说。"花一周时间，认认真真地把底摸透。"肖云飞说。"差不多就到10月底了，你也该去荷兰了。"牛玉江说。"都是为你小子干的。"麦哲渊说。"以后有的是机会。"赵长城说。"就是，还有机会的。"肖云飞跟着说。

"线性功放不是搞了吗，而且也发了货。"在功放实验室，袁一帆说。"线性功放量少。"廖默然说，"升漏压的方法还是尽量少用，要慎重。""查了资料，这个管子可以达到31V啊，跟厂家也沟通了。"袁一帆说。"厂家这么说的？"廖默然问。"是啊。"袁一帆说。"要是能这么干，就太省事啦。"朱文学说。"那可靠性要严格测试，否则，哼！"廖默然说。"那肯定啊。"袁一帆说。"要真用，电源要动。"廖默然说。"通过漏压来调管子的输出能力。不过这个比线性功放的功率变化更大，差一倍的功率，漏压差要多少？"朱文学问。"我只是提出这个想法，漏压差要多少，还要实测才知道。"袁一帆说。"先搞个计划吧，把底摸透了，再看下一步该怎么搞。"廖默然说。

"搞什么呀？"刚进门的曹瑞祥说。"升漏压，去开关。"廖默然说。"能搞出一倍的功率吗？"曹瑞祥问。"这不正准备测测看，看需要多大的压差？"袁一帆说。"电源怎么办？"曹瑞祥问。"也想啦，先试吧，如果在合理压差范围内可行的话，再考虑重新开发电源的事。"廖默然说。"哎呀，当时开发电源的时候就没想到要调电压，只是做了固定可调。"曹瑞祥说。"只要可调就可以啦。"袁一帆高兴地说。"做试验可以，真用起来不行的。"廖默然说。"啊？这样啊。"袁一帆说。"要换电阻的，不同的电阻对应不同的输出电压。"曹瑞祥说。"可以用数字的啊。"朱文学说。"道理上是可行，再怎么的，也要改板啊。"曹瑞祥说。"是什么封装的电阻吗？数字电阻没准儿也有对应的封装。"朱文学说。"0805的。"曹瑞祥说。"0805封装的，数字电阻肯定有。"朱文学肯定地说。"那好啊，可以不改板，就能调电源输出电压。"曹瑞祥高兴地说。

"噢，不行，电阻只有两个管脚，数字电阻还要有控制脚，否则也只能是某个固定值。"朱文学说。"不是要改板？"廖默然说。"没办法。"朱文学说。"我说嘛，当初目光短浅，后来线性功放的电源就可以。"曹瑞祥说。"那能不能……"袁一帆说。"不能，结构不一样，装不进去。线性功放用的是通用的电源模块，一般通用的都是可以调的。"曹瑞祥说。"敢情您是专门把电调功能给取消啦。"廖默然说。"要不说目光短浅了嘛，不该省的省了，又没省几个钱。"曹瑞祥说。"哎，先测试再说。"廖默然冲着袁一帆说。"对，先把压差与输出功率的关系给找到。"曹瑞祥说。"好，测。"袁一帆无奈地说。"不会就被这个电源给毁了吧？"朱文学说。"不至于吧？"廖默然说。"不好说。"曹瑞祥说。"不一样啦，电源卖给威帕沃了，说是合作不会改变。但毕竟是两个公司，更何况又是美国的公司。"

曹瑞祥补充道。"我的命有点苦。"袁一帆说。"先测、先测，别想那么多。"廖默然说。

"听说他们搞去开关方案，测试效果挺好的，你知道吗？"在测试实验室，肖云飞问赵长城。"听说他们在搞，具体不太清楚。"赵长城说。"我跟你说，赵长城，他们说了不算，这事要你给结论。"肖云飞说。"要我？"赵长城夸张地问。"怎么，不对吗？"肖云飞反问。"光测一下，就能算OK吗？长期的可靠性呢？所以，要你负责是没有错的。给我好好测测，要加严。"肖云飞说。"那工作量可有点大呀。"赵长城说。"那我不管，反正结论要你出。"肖云飞说完，转身走了。"夏润泽，你清楚这事吗？"赵长城转身找夏润泽问。"没工夫管这事，荷兰的还没完呢。"夏润泽说。"好吧，我去了解。"赵长城说着，出去了。

"哎呀，我来学习学习你们的新玩意儿。"走进功放实验室，赵长城满脸堆笑地说。"肖云飞让你来找茬的吧？"廖默然说。"您都不知道我来干啥，就这么说。"赵长城说。"不就是去开关嘛。"廖默然说。"说是测的结果还不错，具体怎么搞的，这一下就把继电器开关给干掉了？"赵长城问。"没有，用升漏压的方法有争议，这不把你弄来了嘛。"廖默然说。"那可靠性行吗？"赵长城问。"要你来回答呀，我们跟厂家沟通是可行的。"廖默然说。"是这样啊，那应该没问题。"赵长城说。"啊，这么快就得出结论啦。"廖默然说。"不过，还是提供两个模块，我们测试一下。"赵长城说。"目前没法提供啊。"廖默然说。"为什么？"赵长城不解地问。"还不是正式的产品。"廖默然说。"那肖云飞找我搞啥嘛，为啥不能给我们测测？"赵长城问。"漏压可变是手动搞的，不是靠软件搞的。"廖默然说。"我知道，这电源电压不可调。"赵长城说。"您说得没错，所以说不是正式的产品，仅仅是摸摸底，看看这个方案可不可行。"廖默然说。"重要的是通过这次测试，我们初步摸清了压差与功率的关系，这是我们的主要目的。"袁一帆在一旁补充道。"这个当然重要。不过,我这全面测试不太好开展啊。说说,怎么手动调的?"赵长城问。"没有用原配的电源,用外接的仪表电源搞的。"袁一帆说。"这样我无法全面评估啊,还是出个正式样机,测试再介入吧。"赵长城说,"离正式产品差得远呢,电源要改,去开关PCB也要改。电源一时半会儿搞不了的,你们慢慢玩吧。这些都妥了,我们再介入。"说完,赵长城走了。

"怎么样,了解得?"肖云飞边吃午饭边问旁边的赵长城。"什么怎么样?"赵长城问。"一早跟你说的。"肖云飞说。"是哪个呀?"赵长城故意说。"你装糊涂是吧?"肖云飞说。"啥事,神神秘秘的?"柴文娜说。"是啊,事那么多,你说是啥事?"赵长城说,"噢,你是说去开关的事吧,问过廖默然啦。""这时候你就介入,早了点吧?"曹瑞祥说。"确实早了点,全是手动搞的,测试目前没法介入。"赵长城说。"电源都没有,搞啥嘛。"夏润泽说。

"娜姐,您说美国为啥牙科诊所那么多?"肖云飞转移话题。"没去过美国,不知道,应该是很赚钱吧。"柴文娜说。"你又没去过美国。"东方牡丹说。"听他们刚从美国回来的人说的。"肖云飞说。"西方牙科诊所确实多,瑞典也一样。"曹瑞祥说。"为什么我们国家独立的牙科诊所很少,几乎见不着,都在医院里?"邓学佳说。"告诉你们吧,西方人甜食吃得多,牙容易出毛病,所以牙科诊所自然就多了。"肖云飞说。"有道理哟。你看好莱坞电影里,女主人公经常一早在床上吃甜食,牙都不刷。肯定有蛀牙,牙医就在隔壁候着呢,方便。"柴文娜说。"说的跟唱的似的,还挺形象,就在隔壁。"东方牡丹笑着说。"不过老外是喜欢吃甜食,尤其是巧克力。老头、老太太在巧克力店不停地吃着巧克力,受不了。"曹瑞祥说。"肖云飞,真的假的,吃糖吃的?"东方牡丹说。"民间传说,民间传说。"肖云飞说。"肖云飞的传说。"柴文娜说。"还别说,我觉得有道理。反过来看，牙科诊所多，肯定是牙的问题多啊，否则开那么多诊所，没人看牙，可能吗？"王厚林说。"有道理。"尹贤良说。

"能不能不动电源？"曹瑞祥在功放实验室对大家说。"不动电源，就是变漏压。不动电源，怎么搞？"袁一帆说。"问题摆在这儿，要动电源，这项目很难往下走，因为牵涉到与威帕沃的合作，所以……"曹瑞祥说。"但输出电压肯定要动。"廖默然说。"那当然，换个电阻嘛，临时技改就可以啦。"曹瑞祥说。"就是说把电源电压升上去？"袁一帆说。"肯定啊，否则功率怎么能上去呢？"廖默然说。"可以，袁一帆，在输入电平上变。"朱文学说。"OK，三个臭皮匠，顶上一个诸葛亮。"曹瑞祥说。

"软件要动。"袁一帆说。"怎么软件都要动？"朱文学说。"搞几个样机试试呗，行了就给测试人员。方法就是比问题多，是吧？"曹瑞祥说。"领导英明。"袁一帆说。"都是被逼的。"曹瑞祥说。"这样，应该很快就能真搞定了。"廖默然说。"先做吧，让测试人员做可靠性测试，测试完了再说。这事可能没那么简单。"曹瑞祥说。

"喂，麦哲渊，测的情况怎么样？"肖云飞在电话里问。"比较接近麦克斯韦的值了，应该还行吧。"麦哲渊回道。"上行网络参数的调整有效果吗？"肖云飞又问。"效果还是有的，往山上打，再加参数调整，差不多就达到麦克斯韦所宣称的水平了。"麦哲渊说。"瑞典那边后来有没有更好一点的数据？"肖云飞问。"没有更好的数据传回来。估计比较难，他们肯定不会像我们这样做啦。"麦哲渊说。"什么时候结束啊？"肖云飞问。"今天最后一天，完了，版本归档。"麦哲渊说。"是啊，牛玉江也该去了，前方已经在催了。"肖云飞说完，挂了电话。

"喂，我是肖云飞。"肖云飞给王厚林打电话。"知道，啥事？"王厚林说。"能有啥事啊？"肖云飞说。"应该差不多了，您说得没错，在较低的底噪下，参数调整还是能起到作用的。今天差不多了，就归档。牛玉江说，荷兰那边催他快去呢。"王厚林说。"好啊，赶紧归吧。"肖云飞说完，挂了电话。

"曹瑞祥，我是肖云飞。"肖云飞又给曹瑞祥打电话。"噢，肖云飞。"曹瑞祥说。"怎么样啊？"肖云飞问。"刚才麦哲渊不都跟您说了嘛。"曹瑞祥说。"你们俩在一起啊，还行，是吧？"肖云飞说。"在这个山坡上，电磁环境更好一些，具体表现是速率比较稳。差不多啦，可以告一段落了。"曹瑞祥说。

"牛玉江，这次您也全程参与了，心里应该有底了吧？"在作战室，肖云飞说。"也谈不上有底，到那边怎么搞呢？"牛玉江说。"还是要到合适的位置。"王厚林说。"老板带人参观，应该类似实验室环境，好搞些。"麦哲渊说。"不好说的，一定要去找外场合适的位置。记住，是实验局，不仅仅是为了参观，明白吗？"肖云飞说。"对，参观反而不是最重要的，一定要像在家里一样去做实验局。"王厚林说。"参观、实验局都重要，而且效果要比麦克斯韦的更好。"肖云飞说。"更好？"牛玉江说。"这是老板要求的。"肖云飞说。"难度有点大呀，家里也就差不多的样子。你让我一个人在荷兰搞得更好，不太现实吧？"牛玉江为难地说。"老板的要求是有道理的，跟麦克斯韦差不多，就很难竞争啦。只有超过麦克斯韦，比麦克斯韦的好，才有可能竞争得过麦克斯韦。"肖云飞说。"那现在怎么办？"牛玉江问。"先达到，再超越嘛。"肖云飞说。"关键是怎么超越？"王厚林问。"你问我，我问谁啊？真是的！"肖云飞说。"那你究竟是什么意思啊？"麦哲渊问。"牛玉江，赶紧过去。家里接着搞，毕竟没达到理论值，说明还有空间。"肖云飞说。

2. 天道酬勤

"手机响了。"王厚林在一旁提醒肖云飞。肖云飞掏出手机："喂，哪位？""肖云飞吗？我是关景鹏啊。"电话那头，关景鹏说。"啊，关景鹏，您好！"肖云飞说。"我们今夜是无人入睡啦。"关景鹏说。"怎么啦，啊，中标啦，是不是中标啦？"肖云飞顿时激动起来。"1000万美元、1000万美元，燎原在海外的第一大单，燎原史上最大的单，中标NWT，1000万美元！感谢啊，肖云飞，感谢产品线的支持，功夫没白费啊！好了，挂了啊。"关景鹏在尼日利亚那头大声地说。

看着大家激动的眼神，肖云飞大声地喊着："尼日利亚NWT，燎原中标，1000万美元。""1000万美元啊，发财啦！"大伙儿开心地笑着、喊着。"哎，晚上，丹桂轩。"肖云飞又喊着说。"好好好，丹桂轩、丹桂轩。"大家齐声喊。"肖云飞，太贵了。"马庆生在一旁说。"什么贵不贵的？又不要你掏钱，高兴就好，大家说是不是啊？"肖云飞大喊着说。"看着大家这么高兴，我也高兴。只是肖云飞，一次丹桂轩，顶关东风好几回的，还是关东风吧。"马庆生又说。"马庆生，你怎么这么扫兴啊！不拿大家的经费，我请客，行了吧？"肖云飞说。"你请客？"马庆生说。"我还是请得起的，不用你瞎操心。"肖云飞说。"就是，难得一次，别扫兴。肖云飞愿意请，就让他请。你还操心他请不起，还是怎么的？"王厚林说。"好好好，丹桂轩、丹桂轩。"马庆生说。

"哎，说说荷兰的事。"肖云飞冷静下来说，"这在尼日利亚中标，意味着海外市场的突破。老板要求比麦克斯韦的更好，我们要力争达到老板的要求。""话是没错，可是……"王厚林说。"以前，我们的思路是初级的，也不注意细节。结果室内外电磁环境对底噪的影响也没在意，况且底噪的优劣影响着网络参数的作用。这些，我们有了新的认识。"肖云飞又说。

"这话说得好，有了新的认识。新的认识意味着认识的初步性。换句话说，就是我们还是初步的，有更深入认识的可行性。这是两种新认识，是不是还有更新的认识呢？"曹瑞祥说。"不知道。"王厚林说。"不知道，就说明有潜力。我们要触碰理论极限，要敢于挑战麦克斯韦。"肖云飞说。

"牛玉江，快去吧，我们在家继续挖潜。"王厚林说。"牛玉江首先要在荷兰搞到目前家里的水平，我想应该不是很容易。所以牛玉江，您的担子很重啊。"肖云飞说。"万事都经不住琢磨，只要不断琢磨，就有可能出现新的认识。"邓学佳说。"说到这儿，你的中频处理是不是有油水可捞？"曹瑞祥冲着邓学佳说。"这……"邓学佳被问住了。"不急着回答。中频信道，尤其是接收，信噪比有没有可能再提升一点？"肖云飞说。

"电磁环境影响底噪，核心是影响信噪比。以前是模拟域的，现在该数字域啦。"曹瑞祥说。"看看吧，我们回去仔细再看看。"邓学佳说。"基带处理也要好好分析一下，处理的机制，还有时钟等，都可能影响信噪比。"肖云飞冲着王厚林说。"时钟，马庆生啊，相噪。"王厚林冲着马庆生说。"还真经不住琢磨，相噪、时钟，要好好看看。"邓学佳说。"相噪对信噪比的影响是直接的，如果相噪不好，直接影响信噪比。"曹瑞祥说。"看来老板就是有眼光。好啦，赶紧去整啊。"肖云飞说。"赵长城，去借台最好的相噪仪。咱们那个分析带宽不够，测得不真实。"邓学佳说。"不行的话，找厂家临时租借也行。"曹瑞祥说。"好吧，我先找平台，他们应该有。"赵长城说。

"怎么样，比关东风？"肖云飞端着酒杯问马庆生。"咳，就一土鳖。来，喝一个。"王厚林冲着肖云飞说。"咱算不算熬出头啦，肖云飞？"王厚林干完又问。"王厚林，啥叫熬出头啊？"马庆生说。"马庆生，这才刚开始，您就……酒量也太差了吧。"尹贤良说。"怎么，您是说我酒量比你差，是吧？好了，总算有敢叫板的了，今儿咱俩要分高低。肖云飞，倒酒。"马庆生说。

"为啥叫肖云飞倒酒啊？我来。"东方牡丹说。"按理，美女倒酒好。"马庆生说。"好好好，我不倒。"东方牡丹说。"但是，今儿得肖云飞。啊，肖云飞？"马庆生拦住东方牡丹，冲着肖云飞说。"怎么，有说法吗，非要我倒酒？"肖云飞说。"想讨说法是吧？哼，告诉你，我说关东风，你偏要在丹桂轩，还说什么'不拿大家的经费，我请客'。"马庆生说。"怎么啦？让我倒酒，让我心疼，把我喝破产，是吧？"肖云飞说。

"就这意思，今儿非让您知道充大款的代价。"马庆生说。"行啊，倒。"肖云飞说着，给马庆生倒酒。马庆生一把拦住肖云飞，问："钱带够了吗？别到最后没钱，把我们都拦下，个个给您凑吧？"听了这话，肖云飞从口袋里掏出一张卡片，说：'这是什么？大家看看。'"是什么？银行借记卡吧？"柴文娜说。"借记卡，就是你们人人都有的嘛。哎，看清楚了，这可是中国银行的信用卡。"肖云飞说着，看了一眼信用卡，"叫长城信用卡，知道不，长城信用卡？""瞧您说的，就像刷信用卡，钱不用还似的。"柴文娜说。"别的不说，马庆生，至少今晚的酒钱不用你操心。这里可刷5万，够您喝了吧？"肖云飞说着，给马庆生、尹贤良倒满了酒。"嗯，这下我放心了，不用大伙儿凑份子了。"说完，马庆生一口干了。

"别说，这丹桂轩的菜确实比关东风的强多了。"马庆生吃了口菜后说。"你才知道啊？"东方牡丹说。"肖云飞，说两句吧。"赵长城说。"对，说两句。"柴文娜说。"首先，庆贺一下尼日利亚中标啊，大家举杯，喝啊。"肖云飞抿了一口酒，接着说，"尼日利亚NWT这单，可谓虎口拔牙，具体为什么客户中意我们，我也不太清楚。但吉达实验局不仅开得及时、快速，而且是帮助军方剿匪，专门为军方定制的。还记得巴勃罗上尉升为中校，现场调双工器吗？""记得，刚开始想当然是室外微基站，结果被骂了一顿，说没脑子。"马庆生说。"结果有脑子的变成了没脑子，马庆生这个没脑子的又变成了有远见、有脑子的了。"王厚林说。"那是没办法。最终啊，马庆生依然是没脑子啊。"肖云飞说。"知道，肯定是啊。我现在想得很明白，当时确实是没脑子。"马庆生说。"别小看马庆生这种思想上的转变，这就是尼日利亚中标的基石。"肖云飞说。"始终以学习的心态，不断思考，在探索中进步，真可谓'只有好好学习，才能天天向上'啊。"东方牡丹说。"对对对，牡丹归纳得好，'只有好好学习，才能天天向上'。"邓学佳在一旁说。"以客户为中心嘛，客户当然喜欢啦，像森尼韦尔店大欺客，结果……"赵长城说。"启航，从尼日利亚开始。"肖云飞举杯，一饮而尽。

"我记得当时，对，就是廖默然，双工器，真是好大的胆子啊。"柴文娜说。"要不说有点天注定呢。"东方牡丹说。"曹瑞祥在瑞典，结果又冒出个廖默然，一个做功放的，解决了双工器移频的问题。大家说，牡丹说的天注定对不对？"肖云飞说。"天意？这下理解老板为啥老提'天道酬勤'这四个字了。"王厚林说。"对对对，什么天注定，什么天意，都不是啊。老板说的'天道酬勤'，是天道酬勤。我们是唯物主义者，不靠天、不靠地，靠自己。"东方牡丹赶紧补充说。"'天道酬勤'好像出自《周易》。"赵长城说。"是嘛，《周易》。"肖云飞说。"古人就是有智慧。"尹贤良说。

3. 不想结果，只想过程

"要想达到理论极限，首先要充分理解、深刻理解理论。"在作战室，肖云飞说。"信噪比是关键，目前就是如何降低通道固有底噪。"肖云飞又说。"射频模拟域里是锁相环的环路带宽。"曹瑞祥说。"从基带来看，就是眼图的开启度。"邓学佳冲着马庆生说。"别冲我说呀，是你给我的，你得先睁开啊。"马庆生冲着邓学佳说。"马庆生，你的时钟应该要关注抖动。赵长城，有测抖动的仪表吗？"肖云飞问。"没有。"赵长城说。"有有有，光网络团队有，早期做的时候测过一次，就是去光网络那里测的。"马庆生说。"哎，邓学佳、曹瑞祥，射频板中的中频信道是数字、模拟，还有电源电路，三部分混合的。美国模拟公司上次来的时候说，他们最擅长的是降低底噪。他们也试了很多方法，你们是不是也试试？"肖云飞说。"远水解近渴吧。"邓学佳说。"要放长远点看，降低底噪的工作是根本啊。"肖云飞说。"安排人搞吧，会有用的。"曹瑞祥说。"功夫不负有心人。"廖默然说。"好吧，我们分析分析吧。"邓学佳说。

"我们再摸摸环路带宽，应该有油水可捞。"曹瑞祥说。"夏润泽，联系一下光网络团队，去测一下时钟抖动。"马庆生说。"可以，这就去联系。"夏润泽说着，走了。"好，就要像工兵挖地雷一样，一点一点地挖，会有回报的。"肖云飞说。"不如先从环路带宽、抖动开始，如果有效，还能用得上。"王厚林说。"要改硬件的。"邓学佳说。"你那种改就是电容值的更改，或者电阻值的更改，家里可以改了，再寄给牛玉江，甚至可以在荷兰现场改。"王厚林说。"得了，还是家里改了，寄去吧，万一现场把单板弄坏了。"邓学佳说。"好了，还是赶紧去忙吧，别光在这儿打嘴仗。"肖云飞说。

"你们都在啊，看邮件了，牛玉江到了。"在测试实验室，肖云飞说。"还挺顺利的，新板换了，版本也升了，都挺正常的。"麦哲渊说。"家里的镜像环境在跑吧？"肖云飞问。"在跑。"赵长城说。"室内速率怎样？"肖云飞又问。"正常，正在外场找点呢。"麦哲渊回道。"看来老板说得对，还是要想法强于麦克斯韦。"肖云飞自言自语。"那让邓学佳等人赶紧搞啊。"赵长城说。"在搞。"肖云飞说。

　　肖云飞来到射频实验室，说："牛玉江那边进展顺利，我们还是要想办法强于麦克斯韦。""正在搞，我也希望啊。"曹瑞祥说。

　　"喂，马庆生，去测了吗？"肖云飞给马庆生打电话。"正准备呢，明天吧。"马庆生回道。"为啥要等明天？今天为啥不行？"肖云飞说。"还要做很多准备的，总要把时钟接出来吧；要用人家的仪表电源，也要做线吧。别太心急啊，心急吃不了热豆腐。"马庆生说。"别贫啊，赶紧的，谁知道老板啥时候带客户参观啊。"肖云飞说完，挂了电话。

　　"建议您先去功放实验室看看，袁一帆的去开关应该有进展了。"曹瑞祥对肖云飞说。"尼日利亚中标，反而感觉到压力巨大。老板的要求没达到啊，到时候市场人员丢单该有借口了。"肖云飞说。"您是说老板是被市场人员逼的？"曹瑞祥说。"你说呢，用得着逼吗？没中标前，对老板的话没往心里去；中标以后，自个儿就觉得老板说得对，而且越琢磨越觉得对。肯定是啊，比麦克斯韦强，说话底气也足啊，老板这种高人更是渴望啦。"肖云飞说。"不愧是领导，想公司所想，急公司所急啊。"曹瑞祥说。"赶紧的啊，我去他们那儿看看。"肖云飞说完，去了功放实验室。

　　"哟，领导有空来这儿啦。"廖默然看着肖云飞说。"什么话？前阵子经常来啊，只是最近……怎么样，袁一帆？"肖云飞问。"不用动电源，搞定。"袁一帆说。"好啊，让赵长城做可靠性测试。已经说了，这事由赵长城给结论。"肖云飞说。"您都不了解了解？"廖默然说。"电源不动，只能搞到高压啦。功耗大了，极端情况下，满机柜跑得动不？"肖云飞问。"没测呢。"袁一帆回道。"所以，你们别在我面前晃荡，要赵长城冲过来说才算数。"肖云飞说。"满机柜还真不知道呢。"廖默然说。"别光想着成功，知道运动员训练时强调什么吗？"肖云飞问。"不想结果，只想过程。"袁一帆说。"回答正确，加10分。"肖云飞说，"唉，光嘴上行，是不行的，没落到实处啊。""赶紧凑足满机柜模块去测。"廖默然说。"那好吧。"袁一帆说。

"牛玉江那边找点的情况怎么样？"肖云飞问王厚林。"嗯，来邮件了，找了一个还可以的点。这不刚发的邮件，估计才入睡。"坐在座位上的王厚林回道。"牛玉江的效率挺高啊！马庆生等人去测抖动了。"肖云飞说。"你指望他呀，能指望上吗？"王厚林说。"别这么说，都指望。"肖云飞说。"荷兰那边要是真有参观，还是可以应付的，您这么急干啥？"王厚林说。"张总有压力啊。"肖云飞说。"怎么了？"王厚林问。"这局面刚打开，市场人员到处说燎原的比麦克斯韦强，都在逼张总。张总只能悄悄给我发短信，你看短信长的，就怕电话里说不清楚。"说着，肖云飞打开手机给王厚林看。"全靠研发人员撑着啊！"王厚林感叹道。"知道难了吧？"肖云飞说。"哎，给马庆生打电话，问问测的情况咋样？"肖云飞冲王厚林说。"喂，咋样啊？"王厚林在电话里问马庆生。"没那么快，测时钟，至少先预热半小时，然后不测一两个小时没法判断是否有问题，耐心点啊。是肖云飞让你打的吧？他要是等不及，就干脆过来，心里不就踏实了嘛。"马庆生说。"让你过去。"王厚林说。"具体哪个房间？"肖云飞问。"具体在哪儿啊？"王厚林问。"七楼707实验室。"马庆生说。"七楼707实验室。"王厚林对肖云飞说。"好，这就去。"肖云飞急忙转身走了。"真指望啊。"王厚林看着肖云飞的背影说。

"哎，肖云飞，在哪儿呢？"马庆生接着电话问。"在门外，肖云飞没门禁卡，赶紧帮忙刷一下。"马庆生对一旁光网络的人说。

"夏润泽也在啊，测的情况怎么样？"一进实验室门，肖云飞就急忙问。"刚预热完，开始正式测试大概不到半小时。"马庆生说。"26分钟。"夏润泽说。"有啥异常没？"肖云飞问。"到目前都正常。"马庆生说。"不过听光网络的人说，好像常常在相当长一段时间后，时钟会突然大幅度抖动一下，然后又在相当长时间内保持稳定。"夏润泽说。"噢，是吗？"肖云飞扭头问在场的光网络的同事。"是的，很多时钟都有这种情况。没耐心的话，不一定能发现。"光网络的同事说。"全靠眼睛看啊，那确实要有耐心。"肖云飞说。

"按这种说法，我们的时钟可能真的有问题。"马庆生说。"为什么？"肖云飞问。"你看啊，如果时钟突然大幅度抖动，此时眼图肯定差啊。"马庆生说。"那肯定。噢，对了，此时速率肯定是个坑。"肖云飞说。"嗯，有道理，我们跑速率时总会过段时间就来个'万丈深渊'，莫非真是时钟抖动造成的？"夏润泽说。

"抖了一下。"一旁的光网络的同事说。"哪儿呢？没看见啊。"马庆生说。"很快，要是这么长时间还能看见，早就发现问题了。就是不容易发现，隐蔽性很强。"光网络的同事说。"我看这样，这个抖动测试仪能不能借我们用一周，就一周？"肖云飞冲着光网络的同事说。"我们经常要用的，光网络对时钟的要求比基站的要求高多了。"光网络的同事说。"知道，但我们不是急着想把速率提上去嘛，老板要求的，没办法。就一周，我们加班加点地测。一周后保证还，行不？"肖云飞说。"知道，你们牛，中了个千万美元的大单，老板拿你们当香饽饽了。我们可是支撑着公司的利润啊，你们还是靠我们养的呢，别忘喽。"光网络的同事说。"谢谢你们的无私奉献！要不仪表也奉献一回，帮人帮到底嘛。"肖云飞说。"那我们要用怎么办呢？"光网络的同事问。"是这样的，之所以想拿回去测，是可能真的与速率有关。我们准备在系统中跑，同时监视速率和时钟，看它们之间是否有因果关系。在这儿没法搞啊，怎么样，行行好，行吗？"肖云飞说。"那我们要用怎么办？"光网络的同事又问。"上我们那儿测呗。只要你们去，保证优先用还不行吗？"夏润泽说。"这仪表可贵重啊，千万别弄坏了，公司可就这一台。又买了一台，还没到呢。"光网络的同事说。"那肯定的。夏润泽，听到没？弄坏了，把你卖了都赔不起。"肖云飞说。"我们领导打过招呼，要全力支持你们。肖云飞，登记一下吧。"光网络的同事说。"夏润泽，登记。"肖云飞说。"不行，领导说要您亲自登记，特地嘱咐的。"光网络的同事说。"哼，这么不放心。我登记，好了吧？"肖云飞边说边登记。"可以了，拿走吧，自己填携物出门电子流。肖云飞，拿走的可是好的啊。"光网络的司事说。"知道。"肖云飞说。"你怎么知道我的？"肖云飞问。"卢梦娇的老公，移动大牛人，谁不知道？"光网络的同事说。"那您……？"肖云飞凑过去看了看工卡，"闵春江。好了，多谢啦，走了。""慢走，不送。"闵春江说。"这也不好拿呀，搞个车呗，闵春江。"马庆生说。"有，等着。"闵春江说着，去找小推车了。

4. 稳步推进

"这样，系统搭好，看时钟抖动和速率集中在哪儿。大家也知道，难度太大，闵春江看到了，咱们没感觉。"肖云飞在测试实验室说。"他们是有经验，我们还得练啊。"马庆生说。"怎么，闻着风，都来啦？"肖云飞看着王厚林、麦哲渊、赵长城、邓学佳、曹瑞祥说。"凑个热闹。好家伙，您真就指望这啦？"王厚林冲着肖云飞说。"先不说，咱们做。马庆生，把牡丹叫过来。"肖云飞说。"这会儿叫牡丹干啥？"马庆生不解地问。"让你叫，你就叫。来了，你就知道了。"肖云飞说。"那好，我去叫她来。"马庆生说着，走了。

"我们没经验，时钟抖了一下，很快的，不容易看到，你们问夏润泽。"肖云飞说。"是啊，没看过，不好抓。"夏润泽说。"知道为啥找牡丹了。"王厚林说。"为啥？"赵长城问。"拿摄像机对着录啊，没错吧？"王厚林冲着肖云飞说。"没错，就这意思。"肖云飞说。

"哎，牡丹，摄像机。"赵长城冲着刚进来的牡丹说。"什么摄像机啊？"东方牡丹满脸疑惑地张大嘴说。"哎，牡丹，是这样的，你看啊，我们想通过这两台设备来定位速率的问题。这不是老板要我们强于麦克斯韦嘛，你知道的。"肖云飞说。"嗯，怎么啦？定位速率问题，我能干点啥呀？"东方牡丹问。"能啊，而且还很关键。"肖云飞说。"哎呀，就是让您搞个摄像机，就架在这儿，同时把这两个屏幕实时录下来。"王厚林说。"录这干啥？"东方牡丹问。"要是马庆生做，肯定只能傻乎乎地盯着看，不一定能抓着时钟的抖动。"肖云飞对东方牡丹说。

"你才傻呢！"马庆生说。"你不傻，为啥牡丹没带摄像机来啊？"肖云飞问。"您也没……"马庆生说。"我不说，你要不傻，就应该知道啊。"肖云飞说。"行了，别贫，说。"东方牡丹冲着肖云飞说。"还说啥呀，用您的摄像机代替这个傻子呗。"肖云飞说。"不说我两句能死啊！"马庆生冲着肖云飞的头，作势拍了过去。"明白了，马上去公司借最好的。"东方牡丹边笑边说。"现在就去，和马庆生一起去。"肖云飞说。

"还得添一台示波器，看眼图。"邓学佳说。"那一台摄像机够不够？"马庆生问。"哎呀，不行，两台，牡丹。"肖云飞说。"行啊，两台。"东方牡丹说着，和马庆生走了。"眼图是该看。"马庆生边走边自言自语。

"好吧，夏润泽搭系统。一会儿，一台摄像机专盯时钟和速率，这两个一定要在一个画面里，另一台盯眼图。"肖云飞说。"环路怎么样？要不换上新的模块试试？"王厚林问邓学佳。"在试，试得差不多了，可以拿到这儿一起看效果。"邓学佳说。"先别急着往这儿掺和，你们单独试；否则问题点太多，不易得出正确结论。"肖云飞说。"也是，我们先单独搞吧。"邓学佳说。

"其实我知道，没那么简单的。只是通过各种尝试，多发现问题。解决了，未必真就能使速率明显改善。"肖云飞说。"是啊，超越麦克斯韦应该不容易。"曹瑞祥说。"射频板降底噪的事还是要坚决去做，去探索。如何做好复杂单板的电磁兼容，是永恒的主题。"肖云飞说。"确实，我们在PCB布局上应该说是有差距的。"邓学佳说。"就靠摸索，光讲大道理恐怕不行。"曹瑞祥说。"是啊，摸呀，不讲大道理。"肖云飞说。"还是比较难搞，先试环路带宽吧。PCB布局的事要好好想想。"邓学佳说。"最好结合版本搞，否则……"曹瑞祥说。"再说吧，先把眼前的做了。"肖云飞说。"这种事，想得好，未必真的就好。"邓学佳说。"知道。"肖云飞说。

"牡丹，谢谢啊！"当云飞边吃午饭边说。"能为你们定位问题出力，倍感荣幸啊！"东方牡丹略显兴奋地说。"哎，马庆生，用得怎么样啊？"东方牡丹问。"下午倒一下回放看看，不过我看是没看出问题来。"马庆生说。"上午又增加了射频源的频谱跟踪，所以耽搁了一些时间。"曹瑞祥说。"射频源，能看出什么呀？"赵长城问。"频谱仪可以抓瞬间频谱的漂移。如果时钟抖动，按理，射频源也会漂移的。"曹瑞祥说。"是吗？"王厚林问。"当然啦，射频源是锁在时钟上的，时钟抖动，射频源的谱也会跟着漂移啊。"邓学佳说。"这样啊。"王厚林说。"下午过去看看。"曹瑞祥说。"要是这个手段好使，是不是就不用光网络的贵重仪表啦？"肖云飞问。"看吧。"曹瑞祥说。

"我是希望早点还回去，怕咱们的弟兄给搞坏了。"肖云飞说。"你这理由也太牵强了吧？"柴文娜说。"不不不，我是说，动不动就要用这种高档设备，会很不方便，影响效率。曹瑞祥、马庆生，你们说是不是啊？"肖云飞解释道。"是，所以想了这招嘛。"曹瑞祥说。"娜姐，您不知道，这仪表只能我亲自去借，他们都不行。"肖云飞指着大家说。"要不你是领导呢，这时显得领导不好了，是吧？"柴文娜说。"确实不方便，但时钟往往又是问题比较多的。"赵长城说。"但愿啊，曹瑞祥。"肖云飞说。

"哎，王厚林，牛玉江那边啥情况？"肖云飞又问。"正在多找几个点，基本正常。对了，要是真定位出时钟抖动超标的话，荷兰那边怎么办？"王厚林说。"先找规避的方法。硬件有好的，就赶紧寄过去。"肖云飞说。"那要没有呢？"王厚林又问。"不是说了找规避的方法嘛。"马庆生说。"你看，没仪器测时钟抖动的时候，也没见怎么样。这一旦知道时钟抖动过了，就觉得哪儿都不对劲了，心态有问题。"肖云飞说。"先发现问题，然后定位问题。问题定位清楚，不怕解决不了问题。"马庆生说。"话别这么说。对于时钟，我们这价位的，恐怕这种问题具有普遍性，解决起来会比较难。"曹瑞祥说。"厂家没准儿都没仪表测。"邓学佳说。"我们现在用的是国产的，不知道进口的咋样？"马庆生说。"查查有库存吗？领几个出来测一下。"肖云飞对马庆生说。"好，下午叫人去领。"马庆生说。

"怎么样，昨天下午测得？"在测试实验室，肖云飞问。"首先告诉你个好消息，测频率源的漂移，对得上时钟的抖动。"曹瑞祥说。"这台仪表可以还了，对吗？"肖云飞激动地问。"没错。"曹瑞祥回道。"为什么？讲讲，总得弄个明白嘛。"肖云飞说。"想想十兆和两千兆。用频谱仪看十兆，频率偏一点，根本看不出。但锁相频率源到两千兆的时候，八九百兆也同样，那从频谱仪上就能明显看出频率的偏移。"曹瑞祥说。"那肯定是满足协议频率误差要求的。"夏润泽说。"协议的频率误差要求是个范围，肯定是越小越好啦。"邓学佳说。"那肯定。还是希望偏差小一点，对速率是有好处的。这个道理其实很简单，一般人都能理解。"肖云飞说。

"好消息说完了，是不是该说不好的啦？"肖云飞又问。"时钟确实有问题，而且会导致'掉坑'。"马庆生说。"进口的晶振试过吗？"肖云飞问。"稍好一些，也差不多。"马庆生回道。"应该是厂家都没条件测抖动。"曹瑞祥说。"有办法改进吗？"肖云飞问曹瑞祥。"恒温晶振嘛，有温补电路，问题应该出在这上面。"曹瑞祥说。"怎么办？"肖云飞问。"和厂家联系了，厂家的意思是只要能测出问题，就应该可以解决。"曹瑞祥说。"此话怎么讲啊？"肖云飞问，"通常厂家都是用频率计测，不是用我们这种锁相频率源的方法。厂家建议用我们这套测试方法在他们那儿测一下，让他们亲眼看看，应该就有办法改进。"曹瑞祥说。"那你赶紧带着我们的东西去厂家，测给他们看，看看能不能解决这个问题。"肖云飞说。"你确定要这么大动干戈吗？"曹瑞祥问。"为什么不？"肖云飞反问。"那好，明天就去厂家。"曹瑞祥说。

"我们就是要像工兵忝地雷一样，一点一点地寻求改进。"肖云飞说。"至少'掉坑'可以改善。"马庆生说。"这就是一个大进步，尤其是目前这个速率，应该难以一蹴而就。"肖云飞说。"还是要做不少准备。我想，还要带台频谱仪去。"曹瑞祥说。"他们没有吗？'肖云飞问。"有是有，但像我们这种进口的，他们很难买得起。"曹瑞祥说。"这么麻烦！"肖云飞说。"所以才问你要不要这么大动干戈嘛。"曹瑞祥说。"不嫌麻烦，舍不得孩子套不着狼嘛。"肖云飞说。

"要带频谱仪，显然我一个人就不够了。"曹瑞祥说。"你随便叫个手下人陪你去呗。"肖云飞说。"肖云飞，我想你既然下这么大的决心，那这次去要有个结果。"曹瑞祥说。"相信你不会去玩的。"肖云飞说。"我希望邓学佳和我一块儿去。"曹瑞祥说。"为什么呀？叫个手下人帮您拎拎东西的事，怎么非拉着邓学佳，没见他正忙着吗？"肖云飞不爽地说。"曹瑞祥说得有道理，邓学佳也有经验，两个人好商量。毕竟晶振这事是有难度的，一般人没啥用。"赵长城在一旁说。"是一个人去觉得心里没底，要邓学佳为你壮胆吧？"看着曹瑞祥没吭声，肖云飞又顺势说，"好吧，邓学佳，你们一起，明天去吧，但愿有想要的结果。""那还真不好说。"曹瑞祥说。"怎么你……"肖云飞不满地说。"这是真话。"曹瑞祥说。"行啦，我们会尽力的。"邓学佳说。

"3天啊。"肖云飞说。"3天？"曹瑞祥问。"最多1周。要是1周还没眉目，就要另做打算了。"肖云飞说。"好，最多1周。"曹瑞祥说。"王厚林，你别在这儿搞得像没事人似的。你的信道处理，还有芯片参数，都研究透啦？"肖云飞说。"你要是能搞个版本升级之类的，就省事啦。不像这硬件，还得出差，扛着频谱仪，一个不够，还俩。"马庆生说。"我也想啊。软件团队为这次牛玉江去荷兰，算是榨干了。"王厚林说。"什么榨干了？别找借口。前期算是练练兵，接下来就是'工兵挖地雷'（DIG）。"肖云飞说。"整天就知道DIG。"王厚林说。

5. 搞定去继电器开关了

"满配置带不动。"在功放实验室，赵长城对刚来的肖云飞说。"带不动啊，袁一帆？"肖云飞问。"都是顶着上限，算是勉强。"廖默然说。"当时听你们说电源不用动，就估摸着是这个结果。"肖云飞说，"哎，除了满配有问题，其他呢？电性能、高低温之类的？""还没开展呢，估计满配有可能不行，就先测了满配。"赵长城说。"满配是满配，电性能、可靠性都要测一下啊。你不能出个报告，只有满配不行这一项，这样太片面。该有的都得有，一个都不能少。"肖云飞说。"他来就是想说满配带不动，就不用再往下测了。"看着赵长城离去的背影，廖默然说。

"欠考虑吧，光想着好是不行的。这事说了也有几天了，有什么解决的思路吗？"肖云飞问袁一帆。"在考虑栅压调，可以降低电流。"袁一帆说。"对啊，栅压软件可以控，让王厚林搞啊。"肖云飞说。"您不是压着他们搞速率嘛，说是暂时没空。"廖默然说。"那你们先自己手动搞一下，摸摸底总可以的嘛。"肖云飞说。"是啊，正准备做。做满配，把模块都拿去了。现在测完了，可以拿两个回来搞。"袁一帆说着，出去拿模块了。

"升压和栅压可调，同步搞多好。"肖云飞对廖默然说。"是啊，栅压可调，软件工作量有点大，当时想着快嘛。"廖默然说。"倒也是，增加功能需求了，工作量确实有点大。"肖云飞点头道。"麦克斯韦那边有什么消息没？"廖默然问。"没消息。"肖云飞说。"领导们怎么想的？"廖默然问。"你问我，我问谁去？"肖云飞回道。"我觉得去开关，用升漏压的方法确实可行。"廖默然说。"这个结论，你给不了。"肖云飞说。"厂家都说没问题。跟你说吧，有实际应用的，有些对讲机就是用高漏压。"廖默然说。"那是对讲机，一摁通话，不摁呱啦呱啦地单通。能跟频分双工的基站比吗？"肖云飞说。"其实是差不多的，至少我是这么认为的。"廖默然说。"那至少我是不敢轻易认同你的。"肖云飞说。"说来说去，根本在你这儿……"廖默然说。"这种事我能随便说吗？所以让赵长城给结论。只要他的测试报告说没问题，我就敢用。"肖云飞说。"你要是这种态度，他肯定会以种种借口不给明确的结论。"廖默然说。"测出问题就是有问题，测不出问题就是没问题。"肖云飞说。"哎呀，看他的报告吧，肯定是目前测的，没发现问题。但可靠性是需要时间验证的，需要做一些长期可靠性验证，才能给出评估结论。"廖默然说。"你把人家看成这样，不太好吧？"肖云飞说。"但愿喽。"廖默然说。"这事，你觉得可行，是吧？"肖云飞说。"当然，就可摆脱那个倒霉的开关了。"廖默然说。"任麦克斯韦为啥情有独钟呢？"肖云飞自言自语，"我得找张总好好聊聊，开关才是问题，真闹心！"

"张总，廖默然等人真牛，去继电器开关真让他们搞成了。"在张立彪的办公室，肖云飞说。"真的？"张立彪说。"真的，以后再也不用为继电器开关失效烦恼了。"肖云飞说。"再也不用啦，太天真了吧，肖云飞？"张立彪说。"我问你，速率的事有啥突破？曹瑞祥、邓学佳去了，有何有价值的信息？"张立彪问。"刚去了两天，正在和厂家的人一起把环境搭起来做试验。先要把故障重现了，再谈下一步如何解决。"肖云飞说。"牛玉江那边还正常吧？"张立彪又问。"荷兰那边基本达到家里的外场水平，要想更进一步，只能看家里的了。"肖云飞说。

"去开关这件事要保密。"张立彪话锋一转。"保密，为什么？"肖云飞不解地问。"麦克斯韦让这个开关厂开到了深圳，公司也想让深圳这个厂供货，正在谈。由深圳厂家供，不就便宜了嘛。口要紧啊，跟下面说，能去掉不用当然好啦，工作照做，只是别声张，你应该明白的。"张立彪说。"不太明白。"肖云飞失望地说。"这是公司的策略，金总定的，金总亲自去谈的，别糊涂啊。"张立彪说。"不就是觉得麦克斯韦在开发的有可能还是用这个开关嘛。哎，张总，不是说公司想办法在了解详细信息吗，有新消息吗？"肖云飞问。"没有，你去问问邵利伟。"张立彪说。

"葡萄牙的，可能就这几天会中标。"张立彪又说。"真的？"肖云飞问。"差不多，圣诞节前肯定出结果。"张立彪说。"避雷器的事怎么样？"肖云飞问。"这些都是小细节，不会影响招标结果的，大不了给它买喽。"张立彪说，"而且可能还会有其他意想不到的单，正在动作，不便透露。""看来张总的精力都放在老2G之处啦。"肖云飞说。"老的2G，金总在关心。"张立彪说。"不能喜新厌旧啊，张总。"肖云飞说。"没有啊，金总亲自在抓。"张立彪说。"别忘了，老2G可是我亲手从零做起来的，比你有感情。"张立彪拍了拍肖云飞说。"张总，您说的意想不到，不会是印尼S666逆转了吧？"肖云飞说。"没，都跟奈奎斯特签了。"张立彪说。"唉，白忙了半天，不爽啊！"肖云飞说。"胜败乃兵家常事嘛，不要计较一时的得与失。"张立彪说。

　　"喂，曹瑞祥，怎么样？"肖云飞在电话里问。"问题的现象都重现了，厂家在分析原因。"曹瑞祥说。"就是拆开来修嘛。"肖云飞说。"知道就行啦，修完了再测试。"曹瑞祥说。"应该要反复几次，才能真正定位出来。"肖云飞说。"找到原因就好办，就怕僵持。"曹瑞祥说。"耐心点吧，你们两个有经验的在，应该对细节的把握会更好一些。"说完，肖云飞挂了电话。

　　"王厚林，去实验室。"肖云飞给王厚林打电话。"我在这儿了。"王厚林答。"好，我马上来。"肖云飞说着，又给赵长城打电话："赵长城，马上去实验室。""好，就来。"赵长城回道。

　　"好，都在了。"肖云飞来到测试实验室看了一眼，说，"高档频谱仪的时钟是十兆，对吧？""是的。"夏润泽说。"有对外输出口的，我印象中是。看，这就是对外输出的口。"肖云飞边说边来到频谱仪的背面指给大家看。"马庆生，机柜的时钟用这个。"邓学佳领悟了后说。"机柜的时钟可以用外接的，当时我定的。"肖云飞说。"我设置一下，设置成外接就可以了。"马庆生说。"接头没装。"夏润泽说。"你们可真能省！"肖云飞指着马庆生说。"你也别这么说，一般不可能用的。"赵长城在一旁说。"那怎么搞？"夏润泽问。"真是个书呆子！不就是两根线嘛，焊上就行啦。"马庆生边说边搞。"OK。"马庆生搞完后说。"好，加电。"肖云飞说。

　　"活人还能让尿给憋死？这进口高档频谱仪的晶振肯定比我们基站用的高一档。"肖云飞又说。"那肯定啦，否则它测的数据就不准。"赵长城说。"所以说……"肖云飞说。"要这么看，如果用了高档频谱仪的晶振，速率没有明显改善，也就是'掉坑'会好些，是不是这个理？"王厚林说。"嗯，是这个理。"马庆生边盯着屏幕边说。"多测测吧，今天肯定会有结论的。"说完，肖云飞出去了。

　　"下个周末一定要去看《手机》。"柴文娜边吃午饭边说。"哪天上映？"东方牡丹问。"12月18日，下周四。"柴文娜回道。"太好了，周末一定去看。"东方牡丹说。"牡丹，用经费集体组织一下呗。"马庆生说。"那要听大家的意见。"东方牡丹说。"怎么着，大家有意见？"马庆生环视了一下问。"没人反对啊。"马庆生接着对东方牡丹说。"没反对，行啊。"东方牡丹说。

"葛优、徐帆、范冰冰、张国立，绝！"柴文娜说。"没傅彪啊？"赵长城问。"没有。"柴文娜说。"说到傅彪，在大腕中，傅彪演那个专门哭丧的人，真是绝了！"廖默然说。"说到傅彪，哈哈哈……"东方牡丹大笑，"哎呀，《没完没了》，傅彪真的演绝了。""任全到，结果听成人全到。"廖默然说。"洗脚才逗人呢。"东方牡丹说。"最逗人的是抱着酒瓶，舍不得吐，嘴里说着路易十三。"尹贤良说。"最逗的还是要算橡皮菜刀剁葛优。"赵长城说。"对对对，真是绝了。"王厚林说。"葛优在医院热，用那个小风扇。"马庆生说。"商场有卖的，用电池的。"麦哲渊说。

"那好，就定了，下周六，看《手机》。"东方牡丹说。"牡丹，是准备下午啊，还是晚上啊？"王厚林问。"看吧。"东方牡丹说。"牡丹，您没明白问这句话的意思。"马庆生说。"嗯，你明白？"东方牡丹说。"肯定是啊。"马庆生说。"肯定是啥？"东方牡丹回道。"就那意思。"马庆生说。"就哪意思啊？"东方牡丹问。"牡丹，您不是揣着明白装糊涂吧？"马庆生说。"下午呢，就午餐；晚上呢，就晚餐。"尹贤良说。"你想得美，没门儿。"东方牡丹说。"别啊，牡丹。"王厚林说。"拿钱来，拿钱来就行。"东方牡丹伸出手说。"钱不都在您那儿嘛。"马庆生说。"我管电影票钱。"东方牡丹说。"还分那么清楚！"马庆生说。

"没钱啦，肖云飞。"东方牡丹冲着肖云飞说。"又不是我要吃饭，冲我干啥？"肖云飞说。"领导赞助一下。"东方牡丹说。"对了，肖云飞，50000元，上次6000多，还有43000多啊。牡丹就是有水平！还有43000多唉，没问题吧，肖云飞？这么多钱，不帮你花，您哪能花得掉嘛。"马庆生说。

"好，那就这样定了，午餐或晚餐费从中国银行长城信用卡中出。肖云飞，记得把那张卡带上啊。"东方牡丹说。"没问题，不过呢，下周末，我是去不了的。"肖云飞说。"别躲。"王厚林说。"不是躲，卢梦娇的父母来，我必须得去接啊。"肖云飞说，"不信打电话问卢梦娇。""我真打？"马庆生问。"打呀。上次庆贺尼日利亚中标，我可是给牡丹省了钱的，这回还想我来，牡丹？"肖云飞说。"饭的事再说。"东方牡丹说。"别啊，牡丹。"柴文娜说。"好办，面点王、麦兰芳、肯德基任选。"东方牡丹说。"快餐啊。"王厚林说。"有吃的就不错啦，再闹，一人10块钱的盒饭。"东方牡丹说。

6. 一条道走到黑

"怎么样，测得？"在测试实验室，肖云飞问。"'掉坑'是明显改善了。"马庆生回。"什么叫明显改善，有还是没有？"肖云飞问。"明显改善是与原来的晶振相比的。"王厚林说。"就是还是有喽？"肖云飞问。"应该这么说，用了频谱仪的十兆参考源，由于时钟抖动偏大造成的'掉坑'基本消除了。但还有，是其他原因造成的。"赵长城说。"你的问题呢？"肖云飞冲着王厚林说。"感觉应该是软件信道处理机制的问题。"麦哲渊说。"都是没根据的瞎猜。"王厚林说。"应该不是瞎猜吧，还是有一定根据的。"肖云飞说。"根据在哪儿？就是瞎猜嘛。""你别狂，早晚会证明是你的问题。哎，速率有没有提高一些？"肖云飞问。"有提高，稳定多了。"麦哲渊说。"你们都认吗？"肖云飞问大家。"不用认啊，有前后对比的数据，不需要谁认。"麦哲渊说。"有数据，只不过还是不能明显超过麦克斯韦，况且还是频谱仪的参考源。"赵长城说。"结论就是参考源是原因之一。"肖云飞说。"没错。"赵长城说。"之二就是你。"肖云飞冲着王厚林说。"说不定还是主要原因。"麦哲渊说。"这点不成立啊。"王厚林摇着头说。

"你的信道处理机制就那么完美？真的无懈可击？"肖云飞问王厚林。"那是你说的，我没这么说。"王厚林说。"那就是说有不完善的地方嘛，对吧？"肖云飞说。"在搞，只是找不出问题点在哪儿。"王厚林说。"还是看决心。现在好啦，硬件这块儿没啥指望啦。你也下决心吧，一条道走到黑吧。"肖云飞说。"还有曹瑞祥、邓学佳那边呢，你怎么就知道没突破？"王厚林说。"还在这儿幻想，也难怪你是搞软件的。仪表的参考源都只能是'掉坑'改善、速度微好，他们再好，能好到哪里去？"肖云飞对王厚林吼着。"别那么激动嘛，下去搞，行了吧？"王厚林说。"一定要搞定。"肖云飞说。"好，一定要搞定，一定要搞定。"王厚林说。"搞不定咋办？"马庆生在一旁说。"一定能搞定的。"肖云飞说。"好好好，你说能搞定就能搞定。"王厚林说。"什么我说？要你内心深处，不，你们整个团队，要拿出飞夺泸定桥的气势来。真的，要有置之死地而后生的决心，相信能搞定的，一定能超越麦克斯韦。"肖云飞打着气。"怎么感觉像'人有多大胆，地有多大产'呢？"赵长城在一旁说。"气可鼓而不可泄，懂吗？"肖云飞冲着赵长城说。"我们下去好好分析一下吧，一定全力以赴。"王厚林表态道。"刚才解决了态度问题，接下来就是细节，细节决定成败。"肖云飞说。"嗯，是的，把细节好好梳理一下。"王厚林说着，离开了实验室。

"这叫断其念想。人的思维一般就是这样，自己做的东西，很难自己找出错来，怎么都觉得自己是对的。"肖云飞说。"当局者迷嘛。"赵长城说。"但就跟做改错题一样，他们回去肯定是看什么都觉得有问题。"肖云飞又说。"那这样也不好。"马庆生说。"让他们折腾，总比觉得自己什么都对强。"肖云飞说。"不担心他们整出事来？"马庆生说。"那你说说他们能出啥事啊。"肖云飞说。"万一他们走歪了，把版本改得更差怎么办？"马庆生担心地问。"有麦哲渊等测试人员把关呢，你怕啥？"肖云飞说。"这就是EPD的优点，靠流程保证。"赵长城说。"当然，要是在小公司，这种情况是可能发生的。"肖云飞说。

"曹瑞祥、邓学佳的差出得有点不值啊。"夏润泽说。"肖云飞，你要是早想到这个试验，恐怕就不会让他们俩出差了吧？"赵长城说。"难说，你看当时发现晶振抖动偏大，很显然不太正常，难道不解决吗？不可能啊。我们没那个能力，不像麦克斯韦一样有足够的经验积累，啥事都能考虑得很周全。"肖云飞说。"那倒也未必。"赵长城说。"我觉得我们也没啥好办法，只能想方设法早发现。一旦发现问题，就快速解决问题。发现问题不及时，不有效解决，万一就是这个问题导致了大事故，那不就后悔了嘛。这叫不留遗憾。"肖云飞说，"这么说，还是会让他们俩出差的，毕竟晶振是有问题的。""嗯，问题驱动型。这样做就是显得很被动，思想上有时难以承受。"赵长城说。"没那么夸张啊。还难以承受，至于吗？"肖云飞说。"你的承受力强，别人未必。"赵长城看了一眼大家后说。"在燎原，就是要能承受压力，否则是不行的，大家应该明白。"肖云飞说。

"对了，麦哲渊，看看如何把目前的成果用到苟兰？"肖云飞又说。"我们有什么成果？"麦哲渊反问道。"看来这就是你的不对了，赵长城。"肖云飞望着赵长城说。"待会儿讨论。"赵长城边说边朝麦哲渊递了个眼神。"邓学佳的环路带宽优化可以测了，各方都改进一小步，也许……"肖云飞说。"夏润泽，你去看看，可以把优化的模块赶紧拿来测，现在应该是时候了。"赵长城说。"好，这就去。"夏润泽说完，离开了。"这么多的成果都看不见。"肖云飞说完，走了。

　　"怎么样，参考源加环路带宽？"肖云飞在测试实验室问。"昨天刚换了模块，今天跑一天看看。"赵长城说。"现在怎么样？"肖云飞看着屏幕说。"自己看嘛。"赵长城说。"我觉得现在挺好。"肖云飞说。"都有可能一段时间会很好。"麦哲渊说。"所以今天跑一天看看。"赵长城说。"有数据，不怕看不出差异的。"麦哲渊说。"曹瑞祥那边怎么样？"赵长城问肖云飞。"还在定位。"肖云飞回道。"硬件就要看晶振啦，锁扣带宽好办。"赵长城说。"要是能带回几个好用的就好了。"夏润泽说。

　　"怎么样啊？这边指望你们带回几个管用的呢。"肖云飞在电话里跟曹瑞祥说。"目前判断是温补环路用的器件精度可能不够，电容的稳定性有点差，国产的内阻力也大，准备都换成进口的好一点的电容和精度高的电阻。"曹瑞祥说。"好嘛，这么高档的东西，就给我这么省。不知找了什么烂厂家，赶紧换啊，换好的，快！"肖云飞说。"在搞。"曹瑞祥说。"是不是在那儿待得爽啦，说话不紧不慢的？"肖云飞说。"没有，在搞着呢，明天会有明确的结论。"曹瑞祥说。"明天，为什么不是今天？这才是上午啊。"肖云飞说。"器件要准备吧，他们不是换，是重新做。"曹瑞祥说。"为啥要重新做？这不是耽误工夫吗？"肖云飞说。"重新做，质量有保证。换器件，手工焊点，质量没法保证。"曹瑞祥说。"是这样啊。"肖云飞说。"磨刀不误砍柴工嘛。"曹瑞祥说。"好，耐心点，明天就明天。"肖云飞说。"那好，就这样，我要去盯他们的生产了。"说完，曹瑞祥挂了电话。

　　"梳理的情况咋样？"肖云飞来到王厚林的座位旁问。"在梳理。"王厚林回道。"知道在梳理，有啥进展没有，或者说有啥可改进的？"肖云飞问。"这不刚开始嘛，别那么急，好吧。"王厚林说。"你们软件就这特点，滴水不漏。"肖云飞说。"真能说！"王厚林说。"别贫。告诉你，锁相环路带宽、曹瑞祥那边，都有明显贡献。就剩你了。"肖云飞说。"锁相环路优化正在跑着呢，曹瑞祥刚来电话问我有没有进展。你倒好，就剩我，还说我贫。"王厚林说。"不跟你说，赶紧的！"说着，肖云飞走了。"领导就这德行，来回忽悠。"王厚林看着肖云飞的背影说。

"怎么样，环路带宽？"在测试实验室，肖云飞问。"从速率上看不出什么，但从图上看明显感觉更厚实、更饱满了。您看嘛。"麦哲渊回道。"满满的中国红啊。好，要的就是这个效果。"肖云飞说。"这种图给人一看，就充满信心。这就是成果。"赵长城抓住时机教育麦哲渊。"至少可以从基本相当到略好，麦哲渊，可不可以这样说？"肖云飞问。"要是用曹瑞祥、邓学佳从厂家带回的晶振是这结果，略好于麦克斯韦是可以说的。"麦哲渊回道。"不顺杆爬啊。"肖云飞说。"你就顺着说，不行吗？情商太低。"一旁的赵长城冲着麦哲渊说。"我说的是事实。"麦哲渊说。"说得没错，是事实。"肖云飞说。"要知道，大家心里都明白，不用你这么点出来。"赵长城又对麦哲渊说。"做事认真、说话严谨，测试人员就是要这样。"肖云飞拍了拍麦哲渊说。"等曹瑞祥、邓学佳喽。"赵长城说。"但愿可以。"肖云飞说。

"王厚林……"麦哲渊欲言又止。"你们也一起帮着看看，刺激刺激他们。"肖云飞说。"他们向来都是藏着掖着的。"麦哲渊说。"这样不好，他们的心胸不够开阔。"肖云飞说。"你们也很了解软件测试。你们自己组织人员讨论，给出优化建议也是一种方法。"赵长城说。"我觉得这样也是一条好的思路。不跟他们一起，相对独立，以检视代码的名义，提出测试人员的建议。"肖云飞说，"发挥测试人员的主观能动性嘛。'"对啊，你们要体现测试的价值。"赵长城补充道。"好，体现价值，这就去安排。"麦哲渊说。

"也不知道曹瑞祥、邓学佳那边怎么样了。"肖云飞边吃午饭边说。"打个电话问问不就得了嘛。"赵长城说。"他是没勇气打，我给他们发短信了。"王厚林说。"怎么说？"肖云飞问。"来吃饭前刚发的，我看看回了没有。"王厚林说。"回了吗？"赵长城说。"哎，回了，下午就回深圳。"王厚林说。"什么？"肖云飞激动地问。"下午带着新的晶振回深圳做试验，看看是否真有效。邓学佳回，曹瑞祥还留在那儿。"王厚林说。"噢，在那边觉得可以，心里还没底，赶紧带过来在真实环境下跑一下。有问题，曹瑞祥可以在那儿一起定位改进。想得挺周到啊，怪不得没打个电话。"肖云飞说。"看来去两个人是对的。"赵长城说。"那当然。"肖云飞说。"要是两个人都回来，肯定会打电话请示的。"王厚林说。"邓学佳家里有事，所以他们用了这个方法。"廖默然说。"难道那边还是不行吗？我得打电话问问。"肖云飞急忙丢下筷子，掏出手机给曹瑞祥打电话。

"喂，曹瑞祥，我是肖云飞。"肖云飞在电话里说。"啊，肖云飞。知道邓学佳要回了，是吧？"曹瑞祥说。"嗯，怎么回事？也不来个电话。"肖云飞说。"我是这么考虑的，一来邓学佳家里有事，急着回去；二来这新做的晶振，在这边看是有明显改善的，频偏突然变大的情况，随着器件的更换、参数的调整，基本消除了。"曹瑞祥说。"我就说嘛，电阻、电容换换，就能解决，有点太那个了。"肖云飞说。"应该是整个温补环路吧。"曹瑞祥说。"运放、比较器应该是主要的吧？"肖云飞说。"一开始这边的人知道但没说，我不是跟到他们产线去了嘛。"曹瑞祥说。"噢，带几个回来？"肖云飞问。"邓学佳家里有事，正好让他先带回去在真实的环境下跑一下，这样结论出得快。"曹瑞祥说。"带了几个啊？"肖云飞又问。"6个，两两一组，共3种环路参数。你们多测测吧，定一个效果好的，作为指导生产的参数。"曹瑞祥说。"你准备什么时候回来啊？"肖云飞问。"先看带过去的测试结果吧。"曹瑞祥说。"那好吧。下午回，是吧，邓学佳？"肖云飞问。"下午回。"曹瑞祥说完，挂了电话。

7. 局面打开了

　　"嗯，马庆生，看。"肖云飞一早打开电脑，兴奋地转头。"不在？噢，测晶振了。"肖云飞自言自语。"都在这儿啊。"肖云飞跑到测试实验室，看着邓学佳说。"把带来的晶振换上。"邓学佳说。"哎，刚才转给你们了。"肖云飞兴奋地说。"什么呀？"赵长城问。"葡萄牙的中标了，江嘉陵给我发的邮件。"肖云飞兴奋地说。"多少钱？"王厚林问。"又是1000万美元。"肖云飞说。"隔了没几天，'双黄'啊！"马庆生说。"应该说是局面打开了。"赵长城说。"赶紧的！"肖云飞催着邓学佳。

　　"好，插上吧。"焊好带来的晶振，邓学佳对夏润泽说。"开机。"赵长城看着单板插好后说。"你这3组参数的都做好标识了？"肖云飞对邓学佳说。"有A1，A2，B1，B2，C1，C2。"邓学佳回道。"试的是……？"马庆生问。"B2，我刚才看到标签了。"夏润泽说。"你觉得B这组参数比较好，是吧？"赵长城问。"是的，我和曹瑞祥都这么认为。"邓学佳说。"拿不准，就要用上、中、下3种策略，总能碰上一个。"麦哲渊说。"是这么想的吗？"肖云飞问邓学佳。"没错，就这么想的。"邓学佳说。"这样应该效率高些。"王厚林说。

　　"哎，我的软件……嗯，似乎也可以采用这种思路，多种参数试控。"说着，王厚林拔腿跑了出去。"他怎么了？"肖云飞不解地问。"不知道？"麦哲渊说。"感觉来了呗。"赵长城说。"搞软件、搞算法，他这信道处理应该对算法进行改进，确实需要点灵感。"肖云飞说。"但愿有进展。"马庆生说。"好，你们试，耐心点，3种都好好试试。"说着，肖云飞离开了。

　　"这回下周末看电影的活动经费应该重新谈一下了吧？"东方牡丹边吃午饭边对肖云飞说。"少来，上次都为你们省了那么多！"肖云飞说。"按关东风的标准，可没省多少啊。"东方牡丹说。"就按关东风的标准，不就行啦。"肖云飞说。"欧洲高端市场，燎原首次突破。尼日利亚中标，那么爽快，按都按不住。这回怎么啦，啊？"柴文娜说。"你们看看公司，尼日利亚中标，是怎么宣传的？再看看这个葡萄牙的，没什么动静吧？"肖云飞说。"你什么意思，难道是假中标？"东方牡丹问。"中标不存在假中标，1000万美元也是真的。"肖云飞说。"那不就得啦，你什么意思啊？"东方牡丹说。"这钱不知道能不能进燎原的口袋啊！"肖云飞说。"欧洲人会赖账？"东方牡丹说。"难道就不会想方设法设置障碍？"肖云飞说。"没问题，验收通过，就应该付款啊。"王厚林在一旁插话道。"没那么简单。小运营商，资金不雄厚。说不定就是想利用燎原好欺负，一边靠运营网络赚钱，一边赖着燎原的设备账，有问题还让燎原去处理。"肖云飞说。"这不是空手套白狼吗？"马庆生说。"你以为呢？"肖云飞说。

"肖云飞，不想出钱就明说，整出这么个故事来。"东方牡丹生气地说。"牡丹，这可不是编的故事，张总就这意思，担心啊。"柴文娜说。"牡丹，面点王挺好。"肖云飞说。"好好好，就面点王。"马庆生说。"我去，一般就是酱骨架，确实不错。"王厚林说。"里边的汤圆不错，还有米糕。"廖默然说。"早餐时，有时去吃豆浆、油条。"柴文娜说。"都可以满足你们，只要到时候有。"东方牡丹最后说。

"怎么样，3种对比的？"邓学佳问麦哲渊。"还是A好些。"麦哲渊说。"A好些？"邓学佳反问道。"是啊，仔细看了好几遍，没错的，就是A的参数更好一些。"麦哲渊说。"怎么，有什么问题吗？"赵长城问邓学佳。"没有没有。"邓学佳忙说。"你的预期是什么？"夏润泽问。"对啊，你事先肯定有个心理预期的。"马庆生说。"我和曹瑞祥都认为是C组参数。"邓学佳说。"不过心里还是没底，对不对？"马庆生说。"这时就凭经验和感觉了，A是我个人坚持的。"邓学佳说。"那你牛！"赵长城赞许地说。

"怎么样？开了一下午会，才过来。"肖云飞边往里走边说。"看啊，刚确定下来，A组更好一些。"赵长城说。"跟仪表参考源比的吗？"肖云飞问。"肯定啊。"麦哲渊回道。"那现在可否说比麦克斯韦略好啦？"肖云飞问麦哲渊。"从数据看，应该是略好于麦克斯韦。"麦哲渊说。"真的？"肖云飞双眼放光地看着麦哲渊。"真的，略好于麦克斯韦的上行速率。"麦哲渊肯定地答道。"这样，马庆生，赶紧把这两个单板，还有收发信机，成套的，发给牛玉江。"肖云飞说。"晶振不够啊。"马庆生说。"邓学佳，马上让曹瑞祥再准备一些带回来，赶紧的。"肖云飞说，"马庆生，手上的今天准备好，明天发出去。""再进一步，看来就要指望王厚林了。"赵长城说。"他们就没那么容易喽。"肖云飞说。"哎，邓学佳，赶紧再多改些收发信机。"马庆生说。"好，这就去让他们改。"邓学佳说。"哎，要保证质量啊。夏润泽，发出去的模块必须经过你的测试，要你说可以发才行。"肖云飞说。"好，夏润泽，好好把关啊。出了问题，你要负责。"赵长城跟着说。"知道了。"夏润泽说。

8.3G是方向

"听他们说你有灵感啦？"肖云飞来到王厚林座位处说。"谁说的？自己说就得了，还他们说。"王厚林答道。"怎么了？那边已经让马庆生把基带板，带新的晶振的，还有优化的锁相环模块，明天就给牛玉江寄去。"肖云飞说。"那好啊，给我们卸担子来啦。"王厚林顺势说。"我是这意思吗？"肖云飞说。"我看是啊——我们硬件搞定啦，不用靠你们软件。"王厚林说。

"你小子别贫，剩下的就真要靠你了。"肖云飞说。"知道，开个玩笑，怎么现在连玩笑都听不出来了，当领导当傻了吧。"王厚林说。"说真的，能不能给点信心啊？"肖云飞问王厚林。"真不好说。不过确实有点灵感，正在试呢。他们能A，B，C的，我也可以啊，为啥非要串着搞呢。"王厚林说。"好啊，等你好消息。"肖云飞说。"但愿哪！"王厚林大叫着。"喂，张总啊。好，我马上去。"肖云飞接完电话，对王厚林说，"金总有事找我。"

"张立彪、肖云飞，来啦。"金总在办公室笑嘻嘻地说。"哎，来了。"肖云飞回道。"坐坐坐。"金海明招呼着说。"有什么事吗？"肖云飞问。"没事找你来？"张立彪瞅了一眼肖云飞说。"麦克斯韦新开发的模块有进一步的消息了。"金海明说。"还是用继电器开关吗？"肖云飞急着问。"肖云飞，我正想问，你们说可以不用继电器开关，但麦克斯韦为什么依然坚持用？"金海明问。"我们真的可以不用继电器开关，东西都做出来了，不信问张总。"肖云飞激动地说。"别激动，你还没回答我，为什么麦克斯韦非用继电器开关不可？我感觉他们是非用不可。"金海明说。"我就知道我们可以不用。麦克斯韦为啥偏要用，还真不太清楚。"肖云飞说。"肖云飞，要么你就是装傻，要么你就是真傻。"金海明说。"金总，麦克斯韦怎么想的，我怎么知道嘛。"肖云飞说。"你给我装傻，是吧？我让你说麦克斯韦是怎么想的了吗？"金海明生气地说。"让你从技术角度分析，为什么你们可以不用，而麦克斯韦为啥非要用。"一旁的张立彪对肖云飞说。"就是啊，给我装疯卖傻。"金海明说。"哪儿敢哪，金总。"肖云飞说。"别废话，说。"金海明说。

"哎呀，他们也就是升漏压把功率提上去，你以为他们有多大能耐。"一旁的张立彪说。"是这样吗？"金海明问肖云飞。"张总说得没错。"肖云飞回道。"这么简单，麦克斯韦为啥不做？"金海明又问。"麦克斯韦为啥不做，我不清楚哎。"肖云飞回道。"肖云飞，你还是要客观地给金总反映情况。"张立彪说。"此话怎讲，肖云飞？"金海明问。"不都说了嘛，功率管升漏压，很客观啊。"肖云飞说。"那为什么麦克斯韦不升漏压呢？"张立彪问肖云飞。"对啊，麦克斯韦为啥不升漏压？"金海明冲着肖云飞说。"功率管的厂家是美国的。"肖云飞说。"我知道，就这一个美国厂家。"金海明插话道。"金总去过这个美国厂家。"张立彪说。"Maxpower。"金海明补充道。"厂家的资料是支持31V的，而且厂家认可我们的做法。"肖云飞说。"Maxpower认为可靠性没问题吗？"金海明问。"认可，有邮件为证。"肖云飞说。"那为什么麦克斯韦还非要用继电器开关？搞得我们还得找那个在国内，就深圳的那个厂沟通谈判，来保证燎原的供应。"金海明说。"而且有些就是用31V的。"肖云飞说。"你说那种渔船上用的？我搞过，摁一下才发功，不是一直发功的。"金海明说。"其实差不多的。"肖云飞说。"这样吧，张立彪，还是按麦克斯韦的TIO方案去做，赶紧启动开发，要快。"金海明说。"还是要用开关啊？"肖云飞说。"你们敢想敢干的精神可嘉，先跟着麦克斯韦走，自己会走了，再学着跑吧。"金海明说，"张立彪，要快啊。""赶紧立项啊。"张立彪说。"先赶紧做，肯定会立项的。"金海明说。"投入这么大，又不立项，可真难搞啊。"张立彪不情愿地说。"我还有事，赶紧的啊，张立彪。"说着，金海明急匆匆地离开了办公室。

"不立项，没法搞。"看着金海明的背影，张立彪说。"其实今天叫我们来，就是要我们按麦克斯韦的方案做。"肖云飞说。"先别动啊。"张立彪说。"那金总的要求……？"肖云飞说。"什么要求？不立项，这么大的项目，别的不搞啦？3G是方向，欧洲都开始了，而且陆续都在上。尼日利亚不仅有2G，还有3G。阿联酋那边虽然主要是送，那也是啊。这时候反过来搞老版本的2G，公司正式立项可以，否则……"张立彪说。"国内还是2G啊，市场空间还是很大的。"肖云飞说。"去推动国内尽快上3G不就得了。"张立彪说。"谁去推动啊？"肖云飞问。"公司去想办法啊。"张立彪说。"麦克斯韦之所以回过头重做老的2G，就是看到国内一时半会儿上不了3G。"肖云飞说。"那是他们赚爽了，不愿意改变。出什么2.5G、2.75G，忽悠呗。核心是把优势尽可能地保持下去，地盘占着嘛。要是上3G，原有的地盘有可能就不是自己的了。"张立彪说。"那就先不动？"肖云飞边走边凑近张立彪说。"嗯。不过把麦克斯韦的信息好好吃透，可以琢磨起来。"张立彪说。"相关信息找谁？"肖云飞问。"回去转给你。"张立彪说。"噢。"肖云飞心领神会。

"麦克斯韦还是牛啊，两个载波做在一块单板上，电源、功放、低噪放、频率源、中频、射频'一锅端'！"在功放实验室，廖默然看着电脑上的资料说。"够消化的，不愧是百年老店，实力太雄厚了！"邓学佳说。"内置合路器的事，好像资料上没提。"柳超智说。"都TIO了，有地方啦，不用再内置合路啦。"朱文学说。"一了百了。"袁一帆说。"那合路器就没难度了。"柳超智说。"照这样的话，朱文学，低噪放也不用和双工器放一块儿啦。"袁一帆说。"白忙活了。"朱文学说。"都一样。你还好，是纸上谈兵；我这可是搞了很多模块。"袁一帆说。"没准儿能用上呢。"廖默然说。"这拨没赶上，下一拨就是多载波喽，没得赶喽。"袁一帆说。"走一遍也积累了经验嘛，也是有收获的。"廖默然说。"我不用安慰，就当经历了嘛。"袁一帆说。"硅谷的风险投资还不是100%呢，这点不算啥。"朱文学说。"仔细消化一下，考虑个方案，廖默然。"肖云飞说。"好，等曹瑞祥回来，一起讨论一下。"廖默然说。"还是要找个CAD（计算机辅助设计）的人帮助一起分析一下，PCB布局是关键。"邓学佳说。"嗯，这么多东西在一块板上，够挑战的啊！"肖云飞说。

"柴文娜，荷兰的版本质量如何？别为了什么就把质量给降低了，告诉你，要是把关不严，你是要负责的，还有赵长城。"张立彪在产品线例会上说。"目前看，荷兰的情况正常，没出啥问题。"肖云飞说。"没让你说。"张立彪冲着肖云飞说。"好，既然你想说，我问你，速率超过麦克斯韦啦？"张立彪问。"从硬件和软件两个方面着手来提高上行速率。其实，本来我们就不比麦克斯韦差。"肖云飞说。"什么不比麦克斯韦差？老板要的是比麦克斯韦强，整天想什么呢？"张立彪一脸不满地说。"整天在搞，曹瑞祥，你说是不是？"肖云飞说。"真的，张总，真的一直在想办法搞。"曹瑞祥回道。"在搞，是吧？一直在搞？好，那你说说具体都做了哪些事？"张立彪问曹瑞祥。

"王厚林说软件，我谈一下硬件。"曹瑞祥说。"嗯，硬件，说说具体的。"张立彪说。"主要是从时钟着手。"曹瑞祥说。"时钟？"张立彪问。"是的，就是时钟板上的晶振。"马庆生说。"哎，曹瑞祥是搞射频的，怎么又搞到时钟板啦？"张立彪说。"我们到光网络部测了时钟，发现会突然抖动变大。"马庆生说。"还到光网络部去啦？嗯，看来是做了不少工作。"张立彪说。

"还有呢，曹瑞祥、邓学佳去晶振厂家待了一个多星期。"赵长城说。"哎，这时钟板上的晶振，为啥要曹瑞祥去啊，你为啥不去？"张立彪问马庆生。"那是因为他们俩有经验，去厂家是和他们一起做试验，发现和定位问题，马庆生只是用晶振。"肖云飞插话道。"这样啊，嗯。哎，有什么令人鼓舞的进展？"张立彪问肖云飞。"赵长城，你回张总。"肖云飞说。"硬件还是有进展的，曹瑞祥、邓学佳去厂家很有效，再加上邓学佳的锁相环路优化。目前可以说是略好于麦克斯韦，优化的硬件已经发给荷兰的牛玉江了。"赵长城说。"牛三江收到了。"马庆生说。"嗯，有进展就好。但我们还是要优于麦克斯韦啊，这可是老板的要求，也是我们从麦克斯韦嘴里夺食的理由啊。"张立彪说。"下面就得看王厚林的啦。"肖云飞说。

"好，言归正传啊。"张立彪话锋一转。"北美有1900MHz的需求，公司决定立即启动开发。"张立彪说。"是哪个运营商？"肖云飞问。"MAT

吗？"王厚林也问。"不是MAT，是三四流的运营商。"张立彪说。"二流都不是？"马庆生又问。"一步步来嘛，馒头要一口一口地吃。"张立彪说。"时间？"肖云飞问。"明年3月具备发货能力。"张立彪说。"那老2G的TIO怎么搞？"肖云飞问。"这个……1900MHz的北美需求是公司决策立即启动的。"张立彪说。"3个月，是实验局还TCP5啊？"肖云飞问。"这个，你和柴文娜商量，3月肯定实验局性质的。"张立彪说，"但在美国开实验局，谁敢降低要求啊？""那你的意思是……？"肖云飞问。"我不管那么多，只要求3月份能去美国开实验局。剩下的，你跟柴文娜、赵长城、王厚林商量。"张立彪说，"反正我不担心，美国市场，不怕你们乱搞。""我看谁敢！"柴文娜说。

"您这不就等于逼我们在3个月内过TCP5嘛。"肖云飞冲着张立彪说。"那就只能在现有的上面改频段，功放、双工器要开发。"曹瑞祥说。"是啊，为了提高上行速率，压接收底噪，准备对中频布局进行优化。3个月太短，没法动。"肖云飞说。"哎，提速率也很重要啊，再搞一拨人同步搞嘛。"张立彪说。"不考虑TIO啦？"肖云飞问。"人不够，让牡丹赶紧招啊。"张立彪说。"哪儿来得及啊？"柴文娜说。"来不及也得招啊。这一旦局面打开了，就会有更多的需要，招人是当务之急。"张立彪说。

"好吧，我们商量一下，看看如何权衡？"肖云飞说。"权衡？立项的优先，提速率的优先。"张立彪说。"好吧，知道了。"肖云飞说。"另外，再好好梳理一下，室内宏、室外宏、室外微，800MHz、900MHz、1800MHz、1900MHz、2100MHz，都得配全喽。"张立彪说。"没有，其实就是宏基站和微基站。微基站要补全，1900MHz的微基站，要不要搞？"肖云飞问。"目前，1900MHz的就是美国需求，室外宏。"张立彪说。"那好，微基站先不搞，对吧？"肖云飞又问。"先不搞吧，没提这个需求。"张立彪说。"肖云飞，你找一下牡丹，招人还是当务之急。要是有人，就可以把微基站也一起搞了。"张立彪说。"要是有人，老2G的TIO也可以搞了。"肖云飞说。"好吧，去找牡丹。"张立彪说。"再强调啊，肖云飞，提速率、改板要同步搞，把能投的人都给投上去，听见没？柴文娜，给我盯好喽。"张立彪最后说。"放心，张总。"柴文娜说，"哎，肖云飞，马上组织版本例会，落实张总的指示。""你安排吧。"肖云飞。"那好，我来安排。"柴文娜说。

9. 人生难得几回搏

"柴文娜，你可真积极啊。上午刚开完会，下午就接着落实，不觉得辛苦啊？"肖云飞在版本例会上说。"知道你们的心理，所以张总让我抓紧点。"柴文娜说。"你把牡丹叫过来。"肖云飞对柴文娜说。"我让她来了，一会儿就会到。"柴文娜说。"落实啥？感觉张总就是不想让我们搞老2G的TIO。"曹瑞祥说。"张总可没这么说啊。"柴文娜说。"还用明说吗？提速率、改板要同步搞，把能投的人都给投上去。哪来的人搞TIO？"邓学佳说。

"不是让牡丹招人嘛，正好，牡丹来了。"柴文娜看着刚进来的牡丹说，"哎，牡丹，全靠您了。""怎么一屋子人全靠我啦？"东方牡丹一头雾水地问。"牡丹，赶紧招人吧，尤其是搞射频的人。准备了两桌菜，来了三桌人，怎么办？"肖云飞说。"你这比喻，只能让牡丹更摸不着北。牡丹，是有三个项目，只有两拨人，剩下一个项目没法落实。"柴文娜解释道。"张总给我打电话啦，正准备搞，只靠社招。搞射频的不好招啊。"东方牡丹说。

"1900MHz不是主流频段，不好搞啊。"廖默然说。"管子选型困难，是吧？"肖云飞问。"是啊。"廖默然说。"你找查曼丽吧，让她帮帮你。"肖云飞说。"找她也没啥用。"廖默然说。"该找的还是要找，要充分利用资源。"曹瑞祥说。"我们是直接找Maxpower的。"廖默然说。"那怎么办？"肖云飞问。"不行，只能合成喽。"廖默然说。"合成也行啊。"肖云飞回道。"Maxpower说燎原比别的厂家功率要求都高，不过他们正在开发单管更大功率的。"廖默然说。"就是要大功率的，越大越好。"肖云飞说。

"双工器的难度可是明显加大了。"曹瑞祥说。"为什么？"肖云飞问。"收发间隔只有15兆。"曹瑞祥说。"15兆很少吗？"肖云飞问。"肯定啦。"廖默然说。"会咋样呢？"肖云飞又问。"FDD系统的收和发是靠双工器来分开的。所谓双工，就意味着，尤其是发通道，要很好地抑制掉发射杂散，不影响收通道。"曹瑞祥说。"噢，明白了。收和发频段间隔得越远，滤波器抑制越好做。挨得近了，自然难做。"肖云飞说。

"1900MHz的不好整啊。功放、双工器，难度都加大了。3个月，真的很紧。"曹瑞祥说。"但这种难度，老大们是不可能意识到的。"肖云飞说。"他们肯定是简单地想移个频嘛，这么简单的事，3个月。"邓学佳说。"加把劲吧，美国市场，值得搏一把。"廖默然说。"'人生难得几回搏，此时不搏更待何时'啊！到时候，咱的基站装到自由女神像上去，装到帝国大厦，装到联合国大厦。"马庆生激动地说。"肖云飞，过去摸摸马庆生的头。"东方牡丹说。"怎么了？"肖云飞不解地问。"摸摸看发烧了没，这大白天的，说梦话。"柴文娜说。"你们俩不对啊，难道我们的基站就不能装到帝国大厦，装到自由女神的手上，就一定是白日做梦？"王厚林说。"我相信总有一天，马庆生的白日梦能够实现。"肖云飞说。"好好好，能实现、能实现，行了吧？别激动啦，把计划时间点排一下吧。"柴文娜说。

"好，排计划。"肖云飞冷静了一下后说。"别啊，大策略还没谈清楚呢，忙着排具体计划干啥？"曹瑞祥说。"还有啥没谈清楚的？"肖云飞问。"我告诉你们啊，TIO的难度可比1900MHz改频难度大多了，到底投不投人搞？"曹瑞祥问。"先保证1900MHz是肯定的，对吧？"肖云飞冲着曹瑞祥说。"没错，但TIO投不投人搞，今天的版本例会必须有个明确的说法。"曹瑞祥说。"张总说得很明确，立项的优先，提速率的优先。"肖云飞说。"TIO搞不搞？"曹瑞祥说。"没说不搞。"肖云飞说。"哪儿来的人？"曹瑞祥说。"没人就先放放嘛，等3月份开实验局了，就可以腾出一些人力去搞TIO。到时，牡丹的人也许会来了，我们壮大了，想搞啥就搞啥。"肖云飞说。"那就是明年4月再搞嘛。"曹瑞祥说。"哎，我可没说明年4月再搞啊。"肖云飞说。"你是张总、金总两不得罪，我们具体做事的怎么办？"曹瑞祥说。"唉，他不会给说法的，我们自己把握就得了。"廖默然说。"嗯，还是廖默然有水平。"肖云飞说。"这领导意见不一，确实不好办。"柴文娜说。"牡丹，看你的啦。"肖云飞说。"我尽力呗。"东方牡丹回道。"排计划。"肖云飞说。

"肖云飞，我可提醒你了，TIO绝不是你想象的那么简单。"曹瑞祥边吃午饭边说。"人家不都做出来了，照着做有什么难的？"肖云飞不以为然地说。"麦克斯韦是牛，功放、低噪放、电源、中频、射频一块板，而且还是两载波的。"曹瑞祥说。"对啊，我们自己不敢想，但现如今人家做都做出来了，你说呢？"肖云飞冲着曹瑞祥说。"反正我感觉这一块板，什么都在上面，心里没底。"曹瑞祥说。"也许廖默然、邓学佳有底？"曹瑞祥看了看廖默然、邓学佳说。"这要试的，关键是对收的影响。"廖默然边吃边说。"要是真对收通道有影响，那可就惨了。"邓学佳说。

"百色的时钟杂散导致上行底噪抬升，记忆犹新啊！"尹贤良说。"有这么严重吗，曹瑞祥？"肖云飞问。"反正我心里没底，我承认跟麦克斯韦比，水平有差距。"曹瑞祥说。"廖默然？"肖云飞又问。"还是要试，要摸索。"廖默然回道。"他们都说了。"邓学佳看着肖云飞扫过来的眼神说。

"很想做，是吧？"肖云飞说。"我们不想做。"曹瑞祥回道。"你看金总明确让我们做，但张总又说没立项。您呢，没说不做，但又没人，说是3月份后才有人。"邓学佳说。"说到底还是认为照着麦克斯韦的做，很快能搞定，但心里真没底。"廖默然说。"总得给个摸索的时间吧。不像1900MHz，本质上就是移频。说双工有难度，也只是有难度，最多插销大一些。说单管没有，合成最多就是功耗大一些。"曹瑞祥说。"不，功耗大不少。"廖默然说。

"整机电源是按低频测算的，低频效率高啊。2100MHz的，效率就下来了。比2100MHz的效率更低的话，电源够不够？满载，当然冲的是满载。马庆生，下午赶紧评估一下。"肖云飞说。"正说着TIO，怎么又绕回到1900MHz了呢？"曹瑞祥说。"不是我绕的，是你把我们领过来的。"肖云飞说。"效率能不能再提升一些？"肖云飞问廖默然。"厂家正在开发单管大功率的。"廖默然说。"那是猴年马月的事啦，有没有别的办法？"肖云飞又问。"边做边看喽。"廖默然回道。"那怎么行？"马庆生说。

"满配可能性不大。"肖云飞说。"看看，1900MHz功耗有瓶颈了，就说满配可能性不大了。2G去开关，就不这么说。"曹瑞祥说。"1900MHz是北美制式的，容量大。老的欧洲制式2G容量没法比的。"肖云飞说。"怎么说都是你有理。"曹瑞祥说。"那你说怎么办？我心里有数，照廖默然的说法，满配全温下，基本挡不住。赵长城，你说呢？"肖云飞说。"嗯，可能是的。"赵长城说。"如果廖默然有招，那可以，否则只能按现有方案走下去。难道就被功耗给拦住啦？总有变通的嘛。廖默然，先按现有方案走，要快。"肖云飞说。"当然，催厂家单管大功率要尽快商用，这样效率会好些。""在催。"廖默然说。

"室温下满载勉强，温度有个波动，就撑不住了。"在测试实验室，马庆生说。"王厚林，电流控制要搞起来。当然，这样的满载几乎不可能，问题不大。"肖云飞说。"不过，仅仅是模拟测试，等功放真的做出来，才能真实地测试。"赵长城说。"所以问题不是很大。"肖云飞说。"哎，怎么能这样说呢？万一功耗更大怎么办？"王厚林问。"你问问马庆生、赵长城，他们是怎么模拟的？"肖云飞说。"怎么模拟的？"王厚林问赵长城、马庆生，两人没吭声。

"不吭声？我来告诉你吧，肯定是走电流的上限，又搞电压的上限。"肖云飞说。"没有，我们是按廖默然提供的功耗来的。只不过，在上面又加了15%的余量。"马庆生说。"15%还算客观，那我更觉得没啥大问题啦。"肖云飞说。"还是余量不太够，通常电源最多用到90%，不能到100%的。"廖默然说。"这倒是的，还是不太够啊。马庆生，你找电源的人，问问这电源功率能再大点不？"肖云飞说。"关键是双工器的插损增加了。"廖默然说。"比2100MHz的增加了多少？"肖云飞问。"柳超智，您说说。"曹瑞祥说。"0.1~0.2分贝，边缘会更差些。"柳超智说。"哎，就这么一点，那么大惊小怪的！"肖云飞说。"不是这么说的，肖云飞。"赵长城在一旁说。"怎么了？"肖云飞说。"本来余量就小，像我们这种单载波，要在20瓦甚至40瓦的大功率下，就是0.1分贝地扣。"廖默然说。"这样啊。"肖云飞说。"你以为呢？好不容易功率提升了一点，结果被双工器给吃了，到不了机顶口啊。"曹瑞祥说。"增加0.2分贝，对1900MHz的功放来说，真的太困难了，杂散模板会严重超标的。"廖默然说。"为了保线性，有可能要抬高漏压。"朱文学说。"那不是功耗更大了吗？"王厚林问。

"是啊，真有可能要抬高漏压，提高线性。"袁一帆说。

"不能在电流上打主意？调整栅压，增大电流？"肖云飞说。"栅压调整随时都在做。抬漏压是到万不得已才做。"廖默然说。"抬漏压岂不是要动电源？"肖云飞问。"该动还得动，美国市场哎，玩笑开不得的。"曹瑞祥说。"其实升漏压是一种常用的手段，没那么玄乎。"肖云飞说。"是啊，那是金总、张总认为玄乎啊。"曹瑞祥说。"他们是另有打算，根本就是不敢走自己的路，怕万一出问题，担不了这个责。"王厚林说。"说到底，还是不相信在座的各位。"肖云飞说，"马庆生，一是提功率，二是电压可调。两个需求，你提给他们电源，要赶美国实验局发货用。""太紧了吧？"马庆生说。"你先提嘛，不提永远没有。"肖云飞说。"那好，我现在就去提。"马庆生说完，走了。

"其实呢，金总、张总毕竟不是功放、功率方面的专家，自然没你们理解得深。再加上我们又没什么资本，只能横向比较。麦克斯韦没有，麦克斯韦用开关，麦克斯韦百年老店，麦克斯韦经验丰富。"肖云飞像说顺口溜一样说唱着。"你们这帮小子，一帮二流大学的土鳖，要资历没资历，要经验没经验，要成就就更不用说。"王厚林说。"那倒也是。"曹瑞祥说。"是啊，凭什么相信你？更何况不去谈开关的供货，万一不行，想要都没戏。"廖默然说。"理解万岁，理解万岁！"肖云飞说。

"对了，邓学佳，不管怎样都要改板的，把电源可调搞上。"肖云飞又说。"这确实是个机会。"邓学佳说。"统一－48V吧，这样整机的电源模块是标配，也不用专门开发。"曹瑞祥说。"能插到机柜里吗？"肖云飞问。"尺寸都是一样的，只是我们当时就着功放电压，才让人家专门开发的。"曹瑞祥说。"噢，在原来－48V上改的。"肖云飞说。"肯定是这样的，不可能全部从头再来的，否则电源那帮人也不会答应。"曹瑞祥说。"当时没想明白。"肖云飞说。"当时基本就是拷贝，照着样机做呗。"曹瑞祥说。"没问题吧，这时候改电源？"肖云飞又问。"就是把室外微基站的搬过来。"赵长城说。"宏基站、微基站，电源归一。"曹瑞祥说。"这样也好，先从美国项目着手，逐步全归一。"肖云飞说。"改动大，不会影响交付吧？"肖云飞担心起来。"邓学佳，发发狠，一步到位，大家辛苦一下。"曹瑞祥说。"好。"邓学佳说。

"噢，不行，功耗问题，必须调漏压。"曹瑞祥说。"想说啥？"廖默然问曹瑞祥。"我是想说，改板、改电源，中频布局优化底噪是必须要做的，也只能借助美国这个项目的东风；否则，没有更有力的驱动，永远也做不成。"曹瑞祥说。"嗯，怎么啦？"肖云飞问。"你不是担心进度嘛。原来的改板仅仅是收通道的镜像，抑制滤波器封装不同，把封装修正一下，可以用到1900MHz的滤波器。"曹瑞祥说。"这个照走，简单，快。保底实验局。"邓学佳说。"只要让CAD的人改个封装就行了。剩下的，全力以赴搞这个。肖云飞，怎么样，心里有底没？"曹瑞祥说。"有保底的，就不怕。"肖云飞说。

"别，电源不一样了，模块实际上也不一样了。美国实验局的和正式开站的机柜里电源模块、收发信机模块外观上一样，但实际上不同，会不会有问题？"赵长城问。"电源是要改的，我越想越该改。为什么要用专用电源，为什么不归一到-48V？这一点为什么不学麦克斯韦？只怪当时的样机是27V的，依样画葫芦。现在改还来得及，坚决改啊，而且不是争取，是一定要赶上实验局。"肖云飞激动地说。"别激动，万一呢？"王厚林问。"哎呀，有保底的，不怕，坚决改。"曹瑞祥说。"大不了换回来嘛，怕什么。"肖云飞说。"也是，大不了换回来。"赵长城附和着说。"改，电源坚决改，室内外归一，这样备料也好办了。"肖云飞坚决地说。

"哎，微基站当初为什么就能做成-48V？"王厚林问。"室外微，只有两种电源，外部给的。"邓学佳说。"还有北美的110V市电。"肖云飞补充道。"我们都支持嘛，110V、220V都是一类，交流市电。"曹瑞祥说。"嗯，现在看27V有点另类啊，是得改。"王厚林说。"改吧，风险不大，微基站挪过来。"赵长城说。"微基站本身就是功放漏压可调的，对不对？"肖云飞问。"可以做，但当时没做，正好这次做。"邓学佳说。"那微基站也要漏压可调。"肖云飞说。"做完1900MHz的再说吧，改起来简单。"邓学佳说。"能不能不改就搞定？"肖云飞问。"应该不行。哎呀，改起来很方便的。"邓学佳说。"再方便也是改板呀，EPD里有记录的。"

肖云飞说。"别太在意这些，一板搞定只是一种概念。该改的，还是不能拘泥于这些。"曹瑞祥说。"神话破灭了，忘了当初怎么宣扬一板搞定的啦？当时你们可是风光无限的，现在都忘了，是吧？"肖云飞说。"过去的事情不再提，咱往前看。"邓学佳说。"好好好，往前看。"肖云飞说。

10. 英雄凯旋

"王厚林，怎么样？"肖云飞问。"你指什么怎么样？"王厚林问。"肯定是说提速率的事。"在一旁坐着的马庆生说。"一眼就看出没啥进展，装疯卖傻，装聋作哑的。"肖云飞说。"确实很难，要是随便两下就大幅提升的话，要么先前不努力，要么麦克斯韦的水平差。"尹贤良说。"是这样吗？"肖云飞问王厚林。"尹贤良说的大幅提升确实没有，但稳定性又增加了不少。不信你问麦哲渊？"王厚林说。"是的，稳定性上又改善了不少。"一旁的麦哲渊说。"稳定性也很重要啊，也算有进展。"肖云飞说。"您这样说也算是鼓励吧？"王厚林说。"那当然，我知道不容易。尹贤良，你那边呢？"肖云飞又问。"事太多，说具体点。"尹贤良说。"也门高考的事。"肖云飞说。"那个啊，没问题，正在归档。"尹贤良说。"麦哲渊，你参与了吗？"肖云飞又问麦哲渊。"我们自己测的，先归一板给测试，按新的正规流程办的。"尹贤良说。"这可是个很实用的东西，报名、查考场、查分数。"肖云飞说。"没敢让我们做报名，仅是查报上了没有、考场在哪儿，最后查分数。"尹贤良说。"也不知管不管用，不中标，白搭。"马庆生说。"那是市场人员提的正式需求，必须要完成的。"肖云飞说。

　　"周末在哪儿看电影啊？"尹贤良边吃午饭边问东方牡丹。"蛇口海上世界的碧涛剧院。"东方牡丹说。"就是旁边有个百佳的那个啊？"邓学佳说。"没错。"东方牡丹说。"牡丹不是住在五和这一带嘛，为啥对蛇口情有独钟？"赵长城问。"哎呀，刚来深圳时一直住在蛇口，熟啊。"东方牡丹说。"吃呢？"马庆生问。"那儿吃的地方多啦，烧烤怎么样？"东方牡丹说。"以前去过的那家？"曹瑞祥问。"是啊。"东方牡丹说。"好，就烧烤。"柴文娜说。"好像《手机》挺火的，投上说了。"麦哲渊说。"别说，别说啊，影响我们欣赏。"柴文娜说。"透露一点呗。"赵长城说。"不多说了，开头挺特别的，据报道。"麦哲渊说。"据报道，你是不是看过啦？"夏润泽问麦哲渊。"周末要回广州，有事，先替你们试看了一下。"麦哲渊说。"别说，不许说，憋在肚子里。"柴文娜冲着麦哲渊说。"你就说值不值得看嘛。"肖云飞问。"很值得看，真把手机讲透了。"麦哲渊说。"行了，不说，值得看就行。"尹贤良说。

　　"这个时候深圳的天气真爽啊。"在蛇口海上世界，肖云飞边吃烧烤边说。"牡丹，组织得很好啊，吃完烧烤，就在旁边看电影。"尹贤良说。"看完电影，还管晚饭吗？"马庆生问。"看完电影，也不到五点，自由活动吧，我还有事。"东方牡丹说。"本来今天关景鹏要来的，结果领导临时安排他去成都办事了，估计他现在飞机上呢。"肖云飞说。"啊，关景鹏回来啦，这回可是英雄凯旋啊。"尹贤良说。"不错，真是英雄凯旋了。"王厚林说。"这回应该是回来结婚的，上次想领证没领成。"尹贤良说。"他说这次回来有可能不回尼日利亚了，估计就是成都办。"肖云飞说。"回来准备过小日子了。"曹瑞祥说。"也该回来了，江嘉陵早就回来了。"马庆生说。"就是，江嘉陵早就回来了，现在去了好地方——葡萄牙。"柴文娜说。

　　"世事难料啊，不过尼日利亚是个大市场，NWT仅是三牌，还有一牌、二牌呢。欧洲还是难啊！"肖云飞说。"显然，尼日利亚的机会更大一些，估计利润也会好一点。"赵长城说。"要说赚钱，欧洲就更不好说了，能不亏就算不错了。"东方牡丹说。"咱去欧洲赚的就是吆喝。"王厚林说。

"赚吆喝可以，宣传嘛。但老是这样，也不是个事儿。"马庆生说。"欧洲市场是肯定要做的，而且必须做，北美市场也是。战略投入嘛，堤外损失堤内补啊。"肖云飞说。"小麦损失用高粱补，欧洲损失非洲补。"柴文娜说。"能补得过来也行。"东方牡丹说。"这些都是老板考虑的问题，咱们就是公司指向哪儿，咱们就打向哪儿。"肖云飞说。

"吃吃吃，整天谈工作，不累啊？"马庆生说。"牡丹，这儿忙完，又去干啥呀？"尹贤良问。"你问这干啥？"肖云飞说。"问问不行啊？"尹贤良说。"去书城参加一个活动。"东方牡丹说。"高雅！"马庆生赞许地说。"什么就高雅？"王厚林说。"谈不上什么高雅，书城经常晚上组织一些讲座，今晚就是关于人力资源管理的讲座，是人大一个著名教授讲的。"东方牡丹说。"好学上进的好牡丹！"柴文娜说。"我们也好学上进啊。"尹贤良说。"你也是，好贤良，好贤良。"柴文娜说。"多大啦，求表扬？"肖云飞冲着尹贤良说。"没断奶呢。"王厚林说。

"成都好冷啊，师傅，开个暖气呗。"在从机场去成都办事处的出租车上，关景鹏说。"天然气紧缺，要省着点用。"师傅说。"把窗子都关了吧，风吹得冷。"关景鹏说。"这次去成都办，先熟悉熟悉。等回尼日利亚交接完工作了，就正式到成都办报到。"邵利伟对关景鹏说。"多谢邵总关怀。"关景鹏说。"明天一天吧，周二就可以回重庆休你的假了。"邵利伟说，"不过到了成都办，能待多久也不好说。""不管能待多久，该谢的还得谢。"关景鹏说。"这次应该把婚姻大事解决喽，别像上回。这种事千万别马虎啊，这是大事。"邵利伟说，"哎，您那位去美国考察回来了吗？""给我发邮件说是今天回重庆。"关景鹏说。"好啊，小两口可以幸福一段时间啦。"邵利伟笑着说。

第七章

英雄总会有人爱的

1. 痛失爱侣

"贺总，这位就是关景鹏。"在成都办贺国伟主任的办公室，邵利伟介绍着。"欢迎，欢迎，久闻大名，就是没机会相见。"贺国伟握着关景鹏的手高兴地说。"贺总，客气了，以后还请多多关照。"关景鹏客气地说。"您还需要我关照？我可是要仰仗您啊。"贺国伟说。"看，贺总多么器重您啊，好好在贺总手下干。"邵利伟冲着关景鹏说。"那是一定的。"关景鹏说。"重庆人，家在重庆，是吧？"贺国伟问关景鹏。"重庆远郊农村的。"关景鹏。"哎，不是说去重庆成家了吗？"贺国伟问邵利伟。"没错，女朋友在重庆，是大学同学。明天回去，就把结婚证给领了。"关景鹏说。"噢，这样啊。好啊，恭贺恭贺啊，愿你们幸福美满！"贺国伟说。"谢贺总祝福。"关景鹏说。

"在海外市场，尼日利亚开了个好头，国内市场也有松动。关景鹏，你来得正是时候，可以大展宏图啦。"贺国伟说。"恐怕他到位还要有段时间。"邵利伟说。"难道休完假还不能到位？"贺国伟问。"贺总，休完假要回尼日利亚交接工作。毕竟刚中标，还有很多细节需要落实。"关景鹏说。"我以为这个时候回来，紧接着就是过年，要回尼日利亚，也应该是过完年啊。"贺国伟说。"就是趁局方过圣诞节和新年的空隙回来的。元旦一过，就真的要忙了。"关景鹏说。"那邵利伟，关景鹏什么时候能到位？"贺国伟问。"明年3月底、4月初吧。"邵利伟回。"差不多。"关景鹏说。"嗯，好吧。"贺国伟略显失望地说。"来日方长。"贺国伟补充道。"非洲人也过圣诞节？"贺国伟问关景鹏。"按理是不过的，但拉各斯是西方文化比较盛行的。所以在这段时间，虽然政府不放假，但运营商那里请假的比较多，基本处于半休假状态。"关景鹏说。"有事过完元旦再说。"邵利伟说。"是啊，开标是在圣诞节前，落实在元旦后，所以我现在在这儿。"关景鹏调侃地说。"基本就是两周。"贺国伟说。

在成都火车站，关景鹏满怀激动地等着去重庆的火车发车。上午和邵利伟分开后，关景鹏的心情一直难以平静。回顾这一年来的苦和泪，关景鹏自言自语："总算熬到头了。冉冉，我真的回来了，不走了，再也不走了。"说着，关景鹏掏出手机给舒冉冉拨电话。

"嗯，还关着机呢。昨晚就关机，回去再说吧，也许手机有问题，拿去修啦。这两天邮件也不回，不会是还没回国吧？不应该啊，机票都是早就预订好的，考察一般时间不会延期的。改机票没那么容易，是要付费的。那为什么呢？前几天邮件里说得很清楚啊，周日10月21日回到重庆，而且整个日程都发给我看啦。"关景鹏心里琢磨着。

"唉，家里还是应该装个固话。回去一定装个固话。"关景鹏自言自语，"应该是周一休息一天，周二上班啦。对，给单位打个电话。只有手机号了，单位的，换了个手机，换没了。好了，马上就回了，不打了，给她个惊喜。"

"5个小时，下午四点左右应该到了。"坐在火车上，关景鹏想着，"上次回来，最大的遗憾是没把结婚证领了。该死的肚子，但愿别坏了我的大事。这次，首要任务是领证，其他的事先不想。冉冉，亲爱的，知道我有多想你吗？是啊，知道你还不是很满意。成都，毕竟不是重庆，但好多啦，5个小时的车程就可以到了。"

关景鹏闭上眼憧憬着："领证才是第一关，接下来生儿子的任务更艰巨。"

"第一胎是丫头，呸呸呸，乌鸦嘴，一定是儿子。"关景鹏边自言自语边打着自己的嘴巴。

"万一是个女儿呢？万一是个女儿也不怕，生二胎。去香港生，到时候随儿子移民去加拿大。嗯，真是好主意，我怎么就这么聪明呢！也没什么聪明的，那么多人都去香港生二胎，这算什么聪明！俗话说聪明反被聪明误，还是难得糊涂比较好。要是成了糊涂蛋也不好，儿子可千万别成糊涂蛋，那就麻烦了，连媳妇都娶不上。唉，要是儿子娶不上媳妇咋办？不是白折腾了嘛。能娶上，我的儿子怎么可能娶不上？要是娶了媳妇不能生怎么办，不就断了关家的后了嘛。不会的，一定能生。"关景鹏一路上做着大头梦。

"要不要给自己乡下的爹妈打个电话？事先告诉过他们这段时间要回，先不打吧。等把证领了，直接带新媳妇回家，打不打电话完全不重要。干脆直接办了。简单，直接拉乡亲们去酒店，不用老一套的准备。"关景鹏想着想着，火车到了重庆，一看时间，五点一刻，又掏出手机给舒冉冉打电话，结果还是关机。"应该是手机坏了，不想那么多了，乘车回家。"关景鹏自言自语。

坐在出租车上，关景鹏又拨了舒冉冉的手机，还是关机。虽然是晚高峰时间，但还是不到六点，就来到了他想起来就温暖的家。"应该是不在家的。"关景鹏边开门边想。

打开门，舒冉冉不在家，而且关景鹏觉得似乎很久没人住了。"也许出国考察太辛苦了，冉冉没精力打扫。"关景鹏又想。打开衣柜，平时换洗的衣物也没有，显然冉冉没回来住。"再等等吧，七点多钟应该能回。"关景鹏自言自语。

"嗯，门外有脚步声，冉冉——"关景鹏兴奋地冲到门前打开门一看，原来是对门的人回家了。"嗯，冉冉一定是回家住了，家里应该能找到电话号码。"说着，关景鹏翻开抽屉找电话本。

"喂？"电话那头传来冉冉母亲的声音。"我是景鹏啊，我回来了，妈妈。"关景鹏顿时激动地说。"谁是你妈？你还有脸回来？冉冉被你害惨了，还我的女儿！"冉冉的母亲愤怒地说完，挂了电话。

"啊，怎么回事？冉冉怎么啦？"关景鹏边说边又拨了舒冉冉家的电话，但是电话被直接挂断了。"我得去冉冉家。"说着，关景鹏冲出门，直奔舒冉冉家。

"爸、妈，开门啊，冉冉到底出啥事啦？开门啊，爸、妈，求求你们把门打开！"在舒冉冉家的门口，关景鹏哭喊着。任凭关景鹏怎样敲门，老两口始终不肯开门。喊累了、敲累了，关景鹏坐在门前睡着了。此时，冉冉的父亲悄悄打开门，看着关景鹏坐在地上，用手拍了拍他。关景鹏立马站了起来，忙说："爸，冉冉究竟怎么啦？""你别喊我爸，告诉你，冉冉对你太失望，一气之下就没跟考察团回国，不回来啦。"冉冉的父亲激动地说。"我这次就是回来到成都办工作，就是为了和冉冉好好过日子的。"关景鹏解释说。"我也不想说太多。总之，冉冉对和你的婚姻失去信心，成都毕竟不是重庆，还是分居，想不通，结果就选择了这条不归路。好孩子，别再打搅我们了，拜托！"冉冉的父亲说完，关上了门。"爸……"关景鹏绝望地望着关闭的门，痛哭起来。

"冉冉为啥要走这一步，真有点想不通。"在关景鹏家，范琳琳说。"你们联系多，平时冉冉都说了些啥？"纪彩霞问范琳琳。"有时来我们家，就老是羡慕我们俩。说，看你们俩多好，在一起，老婆孩子热炕头的。"严杰玉插话道。"琳琳，说说，冉冉平时都跟你说些啥？"连富胜问。"除了严杰玉说的羡慕外，倒是很认可关景鹏的。"范琳琳说。"既然认可，为什么不回来？"关景鹏说。"你听我说嘛，冉冉说，燎原公司确实很了不起，森尼韦尔都高看一眼。关景鹏为燎原打开尼日利亚的大门，不用说，肯定要受到重用。"范琳琳说。"那为啥还要这样呢，而且做得这么绝？"孙宝录说。"她对情况可能比较了解，重用，必定是漂浮不定的。能干、老板重用，能让他在成都办长期待着吗？她很了解燎原，经常与燎原的高层有业务上的往来。了解得越多，越看得透。"范琳琳说。

"我跟她说了，这次回到成都办，就不走了。"关景鹏说。"关景鹏，人家看事看得清。她了解你，你要是去了成都，真的不动了，她会认为你没出息。你要是又去别的什么地方，冉冉说多半是海外，那又是……"范琳琳说，"总之，她认为，所以干脆就……""你说她一个人在美国，她咋整啊？"关景鹏说着，又伤心地哭了。"你伤心。哎呀，冉冉的父母更伤心，老两口就这么个女儿，今后的日子怎么办？"范琳琳说。"冉冉真是的，不知怎么想的。"何大勇说。"所以啊，关景鹏，源头还是你啊。"严杰玉说。"好了好了，范琳琳、纪彩霞，给大家弄点吃的。"连富胜说。"要不出去吃呗。"孙宝录说。"你看他那个样，算啦，我们俩简单做点算了，严杰玉下去买点啥去。"范琳琳说。"我要喝酒。"关景鹏大喊着。"好，我去买啊。"严杰玉下楼去了。

2. 小妹的安慰

"景鹏哥，你别老这样啊。你看干爹、干妈，都被你搞成这样，不为你自己，也为干爹、干妈着想啊。"关景鹏的发小、邻居、关家的干女儿，从小就跟着关景鹏玩的莫小妹——一个非常漂亮的重庆妹子，在关景鹏乡下的家劝说着关景鹏。"小妹，让他去吧，他心里难受啊。"关景鹏的父亲说。"干妈，放心，冉冉姐不在，还有干女儿呢。"莫小妹说。"还是小妹懂干妈的心啊。小妹，带你哥出去散散心。别在家里唉声叹气的，那么没出息。"关景鹏的母亲说。"干妈,咱景鹏哥可是真有出息的,我就喜欢景鹏哥。"莫小妹说。"好啊,要是有你这么个儿媳妇,那可是关家的福分。赶紧的,拉你哥出去散散心。"关景鹏的母亲说。"什么儿媳妇?小妹是我妹,想什么呢?"关景鹏说。"好好好,你跟小妹像小时候一样出去耍去,中午别回了啊,回来也没你们吃的。"关景鹏的父亲说。"好,妹妹带哥四处游,走啊。"莫小妹拉着关景鹏出了门。

"景鹏哥,带你去我们学校吧。"莫小妹说。"反正坐你后头,想往哪儿开就往哪儿开。"坐在电动车后面的关景鹏说。"景鹏哥,平时除了想冉冉姐,有想小妹吗?"莫小妹问。"在尼日利亚忙得很,工作都顾不过来,哪有时间胡思乱想啊。"关景鹏说。"景鹏哥,为啥想我就是胡思乱想啊?不干。景鹏哥,我不干。"莫小妹撒娇地说。"没有,想的想的。"关景鹏忙解释。"想我了,对不对?哟,景鹏哥想小妹喽。"莫小妹单手骑车,把另一只手高高举起,开心地大声呼唤着。"好啦,我是你哥,从小咱们俩一起长大,哥哥有时想想可爱的妹妹,很正常啊。"关景鹏说。"可爱,景鹏哥,我漂亮吗?"莫小妹问。"何止是漂亮,女大十八变,美丽又可爱。"关景鹏说。"景鹏哥,我漂亮吗?"莫小妹又问。"你啊,可不是一般的漂亮。说实话,你比范冰冰、李冰冰都漂亮。真的,你可以自己看。谁要是成了我的妹夫,可真是艳福不浅啊。"关景鹏说。"我知道,再漂亮有什么用?"莫小妹说。"不会吧,就没人追我这个妹子,不可能啊?"关景鹏说。"谁追咱都看不上。"莫小妹说。"说说看,都是谁啊,让哥给参谋参谋。"关景鹏说。"没到你这儿呢,在我这儿就被咔嚓了。"莫小妹说。"都谁啊,你就咔嚓,说来听听嘛,你也就比我小3岁,也老大不小的了。小学老师,人家都想娶的,更何况赛过范冰冰呢。"关景鹏说。

"景鹏哥,多亏了你的辅导,我才能考上师范大学。"莫小妹说。"那是应该的,我不帮你,谁帮你啊。"关景鹏说。"说实话,在重庆上大学的时候，冉冉姐经常关心、帮助我，我对冉冉姐是心存感激的。"莫小妹说。听到这些话，关景鹏又低下头沉默了。"我那条红色连衣裙，就是冉冉姐送的。当时我穿上它在校园里一走，简直……"莫小妹说。"是啊，你冉冉姐究竟是为什么，我真的想不通啊。"关景鹏又悲伤起来。

"你冉冉姐出国考察前跟你联系过吗？"关景鹏问莫小妹。"没有啊。"小妹说。"想一想，再往前一点。"关景鹏说。"大概两个月前吧，我记得刚开学没多久，冉冉姐给我打了个电话。"莫小妹说。"是吗？你冉冉姐说了点啥？"关景鹏问莫小妹。"也没说啥，问我有没有男朋友。"莫小妹说。"看，你冉冉姐多关心你，肯定是忙着给你找对象呢。"关景鹏说。"冉冉姐真是挺好的，景鹏哥，你不会欺负冉冉姐了吧？"莫小妹说。"怎么可能？"关景鹏说。

"景鹏哥，回深圳是坐飞机还是坐火车啊？"莫小妹问。"不赶时间，就坐火车吧。"关景鹏说。"不是都说你们燎原的人是整天天上飞，落地出租车嘛，潇洒得很。"莫小妹说。"我这是探亲，不是出公差，能省还是省点。"关景鹏说。"坐飞机就算了。要是坐火车，我还可以去重庆送送你，我也好久没去重庆市里了。"莫小妹说。"你送我，不上课啦？"关景鹏说。"可以请假嘛，难得一次，回来找个时间就补上了。"莫小妹轻松地说。"好吧，要是不影响工作，去重庆耍耍吧。"关景鹏说。

"景鹏哥，看，这就是我们的学校。"莫小妹边说边下了车。"喂，肖云飞，您好！"关景鹏一边在校园里走，一边接听着电话，"我呀，大概3号或者4号回深圳吧。怎么，有事啊？"关景鹏问。"什么？也门，3700万美元，真的假的？啊，这两天没怎么看邮件。哇，3700万美元，燎原真的要大爆发了！好，到深圳一定聚聚。好，到时候再联系。"

"景鹏哥，啥也门、3700万美元、大爆发？"莫小妹问。"也门是一个国家，我们公司中了也门电信运营商的标，有3700万美元呢。"关景鹏说。

"景鹏哥，就是你们又厉害了呗。"莫小妹说，"我的景鹏哥是世上最棒、最厉害的男子汉！""傻妹子，山外有山，天外有天。在燎原，比哥厉害的多的是。"关景鹏说。"我不管，景鹏哥在我心目中就是最厉害的男子汉。"莫小妹说。"你景鹏哥也是很厉害的，这是不争的事实。"关景鹏说。"对嘛，我的景鹏哥最厉害。"莫小妹开心地说。

"哎，景鹏哥，我们班31号要举办迎新年活动，你也来呗，我可是经常跟孩子们讲你的故事。"莫小妹又说。"别别，你讲我，不是毒害少年儿童嘛。"关景鹏说。"怎么是毒害少年儿童？你为了国家通信事业，只身前往海外，忍受疟疾的困扰，顽强拼搏，赢得海外第一大单。"莫小妹说。"已经不是第一大单了，也门的3700万美元，已经超过了。"关景鹏说。"什么呀，总之是了不起的，这些都是真实的奋斗故事，无私的奉献精神。"莫小妹说。"没没没，没那么高大上啊。奋斗是奋斗啦，这是没错的；艰苦也是艰苦的，也没错。但是……"关景鹏说。"但是，但是什么？什么都比不上你艰苦奋斗的精神。我就是要告诉这些孩子，山里的娃也会像景鹏哥一样有出息。"莫小妹说。"但是，无私奉献，无私还谈不上。"关景鹏说。"其实小妹，我没想那么多，去尼日利亚是苦点，但赚点钱，回来娶你冉冉姐，老婆孩子热炕头，过日子，是有私心的。无私奉献，谈不上，尤其是无私，真的，是有私心的。"关景鹏说。"什么私心？就是顾家嘛，顾家的景鹏哥更可爱。"莫小妹说。"跟你还说不明白了。"关景鹏说。"说不明白就不说呗。"莫小妹说。

"哎，小妹，你们的活动，我就不参加了。"关景鹏说。"为什么？"莫小妹一脸不高兴地问。"我想31号回重庆，元旦时去看看冉冉的父母。"关景鹏说。"你不陪干爹、干妈过元旦啦？"莫小妹问。"你知道，这阳历年，家乡没人过的。"关景鹏说。"就不能陪妹子过元旦啊？"莫小妹问。"小妹，冉冉姐一走，我伤心是自然的，但受影响最大的，而且不是影响那么简单，应该说是受打击最大的，是冉冉的父母，他们就这么一个女儿，遭受了多大的打击啊！"关景鹏说。"我陪你去呗。"莫小妹说。"你们班不是有活动吗？"关景鹏问。"可以让其他老师代的。"莫小妹说。"别这样，这次呢，我去；以后呢，你要是有空，可以经常去看看他们二老。"关景鹏说。"其实，我挺感激他们的，尤其是冉冉的父亲。"莫小妹说。

"这话就对了嘛，想想当初你整天流鼻血，要不是冉冉爸亲自给你诊断，叫什么？"关景鹏说。"鼻中隔弯曲。"莫小妹说。"对，鼻中隔弯曲。别忘了，冉冉爸亲自给你做的手术呢。"关景鹏说。"哎，对了，还流鼻血吗？"关景鹏接着问。"做手术以后就没流过。"莫小妹说。"小妹，咱山里人就是实诚啊，滴水之恩，当涌泉相报。"关景鹏说。"你先去看二老吧，跟他们说，我有空会去看他们的。"莫小妹说。"这才是我的好妹子嘛。"关景鹏开心地说。

"爸、妈，身体还好吧？"在冉冉家，关景鹏说。"孩子啊，说实话，以前你叫爸妈，我们没太多感觉，可是你今天这么叫，我们心里是暖的。"冉冉爸说。"爸、妈，应该的。"关景鹏说。"不过就不是应该的啦，以后还是叫叔叔、阿姨吧。"冉冉爸说。"爸、妈，你们就把我当儿子吧，这样就可以一直叫下去了。"关景鹏说。"我们可没这个福气哟，你今天能来看我们，已经感激不尽了。"冉冉妈说。"应该的，应该的。"关景鹏说。

"景鹏，你心眼儿好，元旦不跟自己的父母过，专程来看我们。要知道，冉冉这事真把我们的老脸给丢尽了。所以，谢谢了，孩子。"冉冉爸说。"乡下不过阳历年的。爸、妈，冉冉有来电话吗？"关景鹏问。"那个时候打过一次，这几天没有。"冉冉爸说。"爸、妈，身体还好吧？"关景鹏问。"死不了。"冉冉妈说。

"爸，还记得莫小妹吗？"关景鹏转移话题。"怎么不记得？就是你那个漂亮可爱的干妹妹，我给她做的鼻中隔弯曲手术。"冉冉爸说，"她现在鼻子还流鼻血吗？""自从您给她做了手术，就再也没流过鼻血。"关景鹏说。"那就好，那就好。她现在在做什么？"冉冉爸问。"我们那边的小学教师。本来她要来的，正好她带的班要搞迎元旦的活动，所以就没来。她让我给你们问好，说有空会来重庆看你们的。"关景鹏说。"好啊好啊，欢迎欢迎。"冉冉爸说。"就是那个长得比范冰冰还漂亮的丫头？"冉冉妈问。"是啊，到咱们家看鼻子的，你见过的。"冉冉爸说。"妈，本来她要来的，有事就没来。"关景鹏说。"算你聪明，她结婚了吗？"冉冉妈问。"没有，对象都没有。之前，冉冉还在帮她找男朋友呢。"关景鹏说。"自己都搞不定，还帮别人找男友。"冉冉妈说着，起身走进了卧室。"咱们冉冉是热心肠，乐于助人。"冉冉爸说。

不一会儿，冉冉妈从卧室出来，冲着冉冉爸说："老头子，陪我去趟医院。""爸，您陪妈去会诊吧。我就不坐了，去火车站买火车票。"关景鹏说。"那好，我陪你妈去医院会诊。"冉冉爸说。"那丫头是不是很喜欢你？"冉冉妈突然问关景鹏。"她是我妹子，是妹妹式的喜欢，不，是崇拜哥哥。"关景鹏回道。"噢，崇拜，崇拜好啊，是应该崇拜。"冉冉妈最后说。

3. 勇敢追随

中午在重庆火车站聚餐之后，严杰玉、范琳琳两口子和莫小妹送关景鹏到火车站。"看，小妹真是水灵，简直就是出水芙蓉啊，是不，严杰玉？"范琳琳在候车室里说。"是啊是啊，赛过范冰冰嘛。"严杰玉说。"快别夸了，夸得我都不好意思了。"莫小妹说。"是先到广州，再转深圳吧？"范琳琳问关景鹏。"是啊，大概明天中午到广州。"关景鹏说。"小妹，你进去送送你哥。严杰玉，咱们俩先走吧，我还有点事急着要办。"范琳琳说。"就说别送了嘛，真不好意思。那琳琳，你们先走吧。"关景鹏说。"哟，这么急着打发我们走啊。琳琳，看来我们真该走了。走啦，一路走好，景鹏，多保重啊！"严杰玉拉着范琳琳，准备走了。"小妹，有空过来玩啊。"范琳琳对莫小妹说。"好的，琳琳姐。"莫小妹说。"常来个邮件啊，说说情况。"严杰玉回头对关景鹏说。"好的。"关景鹏说。

看着远去的严杰玉、范琳琳两口子，关景鹏对莫小妹说："小妹，你也回吧，否则就回去得太晚了。""等进去把你送走了再说，不急这一会儿。"莫小妹说。"也好，晚了就别回，钥匙给你了，就在市里住一晚，明天再回。"关景鹏说。"别操那么多心啦，快检票进站啦。"莫小妹推着关景鹏顺着人流往检票口走去。

"5车10座，景鹏哥，正好是下铺唉。"莫小妹说。"好，马上要开车了，你赶紧下去吧。"关景鹏说。"那好，景鹏哥，我下去到站台上看着你走。"莫小妹说着，头也不回地走了。来到站台上，莫小妹挥动着双手，朝关景鹏示意。

一阵铃响，火车启动了。就在这时，莫小妹大喊一声"景鹏哥"，便不顾一切地冲上了驶往广州的火车。"小妹，你这是干啥？列车员，赶紧停车，让我妹下去。"关景鹏大声对列车员说。站在门口的列车员说："现在不可能为了她把火车停下。要下，只有到下一站。""小妹，你这是干啥？"关景鹏冲着小妹说。莫小妹猛地扑到关景鹏的怀里，大声喊着："景鹏哥，我要跟你去深圳，去尼日利亚，去世界上任何一个地方，伺候你一辈子。""哟，还下车呢，美都美死了。赶紧补个票吧。"列车员在一旁说。"小妹，你不上课啦？那一个班的孩子，都不管啦？"关景鹏问。"孩子会有人管的，可景鹏哥需要小妹的照顾啊。"莫小妹大声说。"哟，说得真肉麻！行啦，赶紧来补票吧。"列车员说着，走进了补票室。"真拿你没办法，我先去补票。"关景鹏说着，走进了补票室。

"你小子可真有福气啊，瞧这姑娘长得，太水灵了，简直赛过范冰冰，西施再现啊。好好珍惜吧！"列车员边补票边说。"是到广州吧？"列车员再次确认。"没错，就是广州。"莫小妹在后边说。

"小妹，你这是做啥子吗？"回到车厢，关景鹏说。"我去深圳玩玩不行啊？"莫小妹说。"课不上，去深圳玩，像个老师吗？"关景鹏说。"不像老师，是吧？我就辞掉不干了。"莫小妹说。"只是说说，其实你当老师挺合适的。"关景鹏说。"一会儿说不像，一会又说合适，到底想说啥？"莫小妹说。"你这也太……"关景鹏欲言又止。

"景鹏哥，真不能怪我。"莫小妹说。"照你这意思，怪我？"关景鹏说。"可不就是怪你嘛。"莫小妹说。"为啥？"关景鹏说。"不为啥，谁让你坐火车的？"莫小妹说。"坐火车怎么啦？"关景鹏说。"你要是坐飞机，我就没机会啦。"莫小妹说。"小妹，你真的太有心机了。"关景鹏说。"景鹏哥，跟你说白了，当你说要坐火车回深圳的时候，我就下定了决心。"莫小妹说。"什么下定决心？下的什么决心？"关景鹏说。"不能失去这次机会，一定要跟景鹏哥永远在一起。"莫小妹坚定地握紧拳头。"小妹，别这样。"关景鹏说。"景鹏哥，就是要跟你在一起嘛，好不好？"莫小妹说。

"我跟冉冉姐最大的区别就是……"莫小妹接着说。"就是什么？"关景鹏问。"冉冉姐虽然也爱尔，这是毫无疑问的，我能感觉到。但她没法做到放弃自己的工作伴随你，时时刻刻地伴随。所以，她痛苦，最后选择了这条路。"莫小妹说。"别再说了。"关景鹏又伤心起来。"而妹子我，可以做到。"莫小妹紧盯着关景鹏说。"可以做到什么？"关景鹏说。

"景鹏哥，跟你说实话。我已经把小学老师的工作给辞了。换句话说，我可以时时刻刻陪伴你，你在尼日利亚不会再孤单。"莫小妹说。"你，你真的把工作给辞啦？"关景鹏睁大眼睛望着莫小妹说。"真的辞了，现在只能跟着景鹏哥浪迹天涯了。"莫小妹说。"小妹啊小妹，你真把工作辞啦，这让哥怎么是好啊？"关景鹏说。"景鹏哥，这有什么不好办的呀？你带我去尼日利亚，妹子给你做饭、洗衣、生孩子，不是挺好吗？"莫小妹说。"我这到深圳没几天，就要回尼日利亚了，你怎么办？"关景鹏严肃地问。"景鹏哥，先带我在深圳耍耍呗。"莫小妹说。"耍完了，我去尼日利亚了，你怎么办？"关景鹏又说。"我和你一起去尼日利亚好不好？"莫小妹说。"怎么去？这下不是火车啦，你冲上火车的招没法使了。"关景鹏说。"我变成嫦娥飞过去。"莫小妹说。"你要真能飞过去，欢迎啊。"关景鹏说。

"真的，景鹏哥，你欢迎我去尼日利亚啦？"莫小妹说。"能飞过去，我就欢迎。"关景鹏说。"我有护照的。"莫小妹说着，从自己的包里掏出了护照。"嗯，你怎么会有护照？难道你早就……"关景鹏惊讶地说。"没有，是我们教育部门组织的优秀教师泰国游，利用暑假组织的。"莫小妹说。"还优秀教师呢，撇下一班的孩子，不称职。"关景鹏说。"怎么样，我可以去尼日利亚啦？"莫小妹说。"你以为光有护照就能去啦？要签证的。难道你去泰国不要签证吗？"关景鹏说。"这事景鹏哥应该能办的。"莫小妹说。"能办？你怎么知道我能办？"关景鹏说。"你当时不是想让冉冉姐去尼日利亚吗？还说公司有规定，每年有一个名额去尼日利亚看你，公司给报销。"莫小妹说。"你知道的还挺多。冉冉是……你……"关景鹏说。

"我，我怎么了，我是你妹子，我是你老婆。"莫小妹说。"可别胡说，老婆都出来了。"关景鹏说。"只要你愿意娶，我不就是你老婆啦。"莫小妹说。"就是也去不了啊，办签证还要一个月呢。"关景鹏说。"景鹏哥答应啦！噢，景鹏哥答应要小妹喽！"莫小妹高兴地举起双手以示庆贺。"什么就答应要你啦？我是说办签证要一个月。我是可以让公司给办签证，但要一个月才能下来。这一个月，你怎么办？"关景鹏说。"景鹏哥，你终于肯娶我了。"莫小妹激动地用双手搂住关景鹏的脖子说。"哎哎哎，这么多人。"关景鹏说。"我不管。"莫小妹说。

"关景鹏订的房间。"在博雅苑，关景鹏对前台服务员说。"关景鹏，嗯，查到了，506号房，一张大床的房间。"前台服务员说。"还有房间吗？"关景鹏问。"嗯，你们？"服务员疑惑地问。"不是．还有个同事托我们订间房。"莫小妹忙插话道。"没有，海外开市场大会的都来了，没有空的。"服务员说。"没有就算了，让他到外面住酒店去。"莫小妹冲着关景鹏说。

"小妹，这样不好吧。"在506号房，关景鹏说。"有什么不好的？小时候咱们俩不是经常睡一张床吗？"莫小妹说。"小时候是小时候，现在……"关景鹏说。"小时候和现在有什么区别啊？我还是你妹，你难道不想当我哥啦？"莫小妹问。"不是这么说的。"关景鹏说。"反正呢，我肯定睡床上。我看这地上是地毯，这边天气也不冷，打地铺喽，景鹏哥。你肯定舍不得妹子打地铺吧？"莫小妹说。"小妹，我还真需要适应一下，我就睡地上吧。"关景鹏说。"景鹏哥，你过两天就要走了，好好陪我玩玩呗。"莫小妹说。"好，好好陪咱妹子玩玩。"关景鹏沉思了一会儿说。"这才是我的好景鹏哥。'莫小妹高兴地说。"一直都是好哥哥，不是吗？"关景鹏说。"一直都好，一直都好。"莫小妹说。

"一会儿，你坐公司的车去机场，我去香港。"在博雅苑门口，关景鹏对莫小妹说。"小妹真的想好要陪哥在尼日利亚过日子？"关景鹏又说。"除非你不愿意。"莫小妹说。"我愿意我愿意，我巴不得，小妹。"关景鹏说。"我是跟定景鹏哥了，别想甩掉我。"莫小妹说。"这么漂亮的妹子，疼还来不及呢。"关景鹏说。"不过跟着我，恐怕没什么好日子过啊。不会到时候嫌弃哥吧？"关景鹏说。"景鹏哥，妹子是这样的人吗？"莫小妹说。"好吧，我到了尼日利亚，就申请给你办签证。一个月后，咱们在拉各斯见。"关景鹏说，"当然，也不是想象的那么差。"

"你看我的肚子好多了，是不是？"关景鹏问莫小妹。"嗯，我看挺正常的。"莫小妹说。"这就对了,原来是不行。但中国政府在尼日利亚帮助解决疟原虫的问题,用了一种中药,叫青蒿素。很管用的,我吃了,基本正常了。所以现在你去,以后我们的孩子,都不会有问题的。"关景鹏说。"那太好啦!所以,跟着景鹏哥,没错。"莫小妹开心地说,"这几天玩得好开心,谢谢景鹏哥!""谢啥!"关景鹏说。

4. 处处无家处处家

"回来啦,关景鹏。"看着进门的关景鹏,燎原在尼日利亚的代表邱恩庭说。晚上,在燎原拉各斯的宿舍,大家为欢迎关景鹏回来,自己动手准备了丰盛的晚餐。"来来来,欢迎关景鹏回来啊,这可是双喜临门啊。"邱恩庭端起酒杯说。"什么双喜临门?"关景鹏满脸不悦地问。"你这一来回成都办,二来娶媳妇,可不是双喜临门嘛,我们可是羡慕死啦。"左小虎说。"关景鹏,接替你的市场人员还没到位,你的工作只能交接给我和左小虎了。左小虎,你对情况也熟,主要是你和关景鹏交接。没办法,在这儿就要一人多能,不能只管技服这一块儿。"邱恩庭说。"我的领导,没法说啊。"左小虎说。"你要搞清楚啊,现在你的考评是我打。"邱恩庭说。"你们这,那你们沟通啊。"左小虎说。"你把我的话传过去就行啦。"邱恩庭说。"邱总,不兴这样的。"左小虎为难地说。"怎么着,我打你的考评,难道安排你的工作,还要向别人汇报吗?"邱恩庭说。"实话实说,我们这边网规网优的事很多,忙都忙不过来,你让我……怎么可能啊?"左小虎说。"我知道,你以为我不知道啊,我就是想让你们领导再派一个人来。"邱恩庭说。"再派人，也得您跟我们领导说啊。"左小虎冲着邱恩庭说。

"关景鹏，你这次还能回来，过年前能回来，我真的没想到。"邱恩庭说。"邱总，这都是说好的，我肯定回啊。"关景鹏说。"所以说嘛，回来真好啊。关景鹏，3月中旬，怎么样？"邱恩庭问。"关景鹏，考虑考虑，3月中旬再回国吧。"左小虎说。"3月中旬，没问题。"关景鹏说。"真的，3月中旬，那太好啦。毕竟是自己的项目，是有感情的。"左小虎兴奋地说。

"何止3月中旬，4月中旬、5月中旬都没问题。"关景鹏又说。"那……"邱恩庭说。"怎么，不相信啊？"关景鹏严肃地问。"相信，自己打下的江山，舍不得是正常的。相信，相信啊，关景鹏永远都是尼日利亚代表处的一员。"邱恩庭举起酒杯说。"邱总，您不会是不想我在这儿，赶我走吧？"关景鹏问。"哎，关景鹏，你这话说的，我和左小虎巴不得你不走呢。这里的情况你比我熟，真的缺你，我们很难做的。我是跟公司说不能让你走啊，可是公司考虑到你个人的婚姻。当然，主要是你拿下公司海外第一大单，否则怎么可能让你回国呢。"邱恩庭说。

"邱总、左小虎，没什么双喜。"关景鹏严肃地说。"怎么啦，什么意思？"邱恩庭问关景鹏。"邱总，只要不嫌弃，我就待在尼日利亚啦。"关景鹏说。"哎，什么意思？先说说什么叫没有双喜。"邱恩庭问关景鹏。

"邱总，看来你是真的不想让我留下啊。"关景鹏眼含热泪地说。"这，这怎么可能呢？"邱恩庭说。"邱总，你们真狠心啊，把一个无家可归的人往外赶啊。"关景鹏大哭着说。"左小虎，你知道是怎么回事吗？"邱恩庭问。"不知道。"左小虎回道。

"喂，左小虎，关景鹏起床了吗？"第二天一旦，邱恩庭就给与关景鹏同住的左小虎打电话。"还没醒，昨晚喝得太多了。"左小虎说。"就让他好好醒醒酒吧，晚上再找他好好聊聊。什么叫无家可归的人？真不知是怎么回事。"邱恩庭说。"那好吧。"左小虎回道。"哎，左小虎，你说关景鹏昨天晚上说的是真的吗？"邱恩庭问。"醉话您也当真？"左小虎说。"按他的酒量，说这些话的时候，不应该醉啊。"邱恩庭说。"我看啊，你是缺人缺怕了，醉话也当救命稻草。"左小虎说。"要是真如他所说，咱们俩不是轻松许多啊。不说了，晚上聊。"说完，邱恩庭挂断电话。"白日做梦呢。"左小虎说。

"好点啦？"回到宿舍，左小虎问关景鹏。"你们都死哪儿去啦？把我一人丢在家里。"关景鹏生气地说。"这不有事嘛，你昨晚喝那么多，满嘴胡话的，让你多醒醒酒，就没叫你。"左小虎说。"哼，看来我是不该回。"关景鹏说。"是啊，这快过年了，你急着回来干啥呀？一看就是想晃一下，表示回来交接过了，赶紧往回跑。"左小虎说。"看来我是多余的了。"关景鹏说。"反正我们现在也不敢指望您什么。"左小虎说。"其实就是不需要我了嘛。"关景鹏说。"那你说呢？我们敢指望你吗？谁知你哪天找个理由就拍拍屁股走人了。"左小虎说。"看来我就不该回。"关景鹏握拳狠狠地捶向桌面说。

"回都回了，还有什么不该回的，别听左小虎瞎说。"刚进来的邱恩庭说。"瞎说？是心里话吧？"关景鹏说。"按理这里最不该走的就是你了，这一点，你承不承认？"邱恩庭说。"现在说这些有什么意思呢。"关景鹏说。"怎么没意思？"邱恩庭说。"你多牛啊，公司海外第一大单，功成名就，挑个成都办待着，脏活、累活可都是咱们担着，没办法，谁让我们命苦呢？"左小虎说。"哟，这么说就不对啦。人家关景鹏，当时还有江嘉陵，勇闯尼日利亚。对喽，江嘉陵呢？"邱恩庭说。"在葡萄牙。"左小虎回。"就是嘛，江嘉陵哭着闹着，领导拿他没办法呀。身体没法待在尼日利亚这个鬼地方啊，现在好喽，葡萄牙。左小虎，你怎么不恨江嘉陵？"邱恩庭说。"我恨他干吗呀？"左小虎说。"要是他还在尼日利亚，葡萄牙就是你去咯。"邱恩庭说。"那也不一定。"左小虎说。"不一定？一定的。"邱恩庭说。

"唉，你们俩别说这么多啦，我这次回来真的不走了，真的。"关景鹏说。"哼，不走，不走好啊。"邱恩庭说。"你知道吗，关景鹏，这回你从尼日利亚调回国内，在整个公司引起多大影响吗？你不知道吗？"左小虎说。"多大影响？我不知道啊。"关景鹏说。"接你的，你让邱总说。"左小虎说。"怎么啦，邱总？"关景鹏问。"接替你的人，本来应该趁你在进行交接的，结果说了一大堆理由，什么老妈生病住院需要照顾。这一来就没谱啦，什么时候能来就不好说啦。"邱恩庭说。"你想想，别人看这件事肯定是：好嘛，关景鹏功成名就赶紧溜了。"左小虎说。"言下之意就是尼日利亚条件差，前一个江嘉陵生存不下去，后一个关景鹏好歹熬出头赶紧溜。"邱恩庭说。"你说，谁愿意再来？"左小虎冲着关景鹏说。"我愿意啊。"关景鹏说。"你愿意？哼！"左小虎说。

"言归正传吧，邱恩庭、左小虎。你们来之前，我给你们发了邮件，正式宣布我留下。刚发的，你们还没来得及看，你们看。"关景鹏拿起自己的电脑给二人看，"这下是真的了吧？""为什么？"左小虎问关景鹏。"别问为什么啦，是真的留下就行啦。而且恐怕以后即便尼日利亚走的还剩一个人，那么这个人就是我。"关景鹏说。"关景鹏，你的这个决定对公司海外市场绝对是一个重大利好，是猴年最好的新年礼物。"邱恩庭激动地说。"就说嘛，关景鹏，你是舍不得我们的，更不想让自己的成果被我们占有，对吧？"左小虎高兴地说。

"没有双喜是怎么回事？无家可归又是咋回事啊？"邱恩庭问。"问那么多干什么？我不走了，在尼日利亚扎下根了，准备在这儿老婆孩子热炕头了。到时候看你们不顺眼了，我赶你们走。"关景鹏说。"说说嘛，到底咋回事吗？"左小虎说。"说啥呀说，帮我办点实事。"说着，关景鹏拿出莫小妹的护照复印件，"给，赶紧给我媳妇办来尼日利亚的签证，是长期居住的哟。""哇，这么漂亮，简直赛过范冰冰啊，你看。"说着，左小虎递给邱恩庭看。"不对呀，好像……"邱恩庭看了后说。"不对啥呀，赶紧去办，记住，长期居住啊。"关景鹏冲着左小虎说。

"说说呗，关景鹏，让我们也明白明白嘛。"邱恩庭说。"说啥呀，你说得不错，原来那个大学同学——舒冉冉，出国考察后就没回。"关景鹏说。"出国考察不回，那不是……为什么呀？"邱恩庭说。"嫌弃我呗，不能给她安定的生活。"关景鹏说。"这回成都办了，还不能安定啊？"左小虎说。"人家要的是在重庆。"关景鹏说。"你就是在尼日利亚的命。没错，无家可归，哪儿都不是你的家，只有尼日利亚。"邱恩庭说。

"这个'范冰冰'呢，怎么回事？"邱恩庭又问。"'范冰冰'？是莫小妹，看清楚啦。"关景鹏说。"好，莫小妹，说说是怎么回事。"邱恩庭追问着。"邻居，从小一块儿长大，我爸妈的干女儿。"关景鹏说。"感觉像是童养媳。"左小虎说。"什么感觉像，放在以前可不就是童养媳嘛。"邱恩庭说。"好啦，不说她啦，以后来了，你们使劲地问，好了吧？左小虎，赶紧帮着办啊。"关景鹏说。

"那个冉冉，真放下啦？"邱恩庭问关景鹏。"不放下又能怎么样？她走的是条不归路。其实，我们俩的事好见好散都好说，关键是没法弄啊。"关景鹏说。"唉，倒也是，想出国也别这样啊。"邱恩庭。"所以，真想不通为啥偏要这样。"关景鹏说。

"哟，这照片，在哪儿拍的呀？这不是世界之窗吗？"左小虎看着关景鹏电脑里的照片。"就是前几天拍的。"关景鹏说。"从重庆送到深圳啦，感情发展得也太快了吧！"左小虎说。"人家有艳福，哪像你？"邱恩庭冲着左小虎说。"我这妹子其实一直喜欢我。这么漂亮的姑娘，多少人追，就是不肯答应。"关景鹏说。"这次，我是没想到她送我坐火车回深圳的。我的同学和她一起送的，结果谁能料到，就在火车启动的一瞬间，她就像疯了似的冲上了火车。"关景鹏说。"这真的是爱情，爱情的力量啊！"邱恩庭说。"关景鹏，你妈还有干女儿吗？"左小虎问。"我爸妈就认了这一个干女儿。"关景鹏说。"看来我是没戏了。"左小虎兑。"你别跟着瞎掺和，有本事自己找去。"邱恩庭说。

"她常住，难道她没工作吗？"左小虎问。""在我们那儿当小学老师。"关景鹏说。"那她不工作啦？"邱恩庭问。"要不怎么说我也被感动了呢。"关景鹏说。"怎么，她把工作给辞啦？"邱恩庭问。"可不是嘛，送我走之前，就悄悄地把工作给辞了。您说，是我的干妹子，从小跟着我玩的，人又长得是真漂亮，我还有什么不知足的？"关景鹏说。"那是这个丫头真心喜欢你了。"邱恩庭说。"我现在，我现在也是真心喜欢我这个妹子。以前只不过是太熟，光想着是自个儿的妹子，就没往这方面想。"关景鹏说。"看把你美的！行行行，你能这样想，对你、对莫小妹，还有对我们，都是莫大的宽慰，你们一定是幸福的。祝你们幸福啊！"邱恩庭说。"谢谢大家。"关景鹏说。

"哎，你那位是小学老师？"邱恩庭问。"是啊，小学老师。"关景鹏说。"教什么的？"邱恩庭问。"语文。"关景鹏回道。"太好了，让她赶紧来，这儿使馆缺一个语文老师，赶紧让她来。"邱恩庭说。"这事我知道。哎，我怎么就没想起来呢？真的太好了！小妹的英语还是不错的。"关景鹏说。"那就更好啦，是重庆师范毕业的吧？"邱恩庭说。"是的。"关景鹏说。"这下可是真的双喜临门了。"左小虎说。"没错，我真是双喜临门了。"关景鹏开心地说。"你这最符合公司的需要啦，带着老婆、孩子，全世界随便跑，想去哪儿就去哪儿。"邱恩庭说。

"好啦，这下我可以集中精力搞NT的了。"邱恩庭说。"怎么样？"关景鹏问。"问题不大。"邱恩庭说。"你这信誉打出来了，其他家没理由不用燎原的。"左小虎说。"倒也是，性价比肯定是最优的。"关景鹏说。"非洲南部那边也有需求，让我们出人帮助呢。"邱恩庭说。"这边都忙不过来。"左小虎说。"肯尼亚、津巴布韦有项目，恐怕到时候左小虎要去支援一下。"邱恩庭说。"那这边呢？"左小虎问。"当然优先保证这边啦。"邱恩庭说。

"公司就指望在非洲多开拓一些市场，欧洲市场毕竟困难哪。"关景鹏说。"具体就是靠你们啊。"邱恩庭说。"你不也一样？"关景鹏说。"没错，都一样。"邱恩庭说。"听说老板要过来啊？"左小虎问邱恩庭。"是的，年后金海明副总会先过来，接着老板会到我们这儿看看。"邱恩庭说，"听说，要把尼日利亚打造成燎原高级干部的培训基地。""什么意思？"关景鹏问。"具体的，我也不太清楚。关景鹏，你留下是对的，是绝对正确的选择。"邱恩庭说。"说得没错。"左小虎说。"我知道。"关景鹏回道。

"估计老板来的时候，你那个小妹也在这儿了。"左小虎说。"什么小妹？人家的媳妇，好吧？我想老板最乐意看到你们这一幕了吧。"邱恩庭说。"看不出来，你小子绕了一圈，搞了个大阴谋啊。"左小虎冲着关景鹏说。"瞎说啥呢，你给我搞一个。"关景鹏说。"虽说是巧合，但确实有好处啊。高，实在是高，高人啊！"邱恩庭对关景鹏说。"你们别这样好吗？"关景鹏说。"好好好，不说啦。左小虎，关景鹏媳妇签证的事，作为代表处的任务，交给你去办，越快越好。"邱恩庭说。"没问题，我办得多了。"左小虎说。

"牛啊！回宿舍了。"邱恩庭说。"什么牛不牛的？把我都说晕了，难怪能做领导。"关景鹏说。"愣是把悲剧变成了喜剧，他才是真正的高人。"左小虎说。"什么悲剧？我不爱听啊。"关景鹏脸突然沉了下来。"难道……好好好，我说错了，我说错了，行了吧？"左小虎说。"这还差不多。"关景鹏说。"看来还是没放下。"左小虎自言自语。"你说什么？我当然放下了，你知道个啥？我放没放下，你怎么知道？"关景鹏说。"瞧，我这张臭嘴。"说着，左小虎打了自己一巴掌。"再胡说，把你的嘴缝上。"关景鹏说。"不敢，再也不敢了。"左小虎说。

5. 把燎原的旗帜插遍全世界

"2003年，我们移动产品线真可谓硕果累累，燎原第一大单尼日利亚 NWT，1000万美元啊。紧接着，欧洲高端市场的大门被我们敲开，葡萄牙又一个千万美元的大单。就在2004年新年钟声敲响之前，也门电信3700万美元的标归属燎原。再加上正在开拓的欧洲荷兰运营商，世界正在向燎原打开大门。在新年即将到来之际，衷心感谢在座的各位同事，尤其要感谢在座的各位家属，没有你们的默默支持，我们不会取得这样好的成绩。"在蛇口风华大剧院举行的移动产品线迎新春晚会上，张立彪慷慨激昂地说，"我们要趁着3G这股东风，让燎原的旗帜插到巴黎、柏林、伦敦、莫斯科，最终插到美国。"

"今天，我们荣幸地请来金总，请金总讲话。"张立彪说。

"你们张总满怀激情的开场白，大家是不是满腔热血、激情澎湃啊？不过我的讲话恐怕不太讨人喜欢，但还是要说。"金海明停顿了一下，又接着说，"首先，再过10天就是春节了，先祝各位猴年吉祥、万事如意，希望各位家属继续支持燎原的工作。下面，接着张总的话往下说。不错，去年这一年，尤其年末，在尼日利亚、葡萄牙、也门陆续中标，真可谓三喜临门。要是算上西藏项目的话，应该是四喜临门。应该表扬，应该表扬啊，这都是在座各位的功劳，我代表公司感谢你们的辛勤劳动和付出。"

说到这里，金海明话锋一转："但是传统欧洲制式的2G是我们的主战场，而不是张立彪说的3G。道理很简单，我们国家，以及第三世界不发达的发展中国家，这些世界上绝大多数国家仍然以2G为主，因为他们没有像欧洲那样较成熟的2G网络。通话仍是绝大多数，包括中国在内的发展中国家的核心需求。"

"金总，我不能同意您的观点。"张立彪冲上台说。"张立彪，你听我说。"金海明说。"不，金总，您先听我说。"张立彪说。"你听我说。"金海明强势地说。"金总，3G肯定是主战场。因为它不仅能通话，更重要的是有数据业务。"张立彪不听金海明的，大声说着。"你就知道数据业务！作为产品线总裁，技术情结太重，这样不太好。"金海明说。"不是技术情结，现在肯定是数据业务有前途嘛。"张立彪不服地说。"我问你，数据业务是重要，现在能当饭吃吗？"金海明问张立彪。"刚开始嘛，往下肯定能啦。"张立彪底气不足地说。"往下，往哪个下呀，说话底气都不足了吧？还是要着眼于当下。"金海明说，"张立彪，你知道吗？2G也在发展，2.5G、2.75G都有明确的路线图，在未来四五年时间里，2G有得做呢。""好好好，金总，听您的，我们做还不行嘛，按您的指示做。"张立彪说。"2G可不是说一声做那么简单的。"金海明说。"不会把3G都停下来吧？"张立彪问金海明。"来之前，公司刚刚决定，由我亲自抓TIO的开发。"金海明说。"您？"张立彪疑惑地问。"产品线和公司意见有分歧。公司的决心是，哪怕整个移动产品都停下来，只做TIO，也在所不辞。"金海明说。"公司不相信我们。"张立彪说。"知道就好。"金海明说。

"肖云飞，你说昨晚算啥嘛，开开心心带着一家人参加晚会，结果……搞得我在父母面前很尴尬。"柴文娜边吃午饭边说。"何止你在父母面前尴尬。"东方牡丹说。"全场都尴尬。"王厚林说。"真是的，有话关着门说嘛。大家开开心心的，说什么嘛，真是的。"柴文娜又说。

"哎，肖云飞，到底怎么说吗？"曹瑞祥说。"估计这个年是过不了啦。牡丹，过年是哪天？"肖云飞问。"22号是大年初一。"东方牡丹回道。"今天是13号，金总把日子记得挺清楚的。"肖云飞说。"算加班呢。"赵长城说。"初一、初二、初三总要休的吧？"廖默然说。"奉献者就不休。"肖云飞说。"领导的话很直白了。"尹贤良说。"白干呗。"邓学佳说。"我看，这次可不是白干那么简单，不扒一层皮？"王厚林说。"知道就好啊，现在大家要做的就是在深圳过年了。"肖云飞说。"我在深圳过年。"东方牡丹说。"你，挺着大肚子，只能深圳过年啦。"柴文娜说。"哎呀，在深圳过年啦？"廖默然说。"怎么了？"肖云飞问廖默然。"原本打算回老家的。"廖默然说。"也许公司会出钱让你们的家人来深圳过年。"肖云飞说。"嗯，估计这次会。"东方牡丹说。"以前公司经常这样的。"王厚林说。"反正我不回。"马庆生说。"当然啦，你媳妇和牡丹，差不离儿。"柴文娜说。"你父母都来了，你不也在深圳过年嘛。"东方牡丹说。"我们无所谓啦，跟他们不一样。"柴文娜说。"质量保证要靠你啊，怎么不一样？"赵长城说。"不差这几天，我就不凑这个热闹啦。"柴文娜说。

"牛玉江该回来了吧？"肖云飞问王厚林。"本周回来。"王厚林回道。"老板去了吗？"肖云飞又问。"没去。"王厚林回。"尹贤良，也门电信的需求，可要玩真的啊。王厚林，你要多关心报名的查询，在哪个考场，高考过后考分的查询。真的报名没敢让你们搞，查考分也是辅助的。但这块业务具有普遍性，应用面广，是个平台产品。"肖云飞说。"高考是8月底，报名和考场查询是7月，时间比较充足，问题不大。"尹贤良说。

"麦哲渊，我有点崇拜你了，昨晚又是节目主持人，又是独唱的，太有才啦！"柴文娜说。"昨晚袁一帆也上台了。"赵长城说。"袁一帆？上的什么节目？"尹贤良问。"集体舞。"袁一帆说。"一群男男女女，化了妆，就看不出来。"赵长城说。"牡丹的独舞只能等到明年喽。"马庆生说。"还独舞呢，独六吧。都这样啦，还独舞呢？"东方牡丹说。"哎，昨天谁家的小孩，钢琴弹得不错啊？"朱文学说。"会弹钢琴，就是不如拉小提琴的。"王厚林说。"怎么讲？"马庆生问。"当然啦。小提琴随手拎，钢琴，估计昨天一帮人得忙半天。"邓学佳说。"我让我儿子吹口琴。"肖云飞说。"口琴最省事，腰里一揣，随身带。"赵长城说。"谁教他？"东方牡丹问。"正准备呢。"肖云飞说。"敢情没开始啊。"柴文娜说。"为啥偏要搞文艺？"马庆生说。"其实想让儿子踢足球的。"肖云飞说。"拉倒吧。"尹贤良说。
"没想着走向世界，只是觉得踢足球，一来锻炼身体，二来踢足球的人性格都
比较开朗，有团队精神，能互相配合。"肖云飞说。"这倒是真的。"赵长城
说。"夏润泽，麦哲渊的足球踢得不错。"朱文学说。"深圳踢球的人很多
啊。蛇口招北、市体育场，还有深大，都是免费的。"麦哲渊说。

"会上金总都说了，反正金总亲自抓，我的重点在3G。"在张立彪的办
公室，张立彪对肖云飞说。"西藏春节后要去人啊，射频……"肖云飞说。
"西藏项目是老板亲自抓的项目，现在网络铺开后，出现了很多问题，本来
节前就要去人的，最后老板同意，春节上班后一周内去西藏。"张立彪说。
"你说曹瑞祥、邓学佳、廖默然他们啊，TIO主要是他们，不能动，金总看着
呢。"张立彪说。"那……"肖云飞欲言又止。"你去，你亲自去。"张立彪
说。"我？那TIO一大摊子事……"肖云飞说。"没事，有曹瑞祥、马庆生、
王厚林，你放心去。"张立彪说。"我知道你很全面，河北的无线不也是你去
处理的嘛。射频、硬件、软件、基站，你'通吃'。另外，目前西藏那边报
出来的项目问题很复杂，需要更高层次的系统处理，等搞出眉目了再看。处
理干扰，你也是有经验的啊，就应该你去。"张立彪说。"那好吧。"肖云
飞说。"你去，家里可以支持啊。对了，前阵子去了一个网规的女生，不知
怎么的，上吐下泻，结果没几天就给送下山来。所以，春节期间好好准备一
下。"张立彪说。"怎么准备啊？"肖云飞问。"爬南山啊，利用假期，每天
爬一趟南山。另外，我在网上查了一下，你要去买红景天。临上山的前一天
晚上吃，可以减轻高原反应。"张立彪说。"你说什么？红景天？"肖云飞
问。"对，红景天。你上网查一下，专治高原反应的。记住，一定要在上山前
一晚吃。就在成都歇一晚嘛。对，就在成都，晚上睡觉前吃红景天。"张立彪
说。"吃几粒啊？"肖云飞问。"你自己查，一定要自己查，知道不？"张立
彪说，"我注意看了，一般药店都有红景天的。"

第八章

客户要啥就做啥

1. 水平不够，先照着学

　　"感觉人手紧，是吧？"在作战室，肖云飞问。"时间？TCP5？"曹瑞祥问。"金总希望5月份能发货。"肖云飞说。"多载波肯定也不能延误，对吧？"邓学佳说。"3G、多载波，还有2G，一个都不能少。"肖云飞说。"金总不是说不惜把别的停下嘛。"廖默然说。"他是这么说，就是给我们压力，你真停试试，不可能的。"王厚林说。"所以说，曹瑞祥、邓学佳、廖默然，你们仨全力以赴做TIO。"肖云飞说。"这……"邓学佳说。"这什么？金总盯上你们了。"肖云飞说。"那多载波……班德的芯片可就快到了。"邓学佳说。"其实大家要明白，TIO是公司'吃饭的家伙'，看看金总的态度就知道为什么要做TIO了。"肖云飞说。"其实TIO的本质是多载波。"王厚林说。"还是王厚林看得透。"肖云飞说。"知道。班德的芯片很快就到了，要赶紧验证。"邓学佳说。"所以，这个时候不仅是考验我们，也是锻炼人的好机会。"肖云飞说。"我想想。"邓学佳说。"就让杭岩去搞。"肖云飞说。"杭岩？"邓学佳迟疑了一下。"怎么，不放心啊？"肖云飞问。"杭岩可以。"曹瑞祥对邓学佳说。"那就杭岩吧。"邓学佳说。

　　"3G主要是频段扩展、基带、软件的工作，柳超智、朱文学、袁一帆等人在搞。"肖云飞说。"怎么做？"廖默然问肖云飞。"什么怎么做？"肖云飞问。"是照搬麦克斯韦的还是……"曹瑞祥问肖云飞。"金总说得再明白不过啦，我们的水平不够，先照着学。"肖云飞说。"收发的影响，要摸啊。"朱文学说。"不怕，先按金总的意思做。不行，就用你的。"廖默然冲着朱文学说。"TIO的核心是成本，你们要把握好。"肖云飞说。"明白。"曹瑞祥说。"朱文学，你分析一下吧。"廖默然说。"我们还是集中精力按金总的要求做吧。"曹瑞祥说。

"另外，公司欢迎家属来深圳过年，父母、老婆、孩子的路费，公司报销。"肖云飞说。"要来的尽快，大年三十晚上，在公司招待客户的餐厅，老板要和大家，尤其是家属们共进除夕晚宴。"赵长城补充道。"公司就会来这招。"王厚林说。"听说公司招待客户的餐厅采用的是跪式服务，不知道除夕晚上能不能享受到？"袁一帆说。"老板都在，肯定有啦。"马庆生说。"嗯，应该会有。"曹瑞祥说。"好啦，别在这儿光想美事了 赶紧落实具体的计划。你们三人小组要运作起来啊，曹瑞祥、马庆生、王厚林。"肖云飞说。

"年后才走呢，急啥？"王厚林说。"我要花心思啊。西藏项目的问题，现在看比较复杂。覆盖，尤其是著名景点，搞这个网干啥？不就是为了旅游嘛，著名的景点覆盖有问题，那问题就大了，难怪老板亲自抓。"肖云飞说。"不是说有的地方覆盖，看电平可以，就是通话不行。"马庆生说。"就是啊，情况复杂嘛。通话不好，涉及设备、软件、基站和网络。王厚林，少不了要麻烦你。"肖云飞说。"看吧。"王厚林说。"不是说硬件，射频就得麻烦你们哟。"肖云飞对曹瑞祥、马庆生说。"射频、硬件，还有天线，你'通吃'。尽量少麻烦我们，TIO够我们喝一壶的。"曹瑞祥说。"我尽量顶着，问题都抄送给你们，你们也关注啊。"肖云飞说。"好，关注，OK。"马庆生、曹瑞祥齐声回道。"哎，邓学佳、廖默然，还有柳超智，听见没？你们，我都抄送，到时候别跟我说你们不清楚情况啊。"肖云飞说。

"哎，咱可要说清楚，你就像《英雄儿女》里的王成，要顶住啊！"曹瑞祥说。"对啊，别又把我们都搞到西藏去了。"邓学佳说。"他想搞，金总也不会答应啊。"王厚林说。"好在TIO软件工作是应该……"肖云飞说。"肖云飞，您这可就脱离实际了。"王厚林说。"我没说你工作量不大，急什么？跟TIO硬件比，挑战还是要少一些，对吧？"肖云飞说。"确实难度不大，但工作量……你让邓学佳说。"王厚林说。"软件的架构要动，工作量确实大。测试方面，麦哲渊，你们的压力大呀。"邓学佳说。"硬件嘛，测试版本走通了就可以啦，剩下的全是软件、测试的工作。"王厚林说。

"牛玉江跟我去西藏。"肖云飞跟王厚林说。"拉倒吧，不可能。"王厚林说。"我想，就我一人上去，后台没个自己的人，不行啊。"肖云飞说。"哎哎哎，我们走，我们走。"曹瑞祥招呼着射频的人员离开了。"就是，赶紧去讨论具体计划。"廖默然说。"你让赵长城说说，后台要不要自己人？"肖云飞冲着王厚林说。"按理肯定要。"赵长城回道。"那好，你去。"王厚林说。"肖云飞，你看，这就是他的不对了吧？"赵长城说。

"哎呀，我在外面跑，后台不是自己人把握。告诉你们，这次网络侧也会去人。"肖云飞说。"核心网部门也要派人去西藏啊？"王厚林问肖云飞。"嗯，老板亲自抓的任务啊。要不说复杂嘛，从这种安排就可以看出，不仅仅是针对基站接入侧的。"肖云飞说，"你不去可以，到时候屎盆子全扣到你头上，可别赖我。""到时候你还得去。"赵长城冲着王厚林说。看着王厚林心里犯嘀咕，肖云飞说："节后，牛玉江跟我一起去西藏。""那，赵长城，你们可要多承担软件测试，恐怕很多我们就不再自己测了。"王厚林说。"这些都好说，万事好商量嘛。"赵长城说。"就这样吧。"肖云飞说完，走了。

"哎，你们在啊，杭岩呢？"在功放实验室，肖云飞问。"我去叫。"邓学佳说。"曹瑞祥，计划讨论得咋样？"肖云飞问。"啊，杭岩。好，我先问一下哦，3月份1900MHz的美国实验局有问题吗？"肖云飞说。"3月份？是月底，还是啥时候？"柳超智问。"好像一线人员也没确定具体时间。"邓学佳说。"就按3月底吧。怎么，有困难啊？"肖云飞问柳超智。

"时间太紧，难度也大。目前还是有些问题，3月底，有难度。"柳超智说。"有垫底的。曹瑞祥，问一下美国一线的人，让他们提供运营商的具体频段。先期实验局可以有针对性地搞，厂家同时优化，无非就是收发隔离、驻波、插损的问题。"肖云飞说。"温度，全温可能……"廖默然说。"我说的收发隔离、驻波、插损，都是指全温的。你们别给我说常温还有问题啊。"肖云飞立马说。"没错，是指全温的。"柳超智说。"找一线人员要频段，曹瑞祥。"肖云飞说。

"好，美国实验局的问题不大了。杭岩，班德的芯片什么时候到？"肖云飞接着问。"差不多就这几天吧。"杭岩答道。"这就你一个人，逻辑、软硬件'通吃'，没人帮你。"肖云飞说。"不，全职是你，其他人兼职。"邓学佳赶紧解释道。"我尽力吧。"杭岩回道。"听见没？这就是有能力的人说的话。杭岩，这是机会，看你的啦。"肖云飞说完，离开了。

"我们再看看TIO的方案。"看着肖云飞出去了，曹瑞祥说。"金总肯定是想做成麦克斯韦那样集成在一起的，但不是做不到，而是时间太紧，不可能一板搞定的。"廖默然说。"为什么不可以？"曹瑞祥反问。"难道你有把握一板搞定收发，没有影响吗？"廖默然说。"三板应该可以搞定。""三板？猴年马月啦。"邓学佳说。"那怎么办？"曹瑞祥说，"金总就认麦克斯韦的收发一体的。这样做，成本肯定是最低的。""除非……"邓学佳欲言又止。"除非三板的成本不高于合在一起的。"曹瑞祥双眼盯着廖默然说。

"没事，双保险。"廖默然说。"双保险？"曹瑞祥问。"说说嘛，怎么个双保险法？双工器留着低噪放的位置，一块板，照样做着。不行可以跳过去，用朱文学单做的双工器上的低噪放。金总摆平了，交付也摆平了。"廖默然说。"那最后发的不是一体化的，怎么摆平金总啊？"曹瑞祥说。"你怎么这么死脑筋呢！金总那么大的领导，你投板是一块板的，人人都知道啊。"廖默然说。"关键是最终发货不是啊。"曹瑞祥说。"哎呀，成本肯定差不了多少的，这不就行啦。金总关心的是成本，这才是核心。"邓学佳说。

"邓学佳说到点子上了，放心，成本真的差不了多少。"廖默然说。"我也觉得成本差别不大。"曹瑞祥说。"应付第一拨，紧接着搞定一块。反正是兼容设计，回旋余地大着呢，不用怕。"廖默然说。"哼哼，什么回旋余地？没什么回旋余地啦。"曹瑞祥说。"什么意思？"廖默然问曹瑞祥。"什么意思，难道当我傻呀？"曹瑞祥说。"没这么说，好吧。我们没水平，我们水平臭。但我保证，三板搞定。只不过好事多磨，第一拨先用朱文学的顶上。"廖默然赶紧说。"我这是大腿拧不过胳膊啦。"曹瑞祥说。

"廖默然、邓学佳、朱文学、袁一帆，你们要明白，欠的债早晚要还的。唯有突破关键技术，方能运用自如。一块板必须搞定，下一拨多载波，只能是一块板。记住我今天说的。"曹瑞祥说。"关键是时间太紧，接下来一定全力弥补。"廖默然。

"定了BOM，想再变就难喽。"曹瑞祥说。"不会吧？"廖默然说。"邓学佳，你说呢？"曹瑞祥说。"你私下问一下马庆生就知道了。"邓学佳悄声对廖默然说。"一句话，就是金总说得没水平嘛。"曹瑞祥说。"那我不服。"廖默然说。"啥不服，有啥不服的？不服是要有硬货的，光靠嘴没用啊。"曹瑞祥说完，离开了实验室。

"我们就做一块板算了，还真以为我们不行。"朱文学说。"就是。"袁一帆附和着。"首先，时间太紧，测试肯定不充分；其次，由于时间紧，大家的潜意识是希望没问题的。"廖默然说。"这恰恰是最危险的。"邓学佳说。"再加上一下就上那么大的量，万一在家里没发现问题，在网上爆发了，还用再往下说吗？"廖默然说。"要是那样，就是灾难。弄不好，就把燎原给毁了。"邓学佳说。"到时候，哼……"廖默然说。"领导可以有1000个理由：我不懂啊，你们是专家，你们怎么不把关啊……到头来……"

邓学佳说。"还是不要到头来了，双保险，金总最终会理解的。"廖默然说。"但愿吧。"朱文学说。"这样似乎轻松了许多啊。"邓学佳说。"别，不能出问题了，否则……"廖默然说。

"我的话等于没说啊，现在大家的潜意识要希望有问题才对。"邓学佳说。"就是要有问题意只，否则必然出大问题，这是经验。"廖默然说。"这个时候，你们要鼓动测试人员多发现问题，千万别跟他们闹啊，听见没？"廖默然冲着朱文学、袁一帆说。"明白。"朱文学、袁一帆应道。"真心明白？"廖默然问。"真心明白。"朱文学、袁一帆说。

"要知道，他们发现的问题越多，我们心里越踏实。也是在帮我们，是不是这个理儿？"邓学佳说。"没错，别拦着他们提问题单。只要测试人员觉得有问题，就可以提单。"廖默然说。"问题单多了，过点难了。"袁一帆说。"不怕，产品线会把握的。"邓学佳说。"放心，肖云飞会把握的，赵长城也是个明白人。"廖默然说。"什么时候真的被问题单挡住过点过？"邓学佳说。"一切尽在产品线的掌握中。"袁一帆说。

"谁说的？"不知道什么时候，柴文娜进来了。"没错，一切都在娜姐的掌握中。"廖默然灵机一动，赶紧说。"曹瑞祥呢？"柴文娜问。"刚讨论完，出去了。"邓学佳说。"好吧，廖默然，把讨论的跟我说说。"柴文娜说。"还没来得及整理呢。这样，整理完了发给您审核，怎么样？"朱文学说。"别直接发，让我们都看看，没问题了再发。"廖默然赶紧说。"嗯，有什么想瞒着我，邓学佳？"柴文娜问。"什么瞒着你啊？"邓学佳装傻。"我问你，你问我啊。"柴文娜说。

"我们现在听您的话正规化嘛，都要有文字记录，光嘴说不行。"廖默然说。"就是，正规化，都是您教导得好。"邓学佳对柴文娜说。"嗯，好啊。开个会，作文字记录，形成会议纪要。这样有案可稽，日后可追溯。"柴文娜说。"就知道抓我们的小辫子。"邓学佳说。"哼哼，还需要我抓你

334 - 韧 2 突破非洲

们的小辫子？随便伸手，就是一把。"柴文娜说。"娜姐，你这也不拿我们当……"廖默然说。"还是警惕点好，谁知道你在背后耍些什么花招。"柴文娜说。"娜姐，这您就冤枉我们了。"廖默然说。"冤枉？廖默然，要不要抖一抖啊？"柴文娜说。"嘖，赶紧写你的会议纪要，一心二用，别耽误了娜姐的审查，忙着呢。是吧，娜姐？"廖默然说。"少贫，我走了，快发过来我看看。"柴文娜说完，转身离开了。

"写不写？"朱文学问。"本来就在做一板的嘛，任务书上写得清清楚楚的，怎么还问？"廖默然冲着朱文学说。"明白。"朱文学回道。"先发给我，邓学佳和曹瑞祥审一下，最后还是我发给娜姐吧。"廖默然说。"双工器那边没问题吧？"朱文学突然想起。"应该考虑了吧，把柳超智叫来问问。"廖默然说。"哎，柳超智，双工器低噪放没问题的，对吧？"看着进来的柳超智，廖默然问。"考虑了，新做。当时朱文学就提需求了，简单，就一小片PCB。"柳超智回道。"知道，就是再确认一下。"廖默然说。

2. 磨刀不误砍柴工

"杭岩，别看就你一个人，但大家对你寄予厚望啊。"肖云飞说。"我会尽力的，希望不会打扰大家。"杭岩信心满满地说。"该打扰的还是要打扰，否则一个人有可能会进入误区。"曹瑞祥说。"我春节要不要也留下？"杭岩问肖云飞。"看你。"肖云飞说。"这样，初四上班吧。"曹瑞祥说。"也行，就初四来吧，该休的还得休。歇歇，换换脑子，有利于再战。"肖云飞说。"杭岩，一旦这边板投回来，你看时间这么紧，恐怕想指望别人也指望不上。"肖云飞说。"这是真的，你现在做，就要着眼于自己搞定。逻辑、软件，那些流程千万别沾。"曹瑞祥说。"我也是这样想的，但是柴文娜……"杭岩说。"你自己建个文件夹吧，把东西放在那儿就行啦。"肖云飞说。"设个密码吧。"曹瑞祥说。"这样就行啦？"杭岩说。"那还要咋样？就这样。说起来，就说我让你这么做的。"肖云飞回道。"OK。"杭岩兴奋地说。

"当然，看情况，也会安排人帮助检视的，这点请放心。"曹瑞祥说。"是啊，你这个东西毕竟是要大家用的，基本的说明还是要有的，还是全局把握一下。柴文娜的流程不是没用的，只是尽量简洁，至少得让别人看懂总没错。"肖云飞说。"还是先好好想想，磨刀不误砍柴工。"曹瑞祥说。"知道了。"杭岩回道。"希望创造一种简单、快捷的开发模式。杭岩，好好琢磨琢磨。"肖云飞拍了拍杭岩的肩膀说。"你有这个能力。"曹瑞祥冲着杭岩说。

"这样吧，也别把柴文娜撇开了。你按刚才说的做。娜姐也在关注你，她给你的建议仅仅是建议，是否采纳，你自己定，怎么样？"肖云飞说。"这……"杭岩欲言又止。"主动权在你这儿，你怕啥？"曹瑞祥对杭岩说。"我怕啥？我没什么可怕的，只是……"杭岩又说。"杭岩，你看哦，按理安排你做就完了，为什么我和曹瑞祥又找你谈？"肖云飞停顿了一下后说，"是因为多载波真的对我们很重要。别看金总整天TIO的，TIO本质就是多载波，只不过愣是靠硬件实现的。但靠硬件实现毕竟受限，所以只能是两载波。凭我的直觉，会很快上多载波。所以杭岩，你应该明白。"

"肖云飞的意思是，你现在做的不仅仅是验证那么简单，要按产品化的要求去搞。"曹瑞祥说。"杭岩，曹瑞祥把今天谈话的主题给挑明了。"肖云飞说。"好嘛，这前松后紧，是越来越紧。其实我心里就是想着产品化的，这一点我有充分的思想准备，光搞个验证没意思。"杭岩说。"你能这样想最好啦。"肖云飞看了看杭岩后说，"柴文娜还是要介入，只是主动权在你这儿。没问题吧，杭岩？""其实，你把娜姐看成帮你就没问题了。"曹瑞祥说。"让娜姐从另一个角度监督你工作，不至于走偏。你看，我要去西藏，曹瑞祥等人要搞TIO，你要理解。好吧，就这样。"肖云飞最后说。

"再简洁，交付件总是要有的。"在肖云飞的座位处，柴文娜说。"你的交付件模板格式一大堆，没必要。"肖云飞说，"对了，能不能趁这个机会把交付件简化，搞个简化版的，就在杭岩的项目上做试验？要知道，目前只能安排杭岩一个人全职投入，而且是以验证班德芯片的名义。但是，显然不能只停留在验证板的水平。""你是什么意思？"柴文娜警觉地说。"不用我说，你这么问就知道啦。"肖云飞说。

"肖云飞，让一个人做多载波，就想产品化，你们也……"柴文娜说。"所以要请您帮助监督，把关嘛。"肖云飞说。"我把不了。"柴文娜摇着头说。"哎，娜姐，咱们换个角度看这个问题。"肖云飞说。"别忽悠啊。"柴文娜说。"怎么叫忽悠嘛，在说正经事。"肖云飞说。"我看你怎么个正经法？"柴文娜说。"娜姐，我是这样想的，其实TIO就是多载波的意思。"肖云飞说。"怎么又扯到TIO啦，第一次听说TIO是多载波。"柴文娜说。"TIO就是多载波，只不过杭岩要搞的是软件多载波，TIO是硬件多载波。"肖云飞说。"嗯，好像是这么回事，接着说。"柴文娜说。"认可了，对吧？娜姐，再往下就好说啦。"肖云飞说。"往下说，往下说。"柴文娜说。"之所以让杭岩独自搞这个项目，主要是看中他的个人能力。杭岩的单兵作战能力极强，但也需要正确的引导。你看节后我要去西藏，邓学佳等人在搞TIO，也很难顾得上，更何况金总还盯着。"肖云飞说，"娜姐，请相信我的直觉，多载波很快会上产品。""我想想怎么搞吧。"柴文娜若有所思地说。"我觉得可以趁这个机会创造一种快速开发的模式。比如说，文稿要有，但只要把关键的核心写了就可以了，目的是让别人能看懂。"肖云飞赶紧接着说。"嗯，知道了，我再想想吧。"柴文娜说。"那就拜托了！"肖云飞说。

"肖云飞，按理这个时候你不该去西藏啊。"柴文娜边吃午饭边说。"西藏项目是老板亲自抓的。"肖云飞说。"别自我安慰啦，产品线和公司的思想不统一，金总绕过产品线直抓射频。就不想让你和张立彪掺和，忙你的西藏项目去吧。"王厚林说。"不会吧？"东方牡丹说。"会不会已经是事实了？"王厚林问。"别说，好像是唉。"赵长城说。"金总真'毒'啊！"马庆生说。"你们都想啥呢？西藏项目是老板亲自抓的，大面积铺开后，有些景点的效果不理想。想想，西藏可是国际旅游的热门地区，网络不好，是燎原搞的，你们说公司的压力大不大？"肖云飞说。"倒也是，王厚林就是在瞎说。"东方牡丹说。"我瞎说，肖云飞？"王厚林说。"你不就是胡说嘛，八卦得很。"肖云飞说。"是哎，一个大老爷们儿，这么八卦，回去让你老婆好好教训教训。"柴文娜说。

"告诉你们吧，核心网的游佐元也去，八卦啥呀。"肖云飞说。"显然都怕背黑锅，老大亲自出马。"邓学佳说。"可以想象，到山上，一帮老大相互打。"曹瑞祥说。"有好戏了。"尹贤良说。

"哎，跟杭岩沟通啦？"肖云飞问柴文娜。"嗯。"柴文娜说。"怎么样？"肖云飞问。"尽量减轻他的工作量嘛，该有的还是要有。"柴文娜说。"好苗子，好好引导。"肖云飞说。"嗯，从交流来看，你们没看错人，能力是强。这项目要是让他一个人扛下来，不得了。"柴文娜说。"自古英雄出少年嘛。"肖云飞说。

"杭岩，说你呢，少年英雄啊！"东方牡丹冲着远处的杭岩说。"牡丹过于夸张了。"杭岩不好意思地说。"怎么啦，我们是东北老乡。"东方牡丹说。"压力好大呀。"杭岩自言自语。"有压力才有动力。"曹瑞祥说。

"我说曹瑞祥，TIO，你们可别大意啊。"肖云飞说。"知道。"曹瑞祥说。"不是知道不知道的事，量太大，时间又这么紧，没有改错的机会啊。"肖云飞说，"柴文娜，让他们把风险一条条列出来，给我盯紧了。要评审一下，看看有什么没想到的。""好啊，廖默然，你准备一下，就明天呗。"曹瑞祥说。"好啊，就明天上午。"廖默然说。"哎，我这刚说，你们就定明天上午啦。应付，是吧？"肖云飞说。"你以为我们整天在忙啥呢，主要在考虑风险。"邓学佳说。"正好让大家一起看看我们想得周全不。"廖默然说。"我们都是一起讨论的。"赵长城说。"啊，你们都讨论过啦？"肖云飞说。"明天上午，您再看看吧。"曹瑞祥说。"好，柴文娜，我们一起看看。"肖云飞说。"行啊。"柴文娜说。

"明显已经被架空了。"王厚林阴阳怪气地说。"架空好啊，省得操心啦。"肖云飞说。"你们不是故意的吧？"柴文娜问曹瑞祥。"没有，怎么可能？他要去西藏了嘛，没个把月能回来？"曹瑞祥说。"嗯，一个月能回来就算不错的了。"柴文娜说。"只能我们自己多操操心啦。"曹瑞祥说。"倒也是，王厚林又瞎说。"柴文娜说。"就是，王厚林就是八卦。"东方牡丹说。

"网规那边应该派人去啊，肖云飞。"王厚林故意转移话题。"网规上面有人啊，再说郝树斌不是在那儿嘛。"肖云飞说，"我了解啦，这个网的网规就是郝树斌带着人搞的。""郝树斌还挺能干。"王厚林说。"哼，故意转话题。"柴文娜冲着王厚林说。"很多事，跟你说不清楚。"王厚林说。

"你中午想干吗呢？"在肖云飞的座位处，肖云飞对王厚林说。"不想干吗，心里不爽，发泄发泄。"王厚林说。"你们搞软件的都心里不爽了，那我们搞硬件的简直就没法活了。"一旁的马庆生说。"看到了吧，公司对软件肯定是最看重的嘛。"肖云飞说。"我就不服，什么基站就是射频，这也是金总这样的大领导说的话？"王厚林说。"基站就是射频，我们做基带的算什么？射频只是一个物理通道唉，核心还是我的基带芯片。"马庆生说。

"从整个网络来看，基带、调制解调、天线、终端，看不到射频什么东西。噢，调制解调是射频。"肖云飞说。"你说的仅是接入侧。从整个网络来看，应该是网络侧和接入侧。网络侧就是核心网。"王厚林说。"虽然看不到，但重要啊，现在竞争的焦点就在射频上。我说的多载波也是射频啊。"肖云飞说。"重要就重要嘛，也别基站就是射频，这么说就没意思了。"马庆生说，"对了，沙特还是我去的呢，我要去搞射频。不能干活了想着我，好事就把我给撂下了。""行了行了，你云能干啥？"肖云飞说。"能干啥？中频调制解调肯定没问题啊。"马庆生说。"就是，有什么了不起的，射频的软件不都是我们搞的嘛。"王厚林说。"软件，人家也能搞，杭岩这次啊……"肖云飞说。

"其实，金总还是了解情况的，知道搞射频的一直被你们压一头。只是现在射频确实重要，为了让他们好好干活，提升他们的士气罢了。"肖云飞接着说。"提升士气，也别压我们啊。"马庆生说。"没压你们吧？"肖云飞说。"基站就是射频，不就等于压了我和他嘛。好了，我还没来得及呢，他先闹起来了。"马庆生拃着王厚林说。"我就是觉得不爽。"王厚林说。"好啦，这些话也就限定在咱们几个，出去别再乱说了，会影响团结的。"肖云飞说。"放心，也就是说说而已。"王厚林说。"相信你们有这个觉悟。"肖云飞说。

"快过年了，别想这些不开心的事，我是想得很开的。"马庆生说。"软件团队年轻人的思想比较活跃，金总这句话对他们的打击不小。"王厚林说。"开导开导呗。"肖云飞说。"对了，年后搞点活动，我这儿还有钱。"肖云飞讨好地对王厚林说。"好啊，把钱拿过来，别光说。"王厚林说。"对了，拿牛玉江说事啊。荷兰，够典型的吧？"肖云飞说。"哎，这个主意好。拿钱。"王厚林边说边伸手问肖云飞要钱。"找马庆生。"肖云飞说。"多少？"马庆生问。"多少？"肖云飞问王厚林。"多多益善。"王厚林说。"多多益善是多少？"马庆生又说。"哎呀，给3000块。"肖云飞说。"3000块，不考虑硬件的人啦？"马庆生说。"哎呀，先给他3000

块。硬件的，再想办法。"肖云飞说。"嗯，3000块，至少可以好好耍一把。"王厚林满意地拿着钱走了。

"还不是因为金总的那句话嘛。"曹瑞祥在功放实验室说。"金总真牛！我认为射频在基站是非常重要的，尤其是射频模块数量多。所以，对基站的成本至关重要。"朱文学说，"但说基站就是射频，恐怕业界也只有金总这么说。""金总就是有眼光！"袁一帆在一旁说。"哼哼，这不，几家欢乐几家愁了吧。"曹瑞祥说。"不过金总说得没错，现在的竞争主要在射频模块。"邓学佳说。"有金总撑腰，曹瑞祥，以后咱们射频的人该坚持的要坚持，凭什么都得听他们的。"廖默然说。"对了，就是。"朱文学说。"哎，这样不好吧？产品线是公司的核心，射频要服务于产品线，否则我们的东西给谁用啊？"邓学佳说。"照你这么说，我们射频的，离开他们就活不了啦？真是的！"廖默然说。"你说怎么活？"邓学佳问。"看来你是没在研究所待过。"廖默然说。"是的，是没待过。"邓学佳说。

"告诉你，现在给军方做东西的研究所都发了。"廖默然说。"他们都做些啥？"邓学佳问。"导弹的高度表，知道不？"廖默然问邓学佳。"什么高度表？没听说过。"邓学佳回道。"就是导弹离地面一定距离就爆炸，测量高度的。"曹瑞祥说。"哎，导弹落地就炸了，为啥要测量高度？多此一举嘛。"邓学佳说。"导弹落地爆炸的威力远不及在一定高度爆炸的威力强。"曹瑞祥说。"噢，有道理。"邓学佳说。

"高度表，还有啥？"邓学佳又问。"引信啊。就是你要打空中的目标，接近目标一定距离就爆炸。"廖默然说。

"还有呢？"邓学佳又问。"VSAT啊。"廖默然说。"什么？"邓学佳问。"VSAT，卫星通信，收发信机加上锅盖天线。"廖默然说。"噢，有印象，VSAT怎么讲？"邓学佳问。"你说英文，是吧？"廖默然问。"VSAT全称怎么拼的？"邓学佳问。"Very Small Aperture Terminal。"廖默然回道。"直译就是甚小口径卫星终端站。"曹瑞祥补充道。"也有叫卫星小站的。"廖默然说。"说起VSAT,对海湾战争有印象没?"廖默然问邓学佳。"有印象,老布什那个时候打的。"邓学佳说。"没错。当时海湾战争开打,CNN的战地记者就是利用VSAT进行战地直番的。"廖默然说。"锅盖天线咋整?"邓学佳问。"不知道了吧?"廖默然看了一眼大家,问道。"快说。"朱文学说。"天线做成像雨伞一样,一撑开就是锅盖天线了。美国人牛吧!"廖默然说。"嗯,美国人是牛!"邓学佳说。

"还有给军方的有源相控阵天线做的收发信机模块。"廖默然又说。"国产的预警机,就用这个。"曹瑞祥说。"他就是做这个的。"廖默然指着曹瑞祥说。"是吧?"邓学佳问曹瑞祥。"国产预警机用的是有源相控阵雷达。我来燎原之前,就是做有源相控阵上的收发信机模块的。据说,目前只有中国的预警机用了有源相控阵,所以性能肯定是最好的。"曹瑞祥说。

"有源相控阵,倒是学过。这么说,我们为啥要做基站?做VSAT,做有源相控阵雷达好了。"邓学佳说。"你想做,老板不干啊。"曹瑞祥说。"老板为啥不干啊?"邓学佳问。"就这,美国人还说燎原与中国军方有关系呢,老板躲还来不及呢。"曹瑞祥说。"哎,所以嘛,廖默然,你在这儿说这么大一堆,也就是痛快嘴。"邓学佳说。"想说就让他说呗,说了也没用。"曹瑞祥说。"知道,金总也就是给射频的人提提气,好让我们卖命干活。"廖默然说。"什么都明白,刚才就是过过嘴瘾。"曹瑞祥说。

"真没劲。"朱文学在一旁说。"怎么没劲啦,都说你是唯一的了,还没劲!那马庆生、王厚林等人还怎么活啊,真是的!"曹瑞祥说。"行啦,可以啦。别在这儿瞎扯啦,赶紧干正事吧。"邓学佳说完,扭头回自己的实验室了。

"看见了吧?其实搞中频的也不爽。"曹瑞祥说。"他们有什么不爽的?"袁一帆问。"金总说了,为啥最高兴的是你们,想过没?"曹瑞祥问。"什么叫最高兴的是我们，你不高兴？"廖默然反问曹瑞祥。"事实是你们几个做功放的最兴奋。"曹瑞祥说。"我们？我们重要啊，难度大，成本、效率都是靠我们，重视我们那是天经地义的。"廖默然说。"看看，难怪别人心里不平衡呢！"曹瑞祥说。"金总是对的。"廖默然说。"你是说金总看得准，是吧？那我问你，功率管贵是没错，但效率，你说多载波，效率靠功放？"曹瑞祥说。

廖默然不吭声，曹瑞祥接着说："还得靠人家算法吧。""是要双方配合的。"廖默然说。"废话，人家是帮功放提高效率的，你不配合，谁配合啊？"曹瑞祥说，"人家不服也是有道理的。你说说，跟中频、算法、逻辑那帮人比，谁的难度更大，谁更辛苦？人家看你们的东西，看来看去就是几个管子一块PCB，上面画了些奇形怪状的图案，不行就东贴一块，再不行又西贴一块，还不行就并个电容的。想想有啥呀，二位？""哎，行啦行啦，照你这么说，我们一钱不值，行了吧？"廖默然冲着曹瑞祥说，"再说，也是重要，否则金总会这么说？""得志别太猖狂。在燎原，还是需要平衡各方的，否则跳进哪个坑里都不知道，明白吗？"曹瑞祥冲着廖默然说。"记住，悠着点。"走到门口，曹瑞祥又回头说。

3.行之有效的实例

"喂，肖云飞，怎么没来公司啊？"年初四一早，张立彪在公司给肖云飞打电话。"啊，张总，我按照您的指示，爬南山呢。"肖云飞说。"好啊。记得南山顶上以前没信号的，怎么……？"张立彪疑惑地问。"没信号？信号强着呢，那边塔台架了基站。这南山顶上人流这么大，打不了电话，电信部门的老大还能坐得住？"肖云飞说。"那是，今天来公司不？"张立彪问。"假期这几天，我都是上午爬南山，下午到公司看看。"肖云飞说。"那就见不着面了。几句话，就电话里说吧。肖云飞，随着市场的逐步打开，你我在家的日子恐怕会少。西藏那边，你去坐镇，把网络搞好，目的是要形成有效的经验，为全球网络提供可借鉴的实例。一定要记住，是实例。换句话说，在西藏项目的实例里，每一条都是'有血有肉的'。先是要真的有用，真的在应用。在此基础上，再归纳总结。"张立彪说。"就是既切实可行，又行之有效。"肖云飞在电话那头说。"所以，要你们老大亲自出马，站在这个高度来搞西藏的网络，海外市场指望你们的经验总结啊。"张立彪说。"知道了，张总。"肖云飞说。

"提醒你，要和游佐元搞好关系。"张立彪说。"我们合作得很好啊，麦加项目很成功啊。"肖云飞说。"不是这么说的。这次是以基站为主，核心网的人是配合你的。但是很多通话的问题，肯定要双方合作，才能准确定位，时间才能快；否则，就是相互扯，时间也没个准。这些都是老问题啦，所以我是硬压着游佐元上的。"张立彪说。"别以我为主。我和游佐元，恐怕有时还得你来从中协调。"肖云飞说。"最好别这样，你要想办法协调好。什么事都找我，要你们干啥？"张立彪说。

"基站这边会找你吗？游佐元那边毕竟不是一个部门，网上定位核心是人员齐，统一行动。如果仅仅是人员配齐了，而行动不能统一，没用的。"张立彪说，"嗯，你和游佐元好好商量吧，应该会配合的。你应该能协调好，其他人还真难说。""好，我尽力吧。"肖云飞说。"万事好商量嘛，游佐元还是很认可你的。"张立彪说。"但愿吧，我也很认可他呀。"肖云飞说。"你们是惺惺相惜啊。"张立彪在电话里最后说。

"哎呀，各位老大，真不好意思啊，这刚过完年就让大家去西藏，心里有点过意不去。"成都办的贺国伟对大家说。"别说那么多客套话,先把西藏项目的问题介绍一下吧。"游佐元说。"问题呢,到了拉萨,郝树斌会给大家介绍。我呢,简单说一下这次上去的意义。"贺国伟说。"郝树斌在西藏,是吧?"肖云飞问。"不,他明天一早和你们一起,乘七点的飞机上拉萨。"贺国伟说。"他在成都,人呢?"肖云飞问。"他晚上赶到成都,这不休假回家过年了嘛。"贺国伟说。"拉萨没人啦?"肖云飞问。"有一个,是拉萨当地的。"贺国伟说。

"汉族人是元月二十二过年,二月二十日是藏历的新年。"贺国伟说。"藏历新年?"牛玉江说。"对,藏族人有自己的新年。"贺国伟说。"还有两周,我们来得及保障藏历新年啊。"肖云飞说。"哎,肖总所言极是。"贺国伟说。"好悬啊,要是藏历新年和我们的春节同一时间的话,我们岂不是得去西藏过年啦?"游佐元说。"所以,大家的运气还是不错的。"贺国伟说。

"网络快速扩张后,出现问题是正常的,客户只是希望在藏历新年来临之际,网络不要出现什么问题,客户很担心过年的时候瘫机。天地通放号势头很好,过年的时候,景点的人一定很多,可别到时候电话打不通,就麻烦了。"贺国伟接着说。"现在有打不通电话的情况吗?"肖云飞问。"肯定有啊。"贺国伟说。"具体是什么现象?"游佐元问。"具体的,还得郝树斌到上面给你们介绍,我只是听说好像有干扰。"贺国伟说。"干扰?"肖云飞问。"对,他们说是有干扰。"贺国伟说,"具体情况,还是和郝树斌沟通吧,我就是听他们一说。"

"还有别的问题吗?"游佐元问。"核心网还是有点问题。"贺国伟说。"凭什么说是核心网的问题?"游佐元问。"所以把你请来了嘛,上去后,把问题定位清楚了,也就明白了。"贺国伟说。

"也许是我们之间的配合问题。"肖云飞忙解释道。"就是嘛,没凭没据的。"游佐元自言自语。"你们都来了，就好啦。"贺国伟说。

"另外，大家要注意保暖，千万别感冒，否则会很麻烦的。"贺国伟又说。"对了，关景鹏来成都办工作了吗？"肖云飞问贺国伟。"你说尼日利亚的关景鹏吗？"贺国伟问。"是啊，不是说他要调回成都办工作吗？"肖云飞问。"本来是这样安排的，去年年底还来过一趟。可是后来不知怎么的，不来了，留在尼日利亚了。"贺国伟说。"噢，没来啊。"肖云飞遗憾地说。"大家晚上早点睡，明早七点的飞机，五点就要起床了。"贺国伟说。

"上去后少洗澡，当心感冒。现在上去，空气中的含氧量只有这里的50%。"贺国伟接着说。"什么时候高一些？"牛玉江问。"5～9月，高原上的含氧量大概可以达到这里的80%。"贺国伟说，"对了，上去前最好吃点高原康。""我有红景天。"肖云飞说。"红景天也行。高原康就是从红景天中提炼的，是西藏军区总院为军队研制的抗高原反应预防中药。"贺国伟说。"哪儿有啊？"游佐元问。"你们住的宾馆门口的药店就有。"贺国伟说。"上了高原，拎东西、爬楼梯都得慢一点，否则会导致严重缺氧，严重的要送到医院治疗。核心就是别用力过猛，悠着点。"贺国伟说。"是吗？"牛玉江问。"是的，有的人已经是这样啦。"贺国伟说。"那后来怎么办？"牛玉江问。"先送到医院挂水，等稳定了，赶紧送到成都治疗，你们移动的那个女生就是这样。"贺国伟说。"知道，有这么回事。"肖云飞说。"但愿你们5个没人被提前送下来。"贺国伟说。"应该不会吧。"肖云飞说。"对了，终端的，你要辛苦一下了，终端的问题不少啊。"贺国伟冲着终端的兄弟说。

"牛玉江，吃红景天吗？"在宾馆，肖云飞问牛玉江。"我就不用了吧。"牛玉江说。"为什么？你上过高原吗？"肖云飞问。"虽然没上过高原，但是凭我的身体，应该不用吃药的。"牛玉江说。"不好说。你不吃，我是要吃的。我劝你还是吃比较好。"说着，肖云飞把药吃了。"放在这儿，想吃就吃啊，早点睡。"说着，肖云飞上床睡了。

"哇，这感觉完全不一样啊，这下面的山离飞机这么近。"在飞机上，牛玉江兴奋地说。"赶紧拿相机照啊。"郝树斌说。"要飞多久？"肖云飞问郝树斌。"一个小时左右吧。"游佐元说。"是的，差不多。"郝树斌说。"你怎么知道的？"肖云飞问游佐元。"机票上有啊。"游佐元说。"我们在贡嘎机场着陆。"郝树斌说。"怎么了？"肖云飞不解地问。"贡嘎机场整修扩建好几年了，今年元旦才正式运营。"郝树斌说。

"西藏很缺水，是吧？那里的人难得洗一次澡？"肖云飞问郝树斌。"其实西藏不缺水。"郝树斌说。"不是吧，一般人都说西藏缺水，有的人一辈子只洗几回澡。"游佐元说。"高原缺氧、干燥，是真的。干燥的好处是可以少洗澡，甚至不洗澡。"郝树斌说。"贺国伟让我们少洗澡，当心感冒。"游佐元说。"他们在上面待惯了，不怎么洗澡不是因为怕感冒，而主要是因为干，就感觉不太需要洗澡。"郝树斌说。"还是缺水吧？"肖云飞说。"西藏真的不缺水，就不说雅鲁藏布江了，你们听说过'山有多高，水有多高'这句话吗？"郝树斌问。"听说过，怎么啦？"游佐元说。"到了西藏，你们就会感受到'山有多高，水有多高'这句话的真实含义了。"郝树斌说。

"哎，雅鲁藏布江在哪儿？好想看一下。"牛玉江问。"我们着陆的贡嘎机场就坐落在雅鲁藏布江南岸。"郝树斌说。"就是说马上就可以看到雅鲁藏布江啦？"牛玉江兴奋地说。"雅鲁藏布江是西藏的母亲河，贯穿了整个西藏。"郝树斌说。

"'山有多高，水有多高'，究竟意味着什么？"肖云飞自言自语。"在西藏，许多山上都有喇嘛在修行。"郝树斌说。"你的意思是，能在山上修行，说明山上有水，是吧？"肖云飞问。"没错。"郝树斌说。"在山上打井？"游佐元说。"一般不用。"郝树斌说。"那从哪儿来的水？"肖云飞问。"西藏的山上可全是湖，大片大片的湖，清澈见底，全是蓝天的颜色。"郝树斌说。"真的假的，山上有湖？"牛玉江问。"去了就知道啦，那叫一个震撼。"郝树斌说。

"什么意思吗？"游佐元说。"什么意思？你们绝对赚了。"郝树斌说。"怎么着了，我们赚啦？"肖云飞问。"九寨沟有名，是吧？人山人海的。看什么？"郝树斌问。"自然风光啊，一年四季都有。"牛玉江说。"九寨沟的自然风光，一年四季都有，对吧？告诉你们，西藏的自然风光比九寨沟强100倍。"郝树斌说。"是吗？"肖云飞问。"你们去了就知道了。有人说，上了西藏就不用再去九寨沟了。西藏不仅有寺庙，自然风光也很美。"郝树斌说。

"这个时节，西藏应该没有春天的感觉吧？"游佐元问。"谁说的？林芝有。哎哟，这次不知道有没有机会去林芝。"郝树斌说，"我跟你们说，林芝可是被称作东方的瑞士，有机会一定带你们去看看。""是药材那个灵芝吗？"牛玉江问。"没文化，一个是地名，一个是植物。"肖云飞说。"别说，虽然差一个字，一个双木林，林芝是地名；一个是灵气的灵，灵芝是植物。但藏东南地区是野生灵芝的故乡。"郝树斌说。"藏东南，林芝在藏东南吗？"牛玉江问。"是啊。"郝树斌说。"林芝这个地名不会是因为这里产灵芝而来的吧？"游佐元问。"那就不知道了，没人这么说。"郝树斌说。

"哎，林芝那边的基站有问题不？"肖云飞问。"这次我们主要解决通信问题比较突出的拉萨、山南、日喀则等地，这些都是重要的旅游景点。"郝树斌说。"林芝不是东方的瑞士吗？我知道林芝是旅游的胜地。"肖云飞说。"说的是不错，我们还是先解决那几个问题比较大的。林芝那边还好，如果有时间的话，带你们去林芝。"郝树斌说。"好，听你安排。"肖云飞说。"还是搞基站好、能到处跑。像我们，只能待在机房。"游佐元说。"也不都是。搞基站、硬件的是，搞软件的和你们一样，他们出去，我就必须待在机房。"牛玉汇说。"想象一下我们整天面朝黄土背朝天的，你们待在屋子里，风吹不着，雨打不着，就知足吧。"肖云飞说。"各有各的乐趣。"郝树斌说。"对对对，各有各的乐趣，也各有各的不爽。"游佐元说。"别羡慕，在外面还是有危险的。"肖云飞说。"那倒是，尤其在西藏，到时候你们就知道了。"郝树斌说。"噢，要降落了。"肖云飞说。"拉萨，我们来啦。"牛玉江兴奋地说。

4. 终端出啥问题了

"师傅，贵姓啊？"坐在办事处派来的车上，牛玉江兴奋地问。"姓张。"拉萨办事处的司机张师傅说。"张师傅原在西藏部队里开了多年的车，经验丰富。"郝树斌说。"丰田的陆地巡洋舰，牛啊！"牛玉江又说。"在西藏，都得开这种越野车，而且要好车，否则路况差，一般车顶不住。"张师傅说。"宗教气息很浓啊。"游佐元看着窗外说。"自然环境恶劣，要生存，宗教是精神支柱啊。"郝树斌说。"看，那边就是雅鲁藏布江。"郝树斌指着车窗外对大家说。"啊，终于见到雅鲁藏布江啦。"牛玉江兴奋地说。

"汉江宾馆。"到了宾馆门口，肖云飞抬头看着说。"湖北人开的。"郝树斌说，"给你们订的。早餐免费，这边干，建议你们早上喝点酥油茶，防止嘴唇干裂，向服务员要就可以了。""好啊，酥油茶，没尝过呢。"牛玉江兴奋地说。"大家现在有没有什么感觉？可能刚下飞机，一般晚上睡觉时会感觉头疼。有吸氧袋卖的，问服务员，如果感觉不行，可以吸吸氧。一般感觉呼吸有些困难，就把嘴张大一些，这样可以多吸入点氧。好啦，你们歇歇吧，下午我来接你们去办事处。"郝树斌说完，离开了宾馆。

"喂，肖云飞，我是郝树斌。"郝树斌刚走没多久，就给肖云飞打电话。"嗯，郝树斌，怎么啦？"肖云飞问。"这样，你帮我叫一下终端的那个人，叫什么来着？"郝树斌说。"英龙翔。"肖云飞说。"对，英龙翔，你让他在楼下大厅等着，我一会儿来接他去局方的维修店，帮助解决终端的问题。"郝树斌着急地说。"好的，我马上跟他说。终端出啥问题啦？"肖云飞问。"死机，打不了电话，能听到对方的，对方听不到你的。"郝树斌说。"单通。"肖云飞说。"对，单通，不说了，赶紧叫他下来，我马上到。"郝树斌急忙说完，挂了电话。

"嗯，不会咱们运气好，这回主要是终端的问题吧？"看着叫了英龙翔后回房的肖云飞，牛玉江说。"有点想美了啊，不会轻松的，看着吧。"肖云飞说。"说得很悬，但上来了，没啥感觉嘛。"牛玉江说。"说明你可以。"肖云飞说。"你呢？"牛玉江问。"我还好，不过我吃红景天了。"肖云飞说。

没过多久，肖云飞的手机又响了。"还是郝树斌。"肖云飞边接电话边说。"喂，郝树斌，又有啥问题啦？"肖云飞问。"不是。本来中午要请你们吃饭的，这不维修点的事有点急，你们中午自己解决吧。周围都有吃的，门口的岐山臊子面不错。"郝树斌在电话里说。"不客气，你忙吧，我们自行解决。"说完，肖云飞挂了电话。

"那走吧，出去转转，顺便解决午饭。"牛玉江说。"他说门口的岐山臊子面不错，去看看。"肖云飞说。"叫上他们俩吧？"牛玉江说。"好，你去叫他们。"肖云飞说。

正走着，肖云飞的手机响了："喂，哪位？""飞哥，是我呀。"车子玉在电话那头说。"是子玉啊。怎么，有事吗？"肖云飞问。"就是……她让我来深圳找飞哥。"车子玉说。"找我，干啥？我现在西藏出差呢。"

肖云飞说。"想借点钱。"车子玉说。"什么？"肖云飞问。"借钱。"车子玉大声说。"借钱？你这没头没脑的，借钱也不用专门到深圳啊，打个电话不就行啦。什么事这么着急借钱？"肖云飞问。"想买房，差4万块钱。"车子玉说。"4万，找你嫂子拿，一会儿我给你嫂子打个电话，你直接找她就行啦。"肖云飞说完，正要挂电话，车子玉又说："小妹整天夸飞哥，嫌我就窝在西双版纳，没出息。""怎么，后悔啦？你现在不是也挺好的嘛。"肖云飞说。"看跟谁比？"车子玉说。"想回燎原？"肖云飞问。"能回来吗，飞哥？"车子玉问。"技服。想做研发，难。"肖云飞回道。"这我知道，我在这边主要就是运维。"车子玉说。"全球跑啊，来了要有这个思想准备哦。"肖云飞说。"小妹就喜欢这事，跟着我全球跑。"车子玉说。"孩子呢？"肖云飞问。"带着啊。"车子玉说。"想得还挺周全，看来借钱只是个借口。做技服，问题不大的，我找一下江嘉陵。"肖云飞说。"江嘉陵应该刚回葡萄牙，我在春节期间找过他，他很欢迎啊。"车子玉说。"好嘛，我成多余的了，你们当年在西双版纳待在一起的时间长。好啊，他答应了，就来吧。"肖云飞说。"江嘉陵的意思是让你安排人员面试我，他在国外不太好办。"车子玉说。"好嘛，给我安排工作了。马庆生、曹瑞祥、赵长城，行了吧？你去找马庆生吧，我让他来负责你的事。"肖云飞说。"那就谢谢飞哥了，别忘了给马庆生打电话。"车子玉开心地说。"忘不了。"肖云飞说。

"谁啊，车子玉想回来啊？"一旁的游佐元问肖云飞。"我知道，你、江嘉陵、车子玉，在西双版纳待的时间比较长。没错，想回来啦，现在燎原好了嘛。"肖云飞说。

"这臊子面不错。"回到宾馆房间，牛玉江说。"歇会儿吧，早晨起得太早了。"肖云飞说。"阳光好充足啊，蓝蓝的天上没有一丝白云。"躺在床上望着窗外的牛玉江说。"要拉窗帘不？"肖云飞问。"不用，这样暖和。"牛玉江说。

过了一会儿，二人进入了梦乡。突然，电话响了，肖云飞躺在床上接电话："喂。""肖云飞，在宾馆吧？"郝树斌问。"啊，在，在宾馆。"肖云飞急忙回道。"这样，你们现在就下楼，一会儿我来接你们。"郝树斌说完，挂了电话。"啥事啊，这么急？"肖云飞自言自语。"快起，有事。"肖云飞冲着牛玉江说。

"什么事啊，这么急？"坐上车，肖云飞问。"八中的老师投诉掉话严重。这样，你们仨去机房。"郝树斌说。"机房在哪儿呀？"牛玉江问。"一会儿送你们去机房门口，有人在门口接你们，我带肖云飞去现场看看。"郝树斌说。"什么情况？"游佐元问。"说了掉话严重，一打就掉。网络参数是不是被人动过了，怎么一下变得这么差？"郝树斌说。"先去机房查数据配置，为啥这么急着去现场？"游佐元说。"这种现象也有干扰的可能。对了，干扰测试仪和八木天线带了，我看到了。我们去看看电磁环境，八中惹不起啊。"郝树斌说。"八中很好吗？"游佐元问。"是啊。"郝树斌回道。

"哎，这篮球场上晾晒的是啥东西啊？"进入八中大门，肖云飞冲着郝树斌问。"红景天。"郝树斌回道。"啊，这就是红景天啊。"肖云飞说。"找投诉的胡老师。"郝树斌说着，朝教师办公室走去。

"请问，胡老师在吗？"郝树斌刚踏进门问，迎面走来了胡老师。"我就是，通信公司的，是吧？"胡老师冲着郝树斌说。"是的，胡老师，不好意思，让您久等了。怎么样，试一下看看问题？"郝树斌说完，胡老师将手机递给他，他赶紧拨打起来，"喂，于永年……掉了，嗯，确实严重啊。""是啊，赶紧解决吧，这没法用啊。"胡老师说。"有固话吗，胡老师？"郝树斌问。"在那儿。"胡老师指着固话说。"我给机房的人打个电话。"说着，郝树斌走到固话旁，拿起电话拨打着。

"于永年在吗？"郝树斌问。"于永年，电话。"机房管理员说。"嗯，怎么啦？"于永年在电话那头问。"他们都在查配置吧？"郝树斌问。"嗯，在查。"于永年回道。"查出啥来啦？这边掉话很严重啊，你的手机刚才是不是有电话？"郝树斌说。"是啊，刚才有个电话，刚接没说话呢，就断了。"于永年说。"我在八中打的，刚说就断了，查出啥啦？"郝树斌说。"刚开始。"于永年说。"好，你们查，快点啊。我们看看干扰，走，肖云飞。"郝树斌说。"怎么搞？"肖云飞问。

"胡老师，我们要上你们的房顶。"郝树斌说。"可以，墙角有梯子。"胡老师说。"这个仪表很贵重吧？"胡老师看着肖云飞手里拿的仪表，好奇地问。"还好，两万多美元吧。"肖云飞回道。"两万多美元，够我们挣多少年的！"胡老师说。

"慢点上啊。"郝树斌先上到房顶，冲着下面的肖云飞说。肖云飞背着仪表，慢慢往房顶上爬。"我说我来拿仪表，你不肯。"郝树斌说。"没事，这不上来了嘛，确实有点吃力。"肖云飞说。"这是在高原，缺氧，所以才觉得比较吃力。更何况还背了个仪表。"郝树斌说。"仪表贵重，搞坏了，赔不起啊。"肖云飞说。"放心，我背，搞不坏的。"郝树斌说。"开始测吧。"肖云飞说。"给，接一下。"肖云飞打开干扰测试仪，将测试电缆一头接上仪表，另一头递给手拿八木天线的郝树斌。"几个方向都看看。"肖云飞说。"到那边角上看看。"郝树斌说着，向角上走过去。"慢点。"肖云飞端着与八木天线连着的仪表，缓慢、小心地跟在郝树斌后面。

"这房顶都转了一遍了，看到什么啦？"郝树斌问肖云飞。"不能说很干净，但也没看出有啥明显的干扰信号。像胡老师这种掉话现象，应该是很强的干扰信号才可能导致。"肖云飞说。"再到哪个房顶看看？"郝树斌说。"好啊。"肖云飞回道。

"要不要到学生上课的楼顶上看看？"肖云飞问郝树斌。"这两个房顶都看了，还有必要再上楼顶吗？"郝树斌问。"我们再多看看嘛，毕竟这两个都是平房，比较矮；教学楼楼顶较高，按理测试干扰应该在高处容易发现。"肖云飞说。"好吧，下去问一下胡老师怎么去楼顶。"郝树斌说。

"胡老师。"见到胡老师，郝树斌说。"怎么，测到干扰啦？"胡老师问。"没有。可能不够高，我们想上教学楼的顶上再看看，怎么上楼顶啊？"肖云飞问胡老师。"顺着楼梯上就行了。"胡老师说。

"悠着点啊，3层楼。"郝树斌冲着肖云飞说。"知道，一个台阶一个台阶地爬，总能上去的。"肖云飞背着仪表说。"真可谓欲穷千里目，就得更上一层楼啊。"郝树斌说。"这首诗用在此时此刻正合适。"肖云飞说。"好了，别说话了，慢慢爬吧。"郝树斌提醒道。

"怎么着，先下去呗。"郝树斌看着肖云飞说。"嗯，没有发现明显的强干扰信号，掉话应该不是干扰引起的。"在教学楼楼顶测试了一番后，肖云飞说。"先下去再说吧。"郝树斌说。"感觉有点压力了。"肖云飞说。"胡老师拿了手机，就是打不了电话。这种压力是直接的，感受到了吧？英龙翔现也正痛苦着呢。"郝树斌说。"他……"肖云飞欲言又止。"怎么，他比我们更直接，面对的人更多、更广。你的手机坏了，打不了电话，想想啥感觉？"郝树斌说。"老板说得对啊，以客户为中心。"肖云飞说。"没办法，只有去解决，所以才请你们这些大佬上来亲身体验一下。"郝树斌说。"真是血淋淋的呀！"肖云飞感慨道。

"还有警察学校的覆盖、哲蚌寺的掉话、拉鲁湿地的问题。"郝树斌说。"都要搞啊？"肖云飞问。"你们来了不搞定，说得过去吗？还有更重要的大昭寺、八廓街的掉话问题。"郝树斌说。"什么更重要，别添油加醋。"肖云飞说。"大昭寺、八廓街的掉话问题是添油加醋？肖云飞，你也太无知了吧。"郝树斌说，"拉萨的核心，除了布达拉宫，就是大昭寺、八廓街，知道不？""不知道。"肖云飞说。"不知道，我告诉你啦。"郝树斌说。"行啦行啦，赶紧想想怎么应付胡老师吧。"肖云飞说。"干吗要我去应付？是你做的产品啊。"郝树斌说。"我可以来，但怎么应付？"肖云飞说。"噢，你问我，那我问谁去啊？"郝树斌说。

老远看着胡老师，肖云飞正要开口，胡老师先说话了："二位专家，你们上去做了啥？现在通话没问题了。"肖云飞灵机一动，说："啊，好啊，郝树斌，你再用胡老师的手机试试，是不是真的好了。"郝树斌接过胡老师的手机，赶紧拨起来："喂，于永年。""是不是能通电话啦？"电话那头的于永年问。"嗯，怎么回事？"郝树斌轻声问。"看发给你的短信。"于永年说完，挂断了电话。

看完了短信，郝树斌跟胡老师说："正常了就好。实在不好意思，给您添麻烦了。要是没其他的事，我们就先回了。""哪里，哪里，让你们这些专家专程跑一趟，真过意不去，进屋喝口水再走吧。"胡老师热情地说。"谢谢胡老师，不用客气，我们还有事，就不打扰了。"说完，两人就离开了。

"怎么解决的？"上了车，肖云飞问。"有人无意中更改了配置数据。"郝树斌说。"这也太那个了吧！"肖云飞不满地说。"他们怎么那么肯定呢？"肖云飞追问。"他们查了这个扇区，发现了问题，修改后让客服专门给胡老师打了电话，确认OK后，给我打电话，我没听到，结果给我发了短信。"郝树斌说。"怎么就随意把数据给改了呢？你们是怎么管理的？"肖云飞问。"现在还没有完全给局方，确实有点不正规，不过你们那个界面做的，也是有问题的。"郝树斌说。"有什么问题？"肖云飞反问道。"至少数据改动要有提示吧，有了提示，不按回车键就改不了，不就可以避免了嘛。还是界面不够完善，这事还挺重要的，赶紧让家里改了。"郝树斌说。"嗯，你提个需求吧，我让家里改。"肖云飞说。"怎么提啊？跟你说不就行啦。"郝树斌说。"把今天发生的事形成案例，最后提出修改意见，发给我就可以了。"肖云飞说。"还要形成案例？"郝树斌不耐烦地说。"都是自己亲身经历的事，不难写吧，好记性不如烂笔头，有好处的。"肖云飞说。"好吧，我让于永年写了发给你。"郝树斌说。"好。"肖云飞说。"他们应该在一起的，我现在就给于永年打电话，让他和研发的兄弟商量着写。"郝树斌说。"可以，和牛玉江沟通吧。"肖云飞说。

5. 跟着领导的足迹路测

"喂，于永年。"郝树斌给于永年打电话。"郝树斌，你电话来得正好。"于永年说。"又怎么啦？"郝树斌警觉地说。"刚才旺堆跟我说，无委（无线电管理委员会）有个领导说，在太阳岛办公地，有的地方有时会掉话，在车上说着说着，就会掉话。旺堆让研发的兄弟全力以赴，以最快的速度把无委这个领导的问题给解决喽。"于永年说。"有机号吗？"郝树斌问于永年。"我马上向旺堆要。"于永年回道。"要了之后，先跟踪起来，把他一天的行动足迹搞清楚了，我们沿这个领导的路线进行路测，发现问题，解决问题。"郝树斌说。

看了看一旁的肖云飞，郝树斌问："你看这样怎么样？""先跟踪吧，然后路测。"肖云飞说。"重要的单位，还有领导们，都得罪不起啊。事太多，就需要抓重点。"郝树斌说。"其实一样，解决了他们的问题，也就是解决了网上的问题。他们也是我们的客户。"肖云飞说。"说得没错。"郝树斌说。"旺堆是局方的？"肖云飞问。"是啊，专门对接我们的。"郝树斌说。"对了，我晚上要和旺堆聚一下，有事要谈。你们晚上就简单点，自己解决吧。应该也累了，早点休息，明天要专门搞那位无委领导的事。"郝树斌说。

　　"英龙翔来吗？"在岐山臊子面馆，肖云飞问牛玉江。"他说来不了，太忙，以后别叫他了。"牛玉江说。"游佐元，怎么样？"肖云飞边吃臊子面边说。"管理有点乱，太随意了。"游佐元回道。"和于永年好好沟通，赶紧把漏洞给补上，我心里有数的。牛玉江，还是你们对界面考虑不周。研发人员在实验室为了方便，想改就改，但这是商用的。看到实际的危害了吧？赶紧让王厚林改。"肖云飞冲着牛玉江说。"嗯，明天把需求发给王厚林。"牛玉江说。

　　"无委那位领导掉话的事，知道了吧？"肖云飞问游佐元。"在机房听于永年说了。"游佐元说。"先后台跟踪吧。"肖云飞说。"已经设置了。"游佐元的手下唐明礼说。"核心网这块儿，局方有什么问题需要帮助的？"肖云飞又问游佐元。"说是打给深圳，有时单通。明天去拨测一下。"游佐元说。"这跟基站没关系吧？"牛玉江问。"应该是，他们说打固话也是这样。所以，明天先用固话拨拨看。"游佐元说。"光是打给深圳是这样吗？"肖云飞又问。"先搞吧，一步步来。"游佐元说。

　　"今天在机房，山南来人了，看到我们研发的，就跟旺堆说，要我们去山南。"牛玉江说。"要去就去啊，什么问题？"肖云飞说。"山南桑耶寺，说是西藏最著名的景点，藏族人一生必去的地方。"牛玉江说。"有什么问题？"肖云飞问。"山南局方的人说，桑耶寺和瑞士寺庙的人有时会同时做法事，就是通过天地通进行实时连线。"唐明礼在一旁插话道。"有这事，天地通有这么大的作用？"肖云飞兴奋地说。"是啊。只是山南局方的人说，桑耶寺的喇嘛反馈有时效果不好，所以想让我们去解决。"牛玉江说。"那一定得去，没想到咱们这个天地通有这么大的作用。"肖云飞说。

　　"还有日喀则。"牛玉江说。"人家是打电话给拉萨局的老总。"唐明礼说。"有什么问题吗？"肖云飞说。"不太清楚，老总传下来的，我们只是听到了而已，也不便多问。"牛玉江说。"为啥不问？问问怕什么，没问题去干啥？"肖云飞说。"您可别这么说，问题肯定是有的，去了就知道了。"牛玉江说。"多问问嘛，这样心里也好有个准备。"肖云飞说。"好，以后多问。"牛玉江说。"不耻下问嘛。"肖云飞说。"好像词不达意哦。"游佐元说。"哎，就这意思嘛，多问。"肖云飞说。

深夜，睡得正香的肖云飞被一阵咳嗽声给闹醒了。"怎么了，牛玉江，咳得这么厉害？"肖云飞问。牛玉江刚准备回话，突然又咳了起来。肖云飞赶紧说："好好好，我给你弄点水压压。喝点热水，应该会好点。""但愿吧。"喝了水，牛玉江边躺下边说。

正当两人被咳嗽闹得好不容易睡着了，肖云飞的手机又响了。"肖云飞，几点啦？昨晚不会打游戏了吧，你们俩？"游佐元在电话里说。"哟，九点多了。别提了，要是打游戏就好了。"说完，肖云飞招呼牛玉江赶紧起床。"我们先去机房了啊。'游佐元说。"你们的早餐？"肖云飞问。"吃过啦，我跟餐厅的人打过招呼了。赶紧下来，有吃的。"游佐元说。"你们知道路啊？"肖云飞又问。"知道，自己打的去。"游佐元说完，挂了电话。

"你怎么样？"肖云飞问牛玉江。"现在还好。走，下楼吃早餐吧。"牛玉江说着，打开门。"吃完了早餐，先去买点药，把咳嗽压一压。"肖云飞跟在后面，边走边说。"吃完早餐再说吧，机房门口有药店。"牛玉江说。

他们俩来到餐厅，肖云飞问："有酥油茶吗？""现在没有，需要的话，可以马上给你们打。'服务员说。"麻不麻烦？"牛玉江问服务员。"不麻烦，要就给你们打。"服务员说。正说着，郝树斌来了电话："肖云飞，我马上到宾馆，咱们去一下警察学校，那里的覆盖有问题。"郝树斌说完，就挂了。"算了算了，不用打了。我们赶紧吃，一会儿我就跟郝树斌去警察学校。"肖云飞冲着服务员和牛玉江说。

"先送他去机房，然后去警察学校。"郝树斌说。"不用，我知道路了，你们去吧。"牛玉江说。"送你嘛，省得再打的了。"肖云飞说。"我先去买药，你们走吧。"牛玉江说。"怎么啦？"郝树斌警觉地问。"咳嗽，闹了大半宿。这不起晚了，游佐元先去机房了。"肖云飞说。"哟，那要小心啊。"郝树斌说。"那好，我们先走吧。"肖云飞说完，两人上了车。

"前面就是警察学校。"郝树斌指着车窗外说。"先绕一圈看看吧。"说着，肖云飞打开了路测仪。"你看这里，室外的电平都不理想，室内更不用说啦。"肖云飞指着路测仪，对郝树斌说，"这边山脚应该是没有基站，全靠远处的基站附带着覆盖的。""当时说是够，可以省个基站；现在看，比较困难。"郝树斌说。"要不搞个固定台，再加上无绳电话，不是也可以在这一带移动通话了吗？"肖云飞说。"要是不加站，只能这么应付了。"郝树斌说。"最好加个站，ODU也行啊。"肖云飞说。"还是说服局方加ODU吧，固定台不靠谱。"郝树斌说。"为啥不靠谱？"肖云飞问。"固定台和固话有什么区别？"郝树斌说。"倒也是。"肖云飞说。

"你们来了，看看能不能想办法把覆盖改善一下？"郝树斌说。"怎么搞？没办法。"肖云飞说。"别呀，这才刚来，就说不行。还是再想想，看能不能把功率再提升一下，天线再动动。"郝树斌说。"到里边再看看吧。"肖云飞说。"要进去，得把旺堆叫来，让他带我们进去。"郝树斌说。"我们不行吗？八中不是……"肖云飞说。"八中那里，旺堆事先带我去过。记住，我们不是局方。"说着，郝树斌给旺堆打电话。

"上午没空，下午吧。"郝树斌和旺堆通完电话后说。"那我们呢？"肖云飞说。"先回机房吧。"郝树斌冲着张师傅说。"你怎么不让我们到布达拉宫路测啊，那里应该也有问题吧？"肖云飞坐在车上问。"有问题自然会找你们的。想想，在拉萨建站，首先考虑的是布达拉宫、大昭寺、八廓街。像警察学校这些，就得先委屈一下。"郝树斌说。"先委屈一下？"肖云飞问。"是啊，基站有了，就先紧着重要的地方布。剩下的先应付，以后慢慢扩容。"郝树斌说，"进布达拉宫要钱的。""我们给他们改善通话，还收钱啊？"肖云飞说。"刚建站的时候，局方拿着市政府的批文，我们免费搞过两次。"郝树斌说。"两次就搞定啦？"肖云飞问。"总不能老是找市政府批吧。后来有投诉，只能是自己花钱买门票了。"郝树斌说。"门票不贵的话，也行。"肖云飞说。"不贵？100块一张，贵不贵？"郝树斌说。"哟，有点贵。"肖云飞说。"好在头两次工作做得扎实，后续也就再去了一趟。再有就让旺堆等人去，把要做的讲清楚。"郝树斌说。"难道他们就不要钱？"肖云飞问。"没错，他们进布达拉宫不要钱。"郝树斌说。"噢，他们穿藏服。"肖云飞说。"不用穿藏服。"郝树斌说。"看证件？"肖云飞说。"也不用看证件。"郝树斌说。"那怎么辨认啊？"肖云飞说。"那些看门的喇嘛，一看就知道谁是当地人，什么都不用。"郝树斌说。"那我……"肖云飞正要说。"你肯定不行，别想歪主意啦，老实买票吧。"郝树斌说。

"药买了吗？怎么样？"在机房，肖云飞看见牛玉江后问。"上午还好。"牛玉江说。"药呢？"肖云飞又问。"买了。"牛玉江说。"游佐元，往深圳拨测的情况怎么样？"肖云飞问。"拨了一上午，没发现什么问题。"游佐元说。"好，你歇歇，我来帮你拨一下。"说完，肖云飞给深圳的廖默然打电话。

"哎，廖默然，我是肖云飞。"肖云飞说。"啊，肖云飞，你好。"廖默然在电话那头说。"你看一下，西藏的基站功率能不能提3分贝到40瓦？"肖云飞说。"40瓦？杂散不管啦？"廖默然问。"这样，你赶紧去测一下，然后把数据发给我。按40瓦测，知道吗？"肖云飞说。"好，40瓦。"廖默然回道。"中午别睡了，两点前啊。"肖云飞说完，挂了电话。

"打给深圳，挺顺的啊。"放下电话，肖云飞冲着游佐元说。"那个无委领导的情况怎么样？"郝树斌问。"一直在跟，我看了，跟着呢。具体的情况，明天把数据导出来才能知道。"唐明礼说。"别等明天了，边跟踪边分析，没见急着呢。"肖云飞说。"哎，还真有单通的，我和家里通话，光听我妈说了，我妈听不见我的声音，在深圳使劲地喊。"游佐元说。"那得赶紧查。"肖云飞说。"所以他还得搞这事，那边只能跟着，明天导数据。数据导出来，一看就明白了。"游佐元说。"你们自己看吧。"肖云飞说。

"有一点可以明确，局方说的问题，不应该怀疑。有些没重视，但并不是没问题。"肖云飞看了一眼郝树斌后说。"就是，一般都是用户投诉。想想打电话打得好好的，谁没事来投诉。实事求是地说，实际问题应该比投诉的问题要多，只不过有的人嫌麻烦，没来投诉罢了。"郝树斌说。"没说不是问题啊，放心，都会认真对待的。"游佐元说。"搞不好，郝树斌也不会放我们走啊。"肖云飞说。

"中午都别回了，这边有个山西面馆，油泼扯面够劲儿。请大家吃山西油泼扯面。"郝树斌说。"山西人啊？"游佐元问郝树斌。"四川人。"郝树斌说。"那这么喜欢山西的油泼扯面？"游佐元问。"好吃，够劲儿，关键是那家师傅做得好。"郝树斌说。"我是山西人。"游佐元说。"那就请对了嘛。"肖云飞说。

6. 心里有底了

"数据发过来啦？"肖云飞吃完面，回到中心机房给廖默然打电话。"正准备给您打电话呢。"廖默然说。"怎么样？"肖云飞急着问。"从功放口测，杂散恶化有点大，他们说对数据业务可能会有影响。"廖默然说。"什么可能！赶紧去测，要用数据说话。"肖云飞说。"哎，肖云飞，要考虑杂散对别人的影响。"电话那头的曹瑞祥夺过廖默然的手机说。"曹瑞祥，别光从功放口看，亏你还是个专业人士。西藏是低频段的，频点还是合路的，双工器很窄的，功放杂散大点不怕。我早就心里有底了，所以才叫廖默然做的，明白啦？"肖云飞得意地说。

"不讲影响别人，对自己呢？"曹瑞祥说。"这个警察学校的容量不是主要问题，关键是覆盖。单载波就够了，所以不会影响自己的。"肖云飞说。"有人说高原、低气压会使人变傻，我怎么觉得你变聪明了呢。"曹瑞祥说。"那是你在低原变傻了。"肖云飞嘲讽地说。"瞧把你能的！"曹瑞祥说。"把数据赶紧发过来，我好参考。"肖云飞说。"这就叫廖默然发。"曹瑞祥说。

"对了，郝树斌，对着警察学校的是几号站的哪个扇区？"肖云飞问。"17号站的2扇区。"郝树斌说。"要不要再确认一下？"肖云飞又问郝树斌。"不用，这个地方我太关注了，不会错的。'郝树斌回道。"那好，牛玉江，给我把这个扇区的功率往上提一点。"肖云飞说。"操作界面改不了。"牛玉江说。"废话，我知道正常操作界面改不了。"肖云飞说。"噢，你是说……不行啊 我是可以改，但是一掉电或复位就没了。"牛玉江说。"现在又不会掉电 也不会复位，都在你的掌控之中，怕什么？赶紧提。郝树斌，咱们走。"说完，肖云飞拉着郝树斌去警察学校。"别啊，叫旺堆。"郝树斌说。"边走边打电话叫嘛。"肖云飞急匆匆地说。

"先去山脚那儿。"到了警察学校，肖云飞对司机说。"不进去吗？"旺堆问。"肖工上午认为那里比较差，他要再去看看。"郝树斌对旺堆说。

"喂，牛玉江，功率加了吧？"肖云飞在电话里再次确认。"OK，加3分贝到40瓦。"牛玉江回道。"看看稳不稳定。"肖云飞不放心地说。"等等，我再看看。"牛玉江说。"怎么样？"肖云飞又问。"稳，这个我清楚，后台上稳，实际也是稳的。这个地方做得很好，能真实反映功放的实际输出状态。"牛玉江解释道。"你现在一直给我盯着，有问题及时给我打电话，我已经到现场了。"肖云飞说完，挂了电话。

"下车。"肖云飞说着，捧着路测仪下了车。"看，这是上午的，这是现在的。"肖云飞指着路测仪对郝树斌说。"噢。"郝树斌看了后高兴地说。"你让旺堆打电话试试，覆盖改善了，通话应该也会有改善的。"肖云飞低声对郝树斌说。

"旺堆，打电话试试，看看有没有改善。"郝树斌冲着旺堆说。"嗯，通了。"旺堆高兴地向郝树斌示意。"别急，多打打，在这里来回走走，看看哪儿还不行。"郝树斌对旺堆说。"你们那儿路不好走，还是先去山南那儿吧，先把桑耶寺那里的搞了。对了，你们要派有经验的司机来接啊，那段路不好走，知道吗？"旺堆边走边打电话，"来的时候先告诉我一下，有东西要托他带来。"

"效果怎么样？"看见旺堆放下电话，郝树斌问。"我给日喀则的人打电话，挺顺的，似乎有改善。进去再看看。"旺堆说。"那好，进去。"郝树斌说。

在回机房的路上，旺堆问："肖工怎么弄的，一下子改善那么大？""还是多观察几天再说吧。"肖云飞说。

把旺堆送回机房，在送肖云飞回宾馆的路上，郝树斌问："刚才旺堆问你，为什么不回答？""等过几天再看是否稳定吧。"肖云飞说。"你担心什么？"郝树斌急着问。"担心什么？不担心什么呀。"肖云飞回道。"你不肯对旺堆说，总不能连我也瞒啊。毕竟是我在维护着这个网，有什么也不该瞒我呀。"郝树斌说。"瞧你说的，有什么可瞒你的嘛，还是先看看成果再说吧。"肖云飞说。

"对了，中午你和牛玉江轻声嘀咕啥，我也没听清，他怎么就把功率提升了？"郝树斌问，"功放受得了吗？要是都能40瓦，你都给我整了，省得我们整天为覆盖烦恼。""想法还挺多的，再耐心地看看，观察两天，你的疑虑也许自己就能给化解了。"肖云飞说，"不过什么都给整成40瓦，不成啊。""这个能，为什么其他的就不能？"郝树斌说。"不说那么多啦，到了，我下了，谢了啊。"说着，肖云飞开门下了车。

"哟呵，吃上方便面啦。"一进屋，肖云飞看看牛玉江说。"哎呀，不想出去吃了，吃方便面挺舒服的。"牛玉江说。"有多的吗？"肖云飞问。"你要？还有两盒。"牛玉江说。"算了，我还是出去吃吧。方便面的味儿，我有点受不了。"肖云飞说着，出了房门。

"喂，廖默然，我是肖云飞。"出了门，肖云飞给廖默然打电话。"噢，肖云飞，您好。"廖默然说。"问你哈，是一直在跑着吗？"肖云飞问。"我正要过去看呢。"廖默然说。"跑了没有？数据业务有受到影响吗？"肖云飞问。"跑啦跑啦，我们也担心稳定性啊。"廖默然说。"跑了就好，要是没跑，赶紧跑起来。我这边可是40瓦跑起来了，心里还是没底啊。"肖云飞说。"跑啦，跑啦。"廖默然说。

"跑了，情况怎么样啊？"肖云飞急着问。"到了到了，我看看啊。"廖默然在电话那头说。"不急，慢慢看，怎么样，稳不稳定？"肖云飞说。"这叫不急啊，跟催命鬼似的。"廖默然边查看数据边说。"行啦，怎么样？快说。"肖云飞说。"嗯，跑了有几个小时了，从数据看还是挺稳的。主要是看温度达到了平衡，温度稳，功率就稳。"廖默然说。"专家就是专家，对，应该看温度，热平衡嘛。"肖云飞说。"这下放心了吧。"廖默然说。

"哎，数据业务有受到影响吗？"肖云飞又问。"安排了，应该明天才能有空测。"廖默然回道。"为什么？"肖云飞不快地问。"这边环境紧张，他们说你在现场也是可以测的呀，而且更能说明问题。"廖默然说。"在现场，通话是搞了，局方的人和警察学校的用户都觉得可以，改善了不少。"肖云飞说。"就是嘛，你那儿主要是通话，对吧？现场感受应该更真实。"廖默然说。"嗯，家里就这么跑着啊，没我的指示，不准停。"肖云飞说。"知道，镜像环境给你保留，放心吧。"廖默然说。"有问题及时打电话啊，就这样。"肖云飞说完，挂了电话。

没过多久，曹瑞祥又打来电话："肖云飞，我是曹瑞祥。""知道，啥事？"肖云飞说。"我提醒一下啊，个别扇区这么勉强搞还行，都这么搞，肯定不行的。"曹瑞祥说。"知道，这边郝树斌已经提了要都搞，被我断然拒绝了。"肖云飞说。"那就好，你脑子还算清醒。"曹瑞祥说。"那当然。"肖云飞说。"好了，你多保重吧，挂了。"曹瑞祥说。

吃完晚饭，肖云飞没有直接回自己的房间，而是来到游佐元和唐明礼的房间。"怎么样，深圳单通的问题？"肖云飞问游佐元。"还在定位，目前没进展。"游佐元回道。"有点难啊。"唐明礼说。"这样太被动了，让家里也帮助想想办法。"肖云飞说。"安排了，我们主要是拨测重现问题，家里在检视这边版本的代码。"游佐元说。"听你这么说，就觉得不好搞。"肖云飞说。"其实应该不光是往深圳打有这种问题，其他地区可能也有同样的问题。"游佐元说。"是吗？"肖云飞说。"目前我们是这么认为的，所以非常重视这个问题，一定要解决。"游佐元说。"那太好了。"肖云飞说。

"无委那个领导……"肖云飞问。"噢，基本路线和问题点都有了，明天和你们交代一下，就可以实地路测了。"唐明礼回道。"好啊，昨晚睡得怎么样？"肖云飞问。"我还好，他头疼得厉害，说是没睡好。"游佐元说。"你呢？头疼吗？"肖云飞问游佐元。"就是两边太阳穴有点胀，比他好，能睡。"游佐元说。"你们呢？"唐明礼问肖云飞。"我们啊，没你们好。"肖云飞说。"怎么啦？"游佐元问。"看今晚吧。不说了，早点歇着吧，我回去了。"肖云飞说着，离开了游佐元和唐明礼的房间。

"我看见牛玉江买了止咳的药。"唐明礼说。"哟，咳嗽啊，那可真要小心啊。"游佐元说。"他们说，洗澡要趁中午阳光充裕的时候，晚上最好别洗，否则容易感冒。"唐明礼说。"嗯，有道理，中午暖和，温差小，不容易感冒。"游佐元说。'这么说他们一只袖不穿，是有道理的。早晚凉，两只袖子都穿上；中午热了，一个膀子就不穿袖子了。"唐明礼说。

7. 不同寻常的咳嗽

"咳咳咳……咳咳咳。"晚上，牛玉江的咳嗽声接连不断，辛苦了一天的肖云飞由于太累，无力睁开眼睛，任凭牛玉江咳着。到了凌晨，肖云飞起床上厕所。"怎么坐在那儿？"肖云飞看着坐在床上的牛玉江问。"一躺下就咳，没法睡。"牛玉江说。"喝点水？"上完厕所，肖云飞问。"喝了，不行。"牛玉江说。实在太累的肖云飞倒头又睡了。

"咳咳咳……咳咳咳。"牛玉江咳个不停。"这么咳不行啊，会被拖死的。几点啦？"肖云飞实在被吵得没办法，看了看表后说，"快六点了。"看着牛玉江咳嗽的样子，肖云飞坐了起来，开始打电话。

"喂，谁啊？"过了好久，电话总算通了，对方问。"郝树斌，不好意思，我是肖云飞。"肖云飞说。"啊，肖云飞。才几点？有啥事啊，这么急着打电话？"郝树斌问。'牛玉江昨晚几乎咳了一晚上，这不还在咳。"肖云飞说。"咳了一晚上啊，赶紧送下去。"郝树斌说。"要不要去医院？"肖云飞说。"趁早，才第二个晚上吧？赶紧送下去治，说不定一下去就不咳了。"郝树斌说。"那……"肖云飞犹豫着。"那什么？赶紧再派个人顶他，这事儿要果断，否则后果不好说。"郝树斌说。"那好吧，我让他今天去买票。"肖云飞说。"提上行李，直接买票去机场，别再拖到明天啦。"郝树斌说。"这样啊，也好，多一天，我就遭罪一天。我跟他说，拎上行李直接买机票走人。"肖云飞说。

"行啦，赶紧收拾行李，去售票处，直接买机票下去。"肖云飞冲着牛玉江说。"今天就走？"牛玉江说。"怎么，还想祸害我啊？"肖云飞问。"那倒也是，我马上就收拾。"牛玉江说。"我给王厚林打电话。"肖云飞说。

"喂，王厚林。"肖云飞在电话里说。"怎么啦？这么早，肯定没好事。"王厚林说。"什么没好事？是好事。"肖云飞说。"好事？说说，啥好事？"王厚林说。"你现在准备，今天就到成都，明天一早飞到拉萨。"肖云飞说。"牛玉江怎么啦？"王厚林问。"两个晚上咳个不停，郝树斌说赶紧让他下去，趁早，否则也不知会有啥后果。"肖云飞说。"那是。好，上午安排一下，下午飞到成都，明天早上到拉萨。"王厚林说。"工作安排好啊，牛玉江应该今天就能到深圳。"肖云飞说。"我会打电话跟他沟通的。好，明天到拉萨，挂了啊。"王厚林说完，挂了电话。

"怎么回事啊，牛玉江就不能挺一挺？"在作战室，曹瑞祥问王厚林。"整晚整晚地咳，肖云飞也被拖垮了，还是身体重要。"王厚林说。"老大都走了，TIO真就成了射频的事了。"曹瑞祥不爽地说。"你不就是老大嘛，本来牛玉江在，也是他搞的，这回来接着搞，项目进度肯定是不会受影响的。柴文娜，你说对不对？"王厚林说。"他一回来就能上班吗？"邓学佳问。"在高原上咳嗽是大事，下了高原，就不大了嘛。明天就上班。"王厚林说。"这种事也是难得，大家还是要体谅。"赵长城在一旁说。"那你安排好。"曹瑞祥对王厚林。"放心，还可以电话沟通嘛。"王厚林说。

"尹贤良呢？"廖默然说。"正搞着也门的项目呢，他能把也门的搞定，就已经很不错了。也门这么大的单，必须有保证。"王厚林说。"不会过两天又要把我搞上去吧？"马庆生说。"你什么意思，想上去啊？那好，你去，我就不去了。"王厚林说。"不想去，只是看这架势，我怕。"马庆生说。"啥怕不怕的？不该去的，就不去；该去的，怕也得去。"王厚林说。

"你媳妇都快生了，瞎跑啥？"柴文娜说。"牡丹好像没上班了。"马庆生说。"嗯，快生了吧。"柴文娜说。"我是怕到了生的节骨眼上，叫我上高原。"马庆生说。"不会的。"王厚林说。"实在不行，我去。"曹瑞祥说。"这下放心了吧？"柴文娜说。"要说也该你们去，主要是射频、覆盖之类的问题。"马庆生对曹瑞祥说。"是啊，一上来就提功率。"王厚林说。"不说了基站就是射频嘛。"朱文学在一旁说。"好啊，那你上去啊。"马庆生说。

"行了行了，你什么时候走？"曹瑞祥问王厚林。"交代完了，我就走。"王厚林说。"行李呢？"曹瑞祥问。"在一楼大厅。我走后，有事电话沟通。"王厚林说，"对了，上高原前还要吃红景天，这是肖云飞说的，我得赶紧走了。"

"以后，这种事可能是常态，大家时刻准备着吧。"马庆生说。"其实板投下去，我是可以的，如果有需要。"曹瑞祥说。"别，你们还是专心搞TIO吧，其他的都好商量。实在不行，赵长城，你们上啊。"柴文娜说。"我们？他说投完板可以走，那就意味着剩下的测试将是重点，我们去，问题测不出，你负责啊？"赵长城冲着柴文娜说。"我这就顺口一说，那么多话等着我，至于吗？"柴文娜说。"放心，肖云飞有数的。"曹瑞祥说。"肖云飞在高原上有得待呢，什么山南、日喀则的，光一个拉萨，就挂了一个。往下还真不知会发生什么呢。"马庆生说。"能发生什么？别瞎说。"柴文娜说。

"车到山前必有路。"赵长城说。"好，有路。哎，你们可别放松啊。别肖云飞不在，就自己放松啊。我要开始逐个进行检查，看你们的工作是否做到位了。"柴文娜说。"柴文娜说得是，大家嘴上肯定会说不会放松。但实际上如果不提醒，是必然会放松的。自我监督，一般人是难以真正做到的。所以娜姐，拜托啦！"曹瑞祥说。"不会是给自己找理由吧，搞得好像你们做不到位，成我的不是了。"柴文娜说。"你就对他们的计划和用例天天进行check（检查），时时通报提醒。"马庆生说。"我们攻关的时候不都是这样的嘛。"夏润泽说。"干脆目前就是攻关，按攻关来天天出攻关日报，每天开攻关会。"柴文娜说。"以前攻关会都是晚上十点开啊。"麦哲渊说。"是啊，没说要改时间啊。"柴文娜说。"有这个必要吗？"廖默然说。"我觉得有。"马庆生说。"你参不参加啊？"朱文学问马庆生。"为什么不参加？"马庆生反问。"没意见的话，就这么定了？"柴文娜问。"赵长城？"马庆生问。"我没意见。"赵长城回道。"如果大家觉得有必要，我也同意。"曹瑞祥说。"那好，就这么定了，每天晚上十点，我和柴文娜组织。"马庆生说。"开完会，赶公司最后一趟班车。"柴文娜说。"十一点，你没问题，我们也没问题。"廖默然和邓学佳说。

"日报由娜姐出啊。"马庆生说。"其实攻关会就是check每天的计划完成情况，今天完了，日报也就OK啦。"马庆生补充道。"我出，没问题。"柴文娜说。"嗯，还是紧点好。"邓学佳说。"今晚就开啊。"马庆生说。"好啊，今晚就开。"曹瑞祥说。"今晚？"廖默然说。"怎么了？"曹瑞祥说。"没事，真要是家里有事，交代好。今晚坚决开，希望以后大家要齐。"马庆生说。"还是希望在座的各位一定要参加晚上十点的攻关会。"柴文娜说。"参加，一定参加。"廖默然说。"那你……"曹瑞祥看着廖默然说。"我啥？我没说不参加呀。"廖默然说。"就是嘛，都是有觉悟的人。好，晚上十点在作战室开攻关会，一个都不能少啊。"马庆生说。

…………

（欲知后事如何，请看《韧 3 墨脱，我们来了》。）